»Eines der komischsten, schrägsten und absurdesten Debüts der letzten Jahre« (Süddeutsche Zeitung)

»Eines der charmantesten Bücher der Saison« (Frankfurter Allgemeine Zeitung)

»Kurze Schnitte, großes Kino, in weiter Ferne so nah. Ein großer Wurf« (die tageszeitung)

»Zweifelsfrei der raffinierteste, gründlichste, komischste und auf seine Art sogar wahrhaftigste Berlin-Roman der letzten Jahre« (Die Welt)

Norbert Zähringer, 1967 in Stuttgart geboren, lebt in Berlin. »So«, sein literarisches Debüt, wurde von der Kritik mit Begeisterung aufgenommen. Sein zweiter Roman »Als ich schlief« erschien im Frühjahr 2006 bei Rowohlt.

Norbert Zähringer

SO

ROMAN

Rowohlt Taschenbuch Verlag

»In the long run, we are all dead«
John Maynard Keynes

Veröffentlicht im Rowohlt Taschenbuch Verlag,
Reinbek bei Hamburg, Mai 2006
© 2001 by Alexander Fest Verlag, Berlin
Umschlaggestaltung any.way, Cathrin Günther
nach einem Entwurf von Ott + Stein
Satz Greiner & Reichel, Köln
Druck und Bindung Druckerei C. H. Beck, Nördlingen
Printed in Germany
ISBN 13: 978-3-499-24290-8
ISBN 10: 3-499-24290-7

AUSSTEIGER

52° Nord 13° Ost, 10 Uhr 30

Robert Schulz verschwand an einem Samstagmorgen, eine Woche vor dem großen Tresoreinbruch. Er konnte nicht schlafen. Dämmerlicht drang durch die Gardinen, das Bettlaken klebte an seinem Rücken, er starrte an die Decke. Neben sich hörte er das friedliche Atmen seiner Frau. Sie lag auf der Seite, den Mund halb geöffnet. Leise stieg er aus dem Bett. Ihn fröstelte. Er zog sich Hose und Pullover über den Pyjama und entschied, in die Küche zu gehen, um einen Kaffee zu trinken, zu rauchen und zu lesen.

»Wohin gehst du?« fragte seine Frau im Halbschlaf.

»Eine rauchen«, antwortete Schulz. Das waren die letzten Worte, die seine Frau für viele Jahre von ihm hören sollte.

»Ach«, sagte sie und schlief wieder ein.

Die Packung auf dem Küchentisch war leer. Er zog sich ein Jackett an und ging aus der Wohnung, die Treppen hinunter auf die Straße. Morgennebel hing über dem Asphalt. Schulz lief zwanzig Meter bis zum Zigarettenautomaten an der Ecke, fingerte in seinen Hosentaschen nach Kleingeld, während er auf den Automaten sah und nach seiner Marke suchte. Ab der dritten Münze, die er einwarf, wandelte sich das normale Kalakschlick-Geräusch in ein ungesundes Ka-lak. Schulz spürte, da ging etwas schief. Zu spät. Nacheinander zog er an jedem Ausgabeschacht, ohne Erfolg. Er drückte den Geldrückgabeknopf, nichts tat sich. Er hämmerte gegen den Automaten, trat dagegen. Was er nicht wußte: Im Münzschacht klemmte eine kubanische Drei-Peso-Münze, fast genausogroß wie ein Zweimarkstück, nur daß auf der Kopfseite kein Bundespräsident, sondern Che Guevara abgebildet war. Man hatte sie ihm am

Freitagnachmittag an einer Imbißbude mit dem Wechselgeld untergeschoben. Schließlich gab Schulz es auf, sah unentschlossen zum Eingang seines Hauses, bevor er die Straße hinunterging und im Nebel verschwand.

Drei Stunden später klingelte Piet Sternbergs Funktelefon, als er gerade nach der Fliege für seinen Frack kramte.

Es war Mandy Fischer, die in der Telefonzentrale des »Blohfeld Automatenservice« saß. Von allen Notdienstmechanikern hatte sie nur Sternberg erreichen können.

»Meine Tochter heiratet! Ruf Kemal an!«

»Der liegt im Krankenhaus.«

»Tja, wie ist er da wohl hingekommen?« Sternberg dachte an Kemals buchstäblich hirnrissigen Versuch, vom Bantam- ins Halbmittelgewicht zu wechseln.

»Es ist doch gleich bei dir um die Ecke, Piet.«

»Und außerdem kein Notfall. Nein und nochmals nein!«

»Das mit dem Notfall sehen die Typen, die hier anrufen, aber anders ...«

»Ich glaube dir kein Wort!«

»Liest du eigentlich die Zeitung? Die kommen vielleicht hierher, die laufen vielleicht Amok, wenn nicht bald jemand kommt, der den Automaten repariert!«

»Blödsinn!«

»Denk an den Wochenendzuschlag. Blohfeld wird sauer, wenn wir uns den Wochenendzuschlag entgehen lassen!«

»Meine Tochter heiratet in zwei Stunden, verdammt!«

»Bitte.«

Mandy Fischer hatte eine ganz bestimmte Art, »bitte« zu sagen, und so fuhr Sternberg schließlich doch zu dem defekten Automaten und kratzte, bereits im Frack, unter Flüchen und den hämischen Blicken der versammelten Rauchergemeinde mit einem Schraubenzieher die kubanische Münze aus dem Schacht.

Später in der Kirche mißfiel ihm, wie der Pfarrer während der ganzen Zeremonie nuschelte. »Bisch dasch der Dod eusch scheidet«, verkündete er feierlich, Sternberg faßte sich an den Kopf. Sein Mißfallen bewog ihn – anders als Frau Sternberg, die demonstrativ einen Fünfziger in die Kollekte stopfte –, lediglich die drei Pesos in den kleinen schwarzen Kasten fallen zu lassen.

Der Pfarrer nuschelte nicht nur, er lebte auch in ständiger Angst. Sonntag nacht steckte er die Kollekte vom Wochenende in zwei leere Cornflakesschachteln, die er in eine Supermarkttüte packte. Er zog sich einen speckigen Mantel und seine ältesten Schuhe an, setzte sich eine Mütze mit nur einer Ohrenklappe auf, fuhr einige Stationen mit der U-Bahn, stieg aus, preßte die knisternde Tüte mit dem Geld der Gläubigen an seine Brust, schaute sich um, ging einige hundert Meter, bis er vor der Zentrale der VEREINIGTEN BANKEN AG stand. Hinter der gläsernen Eingangstür sah ein alter Pförtner kurz von einer Zeitschrift auf. Der Pfarrer schaute sich nochmals um und schob die Kartons durch die Klappe des Nachttresors. Klonk klonk. Die Cornflakespackungen rutschten eine knapp zwanzig Meter lange, glatte Edelstahlröhre hinunter, leise kratzend in den Kurven wie Rennrodler im Eiskanal, ein-, zweimal scherte die hintere aus, als könnte sie die vordere noch überholen, zuletzt landeten beide auf den Einnahmen von Spielsalons, Pornokinos und Schnellrestaurants.

Am nächsten Morgen, als Cordt Gummer im Keller der Bank hinter einer Tür Voß auflauerte, verfingen sich die drei Pesos mit Che Guevaras Konterfei in der Zählmaschine. Das Prasseln des Geldes hörte auf, das Förderband stand still, nur der leere Arm des Sorters kreiste gleichmäßig, wie der Rotor eines Hubschraubers, über Gummers Kopf; das schlagende Geräusch zerschnitt die stickige Luft des Tresors und erinnerte ihn an den Tag seiner Beförderung.

Damals, an einem Montagmorgen im Frühsommer, warteten Gummer und der Direktor auf einer Straße im Osten der Stadt, hinter rot-weißem Absperrband, vor sich die planierten Ruinen einer abgetragenen Fertigungshalle. Auf dem Gelände des ehemaligen Glühlampenwerks war durch den Abriß eine Freifläche entstanden, groß wie ein Fußballfeld, begrenzt von einigen backsteinroten Fabrikgebäuden und graubraunen, alten Mietshäusern, deren Brandmauern nackt in einen farblosen Himmel ragten.

Der Direktor, einen halben Kopf kleiner als Gummer, sah sich nervös um. Bereits während der Fahrt war Gummer aufgefallen, daß er auf eine eigentümliche Art immer auf der Hut war. Vor allem hatte er nicht anhalten wollen, um nach dem Weg zu fragen, als sie sich zunächst verfahren hatten. Sie orientierten sich am Turm des Glühlampenwerks, der das Viertel wie eine Kreuzfahrerburg überragte, trotzdem fuhren sie eine Weile im Kreis, vorbei an verlassenen Hafenspeichern und der alten Brücke, über die sie gekommen waren, darunter der Fluß, hechtgrau und schläfrig. Schließlich hatten sie die richtige Straße gefunden. Sie führte direkt auf das Fabrikgelände zu und endete dort.

Der Direktor befingerte das rot-weiße Flatterband, lächelte, schaute kurz auf seine Armbanduhr, lächelte wieder. Gummer hatte sich abgewandt und blickte in den diesigen Himmel, fragte sich, was das für eine Farbe sei.

»Grau vielleicht, wie eine abgegriffene Banknote.«

»Wie bitte?«

»Nichts, Herr Direktor. Ich stellte nur, wie soll ich sagen – Betrachtungen über die Natur an.«

»Verflucht, wo sehen Sie hier Natur?«

Gummer deutete in den Himmel und wollte den Direktor nach seiner Meinung über dessen Farbe fragen, als sich jenseits des Drahtwalds aus Fernsehantennen lärmend ein Helikopter näherte.

»Das ist er, das ist er!«

»Ja, Herr Direktor.«

»Es war eine großartige Idee von mir.«

»Stimmt, das war es.«

»Der Werbeeffekt ist ungeheuer, sehen Sie sich nur um, Gummer, die Leute, die Leute!«

Die Leute sahen ungläubig und halb betrunken vom Freibier zum Himmel. Ihre Blicke waren glasig, einige hatten kleine Fähnchen mit dem Logo der VERBAG darauf, die sie nun ohne große Begeisterung hochhielten.

»Das soll mir erst mal einer nachmachen! Das wird uns in dieser Gegend hier nach vorne bringen!«

»Daran besteht kein Zweifel!«

»Was?«

»Ich sagte, daran besteht kein Zweifel!«

»Sie müssen schon lauter reden, Gummer, der Helikopter macht so einen Lärm.«

»ENTSCHULDIGEN SIE HERR DIREKTOR ABER SIE MÜSSEN LAUTER REDEN DER HELIKOPTER MACHT SO EINEN LÄRM!«

Der Helikopter schwebte genau über ihren Köpfen. Unter ihm hing an einem großen Haken ein weißer Container – die neue Filiale. Die Maschine sackte tiefer, die Rotorblätter wirbelten Staub und Unrat auf; die Fähnchen flatterten, Gummer und der Direktor konnten sich nicht entscheiden, ob sie sich die Ohren zuhalten oder ihr Gesicht schützen sollten; die Leute grinsten. Mit einem mahlenden Geräusch fand der Container Grund, der Haken wurde ausgeklinkt, und der Helikopter verschwand wieder im Dunst über der Stadt.

Zwei Bauarbeiter, die sich in einer fremden Sprache Kommandos zuriefen, schleiften Gummischläuche und Kabelleitungen, die aus der aufgerissenen Erde quollen oder von provisorischen Holzmasten herabhingen, zum Container.

»Jetzt werden Sie mit der Welt verbunden.«

Wenig später hatten die beiden Arbeiter die Schläuche und Kabel angeschlossen und rauchten. Der Direktor wartete. Gummer erwartete nichts.

»Dieses faule Pack«, sagte der Direktor, »sitzen da und rauchen. Die paar Kabel hätte man auch selbst anschließen können.«

»Ich habe gehört, der Kassierer Schrans ist im vergangenen Jahr an einem Stromschlag gestorben, als er versuchte, eine defekte Geldzählmaschine zu reparieren.«

»So? Haben Sie das gehört? Der Kassierer Schrans konnte nicht bis zehn zählen. Der Ausfall seiner Maschine bedeutete für ihn den Zusammenbruch. Schwache Nerven. Das war's. Er war selbst schuld; hätte das Zählen ja nach Feierabend üben können.«

»Er hat nach Feierabend versucht, die defekte Maschine zu reparieren.«

»Was seine Angehörigen um die Pensionsansprüche gebracht hat. Nein, nein, widersprechen Sie mir nicht, er war ein Idiot.«

»Wer hatte ihn eigentlich auf diesen Posten gesetzt?«

»Werden Sie jetzt spitzfindig, Gummer?« Der Direktor schaute Gummer in die Augen. »Die Gewerkschaft. Sonst hätten wir den Schrans *rechtzeitig* durch einen Automaten ersetzt.«

Ein mattgrauer Automat stand seit dem Unfall in der Halle der Hauptfiliale der Vereinigten Banken AG, Gummer kannte ihn nur zu gut, er erledigte alle Geschäfte, er fiel nie aus, er verzählte sich nicht, und wer sein Konto überzogen hatte, konnte keine Gnade mehr erhoffen.

Gummer fand diese Automaten sehr unpersönlich.

»Eigentlich sind diese Automaten sehr unpersönlich«, sagte der Direktor, »deswegen werden Sie auch in Ihrer Filiale keinen bekommen.« Er seufzte. »Sie werden jede Ein- und Auszahlung von Hand vornehmen, Belege ausschreiben und abends alles nachzählen müssen. Steinzeit. Aber es geht platzmäßig nicht anders.« Der Direktor drehte sich um.

»He! Sie da! Dauert das noch lange? Die Leute hier warten!«
Die Leute waren mittlerweile ernsthaft betrunken. Sie warteten darauf, daß jemand das zur Neige gehende Faß gegen ein frisches austauschte. Einige Männer waren auf das Baugelände gegangen und machten unweit des Containers kleine Bäche in den Dreck, die bedächtig Richtung Straße flossen.
»Das sind mir ja Kunden!« flüsterte der Direktor, laut genug, daß alle es hören konnten.
»Ja, Chef!« Die Männer lachten.
Der Direktor rief: »Gleich geht's los, Leute!«
»Jetzt geht's los«, brüllten die Leute. Der von der VERBAG bei der VERBRAUAG gemietete Schankwirt hatte ein frisches Faß an die gemietete Zapfanlage angeschlossen, und die Leute trommelten erwartungsfroh mit ihren leeren Pfandwertgläsern auf die gemieteten Tische.
»He, sind Sie jetzt endlich fertig?« rief der Direktor den beiden Arbeitern zu, die sich in die Schlange vor dem Bierstand eingereiht hatten.
»Mhm«, meinte der eine.
»Ob ich jetzt rein kann, ob Sie fertig sind mit allem, OB ICH DIESE FILIALE JETZT ENDLICH ERÖFFNEN KANN!«
»Mhm«, meinte der andere.
»Mhm?« fragte der Direktor schwach.
Die beiden Arbeiter hoben die Gläser.
»Ich denke, Gummer, wir können jetzt eröffnen.«
Gummer reichte dem Direktor eine Schere; der Direktor durchschnitt das rot-weiße Plastikband, trat feierlich vor die Tür des Containers und hielt eine kleine Rede. Gummer hörte ihm andächtig zu. Niemand beachtete die beiden.

Der Himmel über dem Abbruchgelände hatte ein mattes Blau angenommen, und die Sonne eines frühen, langen Sommers schien auf das Wellblechdach des Containers, unter dem Gummer in einem knarrenden Bürostuhl saß, stockend atmete und stark schwitzte. Ein kleiner Tischventilator drehte sich und blies ihm ab und zu lauwarme Luft ins Gesicht. Die Tür seines winzigen Büros stand zu einem kaum größeren Schalterraum hin offen, in dem sich seine Kassiererin, die rachitische Frau Hugendobel, mit einem Auszubildenden, dessen Namen er vergessen würde, unterhielt. Es war Montag, und seit der Eröffnung eine Woche zuvor hatte niemand ein Konto eröffnet, einen Kredit beantragt oder ein Sparbuch für seine Kinder angelegt.

Gummer sortierte Formulare und fragte sich, wie gut die Idee des Direktors gewesen war. Und – ob die Leute in dieser Gegend etwas gegen ihn hatten.

Frau Hugendobel erschien im Türrahmen.

»Herr Gummer, ich glaube ich bin krank.«

»Krank? Sie sind doch erst seit vorgestern aus dem Urlaub zurück.«

»Eben.«

»Sie waren in Afrika, drei Wochen Sonne, Meer, Nationalparks, Safari.«

»Ich schwitze, obwohl ich mich überhaupt nicht anstrenge.«

Gummer dachte an Afrika. Dachte an weite Savannen, Bäume voll kreischender Paviane, an eine halsbrecherische Landrover-Fahrt neben einer Giraffenherde, an den trägen Urzeitgang der Elefanten, dachte an weiße Zelte in der Abenddämmerung, an Grillenzirpen und an –

»Eboli!« rief Frau Hugendobel.

»Wieso Eboli? Ich dachte, Sie waren in Kenia.«

»Oder Malaria! Irgendeines dieser heimtückischen Fieber hat mich erwischt! Ich muß sofort zum Arzt.«

»Soll Sie jemand begleiten?« fragte Gummer und stand auf. Der Auszubildende trat lächelnd in die Tür.

»Wenn Sie erlauben, habe ich mich bereit erklärt ...«

Gummer sackte wieder in seinen Stuhl zurück.

»Ja, ja, gehen Sie mit, Herr ..., und gute Besserung.

»Danke.«

Die beiden verschwanden, und Gummer wußte, sie würden an diesem Tag nicht wiederkommen.

Sie kamen nicht am nächsten Morgen und nicht am übernächsten und auch nicht in der darauffolgenden Woche. Gummer erfuhr nie, woran genau Frau Hugendobel erkrankt war, er bekam nur die Kopien ihrer Krankmeldung aus der Personalabteilung. Genausowenig erfuhr er, was aus seinem Auszubildenden geworden war, nach dem er nicht fragen konnte, da er den Namen vergessen hatte. Er war allein.

Wieder wurde es Montag, und wieder stand die Luft still in Gummers Bankcontainer, der kleine Ventilator surrte, die Tür zum Schalterraum blieb offen und die Tür nach draußen zu. Niemand hatte Geld, und niemand wollte welches. Niemand interessierte sich für das neue »VERBAG-Zukunftskonto«, für dessen Einrichtung Gummer in dem kleinen Schaukasten warb. Die Menschen in dieser Gegend schienen ihr Geld sofort auszugeben. Einmal flog durch das geöffnete Fenster eine leere Bierdose in Gummers Büro.

In allen Epochen gibt es Menschen, die sich, ihre sinnlose Existenz vor Augen, an irgendeinen Punkt der Erde begeben, um den verlorenen Sinn wiederzufinden, erleuchtet zu werden oder das große Nichts zu schauen. Meistens wählen sie dazu abgelegene Orte: Berge, Höhlen, Wüsten oder ähnliches. Manche kommen nach Jahren, Jahrzehnten, Jahrhunderten zurück, in ihren Augen der Glanz einer neuen Antwort, ihre dünnen Beine federn bei jedem Schritt, ihre langen Bärte wehen im Wind. Ihre Münder sind zu einem breiten Grinsen verzogen, und sie halten sich die leeren Bäuche vor Lachen, als hätten sie all die Zeit der Einsamkeit nur darauf verwandt, die Pointe eines bestimmten Witzes zu verstehen.

In der Abgeschiedenheit seines Containers begann Gummer zu meditieren. Es fing damit an, daß er mitten in einer Phase des Nachdenkens über allerlei Niederlagen der Vergangenheit auf die mittelmäßige Reproduktion eines van Gogh an der gegenüberliegenden Wand blickte. Er hatte das Bild nie wirklich betrachtet, da man es aus Sparsamkeit nicht hinter entspiegeltes Glas gerahmt hatte und es – schien die Sonne – nur zu einer gewissen Tageszeit richtig zu sehen war. Doch in diesem Augenblick schaute Gummer es überrascht an, und ihm war, als hätte es ihn zuerst angeschaut.

Auf dem Bild war nur ein Busch zu sehen oder einer dieser niedrigen Bäume, wie sie im Süden wachsen. Gummer mochte van Gogh nicht, zum einen, weil er ihm zu bunt und dekorativ vorkam, zum anderen, weil eine schlechte Reproduktion irgendeines seiner Bilder in jeder der zweihundert Filialen der Gesellschaft hing. Trotzdem schaute er einen Moment länger hin, als er es an einem anderen Ort, zu einer anderen Zeit getan hätte. Und in eben diesem Moment spürte er, daß das Bild etwas verbarg, etwas, was ihn anging, eine Frage, die an ihn gerichtet war und die er vor allen anderen Fragen, die sich ihm seit jenem unglücklichen Montag stellten, zu lösen hatte, egal, welche Mittel, egal, wieviel Zeit er darauf verwenden würde. Von diesem Augenblick an saß Gummer jeden Tag zur selben Stunde vor dem Bild und forschte nach einer Botschaft.

An manchen Tagen war er lustlos, an manchen aufgeregt in Erwartung dieser einen Stunde. Zuweilen schien die Zeit außer Kraft gesetzt, und er trieb entspannt auf jenem Strom, der ihn dem Ziel näher bringen sollte. Oft jedoch war er niedergeschlagen, das Bild schien ihn um so mehr zum Narren zu halten, je intensiver er versuchte, ihm sein Geheimnis zu entreißen. Er hörte Stimmen, darunter wahrscheinlich auch die Stimme van Goghs, die ihn auslachten. Er sah hinter dem Busch das Gesicht seiner Mutter, die ihm zurief, er solle endlich erwachsen werden. Er spürte die Hand seines Vaters auf seiner Schulter und schreckte zusammen bei dessen Frage: »Und das soll Kunst sein?« An viele Dinge, die weit zurücklagen, erinnerte er sich, und allesamt waren sie unerfreulich.

Nach einiger Zeit verschwanden die Stimmen und Gesichter, und Gummer war einsamer denn je. Das Bild schwieg. Nichts tat sich. Auch um ihn herum tat sich nichts. Niemand kam, niemand eröffnete ein Konto, niemand zahlte ein, niemand hob ab, niemand ging. Die Erde war wüst und leer, und vielleicht, schoß es Gummer eines Nachmittags eisig durch den Kopf, als er aus seinem Fenster auf das in Staub getauchte Abbruchgelände starrte, vielleicht sind ja alle anderen schon längst tot, und ich bin der letzte, der noch lebt? Er ging nicht mehr an das Telefon, wenn es klingelte und niemand anrief. Er fuhr nicht mehr in seine Wohnung, sondern schlief auf dem Boden neben dem Schreibtisch. Er rasierte sich nicht mehr. Er wusch sich nur notdürftig in der winzigen Toilette. Er aß kaum noch.

Eines Tages, nachdem er über eine Woche auf dem Fußboden in seinem Büro genächtigt hatte, schlurfte er morgens mühsam in Richtung Toilette. Dabei rutschte ihm die Hose von den Hüften, weil er so abgemagert war. Er schleppte sich an das Waschbecken, trank gierig Wasser, schaute in den Spiegel und erschrak.

Seine Augen lagen tief in den Höhlen, seine Haut hatte die Farbe von Asche, ihm war ein Bart gewachsen, seine Haare hingen wirr ins Gesicht.

Er wartete, bis es dunkel geworden war, schlich aus dem Container, ging quer durch die Stadt, durch verlassene, aufgeräumte Straßen, zurück in seine Wohnung. Er leerte den überquellenden Briefkasten, legte die Post ungeöffnet auf den Eßtisch, rasierte sich und duschte sehr heiß. Im Küchenschrank fand er eine Dose Gulasch, deren Inhalt er mit einem halben Pfund Nudeln kochte und verschlang. Er legte sich in sein Bett, löschte das Licht und schlief zwei Tag lang.

Als er aufwachte, überlegte er kurz, was er jetzt tun sollte. Er ging ins Bad, rasierte sich, duschte, zog sich ein frisches Hemd und einen sauberen Anzug an und verließ seine Wohnung, die ihm seltsam fremd vorkam. Er frühstückte in einem Café unweit des Containers; saß draußen, schlürfte heißen Kaffee, und die Sonne schien ihm ins Gesicht. Es war noch immer oder schon wieder Sommer.

Als er später bei dem Container angekommen war, schloß er den außen hängenden Schaukasten auf und entfernte die alten Devisen- und Börsenkurse. Drinnen zog er die Rolläden hoch und öffnete die Fenster. Er setzte sich hinter seinen Schreibtisch, ordnete Formulare und druckte die aktuellen Kurse aus. Er beschloß, die ganze Sache zu vergessen.

Willy Bein

Willy Bein hatte einen dummen Namen, und auch sonst war in seinem Leben einiges von Anfang an schiefgegangen. Auf viele Dinge hatte er keinen Einfluß gehabt, und Mutter Beins Stimme klang wie Rauschen von einem Endlosband, wenn sie sagte: »Armer Willy.«

Trotzdem blieb Willy Optimist, und jeden Rückschlag verstand er tief in seinem Inneren als Versprechen, das Leben halte noch etwas Großes für ihn bereit.

Groß an ihm war – verglichen mit seiner kleinen Statur – sein Kopf, der die Tendenz hatte, in wichtigen Momenten zur Seite zu kippen. »Das ist sein schweres Gehirn!« hatte schon Großvater Bein jedem erklärt, der Willys Kopf länger als ein paar Sekunden betrachtete. So konnte Willy, als ihm nach der achten Klasse nahegelegt wurde, die Schule zu verlassen, nur vermuten, daß in diesem schweren Gehirn unbekannte Talente schlummern mußten, für die die Welt bloß noch nicht bereit war.

Einen ersten Beweis für diese Theorie lieferte ihm nur wenige Jahre nach seinem Schulabgang eine, wie es schien, eigens für ihn einberufene Wissenschaftlerkommission. Sechs oder sieben Herren in weißen Kitteln untersuchten ihn sehr gründlich; sein Kopf wurde vermessen, und die Herren stellten ihm knifflige Fragen, die Willy ebenso knifflig beantwortete. Dann wurde er in einen separaten Raum gerufen, wo die Herren an einem langen Tisch saßen. Hinter dem Tisch hing die Landesflagge.

Er fühlte sich sofort wohl. Endlich schien man ihn ernst zu nehmen, seine Bedeutung zu erahnen.

Der älteste der Herren teilte ihm schließlich mit, daß man ihn, *Herrn* Willy Bein, nicht zur Landesverteidigung heranziehen werde.

Willys Kopf kippte ein wenig zur Seite, und er schaute geheimnisvoll, wie auch die Wissenschaftler es taten. Er hatte verstanden: So wichtig war er, daß man ihn keinesfalls dem Risiko der Landesverteidigung aussetzen wollte.

Leider war außer den Herren von der Kommission niemand von seinen Talenten so recht überzeugt, und er hatte es schwer, eine vernünftige Arbeit zu bekommen. Die meiste Zeit verdingte er sich als Transportarbeiter, aber er war ein schlechter Transportarbeiter, denn da an ihm beinahe alles klein war, hatte er Mühe, schwere Dinge zu bewegen.

Eines Tages mußte er Ersatzwalzen für Fließbänder in einer Lampenfabrik ausladen. Ein Gabelstapler war defekt, und Willy hievte, so gut es ging, einen Karton nach dem anderen über die Laderampe in das Fabrikgebäude. Er sah sich um, wischte sich den Schweiß von der Stirn. Zum ersten Mal in seinem Leben stand er in einer so großen Fabrik. Er legte seinen Kopf zur Seite und lauschte dem Rasseln und Glucksen, dem Zischen und Stampfen der Maschinen. Ein Vorarbeiter kam und brüllte, weshalb er so blöd in der Gegend herumstehe. Willy legte nur den Zeigefinger an die Lippen, lauschte weiter und ging durch die Produktionsstraßen, während ihm der Vorarbeiter, mit den Armen rudernd, folgte. Dann blieb er vor einer Verpackungsmaschine stehen, nickte mit seinem großen Kopf und rief: »Mit der hier is' was nicht in Ordnung.«

Das stimmte. Nur hatte es bei dem Lärm niemand bemerkt. Außer ihm. Ein unrundes Schleifen, ein hilfesuchendes Quietschen, das hatte er herausgehört. Der Vorarbeiter kratzte sich hinter dem Ohr. Noch am selben Tag wurde Willy Bein Hilfsmaschinist in der Glühlampenfabrik.

Er hatte seine Berufung gefunden. Er wurde Maschinist, ohne

je eine Lehre absolviert oder eine Berufsschule von innen gesehen zu haben. Er verstand jede Maschine sofort, erkannte ihre Funktionsweise, ihren Aufbau, ihre Macken an der Art, wie sie sich bewegte, welche Geräusche sie von sich gab, wie sie sich anfühlte, wie sie roch.

Willy wurde Schichtleiter und somit ein angesehener Mann. Er lernte eine Frau kennen und mochte sie. Die Frau, die, zur Verblüffung seiner Kollegen, eine Schönheit war (sie sah fast so aus wie eine der leicht bekleideten Damen aus den Magazinen, deren Fotos die Innenseiten der Fabrikspinde in den Männerumkleideräumen zierten), verliebte sich in ihn. Sie heiratete ihn schließlich, trotz seines schweren Gehirns und gerade weil er sie lediglich zu mögen schien. Willys Liebe zu seiner Frau war auf eine angenehme Art beiläufig; nie jammerte er über die Arbeit, nie war er betrunken, nie machte er seiner Frau Vorschriften. Nach Feierabend saß er andächtig in der Couchgarnitur, die er für sie gekauft hatte (so, wie er früher andächtig vor der Fontäne im Stadtpark gesessen hatte), und betrachtete seine Frau, der er sich mit ungläubigem Staunen näherte.

Oft jedoch kam Willy nicht nach Hause, was seine Frau nicht weiter störte, sondern blieb in der Fabrik, seiner ersten, tieferen Liebe, nachts, wenn sie Luft holte und neue Kraft schöpfte. Meistens lag er dann auf der eisernen Galerie unter dem Fabrikdach, mit halboffenen Augen, und träumte vom Schlaf der Maschinen.

Irgendwo in der Welt, in New York, London, Frankfurt oder Paris, oder überall zugleich, sägte unterdessen jemand an Willys Ast. Es war ein Strohmann, und nach und nach kaufte er Anteile an Willys Glühlampenfabrik. Er hatte keine große Eile. Irgendwann gehörte sie ihm einfach. Dann sorgte er dafür, daß sie pleite ging.

Eines Morgens kam Willy wie gewohnt in die Fertigungshalle. Er hörte es sofort, vielmehr – er hörte nichts. Alle Maschinen standen still. Die Woche darauf waren die Tageszeitungen voll mit Bildern von Willys Kopf und den kleineren Köpfen seiner Kollegen, die gegen die Schließung der Fabrik demonstrierten. Geballte Fäuste, offene Münder, von Mahnwachen und Glühwein geränderte Augen, Spruchbänder: DAS WERK BLEIBT. Aber das Werk verging.

Aus einem Grund, den Willy nicht verstand, war es nichts mehr wert. Das einzige, das noch etwas wert war, war der Boden, auf dem es stand. Diesen Boden kaufte die VERBAG, einige Zeit nachdem man Willy entlassen hatte.

Er hatte eine kleine Abfindung bekommen, von der er zunächst kleine Geschenke für seine Frau, ziemlich bald jedoch Schnaps kaufte. Willy war aufgrund seiner Anatomie nicht geeignet für Schnaps. Seine Frau fühlte sich zunehmend unbehaglich, da Willys Liebe nun, wo er die meiste Zeit zu Hause herumlungerte, alles andere als beiläufig war. Seine stille Verehrung schlug in Vergötterung um, für die er häufigen Beischlaf forderte. Lehnte sie diesen ab, wandte er sich mit trüber Miene dem Fernsehgerät und dem Schnaps zu und versuchte, sich abzufinden. Das Große war nicht eingetreten, das Versprechen gebrochen; es gab nichts mehr, was ihn von den anderen unterschied.

Oft war er spät in der Nacht so betrunken, daß er den Weg ins Schlafzimmer nicht mehr fand. Der Fernseher lief und lief. Er rutschte tiefer in die Couchgarnitur, verwirrt durch die Kreiselwelt und die Seufzer, das Stakkato der Bilder. Er sah Frauen, die aussahen wie seine Frau und es mit Männern machten, die nicht aussahen wie er; sie hatten alle Arbeit und trotzdem immer frei, das Meer rauschte, und sie lagen an weißen Stränden, an warmen, friedlichen Sonntagen … Er wechselte die Kanäle, überall sah er das gleiche: schöne Menschen, schöne Autos, schöne Hunde. Nur er war auf die falsche Seite der Mattscheibe geraten, trank und trank, bis sein Hirn schwieg, seine Gedanken erstarben und er auf der Couch einschlief, wo ihn seine Frau am nächsten Morgen traurig betrachtete, ehe sie den Fernseher ausschaltete und zur Arbeit ging.

Lange bevor ihn seine Frau tatsächlich betrog, lernte Willy die Eifersucht kennen. Das Gefühl traf ihn unvorbereitet. Alles, was er dagegen unternahm, blieb ohne Wirkung. Das Mißtrauen kam ohne erkennbaren Grund und saß von da an tief in seinem Bauch, ein bösartiger Schwelbrand, genährt vom Stillstand der Zeit, in der das Morgen schon Heute ist und der Tod die einzige Zukunft.

»Wo gehst du hin?«

»Ich muß mal an die Luft.«

»Ich hab dich was gefragt.«

»Ich geh zu einer Freundin.«

»Zu welcher?«

»Zu Brigitte.«

Willy konnte sich an keine Brigitte erinnern.

»Du gehst in letzter Zeit jeden Tag zu irgendeiner Freundin.«

»Das stimmt nicht.«

Sie sah aus dem Fenster auf den Balkon, der Ginster blühte, ein Vogel wippte unschlüssig auf einem Ast.

»Gefällt es dir nicht mehr hier?«

»Nein, das ist es nicht.«

»Was ist es dann?«

»Ich brauch mal Luft, Luft zum Atmen.«

»Dann mach die Balkontür auf.«

»Laß uns ein andermal darüber reden, ja?«

»Mit wem triffst du dich?«

»Das hab ich dir doch gesagt!«

»Sag es noch mal. Sag es mir mitten ins Gesicht.«

»Hör auf.«

»Ich will, daß du es mir mitten ins Gesicht sagst. Ich will sehen, wie du dabei aussiehst.«

»Mein Gott, spinnst du?! Wie soll ich denn dabei schon aussehen!«

»ICH WILL WISSEN WIE DAS AUSSIEHT WENN MAN MICH ANLÜGT VERDAMMT!«

»Aber – ich lüge dich doch gar nicht an.«

»SCHEISSE KANNST DU DENN NICHT DAMIT AUFHÖREN KANNST DU NICHT EINFACH DIESE SCHEISSLÜGEREI LASSEN ICH WEISS DOCH WAS LOS IST ICH BIN DOCH NICHT BLÖD DU DENKST VIELLEICHT ICH BIN BLÖD ABER ICH BIN NICHT BLÖD ICH KRIEG DAS ALLES NOCH GANZ GUT MIT!«

»Ich hab dich nicht angelogen.«

»Okay, wie heißt der Kerl? Das ist jetzt deine Chance. Wenn du mir jetzt die Wahrheit sagst, geh ich einfach vom Platz, ich verkrümel mich, ich halt mein Maul, zieh in 'ne andere Stadt, und ihr beide habt freie Bahn.«

»Willy.«

»Sag mir, wer's ist.«

»Willy, was ist denn los? Was ist denn nur los mit uns? Was hab ich dir denn getan!«

»Oder sag einfach nur, daß es so ist.«

Sie schwieg, und das einzige Geräusch war die Tür, die ins Schloß fiel.

Am nächsten Mittag, kurz nachdem er aufgestanden war, schluckte er drei Kopfschmerztabletten, kaufte an der Tankstelle nebenan Blumen, und als seine Frau von ihrem Halbtagsjob im Schnellrestaurant zurückkam, bat er sie um Verzeihung.

Das Ganze wiederholte sich, so oder so ähnlich, dreimal, viermal, fünfmal. Schließlich war es fast zu einer Gewohnheit geworden. Willy schluckte Kopfschmerztabletten, aber er kaufte keine Blumen mehr, weil er das Geld für den Korn brauchte.

»Entschuldige. Ich hab's nicht so gemeint. Weiß auch nicht, was los ist.«

»Ja. Schon gut.«

Es war schon lange nichts mehr gut.

Als sie sich dann, vielleicht aus Traurigkeit, vielleicht auch aus Wut, einen Liebhaber nahm, erwischte Willy beide in flagranti, als er von einer seiner Vormittagskneipentouren verfrüht und mittellos nach Hause kam.

Willy war das Geld ausgegangen, nachdem er in der Kneipe lautstark geprahlt hatte, er könne aus jedem Spielautomaten den Jackpot rausholen: Er würde es hören, wenn die drei Kirschen kämen. Aber selbst wenn er das Nahen der drei Kirschen hätte erlauschen können, war eines sicher: Er hatte keinerlei Erfahrung mit Spielautomaten. Weder wußte er, welche Symbole vor und nach den Kirschen kamen (Glocken? Äpfel?), noch durchschaute er die blinkenden, vertrackten Gewinnregeln des »Blohfeld Automatenservice«. Er schaffte zwei Kirschen, aber keine drei. Als sein Budget sich erschöpft hatte und ihm der Wirt keinen Kredit mehr geben wollte, trottete er nach Hause.

Später schien es ihm, als hätte er es vorausgesehen. Tatsächlich machten ihn die zugezogenen Gardinen des Schlafzimmerfensters, die er von der Straße aus sah und die sonst um diese Tageszeit nie zugezogen waren, noch mißtrauischer, als er es ohnehin schon war.

Doch letztlich war es eine Kirsche, die über Willys familiäre Zukunft entschied. In dem Moment nämlich, als Willy grollend versuchte, den Wohnungsschlüssel in das Schloß zu stecken (was ihm aufgrund seiner Trunkenheit nicht gleich gelang), dachte seine Frau an ihn.

Über ihr mühte sich gerade der Liebhaber ab.

»Komm!« rief er, »komm, Baby!« – was er vielleicht aus einem Film hatte.

Es war ein breitschultriger Kerl, jung und alles in allem ansehnlich, wie sie fand, aber dieses »komm, Baby« störte sie. Willy war anders. Er schwieg, brummte allenfalls, *ihr* Willy, der von früher, der nicht so ansehnlich war, dafür aber auch nicht so hastig, der seine Beiläufigkeit sogar im Bett beibehal-

ten konnte, was den Genuß verlängerte, der schwieg, allenfalls brummte –
»Komm, Baby!«
so daß sie am Ende nur ihre eigenen Schreie hörte –
»Ja, komm, Baby!«
während Willy hinsank und einschlief, seinen Kopf sanft in
ihre Armbeuge schmiegte –
»Aufmachen!«
und schwieg und allenfalls ein zufriedenes Brummen von
sich gab –
»Aufmachen!«
Willy, der den Schlüssel immer noch nicht ins Schloß bekam,
brüllte: »Aufmachen!«
als sie beschloß, die Sache mit dem Liebhaber werde eine ein-
malige Sache bleiben –
»Verdammt! Aufmachen!«
nie werde er etwas davon erfahren, alles werde so werden wie
früher –
»Äh, da ist jemand an der Tür.«
als Willy noch der alte Willy war, Schichtleiter in einem Glühlampenwerk, der seine Frau beiläufig liebte, so wie kein anderer Mann –
»Mein Mann.«
der ihr guttat, und nicht mehr und nicht weniger verlangte sie
von einem Kerl, als daß er ihr guttat, und nicht »komm, Baby«
rief oder dämlich fragte –
»Wer?«
Willy Bein, der schließlich doch den Schlüssel ins Schloß
bekam, die Wohnungstür polternd aufstieß, durch den Flur
wankte, ins Schlafzimmer stolperte, kreidebleich und zitternd und mit glasigen, rot unterlaufenen Augen vor dem Ehe-
bett stehenblieb, auf dem seine Frau nackt lag und den Blick
gesenkt hatte, weil sie ihn nicht so dastehen sehen konnte, so
verloren und häßlich, und weil sie wußte, dies war nicht mehr

rückgängig zu machen, nichts würde so werden wie früher, und daneben der Liebhaber, den er so lange vermutet hatte und der ihn jetzt musterte, während er ohne Eile nach seinen Unterhosen griff.

»KOMM DU NUR HER!« schrie Willy, soweit ihm das möglich war, denn etwas schnürte ihm die Kehle zu.

Der Mann kam her, haute ihm gegen den Kopf, der ein gutes Ziel bot, er fiel um, seine Frau sagte noch: »Armer Willy« – und er sah beide nie wieder.

Als Willy Bein langsam zu sich kam, war er allein. Ihn beschlich die düstere Ahnung, daß die Jahre, die er in der Lampenfabrik mit seinen Maschinen verbracht hatte, schon das Große gewesen sein könnten, welches das Leben ihm so lange vorenthalten hatte, und alles, was nun käme, jener Zeit der schleichenden Katastrophen gleichen würde, von denen er geglaubt hatte, sie läge hinter ihm.

Voll Sehnsucht und Doppelkorn wankte er zu seiner Fabrik und kletterte durch ein offenes Toilettenfenster hinein. Er plante, sich von seinen Maschinen zu verabschieden und sich dann an einer der großen, vom stählernen Fabrikhimmel herabbaumelnden Lampen zu erhängen.

Doch als er in die Fertigungshalle kam – um seinen Hals hing schon ein altes Stück Kabel –, blieb er stehen, horchte. Da war noch jemand in der Halle.

Er ging um einen der Stützpfeiler herum und sah, wie ein paar Männer im Schein der verbliebenen Hängelampen an den letzten herumstehenden Maschinen schraubten.

»WAS MACHT IHR DA?«

»Wir packen ein«, antwortete der junge Larsen, einer seiner ehemaligen Lehrlinge, hustete und bugsierte einen an einem Flaschenzug hängenden Brennofen in eine bereitstehende Holzkiste.

»Wieso? Was soll das?« Willy tanzte mit seinen krummen Beinen um die Kiste herum.

»Der ganze Schrott wird nach Südamerika verhökert«, erklärte der große Hugo, einst Leiter der B-Schicht. Willy stöhnte.

»Die Südamerikaner haben die Fabrik gekauft«, beschwichtigte der alte Svoboda, »weil sie so billig war. Sie bauen sie da unten wieder auf.«

»Die haben sie gekauft, weil sie nichts mehr wert war«, höhnte der große Hugo, »und wenn sie sie tatsächlich aufgebaut haben, lassen sie sie vergammeln. Das ist ein ganz faules Pack, diese Südamerikaner. Die werden keine einzige 40-Watt-Birne produzieren. Die lassen das Zeug einfach verrosten oder kochen ihre Scheißdrogen da drin.«

Bis zu diesem Augenblick hatte Willy noch ein Fünkchen Hoffnung gehabt; es sei alles nur vorübergehend. So eine Filmszene war ihm durch den Kopf gegangen: Wie er sich gerade erhängen will und der Ingenieur vom Dienst ruft: »Laß den Quatsch, Bein, morgen läuft die Produktion wieder an!« Aber diese Sache hier, das erkannte er nun – diese Sache war endgültig.

»AUFHÖREN! Ich befehle euch, sofort aufzuhören!« schrie Willy und stürzte zum Flaschenzug.

»Du hast hier gar nichts mehr zu befehlen«, stellte der große Hugo fest, und zum zweiten Mal an diesem Tag segelte etwas gegen Willys Kopf, diesmal ein 36er Gabelschlüssel, wie er im Anflug gerade noch ausmachen konnte.

Sie ließen Willy einfach liegen; Willy, der nur noch undeutliches Zeug brabbelte, nach Doppelkorn stank und irgendwann in einen ohnmachtähnlichen Schlaf sackte, begleitet von Träumen, in denen die Maschinen, von Schlingpflanzen überwuchert, so schnell verrosteten, daß er zuschauen konnte, und zur Heimstatt von riesigen Vogelspinnen und bärtigen Drogendealern wurden.

Als Willy die Augen aufschlug, war die Fabrik leer. Sie hatten auch noch die letzte Lampe mitgenommen, an der er sich hätte aufhängen können. Er versank in eine reptilienhafte Apathie. Sein Gehirn schaltete auf Instinkt, um den kleinen Körper am Leben zu halten. In die Wohnung, in der er und seine Frau ein paar Jahre lang glücklich gewesen waren, wollte er nie wieder zurückkehren.

Fortan turnte er tagsüber in der nur noch von ein paar gurrenden Tauben bevölkerten Fabrik herum, ein affenähnlicher Wicht, Urenkel Quasimodos in der Kathedrale einer untergegangenen, lichten Epoche, sammelte Schrauben, Muttern, zerbrochene Glaskolben, Gewindestangen, Lochplatten, Fließbandwalzen – liegengebliebene Teile des verlorenen Ganzen, die er in einem der Umkleideräume im Untergeschoß sorgfältig in die leeren Spinde räumte. An den Stützpfeilern der großen Halle und in manchen Ecken der Nebengebäude hingen noch die alten Haustelefone, Apparate aus Bakelit, schwarz und mit rasselnden Wählscheiben, und manchmal führte er Selbstgespräche, indem er an einer Säule eine Nummer anrief, den Hörer fallen ließ und zum anderen Ende der Halle rannte, dorthin, wo es klingelte. Wie früher nahm er ab und sprach mit sich über Normerfüllung, den zu hohen Ausschuß und fehlende Ersatzteile. Immer öfter schlief er zusammengekauert in einem der mehrere hundert Meter langen, dunklen Fluchttunnel, die man für den Brandfall unter der Fabrik hindurch ins Freie gebaut hatte. Als schließlich die Bagger kamen und die Fertigungshalle abrissen, verzog sich Willy vollends in die Kellergeschosse. Wenn es dunkel wurde, schlich er hinaus, um in Mülltonnen oder verlassenen Häusern nach Nahrung und vergessenen Dingen zu suchen – kaputten Rührmixern, alten Zündkerzen, leeren Kugelschreibern.

Eines Nachts, als er von einem dieser Beutezüge zurück zum Kellereingang stapfte, beschien der Mond ein großes weißes Schild am Straßenrand vor dem Fabrikgelände:

HIER ERÖFFNET DIE VEREINIGTE BANKEN AG
DEMNÄCHST EINE NEUE FILIALE

Wenige Tage später beobachtete er – ausnahmsweise am Tage und versteckt hinter einem Autowrack –, wie ein Hubschrauber einen weißen Container mit Fenstern hinter dem Schild absetzte, daß einige Leute gekommen waren, um dieses Ereignis zu feiern, und wie ein Mann im Anzug eine Art Siegesrede hielt.

»So«, grunzte Willy vor sich hin, »so ist das also.«

Und dann dachte er: Rache!

Willy Beins verstreute Gedanken sammelten sich, und er ersann den ersten einer Reihe von Plänen, die alle nur ein Ziel hatten: sich vom Leben das zurückzuholen, was ihm, wie auch immer, genommen worden war.

Tennant

»**Vergessen?** Was meinen Sie mit – vergessen?«

Gummer hatte es aufgegeben, sich über das Ausbleiben jeglicher Kundschaft Gedanken zu machen. Die Sonne blinzelte durch die Jalousien; in den Stuhl zurückgelehnt, vertrieb er sich die Zeit mit dem Lesen der Tageszeitung, wobei er den eigentlichen Pflichtteil – Börse und Finanzen – zum Abpolstern seiner Waden benutzte, die auf dem Rand des Papierkorbes lagen. Er studierte die Seite »Aus aller Welt«, als das Telefon klingelte.

Gummer liebte die Seite »Aus aller Welt«, allein schon wegen ihres Namens. Jede Zeitung, auch das seriöse Blatt, das er gerade las, hatte eine solche Seite, die mal »Leben und Gesellschaft«, dann wieder schlicht »Vermischtes« hieß. Dabei konnte die Zeitung so seriös sein, wie sie wollte, auf der Seite »Aus aller Welt« nahm man es mit der Wahrheit nicht so genau. Dieser Umstand war einer der Gründe, warum er diese Seite immer zuerst las. Durch die kleinen Lügen, die unglaubhaften Ereignisse, die phantastischen Errungenschaften, von denen da die Rede war, gewann das Leben etwas von seinen einstigen Möglichkeiten zurück. Als das Telefon klingelte, las Gummer gerade den Artikel »Mann nach 15 Jahren aus dem Koma erwacht«.

»Nun, Herr Gummer, wie geht's denn so?«

Am Apparat war Fuchs, die rechte Hand des Direktors und mittlerweile Leiter der Revision, der Inneren Abteilung. Fuchs kontrollierte. Er kontrollierte alles und jeden auf seine Nützlichkeit, seine Effektivität hin. Ebensoschnell wie der Direktor neue Filialen eröffnete, bis dahin unbekannte Stellen schuf und Produkte wie das »VERBAG-Zukunftskonto« ersann, spürten Fuchs' wortkarge Männer Reibungsverluste und Organisationsmängel auf, beobachteten alles, was in Verdacht geriet, das Geschäftsergebnis negativ zu beeinflussen.

»Also, ich kann sagen, daß es bestens geht.« Gummer nahm die Beine vom Papierkorb. Er fragte sich, warum Fuchs wohl persönlich bei ihm anrief.

»Sie werden sich sicher fragen, warum ich persönlich bei Ihnen anrufe.«

»Ja … nein … ich meine, Sie können hier so oft anrufen, wie Sie wollen …«

»Natürlich kann ich das.«

Fuchs war nur wenig älter als er, aber im Gegensatz zu ihm schon einige Male befördert worden. Gummer erinnerte sich an seine Ausbildungszeit, erinnerte sich an einen großen, korpulenten jungen Mann mit flachsblondem Haar und einem Hautproblem, aber dieses Bild war weit vom jetzigen Leiter der Inneren Abteilung entfernt. Etwas war passiert. Fuchs war jetzt groß, schlank und sportlich. Er trug elegante Anzüge, und trotz seiner Größe bewegte er sich mit einer Art geschmeidiger Lässigkeit. Wenn er sprach, tat er dies auf eine langsame, verständnisvolle Weise, die seinem Gesprächspartner jedesmal das Gefühl gab, gerade ins Vertrauen gezogen zu werden, verbunden mit dem Bedürfnis, Fuchs nicht zu enttäuschen.

»Wie steht's eigentlich mit den Kontoeröffnungen, Gummer?«

Gummer sah zu dem Bild an der Wand und bekam ein ungutes Gefühl.

»Nun ja … es läuft hier etwas schleppend an …«

»Sieht fast so aus, als gäbe es gar keine.«

»Oh, doch, doch. Erst heute habe ich zwei Sparbücher ausgestellt, ich habe nur vergessen …«

»Vergessen? Was meinen Sie mit – vergessen?«

»Ich meine, ich bin noch nicht dazu gekommen, sie in das System einzugeben. Sie ahnen ja gar nicht, was hier los ist.« Gummer nahm den Hörer kurz vom Ohr und hielt ihn an ein paar leere Formulare, raschelte mit ihnen.

»Ach ja, und dann waren da noch zwei Kreditanfragen, ich muß jedoch erst noch die Sicherheiten prüfen, morgen ...« Er raschelte erneut, zog Schubladen auf.

»Gummer«, sagte Fuchs sanft, »Sie sind jetzt leitender Angestellter. Wie ich. Und wir beide wissen: Für leitende Angestellte gibt es kein Morgen.«

Klack. Fuchs hatte aufgelegt.

Kein Morgen. Gummer starrte den Hörer an und fragte sich abermals, warum ihn Fuchs persönlich angerufen und warum er ihm nicht einfach gesagt hatte, wie die Dinge wirklich standen. *Kein Morgen.* Das gefiel ihm überhaupt nicht. Aber dann dachte er wieder an das Großraumbüro, seinen alten Arbeitsplatz, die schleppende Zeit zwischen zwei Stellwänden und – natürlich – Tennant, das Geklapper der Saftbecher, das leise Getöse der Computerspiele, was ihm insgesamt noch weniger gefiel.

Gummer stellte zunächst zwei Sparbücher aus. Das erste war für einen gewissen Herrn Stein, einen neunzigjährigen Rentner.

Stein lebte in bescheidenen Verhältnissen, hatte jedoch ein beachtliches Vermögen angehäuft. Gummer überlegte, wie beachtlich. Hundertfünfzigtausend schienen ihm angemessen. Stein war mißtrauisch und legte deshalb nicht sein ganzes Vermögen bei *einer* Bank an. Inflation und Weltwirtschaftskrise waren ihm noch gut in Erinnerung. Im Krieg hatte es Stein bis zum Major gebracht. Im Kaukasus hatten sie ihm dann ein Auge und einen Arm weggeschossen. Obwohl Stein von seiner Invalidenrente eigentlich gut leben konnte, arbeitete er trotz seines hohen Alters noch als Nachtportier in einem billigen Hotel, wo er die Gäste mit seinen Kriegsgeschichten langweilte und alle darauf warteten, daß er endlich den Löffel abgeben würde, was er nur aus Bosheit nicht tat.

Frau Dr. Scherer wiederum war eine geschiedene Scheidungsanwältin Mitte Vierzig. Ständig bestrebt, die besten Konditionen für sich auszuhandeln, hatte sie ihr Geld ebenfalls bei mehreren Banken liegen.

Gummer kam die Idee, das Ganze wäre noch um einiges glaubhafter, wenn er sich in der Zentrale über sich beschweren würde. Einige Tage nach den Kontoeröffnungen rief er in Fuchs' Abteilung an und beklagte sich als Major a.D. Stein darüber, daß ihm trotz seiner Kriegsverletzung, seiner Verdienste für das Vaterland und des erheblichen Betrages, den er der Bank quasi für ein Trinkgeld zur Verfügung stelle, nicht die gebührende Aufmerksamkeit und Achtung entgegengebracht würden.

»Hören Sie«, krächzte Gummer mit Steins kleiner, heiserer Stimme, »ich bin zwar ein alter Mann, aber *ihr* könnt mich nicht verschaukeln. Vielleicht die anderen, aber mich nicht. Im Kaukasus hat es der Russe schon versucht, mich zu verschaukeln. Ergeben hätten wir uns sollen ... wissen Sie, was ich dem gesagt habe?« Gummer hustete asthmatisch. »Also, ich habe die Inflation, die Wirtschaftskrise und den Krieg mitgemacht. Da kann man doch erwarten, daß man von Ihrem Angestellten, diesem Herrn Summer ...«

»Gummer«, korrigierte die Stimme am anderen Ende der Leitung.

»Unterbrechen Sie mich nicht, junger Mann! Also, da kann man doch erwarten, daß man nicht einfach so abgefertigt wird. Zu meiner Zeit ...« Und so weiter. Dem Anruf ließ er noch zwei schwer lesbare Beschwerdebriefe folgen, um die Existenz Steins zu untermauern.

»Woanders«, feilschte Frau Dr. Scherer, der es gelungen war, sich unter Umgehung der Vorzimmerdame direkt zum Direktor durchzuwählen, »bekomme ich ein halbes Prozent mehr, habe ich Ihrem Kassierer gesagt. Genausogut hätte ich auch mit der Putzfrau reden können. Antwortet der doch rotzfrech: ›Das glaube ich kaum.‹« Gummer mußte Luft holen, das Imitieren von Frauenstimmen strengte ihn an. »Also hören Sie mir gut zu: Wenn mich dieser Kummer noch einmal der Lüge bezichtigt, werde ich ihn verklagen. Und wenn ich irgendwo ein halbes Prozent mehr bekomme – werde ich *Sie* verklagen!« Gummer hängte atemlos ein.

»Gummer«, stöhnte zwei Minuten später der Direktor, »eine Frau Scherer hat gerade hier angerufen. Anscheinend Kundin von Ihnen. Anwältin. Woher hat die meine Geheimnummer?«

»Kann ich nicht sagen. Das ist ja Ihre Geheimnummer.«

»Mhm. Na gut. Egal. Geben Sie ihr ein achtel Prozent mehr, seien Sie um Gottes willen freundlich, wenn es sein muß, kriechen Sie vor ihr im Staub – ABER SORGEN SIE DAFÜR DASS SIE HIER NIE WIEDER ANRUFT!« Der Direktor wirkte überarbeitet. »Ihre Stimme, Gummer, ihre Stimme. Grauenhaft.«

Das angelegte Geld verteilte Gummer auf mehrere Kleinkredite und ein ständig überzogenes Konto. Die Kreditnehmer – da war eine Frau, die einen Gemüseladen aufmachte, ein frisch verheiratetes Ehepaar, ein arbeitsloser Musiker – riefen nie irgendwo an, um sich zu beschweren, denn wie alle Kreditnehmer waren sie froh, daß sie einen Kredit bekommen hatten und man sie in Ruhe ließ.

Er hielt das Geld ständig in Bewegung, um dessen Spur zu verwischen. Stein und Scherer zahlten ein, die anderen hoben ab, zahlten einen Teil zurück, Frau Dr. Scherer überwies einen mittelgroßen Betrag, Stein kaufte eine Inhaberschuldverschreibung, die Gemüsehändlerin verkaufte Gemüse, das Ehepaar kaufte eine Schrankwand, der Musiker spielte gegen geringes Honorar bei einer Hochzeit. Frau Dr. Scherer verdiente an der Scheidung des Ehepaars, das nun seinen Kredit getrennt abzahlte, jemand ließ regelmäßig Hundertmarkscheine in Münzgeld wechseln, ein kleiner Junge schlachtete sein Sparschwein, Stein verkaufte seinen Sparbrief, Gebühren wurden fällig, Zinsen abgeschlagen, Raten gestundet.

Ermüdet durch die Bewegung des Kapitals, hielt Gummer einen Moment lang inne. Er blickte aus dem Fenster auf das Abbruchgelände, das immer mehr Ähnlichkeit mit einer Müllhalde bekam. Die Sonne stand im Zenit, und Gummer dachte, *kein Morgen* hin oder her, daß er wohl bald Siesta machen werde.

Genau in dem Moment ging die Tür auf. Sie quietschte, was normalerweise nicht der Fall war. Der Mann, der in der Tür stand, war klein, sehr klein; er trug einen Hut, und das Sonnenlicht fiel von schräg hinten auf den Mann, so daß Gummer sein Gesicht zunächst nicht sehen konnte.

Nie hatte ein Sonnenstrahl den kleinen, durch stoffbezogene, lindgrüne Trennwände abgeteilten Pferch getroffen.

Gummers alter Arbeitsplatz in der dritten Etage der VERBAG-Zentrale lag am nordwestlichen Ende des Großraumbüros. Der Schreibtisch maß einhundertundzwölfkommafünf auf fünfundsechzig Zentimeter; rechts neben dem Schreibtisch klaffte bis zur nächsten Trennwand ein Spalt von etwa vierzig Zentimetern, der von einem elektrischen Reißwolf ausgefüllt wurde. Darüber hatte die Innere Abteilung ein Schild anbringen lassen:

VERTRAUEN IST GUT. VERNICHTEN IST BESSER.

Über der linken Ecke des Schreibtisches hing der Bildschirm von einem Teleskoparm herab, in der rechten stand ein Nadeldrucker. Der Platz vor ihm wurde von der Tastatur und einer Aktenablage beansprucht.

Gummer hatte versucht, die Trennwände mit einigen Fotografien aus Reisemagazinen und einer Weltkarte zu beleben. Die Fotografien vergilbten, und der Strand von Cancun sah schließlich genauso aus wie das zugefrorene Meer vor Finnland. Die Weltkarte war die Reproduktion eines Druckes aus dem 18. Jahrhundert. Es war eine Karte mit zahlreichen weißen Flecken, mit mythischen Namen fremder Länder wie Nubien, Hindustan und Patagonien, und Gummer stellte sich gelegentlich vor, wie weit diese Orte damals auseinander lagen – Monate, Jahre …

Im Rücken eines jeden Angestellten stand im Abstand von einem Meter und mit einer Höhe von einsfünfundvierzig die nächste Trennwand, hinter der die nächste stand und so fort. Gummer saß in der vorletzten Reihe. Hinter ihm saß eine Zeitlang ein gewisser Schultz, ein schmaler, schweigsamer Mann im Westover, der eines Tages einfach nicht mehr kam. Warum oder wohin er gegangen war, niemand konnte es so recht sagen. Neben Gummers Platz stand ein weiterer leerer Schreibtisch, der einerseits in der Planung nicht fehlen durfte, andererseits frei bleiben mußte, seit ein Beauftragter der Berufsgenossenschaft festgestellt hatte, daß der Schreibtisch zu nah am Notausgang stand.

Es waren die Nach-Schultz-neben-dem-Notausgang-Jahre. Gummer las, sobald er seine Tagesaufgaben erledigt hatte, er überzog seine Mittagspausen. Der Gruppenleiter, der dem Großraumbüro vorstand, liebte ihn dafür. Er liebte Gummer, weil er ihm so völlig ambitionslos schien. In all den Jahren war Gummer nicht ein einziges Mal befördert worden. Das nötigte dem Gruppenleiter Respekt ab. Nichts haßte er mehr als junge aufstrebende Sachbearbeiter, die nach seinem Gruppenleitersessel schielten.

Tennant kam ohne Vorwarnung, mitten in der Woche.

Er war von untersetzter Gestalt, breitschultrig und massig, mit Knopfaugen und eng an seinem kurzgeschorenen Kopf anliegenden Schweinsöhrchen. Tennant sagte nichts, ging mit einem Kopfnicken an Gummer vorbei, stellte sich an den Platz von Westover-Schultz und packte seine Aktentasche aus. Gummer hörte das Rascheln von Papier und das Geklapper des – wie er später sehen sollte – bunten Plastikgeschirrs für Tennants Frühstückspausen. Dann lugten die kleinen, weißlosen Augen über die Trennwand zu ihm herüber.

»Ist das dein Kram hier?«

Gummer hatte in dem unbenutzten Schreibtisch neben dem Notausgang ein paar private Habseligkeiten untergebracht. Bücher, Reiseberichte über Zentralasien, Afrika, Lateinamerika, außerdem ein kleines, eisernes Modell des Eiffelturms, Souvenir einer Wochenendreise. Nippes, sagte er jedem, der nachfragte, aber – was für ein Erlebnis, als er damals die Treppen der Metrostation hochstieg und ihn plötzlich vor sich sah, sah, was bis zu dieser Minute nur das Motiv einer Postkarte gewesen war. Hinter ihm lagen Stunden auf verstopften Autobahnen in einem überfüllten Reisebus mit verstopfter Toilette und Frührentnern, die sich weder für Paris noch den Eiffelturm interessierten, sondern ausschließlich dafür, wie umfangreich das Frühstücksbüffet sein würde; da stand er – riesig, mächtig. Es gab Geschichten, die erzählten, wie häßlich ihn die Pariser anfangs gefunden hatten, wie die Stadtverwaltung erwog, ihn zu demontieren; und daß ein windiger Betrüger den Stahl, aus dem er zusammengeschraubt ist, bereits an einen belgischen Schrotthändler verkauft hatte, bevor man schließlich entschied, den Turm doch stehenzulassen. Es war ein grauer Morgen, Nieselregen fiel, der Turm ragte hoch vor ihm auf, er sah die Spitze, im Dunst über der Stadt Paris, undeutlich …

»Ist das Ihr Kram hier?«

»Ja, aber …«

»Dann behalten Sie ihn auch bei sich!« Tennant balancierte ungeduldig den Stapel Bücher.

»Moment mal. Sie können doch nicht so einfach …!«

Schon hielt Gummer seinen Bücherstapel in den Händen, der Eiffelturm lag obenauf.

»Der Platz neben dem Notausgang ist ja wohl nicht Ihr Platz.« Tennant grinste.

»Es ist aber auch nicht Ihr Platz. Ich war schließlich zuerst hier.«

»Wie bitte?« Tennants Hände hatten sich zu Fäusten geballt. Während die Linke für Gummer nicht sichtbar hinter der Trennwand lauerte, lag die Rechte darauf. Natürlich wußte Gummer, daß Tennant, der vielleicht ein wenig unterbelichtet war, aber nicht so unterbelichtet, ihn niemals mitten im Büro angreifen, sich gar mit ihm prügeln würde.

Doch Gummers Instinkt rebellierte. Er sah die aufgestellten Haarborsten, die zusammengekniffenen Augen, die angespannte Schultermuskulatur. Sein Herz pochte, seine Handflächen wurden feucht.

»Ist ja schon gut«, preßte er heraus, »ich meinte ja nur ...«

»WAS?«

»Nichts ... Vergessen Sie's.«

Der Klügere gibt nach, der Klügere gibt nach, der Klügere gibt nach, wiederholte Gummer im stillen immer wieder. Vergeblich versuchte er, sich auf die Zahlenkolonnen zu konzentrieren, die über den Bildschirm huschten. Neben sich hörte er ein triumphierendes Scheppern, als Tennant in den Schreibtisch vor dem Notausgang all jene Dinge warf, die in seinem eigenen keinen Platz fanden: das Plastikgeschirr, darunter etliche Saftbecher, eine Sammlung von Groschenromanen und Söldnerheftchen, Disketten mit – wie sich herausstellte – diversen Computerspielen, Raumspray, Papiertaschentücher, einen alten Radiowecker. Traurig legte Gummer den kleinen Eiffelturm in die unterste Schublade seines Schreibtisches. Nicht länger erinnerte er ihn an Paris, sondern nur noch an sein Zittern, die schwitzigen Hände, seine Niederlage.

Nach diesem Vorfall wechselte er kaum ein Wort mit Tennant, außer einem knappen Gruß allmorgendlich, den Tennant nie erwiderte. Manchmal rief Gummer ihm zu: »Na, Herr Tennant, heute schon den Highscore geknackt?« – wenn der Gruppenleiter gerade an ihren Reihen vorbeiging. Doch der schien jede Verfehlung des Neuen geflissentlich zu übersehen.

Das Schlimmste jedoch waren die Geräusche: Schon morgens vernahm er Tennants zufriedenes Grunzen während der Heftchenlektüre, das Geschlürfe, wenn er, unterbrochen von kaum unterdrückten Rülpsern, mit einem Strohhalm aus seinen Saftbechern trank. Er hörte, wie Tennant lautstark die Nase hochzog, bevor er endlich, endlich seine Papiertaschentücher fand, hörte verzerrte Schlager aus dem alten Radiowecker, das leise Getöse der Computerspiele mit den Todesschreien der Gegner.

Die Rettung aus diesem immer unerträglicher werdenden Zustand kam mit der alljährlichen Weihnachtsfeier der VERBAG. Sie gipfelte – nach den obligatorischen Reden am Ende eines erfolgreichen Geschäftsjahres – jedesmal in einem großen kollektiven Umtrunk, einer Mischung aus Oktoberfest und rheinischem Karneval.

Dr. Thun, eines der mächtigen Vorstandsmitglieder, lehnte schon um neun, angegriffen durch ein gutes Dutzend Gläser Sekt, an einer Wand der festlich dekorierten Kantine, umringt von einigen Hauptabteilungsdirektoren und seinen drei Sekretärinnen. Gelegentlich gab Dr. Thun einer von ihnen einen sanften Klaps auf den Hintern, was mit einem verlegenen Lächeln quittiert wurde. Wie jedes Jahr begann Dr. Thun Witze zu erzählen; Witze, in denen mittellosen Männern in Bordellen bizarre Dienste angeboten wurden, Witze, in denen Ehefrauen ihren Gatten Überdosen an Aphrodisiaka verabreichten und sie damit zur Selbstverstümmelung trieben. Niemand war sich sicher, ob Dr. Thun seine eigenen Witze witzig fand. Aber wie jedes Jahr lachten die Sekretärinnen nervös, und die

Abteilungsdirektoren zwinkerten sich fröhlich zu und rissen sich gegenseitig die Sektflasche aus der Hand, um Dr. Thun nachzuschenken.

An einem Ende des Kasinos war ein Podest aufgebaut, auf dem eine afrikanische Band eine Mischung aus Calypso, Soul und Funk spielte. Angestellte, die glaubten, noch einigermaßen in Form zu sein, versuchten linkisch, den fremden Rhythmen auf der Tanzfläche zu folgen. Einige der jüngeren, aufstrebenden Filialleiter tanzten mit den Sachbearbeiterinnen aus den Kreditabteilungen. »Ach, Sie sind das, die mich immer bearbeitet. Ha ha!« Bald fummelten die aufstrebenden Filialleiter in dunklen Ecken an den Sachbearbeiterinnen herum, deren Schönheit von Sekt zu Sekt zugenommen hatte.

Im Saal war die Menge an den Tischen der karibischen Rhythmen inzwischen überdrüssig geworden und forderte etwas zum Mitsingen. Die Afrikaner lächelten verständnisvoll von ihrem Podium herab und spielten »Auf der Reeperbahn nachts um halb eins«. Es war ein fröhlicher Moment der Verbrüderung für die versammelte VERBAG-Prominenz und die knapp zweitausend Angestellten der Zentrale, die alle laut mitsangen, sich einhakten und schunkelten. Lediglich der Vorstandsvorsitzende Behringer saß mit seiner Frau und dem Sicherheitsbeauftragten an einem separaten Tisch, groß, hager, majestätisch, mit einem seltsam entrückten, fast verwunderten Blick.

Irgendwo in der trunkenen Menge schunkelte Gummer, nach einem Glas Sekt und einem Tomatensaft grauenhaft nüchtern, und hielt nach dem Direktor Ausschau, den er in einem günstigen Moment abpassen wollte, um ihn um die Versetzung in eine andere der ihm unterstehenden Abteilungen oder Filialen zu bitten. Neben ihm hatte sich die alte Frau Laininger aus der Codierabteilung eingehakt, an seinem anderen Arm hing Renn, der Pförtner mit dem Glasauge, der anfing, würgende Geräusche von sich zu geben, und zwischen dem Würgen murmelte: »Scheiß-Schunkelei.« Während die Band »Auf der Reeperbahn« wieder und wieder spielen mußte, schlief Renn ein, ein Auge fiel zu, das Glasauge blieb offen, sein Kopf sank nach vorne auf den Tisch, und da weiter geschunkelt wurde, kippte Renns Gesicht über seine große Nase im Takt von einer Seite auf die andere, wobei das offene Glasauge Gummer jedesmal verblüfft anschaute. Als Gummer den Direktor nirgends entdecken konnte, machte er sich behutsam los und auf die Suche.

»Der ist schon gegangen«, sagte ihm dessen Sekretärin. Gummer fluchte leise und geriet, ein weiteres Jahr mit Tennant vor Augen, in Panik. Er lief durch die Menge, reckte den Hals, rannte zur Garderobe, fragte, ein Achselzucken, schnell in den Aufzug, runter in die Tiefgarage, der Parkplatz war leer, der Direktor schon abgefahren.

Resigniert stand er danach wieder im Fahrstuhl, stieg im Erdgeschoß aus und ging durch die große, schwach erleuchtete Eingangshalle zu einer noch immer kreisenden Drehtür. Seine Schritte hallten vom glattpolierten Marmor wider, und als ihm der an der Rezeption sitzende Aushilfspförtner »Fröhliche Weihnachten« wünschte, klang es, wie wenn ein böser Gott ihn vom Himmel herab verwünschte.

Draußen regnete es, und zwischen den in die feuchte Nacht ragenden Bürohäusern fuhren nur ein paar besetzte Taxis durch die verlassenen Straßen. Als er um die Ecke bog, sah er an der Tiefgaragenausfahrt des VERBAG-Komplexes den Wagen des Direktors stehen. Er hatte die Kurve nach der Ausfahrt zu scharf genommen und war geradewegs in einen parkenden Kleinbus gefahren. Gummer rannte auf den schwarzen Mercedes zu und riß die Tür auf. Am Steuer saß der Direktor und grinste. Auf dem Beifahrersitz lag eine halbleere Whiskyflasche. Einen Moment lang fragte sich Gummer, was denn aus dem Chauffeur geworden war, aber dann fiel ihm die ganze, dumme Geschichte wieder ein, und er biß sich auf die Zunge.

»Wer sin Sie denn?« lallte der Direktor.

»Gummer, ich arbeite in einer Ihrer Unterabteilungen, Struktur und Organisation.«

»Ach ja, ja. Gummer ... hören Sie: Dda vorn hat jemand was auf die Straße geschoben, kkönnen Sie das mal wegräumen, ja?«

»Herr Direktor, es tut mir leid, aber ich glaube, Sie sind da in was hineingefahren.«

Der Direktor riß die Augen auf.

»Mist. Das paßt mir jetzt aber gar nich. Jjemand verletzt?«

»Nein.«

»Sagen Sie ddenen, wir regeln das alles über unsre Versicherung.«

»Herr Direktor, hören Sie ...«

»Ich ... binnäämlichnoch mit Dr. Thun verabredet.« Der Direktor kicherte. »Wir treffen uns in so einem ... Club ... Sie verstehen ... Laß uns mal wieder richtig einen wegstecken, hadder gesagt, laß uns ...«

»Entschuldigen Sie, aber ich denke nicht, daß das jetzt ...«

»Natürlich«, der Direktor kratzte sich am Kopf, »hab ich ja gesagt. Er is ja schließlich mein Vorgesetzter, eine Respektsperson; wwollen Sie auch mit?«

»Nein, danke.«

»Sie kkönnen ja nachkommen, wenn Sie's sich anders überlegen. Der Thun schmeißt 'ne Runde, hadder gesagt, Sie verstehen ...!«

»Herr Direktor, ich bitte Sie, wir müssen ...!«

»Hier, hadder mir aufgezeichnet, wo's is ... so 'ne Art Geheimtip. Da gibt's ro-ote, rasierte; Lack, Leder, alles ...« Der Direktor entfaltete mühsam ein Blatt Papier, auf das eine grobe Straßenskizze gekritzelt war, in deren Mitte ein Pfeil auf ein Kreuz zeigte, über dem in großen Blockbuchstaben stand: MUSCHIS. Im nächsten Moment drehte sich Gummer, einer Eingebung folgend, um und sah, wie an der nächsten Ecke ein Streifenwagen langsam in die Straße einbog.

43

»Schnell, rutschen Sie rüber!« Gummer bugsierte den murrenden Direktor auf den Beifahrersitz, während er selbst hinter dem Steuer Platz nahm.

Als der Streifenwagen unweit des Mercedes hielt und einer der Beamten ausstieg, ließ Gummer die Scheibe herunter. Der Beamte schaute in das Wageninnere und runzelte die Stirn.

»Hier sind meine Papiere!« rief der Direktor triumphierend und hielt die Zeichnung hoch.

»Entschuldigen Sie bitte«, sagte Gummer.

»Muschis! Muschis! Muschis!« schrie der Direktor.

»Sind Sie gefahren?« fragte der Beamte.

Der Direktor stieß die Beifahrertür auf und übergab sich auf den Bürgersteig.

»Ja«, sagte Gummer.

Der Mann in der Tür war klein, sehr klein. Das Sonnenlicht fiel von schräg hinten auf ihn, und eine Sekunde lang schien er zu zögern, bevor er etwa einen Meter weit in Gummers Filiale trat und sich umsah. Aufgeregt kam Gummer aus seinem Büro.

Trotz des guten Wetters trug der Mann einen altmodischen Regenmantel aus graugrünem Gabardine, den Kragen hatte er hochgeschlagen. Auf dem großen Kopf saß ein zu kleiner Hut, den sich der Mann, als er Gummer sah, ins Gesicht zu ziehen versuchte, das hinter einer dicken Hornbrille und einem buschigen Schnauzbart fast verschwand.

»Das ist sie also, Ihre Bank«, sagte der Mann und stapfte auf den Schalter zu. Dort blieb er stehen. Sein Kopf reichte kaum über den Tresen.

»Das hier ist eine Bank«, bestätigte Gummer.

»Wie schön für Sie. Da arbeiten Se sicher gern hier.«

»Ich bin der Filialleiter«, Gummer lächelte, »kann ich Ihnen helfen?«

»Mir helfen – ha! Se müßten mal Ihre Tür ölen, so sieht's aus. Was machen Se denn den ganzen Tag so, als Fill-Jal-Leiter?« Der Gnom sah sich weiter um, sprach langsam in den Raum hinein. »Stellen Se hier was her, kommt hier was bei raus?«

»Ob hier was bei rauskommt?«

»Die Tür muß geölt werden«, er drehte sich um, glotzte Gummer durch seine Hornbrille an. »Oder ham Se hier keine Kundschaft?«

Gummer dachte nach. Regel Nummer eins war, daß man nie von der äußeren Erscheinung und dem Benehmen eines Kunden auf dessen Vermögen schließen sollte. Aber dieser da ... Es konnte einer von Fuchs' Leuten sein. Insbesondere der Bart kam ihm künstlich vor. Er glänzte und wirkte im Vergleich zur übrigen Aufmachung des Mannes seltsam gepflegt. Dann die Brille: Gläser, dick wie Aschenbecher. Ihr Träger konnte durch sie allenfalls schielen, kaum besser sehen. Fuchs' Leute standen im Ruf, ihre Dienstwagen zwei Straßenecken entfernt abzustellen, dort in die unmöglichsten Verkleidungen zu schlüpfen, in der zu kontrollierenden Filiale aufzutauchen und Fangfragen zu stellen, die die Angestellten aufs Glatteis führen, zur Übertretung der Vorschriften anstacheln sollten: Ach, ich habe meinen Ausweis gerade nicht dabei, aber Ihre Frau Sowieso kennt mich doch, Sie können mir den Scheck ruhig auszahlen ... Es konnte also durchaus jemand von der Inneren Abteilung sein, der da vor ihm stand, und nach der Sache mit den Kontoeröffnungen war die Frage, ob er keine Kundschaft habe, alles andere als harmlos. Gummer suchte noch nach einer unverfänglichen Antwort, als der Mann einen Zehner auf den Tresen legte. Der Schein war zerknüllt, und die schmutzigen Hände des Mannes strichen ihn sorgsam glatt.

»Wechseln Se mir das mal. Münzen hätt' ich gern.«

Eine Falle? überlegte Gummer. Aber welcher Art?

Sehr langsam legte er die Geldstücke auf den Tresen, zählte laut: »Eins, zwei, drei« und ließ dabei den falschen Kunden nicht aus den Augen. Bei zehn winkte der Mann hektisch an Gummer vorbei, der sich kurz umdrehte, durch das Fenster jedoch niemanden sah.

»Wem winken Sie?«

»Marotte von mir. Den Kameras. In den Banken ham die immer Kameras; ich spiele in vielen Filmen mit.«

»Tut mir leid, hier gibt es keine einzige Überwachungs…«, Gummer biß sich auf die Zunge. Jetzt haben sie mich. Daß die Kamera nie installiert worden war, durfte er, obwohl offensichtlich, natürlich niemandem verraten. Gleich wird der Kerl seinen falschen Bart abreißen, mir die Brille entgegenschleudern, sich aufrichten und mir gründlich eins über die Sicherheitsvorschriften geigen.

Nichts dergleichen geschah. Der Mann wischte das Münzgeld in seine Hand, trottete zum Ausgang und ließ den verwirrten Gummer allein zurück.

Dessen Blick blieb lange auf die Tür geheftet, die sich wieder geschlossen hatte, so, als wäre der Gnom nur eine flüchtige Gestalt, entkommen aus dem Alptraum eines Fremden, der jenseits des nächsten Häuserblocks in einem dunklen Zimmer traumlos lag, bis er zu ihm zurückkehren würde. Gummer schüttelte den Kopf und schaute auf den Teppichboden. Nein, der Mann war hier gewesen – kleine Dreckklümpchen belegten es. War er also doch einer von Fuchs' Leuten? Und hatte er, Gummer, nicht seit dem ersten Tag das Gefühl gehabt, daß da noch jemand ist, daß er beobachtet wurde, nicht allein war? Oder war dieses Gefühl nur das Ergebnis seiner Verlassenheit? Fing er an, langsam verrückt zu werden?

Seine Angst vor Fuchs kam ihm unsinnig vor. Selbst wenn das einer von der Inneren Abteilung gewesen war, hätte er ihn wie einen ganz gewöhnlichen Kunden behandeln sollen. Gaben nicht sein Zögern und seine Unsicherheit dem Verdacht Nahrung, hier ginge etwas nicht mit rechten Dingen zu? Je mehr er darüber nachdachte, desto mehr ärgerte er sich.

Als sich die Tür des Containers ein weiteres Mal an diesem Tag mit einem Quietschen öffnete, stand ein verärgerter Filialleiter hinter dem Schalter. Diesmal war der Mann groß, die schwarzen Haare waren nach hinten gekämmt. Er trug einen kastanienbraunen Zweireiher, das Braun war etwas dunkler als sein narbiges Gesicht. Schweigend paffte er an einer Zigarre, ging mit der linken Hand die Broschüren des Werberegals durch, schnippste mit der rechten eine silberne Münze in die Luft, die er geschickt wieder auffing. Gummer schien ihn nicht zu interessieren.

»JA!« rief der plötzlich, »das hier ist eine Bank!«

Der Mann (vielleicht ein Südamerikaner?) blies den Rauch aus.

»So?« sagte er und ging.

Abends, nachdem er den Container verschlossen hatte, ging Gummer durch die schwach beleuchteten Straßen, ab und zu schaute er zurück. War da jemand? Er betrat ein Schnellrestaurant, nahm ein Schnitzel mit Kartoffelsalat und kaute in einer Ecke lustlos darauf herum, während er durch die große Fensterfront in die Nacht starrte. In seiner Wohnung angekommen, schaltete er den Fernseher an, sah die Nachrichten, ohne daß die Dinge dadurch klarer wurden. Die Bilder des Tages waren immer die Bilder eines vergangenen Tages, einer vergangenen Stunde, einer vergangenen Minute. Gummer kam es so vor, als sei alles schon viel länger vorbei als behauptet, aufgezeichnet in einem fernen Gestern, das dazu verurteilt war, sich auf den Schirmen millionenfach zu wiederholen, während sich in den klimatisierten Kellern der Sender die Akkumulatoren der Kameras und Rekorder neu aufluden, schweigend rote Dioden in der Dunkelheit auf Grün wechselten …

Und er selbst? Seine Wirklichkeit war der Container, die Fahrt mit der U-Bahn, war der abendliche Gang in ein Schnellrestaurant, in den Supermarkt. Ihm fiel ein, daß er vor einigen

Monaten eine Verabredung gehabt haben mußte, mit der kleinen Carola Boldoni aus der Filialdisposition. Sie hatte etwas. So was Schnippisch-Erotisches, randlose Sekretärinnenbrille, züchtiger Dutt. Er hatte die Verabredung völlig vergessen. Hatte sie vergeblich auf ihn gewartet, in diesem italienischen Restaurant, wo die Schinken rustikal von der Decke hingen und das er selbst vorgeschlagen hatte? Sie hatte sich nicht mehr bei ihm gemeldet. Warum? War sie einfach nur eingeschnappt, oder war sie etwa schon seit langem durch die Innere Abteilung über sein gegenwärtiges Leben aufgeklärt? Kursierten Gerüchte über ihn? War es Zufall, daß niemand ein Konto bei ihm eröffnete, oder war es vorherbestimmt, war er vielleicht Teil eines Steuerabschreibungsplans? Und hatte er nicht schon des öfteren in diesem Viertel illegale Plakate von Sympathisanten der MAOISTISCHEN ZELLEN an den verwitterten Häuserwänden kleben sehen: GEBT EUER GELD NICHT IHNEN; war er »ihnen«? Sollte er Verlust machen oder sich bewähren? All das war ihm bislang gleichgültig gewesen. Er hatte weitgehend seine Ruhe gehabt. Der Mensch ist manchmal genügsam, solange er in Ruhe gelassen wird. Doch dann die zwei Männer, vor allem der Gnom. Was hatten sie vor?

Gummer trank ein Bier und ging ins Bett, wo nichts auf ihn wartete als ein unruhiger Schlaf.

›Ja, ja, friß dich nur voll‹, sagte sich Willy Bein, der unter seiner Mantel-Hut-Verkleidung schwitzte, während er beobachtete, wie der Mann in einer Ecke des Schnellrestaurants am Fenster saß und genüßlich ein Schnitzel verdrückte. Auch Willy hatte Hunger, und es machte ihn wütend, wie dieser Kerl da sich vollstopfen konnte. Aber er mußte sich zusammennehmen. Bis zum großen Tag.

Verborgen zwischen zwei Altglasbehältern (die Hornbrille, durch die er seine Umgebung nur schemenhaft wahrnehmen

konnte, hatte er abgenommen), observierte er den Filialleiter.
Der Mann war hager, mittelgroß, vielleicht Ende Dreißig. Aber
Willy interessierte sich kaum für sein Alter. Seitdem der Container *gelandet* war, beobachtete er diesen Mann, wie er morgens kam, aufschloß und auf etwas zu warten schien. Worauf?
Egal. Willy hatte begriffen, daß der Container die Filiale einer
Bank war, ein Vorposten jener Macht, die ihn um sein Leben
gebracht hatte.

Tag für Tag, Woche für Woche war er um den Container geschlichen, bis er es gewagt hatte hineinzugehen. Einmal hatte
er eine leere Bierdose durch ein offenes Fenster geworfen und
gewartet, ob jemand rauskäme. Aber es kam niemand.

Willy, der sich während dieser Zeit hauptsächlich von Abfällen und Lebensmitteln ernährte, die die Supermärkte wegen
Überschreitung des Haltbarkeitsdatums wegwarfen, hatte in
seinem Keller, schwach beleuchtet von einer alten Petroleumlampe, ein Modell des Abbruchgrundstücks mit dem daraufstehenden Container aufgebaut. Er konnte sich an einen Film
erinnern, bei dem das Modell der Bank von größter Wichtigkeit war. Und die Uhren. Uhren waren auch wichtig. Willy
war überrascht, wie viele alte Uhren er fand: im Bauschutt, in
Mülltonnen, in Autowracks, in den Küchen verlassener Wohnungen. Er hängte sie an die feuchte Kellerwand. Einige gingen mehrere Stunden nach – das heißt, sie gingen nicht falsch,
sondern Willy hatte sie absichtlich nachgestellt; andere wiederum gingen vor – aus demselben Grund. Er hatte über jeder
der Uhren kleine Zettel befestigt, auf denen mit ungelenker
Schrift geschrieben stand: »vor zwei Stunden«, »vor zwanzig
Minuten«, »in fünf Minuten«, »in einer halben Stunde«. Auf
diese Weise hoffte Willy nicht nur die Gegenwart, sondern
auch Vergangenheit und Zukunft, also die Zeit an sich wieder
in den Griff zu bekommen. Manchmal hatte er nämlich das
Gefühl, was ihm zugestoßen war, habe mit einer Störung im
Ablauf zu tun. Es war so ein Gefühl, das er nicht hätte be-

schreiben können, nicht mehr als eine diffuse Vorstellung von der Welt als riesigem mechanischen Räderwerk. Irgendwo war Sand ins Getriebe gekommen, und seit einem mysteriösen Datum tickten alle Uhren anders. Allerdings – ließ ihn ein Blick auf die Uhren der Vergangenheit oft genug melancholisch werden, so durchfuhr ihn ein Frösteln, wenn er die Uhren der Zukunft betrachtete. »Vor zwei Stunden« war wenig mehr als die Erinnerung an schwere Augenblicke, ausgefüllt von seinem Überlebenskampf und manchmal dem kleinen Glück eines überraschenden Fundes, den er zur Ausführung des *Plans* gebrauchen konnte. »In fünf Minuten« hingegen war ein schwarzes, gähnendes Loch; und allein der Plan half ein wenig, es zu stopfen.

Mitten in diesem Kellerraum stand sein Schmuckstück, eine alte Standuhr. Sie war größer als Willy. Um das Zifferblatt räkelten sich zwischen Efeuschnitzereien zwei barbusige Frauen, die verträumt zur Zwölf hin blickten und die Arme über das Zifferblatt legten, so als müßten sie es besänftigen. Die Uhr hatte ein großes Pendel, das hinter einer Glastür fast lautlos hin und her schwang, und zu jeder viertel Stunde ertönte ein tiefer, voller Gong. Diese Standuhr zeigte das »Jetzt« an, die Gegenwart. Zwei weitere Uhren trug er am Arm. Das war Teil des Plans. UHRENVERGLEICH, hatte der Mann im Film immer wieder von seinen Komplizen gefordert und noch etwas (was mit den Uhren und dem Gleichlauf der Zeit zusammenhing) – und dies, davon war Willy überzeugt, mußte das Wichtigste sein: das richtige »Timing«, worunter Willy das korrekte Voranschreiten der Zeit verstand, nachdem erst einmal alle Uhren verglichen waren, ohne Verzögerungen, ohne Sand im Getriebe.

Timing

Wieder trug er seine Kordhosen und den Mantel. Allerdings hatte er sich, was Gummer auf Anhieb verdächtig vorkam, eine schwarze Wollmütze über seinen großen Kopf gezwängt, die nur die Augen freiließ und seine Nase unangenehm platt drückte. Er hatte eigentlich vorgehabt, schon vormittags hinzugehen, mußte jedoch nach dem obligatorischen Uhrenvergleich seinen Zeitplan umschmeißen, da er länger als vorgesehen für das Schreiben eines kleinen Zettels benötigt hatte, auf dem nun stand:

ÜBERFALL! KEINE BEWEGUNG!
NICHT ALARM DRÜCKEN! SONST:

– hier folgten mehrere Zeilen, die allesamt durchgestrichen waren –

DU BIST AM ENDE.

Gummer drückte nach der Lektüre des Zettels sofort den Alarmknopf, was dessen Verfasser nie erfuhr, ganz einfach, weil niemand kam. Zwei Wochen später sollte Gummer einen Brief aus der Zentrale erhalten, in dem gefragt wurde, warum er den Knopf gedrückt habe, verbunden mit dem Hinweis, der nochmalige Mißbrauch werde eine Geldstrafe nach sich ziehen.

Um seiner Forderung Gewicht zu verleihen, wuchtete Willy eine große Armeepistole auf den Tresen; der lange schwarze Lauf zeigte auf Gummers Brustbein, und Willy sagte:
»So!«

Es war eine alte Luger, ein seltenes Modell, Kaliber 9 mm, mit einem über 20 cm langen Lauf und einem im Griff steckenden Schneckenmagazin. Sie war eines der vielen Dinge, die Willy gefunden und in sein Versteck geschleppt hatte. Von einem Sammler antiker Schußwaffen hätte er wahrscheinlich viel Geld dafür bekommen: Willy hatte die Pistole vollständig'auseinandergenommen, auch das kleinste Fleckchen Rost entfernt, alle Teile gereinigt, eingeölt und auf ihre Funktion überprüft, ohne jedoch einen Schuß abgefeuert zu haben.

Die Pistole trug seitlich, am Anfang des Laufes, die Gravierung: FÜR GOTT ...ER UND VATERLAND. Man hatte sie Anfang 1916 in Deutschland in kleiner Serie für den Grabenkrieg gebaut.

Oberleutnant von Stein war sehr stolz darauf, daß ihm eine solche Waffe ausgehändigt wurde, noch bevor er und seine Einheit vom Oberkommando den kaiserlichen Befehl erhielten, die *Höhe 500*, Teil jener gewaltigen Festungsanlage der Franzosen vor Verdun, zu erstürmen. »Ausdünnen! Ausbluten! Auslöschen!« hatte General von Falkenhayn den Männern seines Stabes entgegengeschleudert und damit die Effizienz seines Planes unterstrichen, der darin bestand, die Franzosen vor dem Angriff sturmreif zu schießen.

Also saßen von Stein und seine Offizierskameraden wochenlang Tag für Tag und Nacht für Nacht in ihrem Unterstand, tranken Beutewein und spielten Karten oder Schach, träumten vom Eisernen Kreuz und einer Beförderung, während draußen die deutsche Artillerie mit unablässigem Krawumm tonnenweise Granaten auf die Festungen Vaux, Douaumont und den vorgelagerten Bunker mit der Bezeichnung *Höhe 500* schleuderte, wo die Franzosen doch langsam ausgedünnt sein mußten.

Eines Tages trat eine gespenstische Stille ein. Die deutschen Offiziere tranken den Wein aus, legten die Karten hin; von Stein, der am Zug war, merkte sich die Stellung der Schachfiguren, murmelte: »Wir spielen nachher weiter« und griff nach seiner Pistole. Sie krochen aus ihren muffigen Unterständen, hinaus in einen schweigenden, von Rauchschwaden vernebelten Morgen ohne Jahreszeit.

Oben auf der *Höhe 500* angekommen, warteten sie darauf, daß sich die Franzosen ergäben. Immer noch hing Rauch über den schwelenden Ruinen, bis er endlich den Blick auf ein kahles Trümmerfeld freigab. Von Stein hatte eine schon länger verlassene Stellung erstürmt, ohne auch nur einen Schuß aus seiner wunderbaren Pistole abzugeben. Diese Tatsache sowie die mangels Heldentum geschrumpften Aussichten auf Eisernes Kreuz, Sonderurlaub und Beförderung betrübten ihn.

Der einzige Franzose weit und breit, der noch Gegenwehr hätte leisten können, war Louis Montagnon, der den Rückzug verschlafen hatte, jetzt bibbernd in einem Granattrichter kauerte und sich sehr gerne ergeben wollte. Als jedoch von Stein sich langsam über den Trichterrand schob, sah Louis nur den endlos langen, schwarzen Lauf der Pistole und bekam es noch mehr mit der Angst. Sein Finger am Abzug des verdreckten Karabiners zuckte, er schoß, die Kugel durchschlug von Steins Schlüsselbein und blieb im Rückgrat stecken. Der Oberleutnant kullerte den Abhang hinunter und blieb verwundert auf dem Rücken neben Montagnon liegen. Von Stein, der – unter anderem – auch Französisch sprach, hätte gern etwas zu Montagnon gesagt, konnte aber nicht. Montagnon, der nur Französisch sprach, hätte auch gern etwas gesagt, vielleicht, daß ihm die ganze Angelegenheit irgendwie leid tue, doch ihm fielen die richtigen Worte nicht ein. So lagen beide auf dem Grund des Trichters und blickten schweigend in den Himmel, wo die Krähen ihre Kreise zogen und geduldig darauf warteten, daß das französische Gegenfeuer ihnen den Caporal Montagnon und den Oberleutnant von Stein in mundgerechte Häppchen schoß.

Auf dem späteren Rückzug der Deutschen stolperte der Gefreite Nuschgl über von Steins abgerissenen Arm nebst daran hängender Pistole. Nuschgl drehte seinen Kopf schnell nach links, dann nach rechts, niemand beobachtete ihn, er hob den Arm, brach von Steins steife Finger und schob die Pistole unter seinen Mantel. Es gelang ihm, die Waffe den ganzen Krieg über zu verbergen.

Nach dessen Ende versteckte er sie in einer Kiste in seiner ärmlichen Dachkammer, wo er, unzufrieden mit den Verhältnissen, von einer Rückkehr des Kaisers aus dem niederländischen Exil träumte, die er mit seiner wunderbaren Pistole mutig unterstützen wollte. Die Inflation kam, der Kaiser machte keine Anstalten, die Tulpenzucht aufzugeben, und ließ Nuschgls flammende Briefe unbeantwortet. An einem Montagmorgen ging Nuschgl aus dem Haus auf die Straße, wo er von einem Bierlaster überfahren wurde.

»Wie – so?« fragte Gummer und starrte auf die Mündung der Pistole.

Was macht man, wenn man von einem kleinen untersetzten Mann mit zu großem Kopf und einer wahrscheinlich geladenen Pistole bedroht wird? Nichts, entschied Gummer, natürlich nichts, der Mann mit der Pistole ist am Zug. Was macht man andererseits, wenn man mit geladener Waffe vor einem großen, hageren Mann steht, wenn schon der Entschluß, ihn zu bedrohen, so viel Kraft gekostet hat?

Willy hatte sich jeden seiner Schritte gut überlegt, aber nur bis zu jenem Punkt, an dem er sich jetzt befand. Seine krummen Beine zitterten, und für einen Augenblick war er nahe daran, einfach abzudrücken. Der Druck auf seine Schläfen nahm zu, die Adern schwollen an, etwas nahm seinen Weg zu Willys Zeigefinger, etwas anderes zu seinen kalten Lippen, die schließlich, kurz bevor er abgedrückt hätte, das Wort »Geld« herauspreßten.

»Ach – so.« Gummer freute sich beinahe. Mittlerweile vermutete er wieder, es handle sich bei dem Krummbeinigen doch um einen Kontrolleur aus Fuchs' Innerer Abteilung, allein schon deshalb, weil seit dem Drücken des Alarmknopfes mehrere Minuten vergangen waren und er, vorsichtig an dem Mann vorbei durch das Fenster spähend, immer noch nicht die Mannschaftswagen der Polizei, die Scharfschützen, die Beamten mit den Megaphonen sah. Also ein Test, und zwar ein besonders hinterhältiger, wie ihn nur Fuchs ersinnen konnte.

Sorgfältig blätterte Gummer zwanzig Hunderter auf den Tresen.

»Achtzehn, neunzehn, zwanzig. Bitte sehr.«

»Das ... ist nicht alles!«

»Natürlich ist das nicht alles. Aber *alles* dauert ein wenig.«

»Sofort.«

»Sie wissen doch ...«, raunte Gummer über den Tresen und den Lauf der Pistole hinweg, wobei er mit dem rechten Auge zwinkerte. Willy Bein wankte. Sein Plan bekam Risse. Wieder der Druck in den Schläfen, das Jucken im Zeigefinger.

»Was?«

»Lesen können Sie ja wohl ...«, flüsterte Gummer etwas verärgert, er fand, Fuchs' Mann übertrieb das Spiel, und deutete auf das kleine Schild auf dem Tresen.

Lesen war nicht unbedingt Willys Stärke. Mühsam, vor allem aber langsam, entzifferte er das Geschriebene:

UNSERE KASSEN ÖFFNEN BEI GROSSEN BETRÄGEN ZEIT-VERZÖGERT. UNSERE ANGESTELLTEN HABEN KEINEN –

Die Verzögerung der Zeit war eine Erfindung Dr. Thuns.

Niemand hatte Erfahrung damit, außer vielleicht Dr. Thun selbst; es gab Gerüchte, man sprach von einer heimlichen Testphase. Dr. Thun war ein großer, dicker Mann. Manchmal trug er eine schmale Lesebrille, die seinem fleischigen Gesicht einen Ausdruck zwischen Gemütlichkeit und bäuerlicher Verschlagenheit verlieh. Natürlich hatte eher letztere Eigenschaft Dr. Thuns Aufstieg in der VERBAG gefördert – inzwischen saß er im Vorstand, und es sah so aus, als würde er dort noch lange sitzen. Dr. Thun war der sehr große Dorn im Auge des Direktors, dessen anvisierten Vorstandssessel er erbarmungslos okkupiert hielt. Es gab zwei Themen, die man in Gegenwart des Direktors nicht ansprechen sollte: jene Fahrt mit seinem Chauffeur Schmidt und – Dr. Thuns Aufstieg.

Wenige Wochen nach Einführung der zeitverzögerten Kassen wartete Gummer im Vorzimmer Dr. Thuns auf unbedeutende Unterlagen, die er so schnell wie möglich dem Direktor überbringen sollte. Es war ein Donnerstagmorgen im Dezember, Gummer wartete, neben dem Schreibtisch der Sekretärin stehend, auf die Unterlagen und blickte durch die Fenster über die in das orange Licht der aufgegangenen Sonne getauchte Stadt. Zwischen den Bürotürmen wand sich der Verkehr durch die Straßen, die riesige Digitaluhr auf dem Dach des gegenüberliegenden Gebäudes zeigte 8:29.

Mehr als dreißig Filialen waren über die Stadt verteilt und würden in weniger als einer Minute öffnen. Die Frage ist, überlegte sich Gummer, wie viele schwerbewaffnete Bankräuber in diesen Straßenschluchten umherziehen, auf ihre Zeit wartend und zu allem bereit.

»Zeitverzögert, zeitverzögert«, wiederholte Willy Bein immer wieder, und die Hand, die Oberleutnant von Steins Luger hielt, wurde unruhig.

»Glauben Sie«, fragte Gummer Dr. Thuns Sekretärin, die gerade in einer Frauenzeitschrift die wahre Geschichte der Chefsekretärin Monika K. las, welche, in ihrer langjährigen Beziehung unzufrieden, auf Seite 59 eine Affäre mit dem Heizungsmonteur anfing, »glauben Sie eigentlich auch, daß diese neuen, zeitverzögerten Kassen Überfälle verhindern werden?«

»Natürlich«, sagte die Sekretärin, ohne aufzuschauen. Monika K. war nur mit einem Bademantel bekleidet, als sie in die Küche ging. Sie hörte gerade noch, wie ihr langjähriger Lebensgefährte »Tschüsschatz!« rief. Zuvor hatte er den Monteur hereingelassen, der jetzt in der Küche neben dem Heizkörper kniete und an einem verklemmten Ventil herumfummelte.

Der Druck in Willys Schädel näherte sich dem kritischen Bereich. Er wußte nicht, was er tun sollte.

»Voilà«, sagte Gummer und schnalzte mit der Zunge, als die Kasse klingelte und er nach mehreren Minuten die nächsten zweitausend auf den Tresen legen konnte, inzwischen völlig überzeugt, vor ihm stehe jemand aus der Inneren Abteilung. Nur die Ruhe. Und, vor allem, einen guten Eindruck machen.

Der Direktor saß in seinem Büro und wartete ungeduldig auf die unwichtigen Akten, die Gummer ihm von Dr. Thun holen sollte.

Der Heizungsmonteur setzte die große Rohrzange an. Es war ein heißer Tag, er trug kein Hemd unter seiner Latzhose, und Monika K. beobachtete, wie sich die Muskeln seiner braungebrannten Oberarme geschmeidig bewegten, während er versuchte, das Ventil abzuschrauben.

»Ich meine«, Gummer räusperte sich, »niemand hat Erfahrung damit.«

»Nein, niemand«, murmelte die Sekretärin.

Willy Bein nahm die Scheine auf dem Tresen kaum wahr. Er begriff, sein Plan scheiterte gerade auf unerwartete Weise. Er hatte gehofft, den großen Coup zu landen, reich zu werden und sich zu rächen. Aber jetzt? Er dachte an die Filme, in denen das Geld *sackweise* fortgeschleppt wurde. Sackweise! Wieder wollte man ihn abfinden. Man wollte, daß er sich mit der Zeitverzögerung abfand, daß er, Herr Willy Bein, sich mit dem wenigen abfand, das für ihn übrigblieb.

»Glauben Sie nicht, ein Bankräuber könnte die Nerven verlieren, sobald er nicht bekommt, was er will?«

Monika saß auf einem Stuhl neben dem Küchentisch und ließ den Bademantel langsam aufgleiten. Der Heizungsmonteur drehte den Kopf und sah sehr lange in das Dunkel zwischen ihren Beinen. Dann schaute er ihr in die Augen.

»Nein, das glaube ich nicht.«

Willys Finger vibrierte am Abzug. Dr. Thun saß hinter seinem großen Mahagonischreibtisch, betrachtete lächelnd die unwichtigen Unterlagen und trank seinen Kaffee. Der Heizungsmonteur hatte seine Hosen heruntergelassen, und Monika betrachtete ungläubig, was sie da sah, weil es das ihres langjährigen Lebensgefährten um mindestens die Hälfte an Größe übertraf. Willy Bein schwitzte. Dr. Thuns Sekretärin schwitzte. Gummer lächelte. Der Heizungsmonteur grinste, als er Monika K. sanft, aber entschlossen auf den Küchentisch hob. Die Finger des Direktors trommelten ungeduldig auf den Tisch.

»Also, sagen Sie mal«, begann Gummer wieder, lehnte sich ein wenig nach vorn und zwinkerte; »nein, nicht …«, hauchte Monika halbherzig, als ihr der kräftige Monteur die Beine auseinanderschob. Die Unruhe des Direktors nahm zu. Der Monteur drang in Monika K. ein. Sie stöhnte. Willy schnaufte. »Der Südamerikaner«, fiel es Gummer plötzlich ein; »ja!« keuchte Monika; der Heizungsmonteur stieß zu, während der Direktor von seinem Tisch aufstand, unruhig murmelte: »Wo bleibt der nur?« – »Komm, komm!« bettelte Monika; »waren das auch Sie?« fragte Gummer; Willy zitterte jetzt wie eine Schlagbohrmaschine; »Gott«, stöhnte Monika, »ich halt das nicht mehr aus«, und der Heizungsmonteur stieß zu, und der Direktor rief nach Gummer, und Gummer lächelte, und Willys Finger zog den Abzug durch –

OOH JA!

Ein Schuß durchbrach die träge Stille, die über dem alten Fabrikgelände hinter dem Container lag, und schreckte ein paar Vögel auf.

»Das sind Krähen«, sagte Louis Montagnon, aber der Oberleutnant schwieg.

Wieder schrie der Vogel, so wie damals, als die Sache mit Schmidt passiert war, und weckte den Direktor aus einem seichten, aufgewühlten Schlaf.

Es war eine seltsame Sache mit dem Vogel. Vor über zehn Jahren, nachdem er zum Leiter der Abteilung »Organisation« befördert worden war, hatte er lange überlegt, ob er dieses Haus, in dessen Schlafzimmer er nun lag, kaufen sollte oder nicht. Es war ein Haus im Grünen, trotzdem mit guter Verbindung zur Stadt. Daß es ein wenig ab vom Schuß lag, hatte die Frau des Direktors anfangs gestört. Bis sie erfuhr, wer alles in der Nähe wohnte: einige der VERBAG-Generaldirektoren und -Aufsichtsratsmitglieder. Die Frau des Direktors, die das Haus als »Haus ohne Charme« eingestuft hatte, fand es nun ganz reizend. Aber der Direktor zögerte. Der Direktor zögerte zwei Wochen, ohne sagen zu können, warum. Er hatte einfach ein komisches Gefühl im Magen. Der Makler rief ihn im Büro an, der Direktor ließ sich durch seine Sekretärin verleugnen. Seine Frau begann teures Mobiliar zu bestellen, der Direktor murmelte einen schwachen Widerspruch, hoffend, das Gefühl werde mit der Möbelrechnung verschwinden. Später erklärte er sich dieses Magendrücken als eine erste, dunkle Vorahnung.

Niemandem hätte er jedoch plausibel machen können, warum er ein so lukratives Angebot ablehnte (»Das ist ein Schnäppchen, mein Bester«, sagte Hiller, bevor man ihn zum Chef des Zentralarchivs degradierte, und eine Hälfte seines Gesichts verkrampfte sich, als hätte er einen Schlaganfall, »ach, wenn ich mal so ein Glück hätte wie du, mit dir geht's aufwärts, aber mit mir?«) Sie seien jetzt wohl bald fast Nachbarn, meinte der Vorstandsvorsitzende Behringer irgendwann auf dem Flur. Der Direktor rief den Makler an.

Störend war allenfalls der Inlandsflughafen. Manchmal, wenn der Wind ungünstig stand, wehten in den Morgenstunden Triebwerksgeräusche herüber, das Starten und Landen der Geschäftsmaschinen, mit denen die Generaldirektoren zu wichtigen Terminen flogen. Der Direktor rettete sich dann in einen Traum, in dem er selbst in einem dieser feinen, kleinen Jets saß, sich entspannt zurücklehnte, während das Flugzeug in die aufgehende Sonne zu neuen Abschlüssen und Konzernfusionen startete. Während er auf diese Weise Gewinn und Einfluß der VERBAG mehrte, saß er in einem ledergepolsterten Sitz und paffte entspannt eine *echte* Havanna.

Die private Stewardeß beugte sich über ihn und räumte die Reste des Essens weg. Er roch ihr Parfum und erhaschte einen Blick auf ihren BH. Sie fragte, ob er noch etwas trinken wolle.

»Wenn Sie sich zu mir setzen.«

Sie errötete.

»Sie können sich gern auch etwas einschenken.«

Sie lächelte und schenkte sich einen großen Whisky ein. Sie saß ihm gegenüber. In den Privatjets seiner Träume saß man sich immer gegenüber. Man hatte keinen hustenden Nachbarn, keinen Vordermann, der seinen Sitz nach hinten kippt und einem die Beine einklemmt. Genau – ihre Beine. Der Direktor konnte seinen Blick kaum von ihnen lösen. Ihre mandelförmigen Augen leuchteten geheimnisvoll, die Haare fielen ihr ins Gesicht; sie strich sie wieder zurück, während sie gleichzeitig ihren großen Mund und seinen Hosenschlitz langsam öffnete …

Der Vogel schrie.

Und dann passierte es.

Nicht immer auf dieselbe Weise. Manchmal ging das Flugzeug nicht in einen Sturzflug über, sondern stieg – freilich im gleichen halsbrecherischen Winkel. So oder so rollte an dieser Stelle des Traums ein herrenloser Servierwagen den Mittelgang hinab, bevor entweder

a) die Stewardeß einen kleinen Revolver aus ihrem Strumpfband zog und auf seine Hoden richtete;

b) er spürte, wie ihm eine doppelläufige Schrotflinte in den

Nacken gedrückt wurde (die neapolitanische Variante des Traums, einmal glaubte er auch einen Ruf zu hören, es klang wie »Avanti Celelisti Maoisti!«);

c) über den Nackenstützen vor ihm die Köpfe zweier bärtiger böser Männer auftauchten.

Er konnte die Maschinenpistolen der bärtigen bösen Männer nicht sehen, aber er hatte dieses Traumwissen, daß ihre Mündungen durch das Sitzpolster auf ihn gerichtet waren. Einer der Männer sagte dann meistens: »Dieses Flugzeug ist in der Gewalt der MAOISTISCHEN ZELLEN! Bleibt auf euren Plätzen! Jeder der aufsteht, wird erschossen!«

Offene Hose hin oder her – der Direktor traute sich nicht, sich zu rühren.

»Würden Sie bitte aufstehen? Sie sitzen auf meinem Platz!«

Er blickte sich erschrocken um. Links neben ihm stand im Mittelgang ein Mann im Anzug und mit Zeitungen unter dem linken Arm. Mit der rechten Hand hielt er dem Direktor seine Bordkarte hin.

»Wie bitte?«

»Das ist mein Platz, auf dem Sie da sitzen, ich habe reserviert!«

»Aber«, der Direktor deutete auf die bärtigen bösen Männer »Sie sehen doch! Ich kann nicht aufstehen! Wer aufsteht, wird erschossen!«

»Das ist mir Wurscht«, erwiderte der Mann mit den Zeitungen, »reserviert ist reserviert.«

Einer der Entführer schnalzte mit der Zunge.

»Da hat er recht.«

Der Direktor hörte, wie hinter den Sitzen eine Waffe durchgeladen wurde.

»Also, stehen Sie nun endlich auf, oder muß ich erst den Flugkapitän holen?«

»Der dann natürlich auch erschossen wird«, warf der zweite böse Mann ein.

»Warum erschießt ihr denn nicht DEN DA!« Der Direktor zeigte auf den Mann mit den Zeitungen.

»Den erschießen wir ja auch noch, aber erst, wenn er von seinem Platz aufsteht.«

»Was er nicht kann, weil du ja auf seinem Platz sitzt.«

»Hopp, hopp, aufgestanden!«

»NEIN NEIN NEIN ICH STEH NICHT AUF ICH STEH NICHT AUF ICH BLEIB WO ICH BIN – ICH BIN – ICH BIN – Ich bin in einem Alptraum, das ist es, ja genau, das ist ein Traum, das ist alles nicht echt«, sagte der Direktor.

Einer der bösen Männer runzelte die Stirn.

»Alptraum oder nicht – noch bist du nicht aufgewacht – und damit immer noch in unserer Gewalt.«

»Eben«, pflichtete der Mann mit den Zeitungen bei, »und: Reserviert ist reserviert!«

Eine Pause entstand. Eine jener merkwürdigen Traumpausen ohne Ton, mit flirrendem Licht und verzerrten Nahaufnahmen des Träumenden als dritter Person. Der Moment, in dem das flüchtige Unterbewußtsein nach einer anderen Filmrolle greift, deren Inhalt mehr schlecht als recht zum Vorangegangenen paßt. Der Direktor hatte an dieser Stelle immer das Bedürfnis, aufzustehen und an *seinen* Platz zu gehen, einen Ort, der nur ihm gehörte, auch wenn sie ihn dafür erschießen würden. Er sah aus dem Fensterchen, sah den krähenden Vogel, einen schwarzen, großen Traumvogel, dessen Auge ihn panisch anstarrte, während er sich bemühte, mit dem Flugzeug mitzuhalten, nach und nach zurückfiel, zwei schwarze Schwingen im purpurnen, wolkigen Traumhimmel. Der Vogel schrie nicht jede Nacht, und er hatte auch nicht immer geschrien. Der Direktor wußte, es konnte keinen *wirklichen* Zusammenhang zwischen einem Vogel, ihm und dem, was mit Schmidt, seinem Chauffeur, passiert war, geben – obwohl er das Gefühl nicht loswurde, es gäbe einen.

Seine Frau lag neben ihm, in einem Schlaf, der so tief wie der

Marianengraben zu sein schien. Sie lag, von ihm abgewandt, auf der Seite. Plötzlich drehte sie sich auf den Rücken, fing an, auf ihre übliche Weise zu schnaufen. Zu Beginn ihrer Ehe hatte er durch mehr oder minder diskrete Anspielungen versucht, ihr das abzugewöhnen, mußte jedoch bald einsehen, daß er ihr das Atmen nicht verbieten konnte. Verdammt. Es ist, als wolle man neben einer Herz-Lungen-Maschine einschlafen. Zwischen den Atemgeräuschen hörte er den Wecker ticken. Er drehte sich zum kleinen Nachttisch. Kurz vor sechs. Bald werden die ersten Maschinen starten. Sie wird sich auf die andere Seite drehen und dann wieder zurück in die Ausgangsposition. Und sie wird mir dabei die Decke wegziehen, wird einen wohligen Laut von sich geben, als sei das Leben ein Kinderspiel. Ich weiß es besser, ich weiß, welcher Wahnsinn uns umgibt. Es ist, als stünde man in einer Irrenanstalt und wollte die Insassen davon überzeugen, daß man als einziger normal ist.

Der Direktor lag einen Moment lang still da und hoffte, seine Gedanken würden ihm im Halbschlaf entgleiten. Es war zu spät. Zu spät, um wieder einzuschlafen, und zu früh, um sich an die Frau heranzumachen. Also lag er wach auf dem Rücken, sah zur Zimmerdecke, die grau und leblos war, und mühte sich verzweifelt, Schafe zu zählen. Als er das erste Flugzeug hörte, versuchte er in einem angenehmeren Traum von Ruhm, Macht und Reichtum zu versinken. Es funktionierte nicht. Das ferne Geräusch der Triebwerke hielt ihn wach und erinnerte ihn daran, daß er nicht mit diesen Jets flog, nicht den Konzern vergrößerte, nicht mit an der großen Vorstandstafel saß, beim Bankett der Sieger, wo es Champagner gab wie anderswo Wasser und richtige Frauen, die in der Nacht nicht schliefen und *Migräne* allenfalls für den Namen eines neuen Cocktails hielten.

Er ballte die Fäuste. Er überlegte, ob er seine Frau erwürgen könnte. Er stellte sie sich vor, wie sie blau anlief und röchelte.

Dieses Geräusch – es würde noch schlimmer sein als jenes, das sie jetzt von sich gab. Ihm waren die Hände gebunden. Manchmal kam ihm der Gedanke zu gehen. Einfach aufzustehen und zu verschwinden. Aber wohin?

Er schwitzte und hängte seinen Fuß über die Bettkante hinaus. Der Fuß wurde kalt, er zog ihn wieder unter die Decke. Seine Frau begann zu schnarchen, sie wärmten weiter die Triebwerke auf, ein Motorrad knatterte am Haus vorbei, ihm fiel sein Termin beim Zahnarzt für die Paradontosebehandlung ein, gefolgt vom Termin bei Dr. Quickling; dann erinnerte er sich, daß er vergessen hatte, den Wachdienst wegen der defekten Kamera über der Garage anzurufen; er bekam nicht genügend Luft durch die Nase, schneuzte sich, sie ächzte, er sah ihre fleischigen Schultern, sie zog einen Teil seiner Bettdecke zu sich hinüber, er zog etwa die Hälfte wieder zurück, sein Herzschlag folgte dem Ticken der Uhr, er spürte das Verstreichen der Zeit, Zeit, die verging, ohne ihn zu fragen, ein Blick zum Wecker, halb sieben, er hatte noch eine halbe Stunde, er drehte sich von der linken auf die rechte Seite, schob mit seinem Zeige- und dem Mittelfinger den rechten Hoden, der zwischen seinen Innenschenkeln eingequetscht wurde, in eine andere Position, zwei Minuten später drehte er sich auf den Rücken, sie seufzte im Schlaf, er starrte an die Zimmerdecke, er roch sich und sein Alter, 49. Auf dem Weg nach oben war er steckengeblieben, hatte sich zu lange ausgeruht, nie war er irgendwo angekommen. Vor bald zehn Jahren hatten sie ihn zum Hauptabteilungsleiter gemacht, die Zukunft mit all ihren Möglichkeiten hatte wie ein Zieleinlauf vor ihm gelegen, sein Name hatte bereits als »stellvertretendes Vorstandsmitglied« auf den Briefköpfen gestanden. Dann war die Sache mit Schmidt passiert – und sein Name verschwand wieder von den Briefköpfen.

Das Schlimmste war, daß er seine Sehnsucht verloren hatte. Daß er hier lag wie ein verirrter, gestrandeter Wal. Seine einstigen Träume, die Träume seiner Jugend, schienen ihm abhanden gekommen. Geblieben waren die Angst, die langsam, fast behutsam größer wurde, und der dumpfe Drang, doch noch *ganz* nach oben zu kommen. Eines Tages werde ich … eines Tages werde ich … eines Tages werde ich …

Er nickte ein.

Die Zeiger der Uhr standen auf fünf vor sieben, und er träumte den seltsamen Teil einer seltsamen Geschichte. Er träumte, er wäre ein anderer, und alles, was er je getan hatte, wäre nicht geschehen; und als er fünf Minuten später beim Surren des Weckers erwachte, hatte er die Ahnung einer wunderbaren Geschichte, einer Geschichte, die alle anderen auszulöschen vermochte, die Wunden heilen konnte. Es war eine bedeutende Geschichte, die es vielleicht wert war, aufgeschrieben, Menschen mitgeteilt zu werden. Aber wie er aufstand, in seine Pantoffeln stieg und zum Badezimmer schlurfte, begann er sie zu vergessen; und als er vor dem Waschbecken stand und sein Gesicht im Spiegel sah, wußte er, er würde sich nie wieder an sie erinnern.

Es heißt, die Erinnerung an das ganze Leben, ja – das ganze Leben selbst, ziehe noch einmal an einem vorbei, in dem Moment, da man stirbt.

Das einzige, was an Gummer vorbeizog, war eine 9 mm-Kugel. Sie flog knapp unterhalb seines linken Ohrläppchens vorbei und durchschlug hinter ihm die Wand des Containers. Er hatte ein Pfeifen im Ohr und eine fremde Wut im Bauch. Immer war er der Gewalt aus dem Weg gegangen; jetzt zweifelte er, ob das nicht ein grundsätzlicher Fehler gewesen war. Irgendwann holt sie dich ein, und dann bist du unvorbereitet, machtlos.

Den Maskierten, von dem Gummer nicht länger annahm, daß er einer von Fuchs' Leuten war, hatte der Rückstoß der Pistole umgerissen. Er lag auf dem Rücken wie ein Käfer. Er bewegte sich nicht. Die Pistole war unter einen der Ständer mit Werbebroschüren für das »VERBAG-Altersvorsorgesparen« gerutscht, auf dessen Spitze eine Tafel mit der Aufschrift SIE SOLLTEN IHRE ZUKUNFT NICHT DEN ANDEREN ÜBERLASSEN montiert war.

Gummer lauschte. In der Ferne hörte er eine Sirene. Er hoffte, sie käme näher, aber sie war weit weg und wurde schließlich noch leiser, bis sie nicht mehr zu hören war. Er spähte aus dem Fenster und erwartete wenigstens einen aufgeschreckten Passanten, der sich vielleicht wundern mochte, warum in dieser Gegend geschossen wurde; jemand, der versuchen würde, herauszufinden, was da vor sich ging. Aber da war niemand.

Als der auf dem Boden liegende Maskierte sich immer noch nicht bewegte, nahm Gummer die Hände herunter. Langsam, nachdem er sich vergewissert hatte, daß der andere die Pistole nicht mit einer schnellen Bewegung erreichen konnte, kam er hinter dem Schalter hervor. Noch immer bewegte sich der Mann nicht, aber Gummer hörte seinen schweren Atem. Vorsichtig trat er näher heran und sah, wie der Maskierte die Augen öffnete, als hätte er sich die ganze Zeit in sich selbst versteckt, erst jetzt ahnend, daß seine Zuflucht entdeckt worden war.

Gummer beugte sich über ihn, dessen blaßblaue Augen ihn voller Mißtrauen durch den schmalen Sehschlitz hindurch anblickten.

Mit einer ruckartigen, überraschenden Bewegung dreht sich der Mann auf den Bauch. Er setzt die Hände auf, ein Bein bereits angezogen, Gummer begreift, der will türmen. Ein Instinkt läßt ihn nach dem Mantel fassen, Rache, vielleicht, aber wofür? Der Zwerg tritt Gummer gegen das Knie. Gummer stolpert, knickt ein, der andere schafft es auf die Füße, fällt wieder nach vorne, versucht zu robben, Gummer hält immer noch einen Zipfel des Mantels, kassiert einen Schlag auf den Kopf, umschlingt mit beiden Armen den Rumpf, in seinem Kopf ein kurzes Blitzen, dazu das ungewohnte Gefühl, Spaß daran zu haben; ein Ellbogenstoß des Maskierten zwischen Gummers kurze Rippen, der aufstöhnt, die Zähne zusammenbeißt: bloß nicht loslassen! Sie rollen auf die Seite, der Mann rudert mit den Armen, Gummer versucht sich auf ihn zu wälzen, aber der andere packt Gummers rechte Hand und beißt durch die Wollmütze hindurch hinein. Gummer heult auf, läßt los, während sein Gegner zum rettenden Ausgang stürzen will; das Gesicht noch schmerzverzerrt, grabscht er nach einem Bein, reißt daran, der Flüchtende fällt der Länge nach zu Boden; Gummer wirft sich auf ihn, packt mit einer Hand einen Arm, preßt die andere ins Genick, dreht den Arm auf den Rücken, schiebt die Hand hoch zum Schulterblatt, bis sein Gegner winselt und …

»So! So! So!« brüllte Gummer. Er saß rittlings auf Willy Bein, hüpfte auf den Knien dem Überwältigten immer wieder ins Kreuz, packte Willys Kopf und stieß ihn immer wieder mit dem Gesicht in den Teppichboden,

»So! So! So!«; drehte ihn um, holte mit der Faust aus, wollte diesem Kerl die Nase einhauen, den Kiefer zertrümmern, das Jochbein brechen. In diesem Moment blickte Willy flehend nach oben, Blut floß aus seiner Nase und machte ihm das Atmen schwer. Als er einen Arm vor sein Gesicht hob, flüsterte er:

»Aufhören. Bitte, aufhören.«

Gummer keuchte, außer Atem durch die ungewohnte Anstrengung, die geballte Faust immer noch erhoben, während sich sein Brustkorb hob und senkte, das Blut in seinen Adern pochte und er sich fragte, warum er das nicht schon früher einmal so gemacht und weshalb er eigentlich damals vor diesem Knilch Tennant die Waffen gestreckt hatte.

Dann war alles vorbei. Gummer ließ die Faust sinken, sein Griff löste sich; er blinzelte und schüttelte den Kopf, verwundert den maskierten Willy Bein betrachtend, der wiederum ei-

67

nen Augenblick lang reglos dalag, sich langsam auf den Bauch drehte, aufsprang und durch die Ausgangstür preschte. Gummer ging ihm unschlüssig hinterher, rief halbherzig: »He, stehenbleiben!«, blieb nach wenigen Metern selbst stehen und sah dem Mann nach, der wie ein Kobold hinter dem Container über das Trümmerfeld hüpfte und plötzlich verschwand, als hätte der Erdboden ihn verschluckt.

Förster

Es war bereits Mitte August, als Förster, ein pickeliger Azubi, zum ersten Mal Bekanntschaft mit dem Fluch machte, der von da an auf ihm zu lasten schien und darin bestand, daß er in den unmöglichsten Momenten den *wirklich großen* Männern begegnen sollte.

Carola Boldoni hatte die Verabredung mit Gummer in der grottenähnlichen italienischen Spelunke zu diesem Zeitpunkt längst vergessen. Ursprünglich hieß sie Claudia Boldner, hatte aber ihren Namen ändern lassen, nachdem sie zu der Erkenntnis gekommen war, daß »C. Boldner« auf einem Türschildchen absolut gewöhnlich aussah. Da sie nichts weniger sein wollte als absolut gewöhnlich und da sie vor allem eines Tages ihr eigenes Büro haben wollte, mußte sie rechtzeitig etwas unternehmen.

Carola Boldoni war keine Schönheit. Doch sie arbeitete hart. Zunächst war es ihr grotesk vorgekommen, dieses Quietschen und Rasseln, Schnaufen und Scheppern in der alten Relaisstation. Geschmackssicher hatte der neue Besitzer in den Ecken der dritten Etage, einem einzigen, über dreihundert Quadratmeter großen Raum, einige der alten Transformatoren stehen lassen.

Am Abend ihres ersten Trainings wäre sie am liebsten gleich wieder rückwärts hinausgegangen. Ihr war, als ob diese drei Dutzend schwitzenden Leiber, die vor ihren Augen stumpfsinnige Übungen absolvierten, in komplizierten und wenig vertrauenerweckenden Apparaten hockten, Gewichte bewegten (wobei es leicht war, sich vorzustellen, daß in Wahrheit die Gewichte sie bewegten) oder auf Laufbändern phantastische

Strecken zurücklegten, ohne von der Stelle zu kommen, und dabei unentwegt auf eine obszöne Art keuchten – als ob sie alle Rädchen einer weiteren, großen und nutzlosen Maschine wären, die irgendwo, vielleicht im Keller, herumstand.

Ihr Widerwillen wich, als sie die Beobachtung machte, wie sie sich veränderte. Sie wurde *anders*. Nicht nur, daß sie einige Kilo abnahm. Ihr ganzer Körper schien einer seltsamen Metamorphose unterworfen, als sie Partien an ihm spürte, deren Existenz sie zuvor nie wahrgenommen hatte. Es waren keine monströsen Veränderungen wie bei einem Bodybuilder, sondern etliche kleine, die anfangs nur sie registrierte, die sie jedoch gerade deswegen um so mehr genoß.

Viele ihrer männlichen Kollegen in der Bank verlangte es danach, sich mit ihr zu verabreden. Carola hatte ein sicheres Gespür für den Markt und den Marktwert entwickelt. Carola stand hoch im Kurs, auch, weil sie die Technik des Zappelnlassens virtuos beherrschte. Ihre Erfahrungen auf sexuellem Gebiet waren hingegen bescheiden, sie hütete ihren schonend gebräunten Körper wie eine kostbare Mechanik vor dem zu frühen Verschleiß. Was sie nicht daran hinderte, ihn der Betrachtung auszusetzen. Betrachten, Begehren, Kursgewinne – alles eine Frage der Psychologie, des Trainings. Mittlerweile arbeitete sie als Gruppenleiterin in der »Filial-Disposition«, doch ihr erklärtes Ziel war die Innere Abteilung.

»Das schaffst du nie«, behauptete die alte Kovlatschek in einer Mittagspause, »das ist ein reiner Männergesangsverein.«

»Wir werden ja sehen.«

An diesem Tag, kurz nach der Mittagspause, saß sie allein im Büro. Förster, der pickelige Azubi, eine Woche zuvor wegen der Krankheit des Kollegen in ihr Zwei-Personen-Büro abkommandiert, wo er ihr meist den ganzen Tag gegenübersaß und dabei nur selten wagte, sie anzuschauen; Förster war seit dem frühen Morgen mit einem umfangreichen Kopierauftrag im Archiv verschwunden.

Zum zweiten Mal las sie sich Gummers Antrag auf Bewilligung einer Reinigungskraft durch, ohne sich an die Verabredung zu erinnern. Sie runzelte die Stirn. Dann versuchte sie, unsicher auf dem wackeligen Stuhl stehend, nach dem Ordner mit den Richtlinien für innerbetriebliche Ausgaben zu greifen. Sie kam nicht ran. Verdammt, wo blieb der Förster eigentlich? Wahrscheinlich hing er in der Cafeteria herum, machte ein Päuschen, anstatt auch mal an sie zu denken und ihr zu helfen; das war nicht fair.

Nein, fair war es wirklich nicht. Azubi Förster dachte nämlich durchaus an Carola, sogar nach jenem umfangreichen und in gewisser Weise demütigenden Kopierauftrag. Gerade weilte er auf der Herrentoilette, auf dem gekachelten Kabinenboden stapelte sich das umfangreiche Resultat des Auftrags, und er dachte auch an Carola, während er mit zusammengekniffenen Augen masturbierte.

Carola klappte mürrisch die kleine Aluleiter auseinander, dachte, hinaufsteigend, an Fuchs. Fuchs, das wußte sie, spielte in einer anderen Liga als der restliche Verein. Nun ja – da war der Name. Aber er sah gut aus. Er hatte Stil. Und er hatte Ausstrahlung. Manche hielten Fuchs für eiskalt, sie nicht. Er war eben erfolgreich. Einmal hatte sie ihn auf dem Gang getroffen, und ohne daß sie ihn irgend etwas gefragt hätte, hatte er gelächelt – aufrichtig gelächelt – und gesagt:

»Wissen Sie, manchmal glaube ich, das Leben ist zu kurz, um es nur in diesem Hamsterrad zu verbringen.«

So dachte Fuchs *wirklich*. Und – nur ihr hatte er es gesagt.

Zurück an ihrem Schreibtisch, klappte sie den Ordner auf. Nein, es gab keinen Zweifel, auch einer Zweigstelle der Kategorie »E« stand eine Reinigungskraft zu. Ein Fehler in den Richtlinien. Sie dachte darüber nach, auf welchem Umweg man diesen Antrag ablehnen und noch so einiges andere bei C. Gummer streichen könnte. Kostensparen war zu einem wichtigen Mittel der Profilierung geworden, wollte man nach oben kommen. Am größten Coup in den vergangenen Monaten war sie selbst beteiligt gewesen: Hillers Abteilung »Rechnungswesen und Zentrale Registratur« wurde sozusagen über Nacht wegrationalisiert.

Hiller selbst erfuhr davon erst, als er aus dem Urlaub zurückgekommen war. Einen ganzen Vormittag irrte er zwischen der 6. und 9. Etage herum, wagte es jedoch nicht nachzufragen. Statt dessen versuchte er durch Bemerkungen wie: »Es hat sich ja einiges getan hier«, oder: »Wenn man aus dem Urlaub zurückkommt, muß man sich erst mal wieder einleben«, die peinliche Suche nach seinem Büro zu kaschieren und gleichzeitig herauszufinden, was denn nun, verflucht noch mal, damit geschehen war. Im 7. Stockwerk traf er gegen halb eins völlig entnervt Carola, wollte sie fragen, stammelte aber nur ein tonloses »Mahlzeit«. Carola Boldoni wies ihn mit der ihr eigenen kühlen Höflichkeit darauf hin, sein Büro befinde sich neuerdings am Ende des Flurs der 3. Etage im Anbau B, die Unterabteilung »Rechnungswesen« sei der Abteilung »Struktur und Organisation« zugeschlagen worden, ihm bleibe ja noch die »Zentrale Registratur«. Hiller stand da, mit offenem Mund, schnappte nach Luft wie ein Karpfen. Carola ließ ihn schnappen, drehte sich um und ging.

Hiller blieb Abteilungsleiter, mit einem halb so großen Büro, dessen Tür er immer offenstehen ließ. Wenn sich jemand in den Anbau B verirrte, räumte er die Aktenberge auf seinem Schreibtisch hin und her, tat so, als sei er sehr beschäftigt, dabei wußte jeder, er hatte den ganzen Tag lang nichts zu tun. Warum Hiller Abteilungsleiter geblieben war, konnte Carola sich nicht erklären, möglicherweise gab es irgendwelche Absprachen mit dem Betriebsrat. Er wurde ein Abteilungsleiter ohne Abteilung. Denn die »Zentrale Registratur«, das Archiv im Keller der VERBAG-Zentrale, war das Reich von Heinrich Voß, dem uralten, muränenähnlichen Archivar, der jedesmal anfing zu fauchen, sobald Hiller am Eingang seiner Höhle auftauchte.

Obwohl das Rationalisierungskonzept im wesentlichen ihre Idee gewesen war, wurde am Ende jemand anderes in die Innere Abteilung versetzt, ein Mann, und fast schien es so, als würde die alte Kovlatschek recht behalten. Aber Carola gab nicht auf. Durch das Fenster sah sie in einiger Entfernung die Baukräne, dort, wo in einem Jahr, beinahe in der Mitte der Stadt, die VERBAG TRADE AND BUSINESS TOWERS stehen sollten. Die alte Zentrale war schlicht zu eng geworden. Und zu unübersichtlich. Der VERBAG-Komplex war mit dem Konzern gewuchert, auf seine eigene, unkontrollierte Weise. Neben dem ursprünglichen Hochhaus, einem der wenigen Bauten, die den Krieg einigermaßen unbeschadet überstanden hatten, waren in den folgenden Jahrzehnten diverse Anbauten hochgezogen worden, die wiederum Übergänge zu weiteren Nebengebäuden erforderten. Hinzu kamen die angemieteten Räume einiger Abteilungen in den umliegenden Häuserblocks. Damit sollte nun bald Schluß sein. Sie sah die Kräne und dachte an das Büro, das sie in der neuen Zentrale beziehen wollte. Möglichst weit oben, mit Blick über den Park und die Stadt. Andere mochten sich ein Häuschen im Grünen wünschen, sie wünschte sich nur ein Zimmer, ihr Zimmer mit Aussicht.

Der Bau des Fundaments sollte schon lange abgeschlossen sein, doch war man während des Aushubs auf ein altes Bunkersystem gestoßen – Hohlräume, Tunnel, die auf keiner Karte verzeichnet waren. Der Boden gab nach, verschluckte einen Bagger, Sand rutschte nach, begrub zwei Arbeiter. Am nächsten Tag Bilder im Fernsehen: der halb freigelegte Bunker, die Containersiedlung der Arbeiter, eine Frau vom Denkmalschutz, ein Mann von der Bauaufsicht. Es gab Ärger wegen angeblich nicht eingehaltener Mindestlöhne.

Carola Boldoni lauschte dem Summen der alten Klimaanlage,

blätterte noch einmal den Ordner durch, dachte über das Wort »Mindestlohn« nach. Ja, das war eine Möglichkeit.

Förster lauschte auch.

Jemand kam in die Herrentoilette. Förster verharrte mitten in der finalen Vor-zurück-Bewegung. Der Jemand ging einige Schritte und blieb dann genau vor Försters Kabine stehen. Förster starrte auf den vorgeschobenen Riegel der Tür.

»Pah! Der kleine Wichser.«

Förster zuckte zusammen. Anstatt schleunigst einzupacken, schaute er an die Decke, neben den Spülkasten. Vielleicht hatten die hier Kameras installiert, oder Wanzen, oder es war einfach jemand auf den Klodeckel nebenan gestiegen, hatte ihn die ganze Zeit beobachtet. Irgend so was.

»Hä-hä.« Das Lachen auf der anderen Seite war herablassend. Er hörte ein Plätschern, das zum Rauschen wurde, und eine tief aus den Eingeweiden abgehende, gedehnte Blähung. Förster löste sich aus seiner Erstarrung, schloß die Hose, hob den Stapel Kopien auf und öffnete die Tür einen Spaltbreit, unsicher, ob er dem Mann da draußen begegnen wollte oder nicht. Es war kein peinlicher Anblick, wie man vielleicht denken mochte.

Förster war beeindruckt, beinahe von Ehrfurcht ergriffen: Ihm den Rücken zugewandt, stand er da, knapp zwei Meter groß, dick und breitschultrig: Dr. Thun. Die Pissoirs wirkten neben ihm wie die Urinale eines katholischen Knabenkindergartens. Das Rauschen kam nicht von der Spülung, sondern vom wasserlassenden Dr. Thun, und es hielt an. Am meisten beeindruckte Förster die Haltung des zweiten Mannes in der VERBAG: selbstgewiß und unerschütterlich. Dünner Zigarrenrauch stieg über Dr. Thun auf, der in imposanter Pose, beide Hände in die Hüften gestemmt, den Dingen ihren Lauf ließ.

Rico

Nach dem vereitelten Banküberfall dachte Gummer darüber nach, wohin der Bankräuber geflüchtet sein könnte, und daß es komisch ausgesehen hatte, wie er da so einfach vom Boden verschluckt worden war. Er dachte auch darüber nach, wie es kam, daß alles um ihn herum die Tendenz zum Verschwinden hatte, angefangen bei Westover-Schultz, dem Nachbarn im Großraumbüro, der eines Tages einfach nicht mehr gekommen war und nicht mal einen sonst doch üblichen »Ausstand« mit Kaffee, Kuchen, Schnittchen und Sekt gegeben hat te (wofür ihm Gummer ganz dankbar war), bis hin zu Frau Hugendobel mit dem Auszubildenden im Schlepp. In gewisser Weise gehörte auch der Direktor dazu. Gummer fand ihn zunehmend merkwürdig, etwa seine Marotte mit den Geheimnummern oder daß er kein Namensschild an seiner Bürotür, sondern nur die Zimmernummer hatte anbringen lassen.

Über all diese Dinge dachte Gummer nach, als sich die Tür zum Container rund zwanzig Minuten nach dem Banküberfall abermals öffnete und jemand hereinkam, dessen Verschwinden allein schon wegen seiner Größe problematisch gewesen wäre.

Seltsamerweise quietschte die Tür nicht, als der Mann eintrat, und Gummer bemerkte ihn erst, als ein monotones, helles Piepsen ertönte. Reflexartig schob Gummer die Waffe in ein Ablagefach, wo sie nicht zu sehen war, während er gleichzeitig den Kopf hob und eine verwaschene blaue Arbeitsjacke vor sich hatte, auf deren Brusttasche das orange Signet der Lampenfabrik gestickt war, eine umgekehrte Glühbirne mit dem

Firmennamen als Glühdraht. Gummer kannte dieses Symbol, er hatte es auf der Spitze des noch stehenden Fabrikturms gesehen, eine übergroße Leuchtreklame, deren untere Hälfte in manchen Nächten flackernd ansprang, wahrscheinlich, weil irgendein vergessener Stromkreis nicht endgültig abgeklemmt worden war.

Aus diesem Grund nahm Gummer an, der Besucher sei ein Arbeiter des Abrißteams, und murmelte: »Wenn Sie die Toilette suchen, die ist dahinten.«

Der Mann mochte gut zwei Meter groß sein. Langsam wanderte Gummers Blick die Jacke hinauf. Um einen stiernackigen Hals hing ein dünnes Goldkettchen. Der Hals verschwand in einem wilden Vollbart, in dessen Mitte sich zwei Reihen gelblicher Zähne öffneten. Sein Atem roch abgestanden.

»Also«, schnaufte er wie jemand, der sich Mut machen wollte, »also gut!« Er schmiß einen Umschlag auf den Tresen und ließ seine Faust hinterhersausen. Es piepste. Gummers Hand krabbelte auf den Griff der Pistole zu.

»Laß das!« befahl der Mann. Gummers Hand zuckte zurück. Eine traurige Melodie erklang.

»Nur noch ein Spiel«, bat eine Kinderstimme, »bitte.«

»Setz dich da drüben hin, Rico.«

Rico, dessen Jeans und Jeansjacke zu groß waren, so daß die umgeschlagenen Hosenbeine und Ärmel dicke Wülste bildeten, trottete, den Blick auf den Gameboy geheftet, zur Sesselgruppe in der anderen Ecke des Raumes. Der große Mann schaute ihm zwei Sekunden lang zärtlich hinterher. Dann wandte er sich wieder Gummer zu und schob den Umschlag ein Stück vor.

Gummer räusperte sich.

»Was kann ich für Sie tun, Herr –?«

Der Hüne deutete auf die kleine Glühbirne.

»Ich war Schichtleiter, im Betrieb, mein ich, der *große Hugo*, aber sie haben mich alle nur Hugo genannt.« Er sah Gummer

nicht an, sondern starrte auf den Umschlag. »Viel ist es nich
mehr. Um ehrlich zu sein, und das war ich mein ganzes Leben
lang, ist das alles, was übrig ist.«
Gummer blickte Hugo fragend an, der verlegen lächelte.
»Wie's halt so geht.«
In diesem Augenblick kam sich Gummer vor wie ein Kapitän
ohne Schiff, der, an fremdem Ufer gestrandet, nach einer langen Zeit vergeblichen Wartens auf Rettung plötzlich den Ein-
geborenen gegenübersteht. Kannte er sie – nicht schon lange?
Hatte er nicht den einen oder anderen, darunter Hugo, bereits
gesehen, damals, an jenem bierseligen Montagmorgen, als der
Direktor neben ihm stand und das alles für eine vielverspre-
chende Idee hielt?
Und jeden Morgen strandete er aufs neue. Saß in der U-Bahn,
unterquerte die Stadt von einem Ende zum anderen, schweigend, auf einem fleckigen Polster sitzend oder manchmal, stehend, durch die Scheiben ins Schwarze schauend, in denen
sich die Menschen spiegelten, wie eine flüchtige Höhlenmale-
rei, ein Vorüberziehen, beobachtete die Passanten und wurde
zu einem Teil des Zuges, regungslos, niemanden erkennend,
nur daß ihm auffiel, wie auf halber Strecke jene, die möglicherweise seine Kollegen waren und in den Großraumbüros
arbeiten mußten, jetzt, im Augenblick des Anhaltens, unter
den Geschäftshäusern ihre Körper streckten, der Griff um die
Henkel der Taschen und Koffer fester wurde, so, als sei dies
der *Höhepunkt* der Fahrt ... Ein kurzes Kopfnicken, ein Wink
mit der Hand, wenn jemand ausstieg. Er sah ihnen nach, jenen, die im Leben etwas erreichen wollten, bevor der Zug die
Station verließ, sah sie zu den Rolltreppen eilen, schieben,
drängeln, die Aktenkoffer, die, zuweilen, im Nebenmann ver-
keilt waren, herauszerren; alle auf den Rolltreppen, alle auf
dem Weg nach oben, wo der Büromorgen wartete und ihnen
der Wind eisig ins Gesicht wehte.
Ein stumpfer Ton. Die Drucklufttüren schließen sich unter

dem Blinken des roten Warnlichts, und der Zug fährt weiter, zur Hälfte geleert. Gummer beobachtet, immer noch sitzend, wie die Anzüge, die Koffer, die pastellfarbenen Kleider und die gute Gesichtsfarbe schwinden mit jeder Station, die sich der Zug von der Stadtmitte entfernt. Nach zwei Dritteln der Strecke ist ihm, als würden sie eine unsichtbare Grenze unterfahren, einen Längengrad hinter sich lassen, in Richtung des vergangenen Tages, der verbrauchten Zeit. Die Männer und Frauen, Greise und Kinder, die nun den Zug betreten, sehen so zerschlissen aus wie ihre Kleidung, ihre Augen starren auf den Boden, als fürchteten sie, er könne verschwinden. Vergeblich versucht er in den Gesichtern zu lesen, jeder Blick, der ihn trifft, hat etwas Bedrohliches. Alles scheint einer anderen Welt anzugehören, einem Paralleluniversum des Scheiterns, in dem sich die wunderbaren Karrieren der Manager und Vorgesetzten in ihr Gegenteil verkehrt haben, in dem jeder – Thun, Fuchs, der Direktor – seinen gestrauchelten Doppelgänger finden könnte, den anderen, aus dem nichts geworden war.

»Sagen Sie mal, sind Sie eingeschlafen? Auf was warten Sie überhaupt? Sparbuch! Ich sagte SPARBUCH.«

»Was für ein Sparbuch?« Gummer blinzelte in Hugos bedrohlich nahes Gesicht.

»Ich – möchte – bei – Ihnen – ein – Sparbuch – eröffnen.«

Miebel-piep! machte der Gameboy.

»Das ist kein Problem«, sagte Gummer zuversichtlich.

»Es ist nicht so einfach ...«

»So?«

Kalüüt-kalüüt.

»Laß das!«

»Nur noch ein Spiel!«

»Gehen wir doch in mein Büro.«

»Wo sind denn Ihre Angestellten?«

»Alle krank. Die kenianische Grippe.«

Pooap! Pooap!

»Bitte setzen Sie sich doch. Also, wie kann ich Ihnen helfen?«
Gummer hatte nun zum erstenmal Gelegenheit, dieses *Sie
können mir alles anvertrauen, außer Ihrer Frau*-Lächeln auf-
zusetzen, das er während des Filialleiter-Seminars so lange
hatte üben müssen. Der große Hugo betrachtete wieder den
Umschlag, den er auf Gummers Schreibtisch gelegt hatte.

»Sehen Sie, das ist alles, was noch übrig ist. Der Rest von
zwanzig Jahren harter Arbeit. Und jetzt möchte ich das Geld
dort deponieren, wo es hergekommen ist.« Hugo sah sich ehr-
fürchtig um, dabei machte er eine vieldeutige Bewegung mit
seiner Hand, als müsse Gummer das alles verstehen, als sei
hier, in diesem mickrigen Raum, die Antwort aufbewahrt.

»Wo es herkommt?«

Priiep! Miebel-piep.

»Die anderen haben mir gesagt, ich soll das lassen, auch meine Frau, und sehen Sie, sie sagte es, *nachdem* ich ihr ein dik-
kes Auge gemacht hatte und obwohl sie es haßt, wenn ich es in
der Kneipe lasse. Sie meinte, ich soll es ihr geben, oder in die
Matratze einnähen, oder sonstwas ... aber auf keinen Fall Ihnen, denn ihr habt uns betrogen und werdet es wieder tun. Sie
wissen, was ich meine.«

»Ich kenne Ihre Frau nicht.«

»Das ist auch besser so.«

Pooap! Pooap!

»Also, ich hab zu ihr gesagt: Es soll unserem Sohn einmal bes-
sergehen.«

Gummer runzelte die Stirn, sein Lächeln schwand.

»Also: Sie wollen ein Sparbuch eröffnen. Stimmt's?«

»Ja.«

»Nein!« schrie Rico von seinem Platz aus.

»Du hältst die Klappe.«

Gummer zückte ein Formular und ließ den Kugelschreiber
klicken. Endlich, dachte er.

»Tja, dann bräuchte ich zunächst mal Ihren vollen Namen und das Geburtsdatum.«

»Das versuch ich Ihnen doch die ganze Zeit zu erklären!«

»Was?«

Kalüüt-kalüüt.

»Es ist nich für mich. Es ist für ihn!« sagte der große Hugo und deutete auf den Jungen. »Meinen Sohn.«

Miebel-piep! kam es wieder aus der Ecke.

»Los, Rico, sag dem Herrn Bankdirektor guten Tag!«

»Wichser.«

»Das mit dem Sparbuch muß aber so sein«, fuhr Hugo unbeirrt fort, »daß er das Geld erst bekommen kann, wenn er erwachsen ist.«

»Wenn er volljährig ist.«

»Nein – wenn er erwachsen ist!«

»Wann ist er denn Ihrer Ansicht nach erwachsen?«

»Mit 25?«

»Es wäre einfacher, das Sparbuch auf Ihren Namen auszustellen und es später einfach zu übertragen.«

»Nein! Niemand darf da ran können. Niemand! Auch nich seine Mutter – und vor allem nich ich!« Er holte Luft. »Geht das?«

»Es ist ein wenig kompliziert, aber …«

»Verstehen Sie – er soll es mal besser haben. Hört sich abgedroschen an, ich weiß, aber es ist so: Viel ist nich mehr da von meiner Abfindung. Genauer gesagt« – er deutete auf den Umschlag – »zwölftausend. Nich viel, aber doch ein Anfang. Für ihn – nich für mich. Und wenn ich das heute nich mache, dann mach ich das nie. Kapiert?«

»Völlig.« Gummer begann, ein anderes Formular auszufüllen. Er beugte sich leicht vor und grinste den Jungen an.

»Na, wie heißen wir denn?«

Der Junge formte eine Faust, aus der sich langsam der Mittelfinger aufrichtete. Sein Vater haute ihn gegen den Hinterkopf. Der Kleine verzog keine Miene.

»Rico heißt er, und Stunz, wie sein Vater, Rico Stunz.«
Gummer ließ sich Ricos Kinderpaß geben, strich einige Passa-
gen des Formulartextes und trug den Tag ein, an dem Rico in
zwanzig Jahren das Geld würde abheben können.
»Sie müssen hier unterschreiben. Nur für die Eröffnung.«
»Danach kann ich nich mehr ran?«
»Danach können Sie nicht mehr ran.«
Hugo Stunz unterschrieb. Gummer zählte das Geld nach,
stand auf, schob die Scheine in die Kasse, begleitete Hugo und
seinen Sohn zur Tür.
»Ich hab Hunger«, maulte Rico.
»Ja, ja, gleich.« Hugo wirkte erleichtert, strich Rico über den
Kopf, der plötzlich lächelte, wie das fünfjährige blonde Jun-
gen mit Zahnlücken und viel zu großen, hochgekrempelten
Jeans eben tun, und sich an das Hosenbein seines Vaters
schmiegte.
Auch Gummer war zufrieden, irgendwie.
»Einen schönen Tag wünsche ich noch«, sagte er.
Der große Hugo drehte sich um. Etwas hatte sich in seinem
Gesicht verändert, aber Gummer kam nicht darauf, was. Er
packte Gummer mit einer Hand am Kragen und zog ihn zu sich
herauf, Gummers Füße suchten den Boden.
»PASS AUF ANZUGMENSCH PASS AUF! Ich werd jetzt mit
meinem Jungen da über die Straße in die Kneipe gehen. Und
der Junge wird ne große Pommes mit Ketchup und möglicherweise ne Bockwurst kriegen. Und sein Vater wird sich n kleines Bier bestellen und sich möglicherweise mit dem Barhok-
ker vor einen dieser Automaten setzen und den Automaten n
bißchen rasseln lassen. Und irgendwann wird das hier« – er
griff in die Tasche seiner abgewetzten Jacke, und Gummer hörte Münzen klimpern – »möglicherweise aufgebraucht sein.
Und dann wird der blöde Hugo möglicherweise aus der Kneipe raus, wieder zurück über die Straße und hier reingehen.
Und er wird dir erzählen, daß das mit dem Sparbuch für sei-

81

nen Kleinen alles ein verfluchter Irrtum war und du die Kohle wieder rausrücken sollst. Und er wird brüllen und toben und drohen, daß die Wände deiner Blechbüchse wackeln. Und dann jammern und betteln. Jammern und betteln und schließlich heulen. Aber du, Anzugmensch: Du wirst die Kohle nich rausrücken, und wenn du den Alarmknopf drücken und das Überfallkommando holen mußt, NIEMALS! Kapiert?« Gummer nickte. Ihm war mulmig, auch wegen der Erwähnung des Alarmknopfes.

»Weil nämlich sonst«, fuhr Hugo kühl fort, »möglicherweise schon am nächsten Tag, der schlaue Hugo hier vorbeikommt und dir den Hals umdreht.«

Sie gingen hinaus, der kleine reiche Junge an der Hand seines armen Vaters, und über die Straße. Hugo sollte an jenem Tag nicht zurückkommen. Eine Glückssträhne, möglicherweise.

Gummer schaute ihnen nach. Zum ersten Mal seit seiner Beförderung hatte er das Gefühl, etwas getan zu haben, das etwas bewirken würde, und sei es nur, daß der junge Stunz die ihm übertragenen zwölftausend plus Zinseszins pünktlich zu seinem fünfundzwanzigsten Geburtstag verzocken würde. Er schloß die Tür, sah auf die Uhr. Sein Arbeitstag war fast vorüber. Wieder fiel ihm auf, wie sehr sein Zeitgefühl durcheinandergeraten war. Damals, im Großraumbüro, hatte es wenig gegeben, das der Erinnerung wert gewesen wäre. Doch der Rhythmus wiederkehrender Fixpunkte – Arbeitsbeginn, Frühstückspause, Mittagspause, Bearbeiten der eingehenden Vorgänge, Telefonate –, die gleichförmige Wiederholung aller Ereignisse, hatte der Zeit, die verging, wenn schon keinen Sinn, so doch zumindest eine gewisse Struktur und Geschwindigkeit gegeben, eine *beruhigende* Struktur und Geschwindigkeit, die über die Wirren der Außenwelt erhaben schienen.

Er trottete in Richtung Schalter, blieb plötzlich stehen, drehte sich um und ging zurück zur Tür. Er verschloß sie zweimal, eine halbe Stunde vor der Zeit, nahm das Schild »Geöffnet von ... bis ...« von der Tür und warf es in den Papierkorb. Er fand ein Stück Pappkarton, schrieb darauf »Geschlossen« und auf die andere Seite »Geöffnet«, dann warf er einen kurzen Blick auf das Loch in der Wand. Er legte die Waffe in ein Schließfach und hängte das Schild mit der »Geschlossen«-Seite nach außen an die Glastür.

In seinem kleinen Büro ließ er sich in den Bürostuhl hinter dem Schreibtisch fallen, zog die unterste Schublade auf. Man hatte ihm zu seinem siebenjährigen Dienstjubiläum eine Zigarre geschenkt, sieben Jahre, an das Leben davor konnte er sich kaum noch erinnern, außer vielleicht, daß er sich damals das Rauchen abgewöhnt hatte. Nun zog er die knisternde Zellophanhülle ab, schnitt mit einem Taschenmesser das Ende ein. Sie hatten etwas mit ihm vor, so wie sie mit jedem etwas vorhatten. Er entzündete ein Streichholz, hielt es vorsichtig an die Zigarrenspitze, sog Luft an, bis sie ausreichend brannte. Er hatte eigentlich erwartet, er müsse husten, aber der Rauch war angenehm, das Husten unterblieb, ein Gefühl der Ruhe und Zuversicht stellte sich ein. Er sah nach dem Bild. Es schwieg. Vielleicht gab es ja einen Weg, dem Vorhaben zu entkommen. Das Telefon klingelte.

»Gummer?«

»Hier nix Gummer!« antwortete er und hängte ein.

Er hatte Sehnsucht. Zum ersten Mal seit langer Zeit hatte er Sehnsucht nach dem warmen, fremden Körper einer Frau. Und einem kühlen Bier. Er mußte wieder an Stunz junior denken. Er stellte ihn sich vor, wie er an seinem 25. Geburtstag mit zwei vollbusigen Huren durch die Kneipen zog, Lokalrunden schmiß und die Geldspielautomaten zum Glühen brachte.

Aber Stunz junior sollte niemals Lokalrunden schmeißen. Und die einzige Hure, die er jemals treffen sollte, traf er in einer monsunschiefen Hütte. Das Mädchen war nicht vollbusig,

83

sondern hungrig, und den Boden bedeckten rote, festgetretene Erde und eine löchrige Matratze der Marke »Schlaraffia«.

Sie hatten Rast gemacht in einem kleinen, schattigen Wäldchen unter verkrüppelten Nadelbäumen; Stein war erschöpft auf den Boden gesunken, lehnte nun an einem der Bäume und war sofort in diesen kurzen, nur wenige Minuten langen Schlaf gefallen, den er sich seit Beginn des Krieges angewöhnt hatte. Inzwischen schaffte er es, sogar unter Beschuß einige Minuten, manchmal nur Sekunden, zu schlafen. Er war den ganzen Tag mit seiner Einheit durch die Ebene marschiert. Zweiundvierzig Mann, der Rest der Kompanie, und nachdem eine Landmine den Hauptmann getötet hatte (der Körper des Hauptmanns ohne Beine, die letzten fünf Sekunden im Leben des Hauptmanns, seine Augen, die nervös den Himmel absuchen), war er, obwohl nur Feldwebel, zum Kommandeur aufgestiegen. Der Marsch durch die Ebene hatte länger gedauert als geplant. Ihr Ziel war jener ominöse *Rock five* – der Felsen 5, den seine Einheit zusammen mit den Resten der vierten Kompanie umgehen sollte, um den östlich und westlich davon in seinen Stellungen liegenden Feind aufzureiben.

Der *Rock five* war ein riesiger Findling in der Form eines abgerundeten Kieselsteins, zwei Kilometer breit, vier Kilometer lang und 360 Meter hoch, aus massivem Granit. Er sah aus wie ein Spielzeug der sagenhaften Giganten, die ihn lange vor dem Auftauchen der Menschen dort achtlos fallen gelassen hatten. Aus irgendeinem Grund hatte ihn niemand aus dem Weg gebombt, und jetzt, als Stein unter dem mickrigen Bäumchen aufwachte und sein erster Blick dem anthrazitfarbenen Gipfel galt, hoffte er, es sei vielleicht aus Ehrfurcht nicht geschehen, aus einem Rest Ehrfurcht vor Gott, der Natur oder sonstwem, inmitten dieses ganzen Schlamassels, in den sie hineingeraten waren.

Mürrisch stand er auf und trieb seinen erschöpften Haufen zur Eile an. Wieder zog er das zerkratzte Handy aus seiner Gürteltasche und versuchte, den Bataillonsstab oder doch wenigstens die vierte Kompanie zu erreichen. Er bekam nur ein abgehacktes Rauschen in den Ohrhörer. Er starrte in den blauen Himmel und hoffte, daß es *ihnen* nicht gelungen war, den Satelliten abzuschießen.

Die vierte Kompanie, die längst einen Kilometer hätte weiter sein sollen, hatte sich schon vor einer Woche in der roten Erde eingegraben. Als Stein und seine Leute sich in der Abenddämmerung den Stellungen näherten, fragte niemand nach der Parole; die wenigen Wachposten winkten müde, als hätten sie beschlossen, einen möglichen Angriff des Feindes zu ignorieren oder als Schicksal anzusehen, gegen das man sich nicht länger auflehnen mochte.

Im Befehlsunterstand schüttelte Stein dem Kommandanten der vierten die Hand, es war eine Frau, die vielleicht einmal schön gewesen war. Er hatte es sich abgewöhnt, die weiblichen Soldaten als Frauen anzusehen, einmal nur hatte er mit einer Gefreiten geschlafen, es war noch seelenloser gewesen als mit den Huren, die hinter dem Hauptquartier der Eingreiftruppen ihre kleinen Holzverschläge aufgebaut hatten. Schmale Trampelpfade führten inzwischen von dem ehemaligen Hotel, das noch aus der Zeit des Diktators stammte, durch den Busch bis hin zu jenen typischen, kaum schulterhohen Bretterkonstruktionen, die die Soldaten »Ferkelboxen« nannten, weil die Einheimischen sie für gewöhnlich zur Schweinehaltung nutzten. Die Verschläge waren Wohnstatt und Bordell in einem, sie boten gerade genug Platz für ein paar Habseligkeiten und eine Matratze. Merkwürdigerweise waren es überwiegend Matratzen der Marke »Schlaraffia«, Stein nahm an, sie stammten aus einer geklauten Ladung Hilfsgüter. Wie auch immer – als er wieder einmal eine Hure aufsuchte, schrie mittendrin ein kleines Kind. Er hatte es gar nicht bemerkt, das kleine Kind in einer Ecke des Verschlags. Die Hure drehte sich um, wiegte das Kind, bevor sie sich erneut ihm zuwandte. In diesem Augenblick begriff Stein, was die Hure von den weiblichen Soldaten unterschied.

»Wir sitzen fest«, sagte die Kommandantin.

»Das sehe ich. Warum?«

Sie gab ihm ein Infrarotfernglas und wies auf eine der Schießscharten des Unterstandes. Draußen war schlagartig die Dunkelheit hereingebrochen, als hätte jemand einen Schalter gedrückt. Er sah den Felsen 5, seine schwarze Silhouette vor dem Meer der Sterne in ihrem nachtblauen Bett.

»Suchen Sie nicht neben dem Ding. Suchen Sie *auf* dem Ding.«

Stein, der eine Weile lang mit dem Fernglas die Ebene vor dem Felsen durchmessen hatte, lenkte das Objektiv nach oben.

»Rote Punkte.«

»Eben.«

»Das könnten Gesteinseinschlüsse sein, die die Sonnenwärme stärker speichern als der Granit.«

»Das sind keine Gesteinseinschlüsse.«

»Die Aufklärung hat behauptet, es sei nicht möglich, auf den Felsen zu steigen, zumindest nicht mit schwerem Gerät. Und wenn sie Hubschrauber hätten, wüßten wir es.«

»Wissen Sie, was ich mit dem Chef der Aufklärung machen werde, sollte ich noch Gelegenheit dazu haben?«

Stein schwieg. Er nahm das Fernglas von seinen Augen.

»Unter diesen Umständen«, sagte er erleichtert, »wird aus dem Angriff wohl vorerst nichts.«

»Angriff?« Beinahe schrie sie ihn an. »Es wird nicht nur nichts aus einem Angriff, es wird auch nichts mit dem Rückzug! Gestern«, fuhr sie mit ruhigerer Stimme fort, »wollte ich einen Transport mit Verwundeten zurückschicken. Da hinten liegt der letzte Überlebende.«

Sie deutete auf die hintere Ecke des Bunkers, wo sich vier Betten befanden; auf einem schnarchte die Ordonnanz, zwei waren frei, das vierte war durch eine Wolldecke, die von einem Deckenbalken hing, abgeteilt. Stein ließ das Fernglas um seinen Hals baumeln und ging zu dem Bett hinüber. Die Kommandantin folgte ihm. Im Bett lag ein blonder junger Soldat, vielleicht zwanzig Jahre alt, er schlief oder war im Koma, Schweißperlen bedeckten seine Stirn. Sein Körper war bandagiert, nur der Kopf und ein paar Finger schauten heraus.

Neben dem Bett lagen alte Sportzeitschriften – »NBA-World-Tour-2014«, und einen Moment lang fragte sich Stein, warum er nie zu einem Basketballspiel gegangen war.

»Weshalb liegt er hier und nicht am Verbandsplatz?« wollte er wissen.

»Damit mir meine restlichen Leute nicht in Panik geraten.«

»Panik?«

»Betrachten Sie seine Finger.«

Stein hob eine Hand des Soldaten. Sie war geschwollen und mit Blasen bedeckt. Bläuliche Hautfetzen lösten sich von den Fingern.

»Navtam«, sagte sie.

»Scheiße«, bestätigte er.

»Aber warum«, fuhr er nach einer Pause fort und hörte seine Stimme zittern, »haben die uns, wenn sie Navtam-Granaten verschießen können, nicht schon längst …?«

»Woher soll ich denn das wissen!« schrie sie wieder, ohne daß die Ordonnanz mit dem Schnarchen aufhörte. »Vielleicht denken die, wir hätten hier Neutralisationsgas, und haben Angst, ihr wertvolles Navtam zu verplempern. Oder«, fuhr sie fort, »die haben auf dich und deine Truppe gewartet. Damit sie uns alle gemeinsam hopsnehmen können, von ihrem heiligen Felsen aus.«

»Luftunterstützung?« fragte Stein.

»Ja, natürlich, die muß man nur anrufen, die kommen sofort.« Sie deutete auf seine Gürteltasche.

»Keine Verbindung.«

»Wahrscheinlich wieder den Satelliten abgeschossen.«

»UKW?«

»Geht alles nicht. Im Umkreis von zwei Kilometern ist jede Verbindung gestört. Funkschatten. Der Felsen ist schuld. Das einzige, was wir haben«, sagte sie gedehnt und deutete auf etwas, was Stein zunächst nicht erkannte, »ist das da.«

Beinahe wäre er in schallendes Gelächter ausgebrochen: Auf dem Tisch stand – schwarz und unförmig – ein Telefon. Es erinnerte ihn an seinen Urgroßvater, der irgendwann im Ersten Weltkrieg, wahrscheinlich in einem genauso verdreckten Bunker wie diesem, sein Leben verloren hatte.

»Ein Schnurtelefon?« fragte Stein ungläubig.

»Wir haben es zufällig in einer alten Telegrafenstation gefunden. Und es gibt noch eine Leitung, sie geht bis zu einem Telegrafenmast drei Kilometer südlich von hier. Jeden Abend kriecht einer meiner Leute durch die Ebene dorthin, mit einem UKW-Gerät und einer Antenne auf dem Buckel, baut in der Dunkelheit die Antenne auf und versucht, das Hauptquartier zu erreichen. Über das Telefon rufen wir ihn ab acht jede halbe Stunde an, ob er jemanden bekommen hat, ob er noch lebt.«

»Aha.«

»Tagsüber wäre es zu riskant.«

Der Verwundete stöhnte im Traum.

Sie standen sehr lange neben seinem Bett und schwiegen.

»Armer Junge«, sagte die Kommandantin schließlich. »Vielleicht noch zwei Tage. Er hatte nur einen Durchschuß im Bein. Jubelte natürlich, als ich ihn nach Hause schickte. Bei seiner Rückkehr, sagte er, sei er reich; wollte so richtig einen draufmachen. Irgendwelches Geld, das seine Eltern für ihn gespart hätten.«

Der Wecker der Ordonnanz piepte: fünf vor acht. Der fleischige Obergefreite ächzte mißmutig, stand auf und schlappte mit

88

offenen Stiefeln zum Telefon, die Schnürsenkel schleiften auf der roten, festgetretenen Erde, im Gehen drückte er an dem Wecker herum, der nicht aufhören wollte zu piepen.

»Nur noch ein Spiel«, bat der blonde Soldat leise.

»Ach, halt's Maul«, murmelte die dicke Ordonnanz und begann, den Hörer am Ohr, an der Kurbel des Telefons zu drehen.

»Bitte«, flüsterte der blonde Soldat.

Unentschlossen beäugte der Direktor den Hörer des Telefons. Es war deprimierend. Seit fast einer Stunde versuchte er, diesen Gummer zu erreichen. Das Problem war die Nummer, vielmehr die letzte Ziffer. Die war nämlich im Konzernnummernverzeichnis nicht eindeutig zu bestimmen: Dem Drucker war im ungünstigsten Moment die Tinte ausgegangen – die letzte Ziffer konnte eine 3, eine 8 oder eine 9 sein. Zweimal hatte er sich schon verwählt.

Beim ersten Mal rasselte ihm die asthmatische Stimme einer wahrscheinlich alten Frau entgegen. URCHS! krächzte sie, und der Direktor erschrak. Obwohl er sicher war, daß das am anderen Ende der Leitung nicht dieser Gummer sein konnte, so konnte doch andererseits alles mögliche dort sein:

a) eine alte Frau, die Urchs hieß

b) irgend jemand, der Urchs hieß

c) eine alte kranke Frau, die hustete

d) irgend jemand, der hustete

e) eine alte kranke Frau, die gerade starb

f) irgend jemand starb gerade

Im grauenvollen Bewußtsein der zahlreichen Möglichkeiten hängte der Direktor ein.

Auch der nächste Versuch war eine Fehlanzeige, diesmal allerdings eine angenehmere: Eine gewisse Valeska meldete sich, mit einer Stimme, die den Direktor für einen kurzen Moment die zwanzig öden Ehejahre mit seiner Frau vergessen ließ.

»Guten Tag, entschuldigen Sie, hier ist«, er schluckte. Fast hätte er seinen Namen genannt, gerade noch rechtzeitig konnte er sich zurückhalten, »ich meine, ich bin Direktor bei der VERBAG und wollte eigentlich einen meiner Mitarbeiter sprechen, aber ...«

»Vielen Dank für deinen Anruf. Ich melde mich so bald wie möglich.«

Eine Maschine. Die Finger des Direktors krampften sich um den Hörer, seine Zähne knirschten. Darüber vergaß er, welche Nummer er zuletzt gewählt hatte.

Kleine Ärgernisse wie diese brachten ihn regelmäßig zur Verzweiflung. Er legte den Hörer auf und rutschte ein wenig tiefer in seinen Hauptabteilungsleitersessel, gequält von einem starken Gefühl der Unsicherheit, die ihn seit der Sache mit seinem Chauffeur Schmidt plagte, obwohl er mittlerweile annahm, daß sie schon länger bestand, seit seiner Geburt vielleicht. Auch wenn ihm Dr. Thun heute morgen noch beinahe freundschaftlich auf die Schulter geklopft hatte, war ihm plötzlich mulmig wie an jenem Abend im Januar, als Neuschnee gefallen war und Schmidt ihn von einer Tagung nach Hause fuhr ...

Kaum waren sie über die Hügelkuppe gekommen, spürte der Direktor, wie die schwere Limousine auf dem Neuschnee langsam begann, sich um sich selbst zu drehen.

Schmidt kuppelte aus, hielt Ausschau nach einem Fleckchen schneefreien Asphalts, während der Wagen weiter schlingerte und die abschüssige Straße hinunterglitt. Er saß – *wie immer* – hinten, bemüht, seinen Körper tief in den ledernen Rücksitz zu pressen, am besten darin zu verschwinden, starrte zwischen den beiden Vordersitzen hindurch nach vorne, hinaus in die Nacht. Die Lichtkegel des zum Kreisel gewordenen Fahrzeuges glitten über Leitplanken und Begrenzungspfo-

90

sten, strahlten in einen dichten Nadelwald, trafen schwarze Stämme, das gebrochene Grün tiefhängender Fichtenzweige und verloren sich wieder im weißen Nichts. Die Limousine drehte sich, die Bilder wiederholten sich, während Schmidt nach einer Möglichkeit suchte, den außer Kontrolle geratenen Wagen in seine Gewalt zu bringen, und der Direktor etwas sagen wollte, es jedoch nicht tat ... In diesem Augenblick hatte der Direktor befürchtet, sie würden nie wieder anhalten, und wenn doch dann –

Also die 9.

Beherzt griff er zum Telefonhörer.

Schmidt war wirklich ein guter Fahrer gewesen. Nur hatte es ihm nichts genutzt.

Sein Atem stockte, als der letzte Wählton verklungen war.

»Hier nix Gummer!«

Eine Verschwörung.

Wußten SIE vielleicht, wer er war? Hatten SIE das Nummernverzeichnis *gefälscht*? Hatten SIE begonnen, ihn zu überwachen, ihn abzuhören und zu infiltrieren, um ihn in einem günstigen Augenblick zu –

Er wählte erneut.

»FUCHS!«

W. Wolf

Guevara war sein Kampfname; er trug ihn seit dem Tag seiner Aufnahme in die MAOISTISCHEN ZELLEN. Am Morgen jenes Tages war er nur das gewesen, was man einen »fehlgeleiteten« Jugendlichen nennen mochte, einer, der schon länger dieses diffuse Gefühl hatte, etwas stimme nicht mit der Welt. Seine Eltern bekamen von all dem nichts mit, nichts von den Demonstrationen, an denen er teilnahm, nichts von den Treffen, nichts von den Flugblättern, nichts von dem Benzingeruch, der manchmal in seinem Zimmer hing. Eines Tages war er einfach ausgezogen, was seine Mutter zu ein paar Tränen bewog und seinen Vater zu einem Achselzucken.

Er hatte bereits zwei Monate in verschiedenen Wohnungen verbracht, und als er in einer Nacht mit den beiden anderen, die er nicht kannte, nicht kennen durfte, behutsam die Maschen des Kasernenzauns durchschnitt, die Stacheldrahtspiralen kappte und eine Holzbohle darüber legte, ahnte er, er würde von nun an nie wieder so etwas wie ein Zuhause haben.

Es war ein Kinderspiel gewesen, die Waffenkammer aufzubrechen, und ein seltsames, beinahe erhabenes Gefühl, endlich eine richtige Waffe in der Hand zu halten, sie durchzuladen, wie sie es ihm beigebracht hatten; vielleicht spürte er damals, daß sein Gesicht einen kalten Zug bekam, vielleicht bildete sich um seine Augen eine Falte, und dann, auf dem Rückzug, als der andere in Uniform, gerade so alt wie er selbst, rief: HALT WER DA – antwortete er: *Ich*, zog den Abzug der erbeuteten Maschinenpistole durch, beobachtete, wie der Körper gegen einen Stapel leerer Holzpaletten flog und wie ein sterbender Vogel zuckte, endlich auf dem Boden zur Ruhe kam und sich das Holz rot färbte, hörte Sirenen losheulen und Schreie und Kommandos in der Luft vibrieren, weit entfernt noch, aber näher kommend, und Hunde, von irgendwoher.

Es folgte eine ziemlich filmreife Verfolgungsjagd über die in frühmorgendliche Nebel getauchte Landstraße; nachdem sie zweimal den Wagen gewechselt hatten, war niemand mehr hinter ihnen her; die Waffen versteckten sie im verwilderten Garten einer Wochenendlaube und vermerkten den Standort des Depots auf einer verschlüsselten Karte. Abends fand er sich ein in der Wohnung, die man ihm genannt hatte, Mao drückte ihm die Hand, was ihm formell vorkam, und wandte sich sofort wieder irgendwelchen Aktionsplänen zu, sagte jedoch noch:

»Von heute an heißt du Guevara. Das ist dein wirklicher Name – dein Kampfname. Alles andere ist – Tarnung.«

Jetzt also Wolf. Mürrisch öffnete Guevara die Tür, auf der »W. Wolf« zu lesen war, schlimmer noch – im Treppenhaus hatte ihn jemand gegrüßt: »Guten Tag, Herr Wolf«, und sich gleich selbst vorgestellt: »Gestatten, Bayer.« Guevara hatte etwas Unverständliches gebrummt und war schnell weitergegangen.

In der Wohnung angekommen, schmiß er den Aktenkoffer auf das Sofa, lockerte seinen Schlips, holte sich ein Bier aus dem Kühlschrank in der Kochnische und schaltete den Fernseher ein. Die Nachrichten liefen, die Kohlensäure zischte, als er die Dose aufriß, jemand bohrte in der Wohnung über oder unter ihm ein Loch in die Wand, vielleicht ja einen Haken, um sich daran aufzuhängen, überlegte Guevara und grinste säuerlich. Insofern war diese Bleibe weniger konspirativ, als er zunächst angenommen hatte. Er hatte dieses große, anonyme Appartementhaus gewählt, weil es vor allem von Alleinstehenden bewohnt wurde: Angestellten, Sekretärinnen, Handwerkern auf Montage, unter denen er nicht weiter auffiel. Die Appartements waren zudem möbliert, so daß eine eventuelle Durch-

93

suchung keine verräterischen Hinweise auf Waschmaschinenkäufe zutage fördern würde und keine Möbelpacker seine Person würden beschreiben können.

Der Nachteil war nun, daß diese für ihn vorteilhafte Anonymität bei den übrigen Bewohnern zu schleichenden Depressionen führen mußte, und er sah es als eine Frage der Zeit an, daß irgend jemand sich vom Dach stürzen, in der Badewanne die Pulsadern aufschneiden oder eben aufhängen würde. Er hatte immer Angst vor Selbstmördern in seiner Umgebung gehabt, denn die zogen Menschen an, viele Menschen, vor allem Polizisten.

Im Fernsehen lief der Bericht über ein Selbstmordattentat in Bangkok, Bangladesch oder Bologna, so genau konnte er die Unterzeile nicht erkennen, und er war zu träge, um aufzustehen und sich seine Brille zu holen. »Auf euch, Jungs.« Guevara hob sein Bier und prostete den verstreuten Teilen der Selbstmordattentäter zu. Er lehnte den Kopf zurück, der Tag im Büro war anstrengend gewesen.

Kurz nach der Aktion in der Kaserne hatten sie eine Bank überfallen, und auch wenn es nicht die Bank traf, in der sein Onkel ein hohes Tier war, so hatte es ihm dennoch doppelt Spaß und Genugtuung bereitet, diese Schreibtischkapitalisten um einige zehntausend zu erleichtern. Dumm war nur, daß der Kassierer den Alarmknopf drücken mußte und die Bullen kamen; später lagen zwei von ihnen auf der kleinen Dorfstraße, Gesicht nach unten, Blut sickerte den Rinnstein hinab in einen verstopften Gulli … Oder Dr. Kaltners dummes Gesicht, als er die Tür seines Hauses öffnete, im festen Glauben, sein Neffe stehe da vor ihm, auf dem Fußabtreter mit dem Aufdruck MY HOME IS MY CASTLE, aber da stand nur Guevara mit einer alten 9mm, und Kaltner, dieses SS-Rindvieh, sagte noch: »Ich protestiere!«, dabei war er doch längst in einer ordentlichen Verhandlung (Rosa war seine Verteidigerin gewesen, was ein gewisses Pech für Kaltner bedeutete, da sie am selben Tag erfahren hatte, sie sei schwanger, und ihre Laune entsprechend war) in Abwesenheit zum Tode verurteilt worden, ich protestiere, ha ha. Mayer hatten sie dann knapp zwei Jahre später einen Kartoffelsack über den Kopf gestülpt, sein Bild ging wochenlang durch die Zeitungen; wann immer man den Fernseher einschaltete, war da Mayer, die Hände mit Handschellen an die Armlehnen des Stuhls gefesselt, auf dem er saß; um seinen Hals baumelte ein Pappschild, das er selbst hatte schreiben müssen: ICH BIN EIN FASCHISTEN-SCHWEIN; aber für die Videoaufnahmen, die sie an die Presse weitergaben, drehten sie das Schild immer um, und auf der Rückseite stand nur: SEIT SOUNDSO VIEL TAGEN GEFANGENER DER MZ, und links neben ihm stand Mao mit einer UZI und rechts Guevara mit seinem AK 47, sie trugen diese schwarzen Wollmützen mit schmalen Sehschlitzen, die die Augen kalt und grausam machen.

Irgendwann, Wochen später, mußte Mayer schließlich aus »strategischen Gründen«, die Guevara nicht bis ins letzte begriff (was Mao ihm zum Vorwurf machte; er riet ihm, Mao nicht nur zu propagieren, sondern auch zu lesen), irgendwann mußte Mayer also liquidiert werden, und wieder hielten sie eine Verhandlung ab, zu der Mayer diesmal geladen war und gezwungenermaßen auch erschien, jedoch keine gute Figur abgab, sondern am Ende, statt Argumente vorzubringen, in Tränen ausbrach und blödes Zeug von seiner Familie, seinen Kindern und der Gnade des »wahrhaft Großen, Bedeutenden« faselte, vor allem aber betonte, daß er Opfer eines Komplotts sei, nur deshalb habe man ihn nicht ausgetauscht, und die MZ würden zum billigen Werkzeug einer obskuren Macht – alles in allem: irrationales, undialektisches Gerede. Mao war in dieser Hinsicht unbestechlich, Rosa hatte abgetrieben und reagierte auf das Wort »Familie« ohnehin empfindlich, und Guevara schließlich tat, was Mao verlangte, zumindest solange er Mao nicht gelesen hatte.

Sie fuhren in ein unzugängliches Waldstück weit außerhalb der Stadt, und Mayer war ganz still und gefaßt, als Guevara von ihm verlangte, er solle sich hinknien, und sich einen Moment lang fragte, warum Mayer denn nicht wenigstens den Versuch unternahm zu flüchten. Mayer tat, wie ihm befohlen, so, als ob er einen Schritt voraus wäre, einen Schritt, den Guevara niemals würde aufholen können. Er kniete sich auf den weichen Waldboden, und als hätte er die Frage in Guevaras Kopf gehört, sagte er leise, aber hörbar für Guevara, die Bäume, die Vögel: »Es hat keinen Sinn mehr«; dann berührte der Stahl der Pistolenmündung seinen Nacken, der weiß und faltig war im Zwielicht der Dämmerung über den Bäumen.

Eine silbergraue Limousine raste durch den Wald; das zwischen Ästen und Blättern eindringende Sonnenlicht wurde von der metallisch schimmernden Karosserie reflektiert, von den getönten, beinahe schwarzen Scheiben verschluckt, und als der Wagen in letzter Sekunde einem auf dem Waldweg seelenruhig äsenden Reh auswich, verriet eine Stimme, die nah und freundlich klang, die Automarke und daß dieser Typ ein neues Sicherheitsfahrwerk besitze, serienmäßig, Seitenaufprallschutz, serienmäßig, Antiblockiersystem, serienmäßig; der Wagen fuhr aus dem Wald heraus, durch eine flache, unbestimmte Landschaft, deren Farben irgendwie verstärkt wirkten, und hielt an einer Steilküste vor einem unbekannten Ozean, wo die Straße endete und der Fahrer ausstieg, um in die untergehende rote Sonne zu blicken, die ihre Farbe wechselte und mit dem Horizont zum Logo des Autokonzerns verschmolz, es einen Augenblick lang ganz still war, bis die Stimme vorlas, was unter dem Logo stand:

WIR TUN WAS

Guevara machte den Ton leiser und öffnete seine Post: nichts außer einer Aufforderung des Finanzamtes, seine Steuererklärung abzugeben, einer Mahnung der Stromgesellschaft, die

durch den Austausch des Zählers fällig gewordene Nachzahlung umgehend zu überweisen, und der Urlaubskarte einer Monika, die eine Kollegin aus dem Büro sein mußte, in dem er seit knapp zwei Jahren arbeitete. Guevara hatte auf Maos Befehl hin W. Wolfs Job übernommen, ebenso wie er W. Wolfs Paß, seine Rentenversicherungsnummer und die Wohnung übernommen hatte, und wickelte jetzt Schadensfälle in der Sachabteilung einer Versicherung ab: zu Schrott gefahrene Kleinwagen, überflutete Keller, zertretene Brillen. Es war Maos letzter Befehl gewesen – bislang jedenfalls. Guevara hoffte jeden Tag auf eine verschlüsselte Botschaft, einen versteckten Hinweis im Kleinanzeigenteil der rechtskonservativen Tageszeitung, die er aus Tarnungsgründen abonniert hatte, oder einen Anruf, das Codewort, die Parole, die diesen Zustand des Dazwischen beenden und die *Große Aktion* einleiten würde ... Wo war Mao? Auch er war in eine bürgerliche Existenz abgetaucht, soviel wußte Guevara, und einmal, als im Fernsehen ein Reisemagazin lief, glaubte er, Mao am Strand von Cancun, Mexiko, zu entdecken; es war nur ein kurzer Schnitt, eine Fünf-Sekunden-Einstellung vielleicht, Mao mit einem kleinen Bierbauch, ölig, braungebrannt, die Badehose hatte ein lächerliches türkis-gelbes Muster, und als ein kleiner, ausgemergelter Indiojunge vorbeikam, um Bananen zu verkaufen, setzte er die Sonnenbrille auf und blickte durch ihn hindurch auf das warme, endlose Meer, so, als sei der kleine Junge gar nicht vorhanden, der ihm jetzt die Bananen unter die Nase hielt, worauf Mao belästigt abwinkte ... Guevara saß stocksteif auf W. Wolfs Couch, starrte auf den Bildschirm, bis die Sendung von einer Werbepause unterbrochen wurde. Er konnte es nicht glauben, gewiß, die Tarnung erforderte es manchmal, daß man –
Später beschloß Guevara, es sei ein Irrtum gewesen, es könne nicht sein. Ein Zweifel blieb. Er versuchte, über die letzten, noch offenen Kanäle und Mittelsmänner Gewißheit zu erlan-

gen; das einzige, was er einige Zeit später erhielt, war ein Brief von Rosa, der ihm Rätsel aufgab:

»Mein lieber G.,

lange ist es her, daß wir uns das letzte Mal gesehen haben. Du kannst Dich vielleicht erinnern, wie unglücklich ich damals war, als ich unser gemeinsames Leben meiner beruflichen Karriere unterordnete. Mir selbst war das nicht bewußt, so wichtig waren mir der Beruf und die Aufgabe, die ich übernommen hatte, so selten kam ich zur Besinnung in dem ganzen Getriebe, dem Termindruck, den ständigen Geschäftsreisen. Ich wurde sehr krank und verbrachte einige Monate in Krankenhäusern. Dort hatte ich Zeit nachzudenken, und ich entdeckte, wie wenig ich doch verstanden hatte, daß es neben dem, was ich mein Leben nannte, noch etwas anderes, Wichtiges, gab. Ich beschloß, ein neues Leben zu beginnen, aufgebaut auf jenen Idealen, an die wir beide glauben ...
Nun, mein lieber G., ich gebe es zu, ganz allein war ich dabei nicht. Ich lernte einen Mann kennen, der heute mein Ehemann ist, wir haben zwei Kinder (Mädchen). Ich hoffe, das überrascht Dich nicht zu sehr. Ich habe Dir ein Foto mitgeschickt, wo wir vor unserem Haus stehen (unsere Wohnung ist in der 4. Etage, ganz rechts), ich mit meinen beiden Kleinen.
Ich hoffe, daß Du uns einmal besuchst oder daß wir wieder mal zusammen ausgehen und uns so amüsieren wie früher.

Viele Grüße
Deine R.«

Guevara las den Brief einmal, zweimal, dreimal, zehnmal. Er kam einfach nicht dahinter. »Ich wurde sehr krank und verbrachte einige Monate in Krankenhäusern«? Das konnte bedeuten, daß sie sie beschattet hatten, vielleicht sogar vernommen, aber nicht hinter ihr Geheimnis gekommen waren, sie laufen ließen, die Beschattung aufgaben. »Zeit nachzudenken« – das bedeutete, sie hatte sich neue Operationspläne ausgedacht, vielleicht. Aber wozu »ein neues Leben« beginnen? Was war das für ein »Mann« – ein V-Mann vielleicht, der sie inzwischen »gekippt«, also auf deren Seite gezogen hatte? Oder hatte sie ihn gekippt? Und was war dieses »andere«, das es da noch geben sollte?

Wie schon bei Mao quälte Guevara auch diesmal der Verdacht, Rosa könnte die Zellen verraten haben, und er erschauderte bei dem Gedanken, der letzte zu sein, allein in einer Welt von Kollaborateuren. Schließlich hielten sich seine Augen und seine Hoffnung an Rosas letzter Bemerkung fest: »... und uns so amüsieren wie früher ...« Gut, er hatte ein-, zweimal mit ihr geschlafen, aber darauf konnte sie sich jetzt unmöglich beziehen. Nein, sich »amüsieren wie früher«, damit waren die Kaserne gemeint, die verborgenen Tribunale, die Operationen.

Das Seltsamste jedoch waren das Foto und der Umschlag:

Das Foto zeigte eine Frau in den Dreißigern, schlank, mit schulterlangem blonden oder blondierten Haar, das in der Mitte gescheitelt ist und eine Hälfte des Gesichts verdeckt. Vor ihr steht ein Kind von vielleicht fünf Jahren in einem verdreckten olivgrünen Parka und hebt ein blaues Schäufelchen hoch. Die Frau trägt eine Latzhose und eine offene Öljacke; in einem Arm hält sie einen roten Plastikeimer und im anderen das zweite Kind, vielleicht ein, zwei Jahre alt, mit dem Daumen im Mund scheint es an der Schulter der Mutter zu schlafen. Die Mutter, die weder lächelt noch ernst wirkt, schaut den Betrachter des Fotos an, egal, wie man es hält, während das Mädchen mit der Schaufel nach links blickt, auf etwas, was sich von außerhalb zu nähern scheint. Das Foto ist mit einem Weitwinkelobjektiv aufgenommen worden, im Hintergrund matschiges Brachland, auf dem undeutlich herumliegende Gegenstände, vielleicht alte Kühlschränke, Matratzen oder ähnliches zu erkennen sind, und am Horizont graue Häuser.

Es ist nicht möglich, die von ihr bezeichnete Wohnung zu bestimmen, da die Häuserblocks ineinander übergehen, verschwimmen, ihre Front eins ist im Schatten der Sonne, deren Licht in einem flachen Winkel – vielleicht ist es Abend – einfällt. Es wirft den langen Schatten eines knochigen Baumes fast bis an die Füße der Frau, und an diesem Baum muß etwas hängen, ein Sack, eine ovale Kiste, ein Körper.

Guevara konnte unmöglich mit Sicherheit sagen, ob die Frau auf dem Foto Rosa war. Was eher dafür sprach, daß sie es war. Er hatte sie lange nicht gesehen, sie mußte sich verändert haben, und dies – natürlich – mit voller Absicht. Und letztendlich konnte es auch sein, daß Rosa ihm ein *falsches* Bild geschickt hatte, um die Fahnder im Falle seiner Gefangennahme zu verwirren. Was für ein genialer Einfall! Sie würden den Brief mit dem Foto finden und nach einer völlig falschen Person suchen, einer Unbekannten …

Auf dem Umschlag stand »G. Wolf« und nicht »W. Wolf«. Der Brief war einige Male falsch zugestellt worden, mehrere durchgestrichene Adressen nebst Retourenstempeln bedeckten die Vorderseite, auf der jedoch unter »G. Wolf« seine korrekte Adresse stand. Sie war von Hand geschrieben, und zwar in derselben Handschrift wie der Brief – ein Verfahren, Spuren zu verwischen, von dem er noch nie gehört hatte. Die Abkürzung des Kampfnamens hingegen war üblich.

Er zog sich die Schuhe aus und schlüpfte in seine Pantoffeln, ging in die Küche und holte sich noch ein Bier, eine Packung Nacho-Chips und aus dem Kühlschrank die angebrochene Flasche »Hot Mexican Chili Salsa«. Gulp! machte die Flasche (das Geräusch erinnerte ihn an W. Wolf), und eine große Ladung Salsa landete auf den Chips. Guevara setzte sich wieder vor den Fernseher, schaltete zwischen den Programmen herum, kaute, trank Bier. Das Telefon klingelte.

Es war Rohrbach, sein Chef, der ihn bat, wegen einer dringenden Schadensabwicklung am nächsten Morgen eine halbe

Stunde früher im Büro zu sein. Mürrisch willigte Guevara ein, zwang sich, den Hörer sachte aufzulegen.

Ihre letzte gemeinsame Aktion war dieses Attentat auf den VERBAG-Direktor gewesen. Mao hatte es minutiös geplant wie kein anderes, trotzdem wäre es an einer Stelle fast zur Katastrophe gekommen. Während Mao schon vor Ort war, mußten Rosa und Guevara noch ein Stück mit dem Bus fahren. Es war ein Morgen Anfang April, die Bäume und Sträucher am Straßenrand trugen die ersten Knospen, Tau bedeckte die Holzbank der Bushaltestelle. Die Haltestelle lag nahe der Stadtgrenze, in einer fast ländlichen Umgebung mit niedrigen Häusern und zahllosen Kleingartenkolonien. Sie warteten auf den Bus, der sie zum vereinbarten Treffpunkt in jenem noblen Viertel bringen würde, wo es stattfinden sollte. Noch nie hatten sie für eine ihrer Aktionen öffentliche Verkehrsmittel benutzt, und gerade deswegen hielt Mao es für eine gute Idee.

Kern des ganzen Plans war der Kinderwagen. Rosa schob ihn vor sich her, ganz liebende Mutter, schaukelte ihn ab und zu. Guevara warf ihr einen bösen Blick zu. Er fand, sie übertrieb das Ganze. Außerdem hatte er in der Nacht zuvor mit ihr geschlafen, und das war nicht so –

Der Bus hielt, die Drucklufttüren sprangen auf. Guevara stieg ein, setzte sich. Das war ein Fehler, er hatte den Kinderwagen vergessen. Rosa versuchte vergeblich, den Wagen in den Bus zu hieven. Im Bus saßen nur zwei Fahrgäste – eine dicke Frau und ein kleiner alter Mann. Der Busfahrer brummte in sein Mikro: »Hilft da hinten jetzt mal endlich jemand der Frau mit dem Kinderwagen, oder soll sie hier auf dem Acker erst noch ein zweites bekommen?«

Ehe Guevara begriffen hatte, war der kleine Alte bereits an die Tür gesprungen und half Rosa, den Kinderwagen in den Bus zu heben. Dabei sah er ins Kinderwageninnere. Guevara beobachtete das Gesicht des Mannes, seine Augen, seinen Mund –

und tastete unter dem Mantel nach dem Griff der 45er. Aber die Miene des Alten blieb undurchdringlich. Er blinzelte mit einem Auge, das andere starrte weiter stur geradeaus, es schien aus Glas zu sein.

»Danke«, sagte Rosa, »vielen Dank.«

Der Alte lächelte.

Rosa und Guevara saßen in der Mitte, zwei Reihen vor ihnen, der Nacken des Alten, weiß und faltig, ganz vorn, vielleicht schlafend, die Dicke. Stöhnend fuhr der Bus einen Hügel hinauf. Guevara versuchte, unter dem Mantel den Schalldämpfer auf die 45er zu schrauben. Als er ihn endlich montiert hatte, mußten er und Rosa schon aussteigen. Diesmal half er ihr. Die Türen schlossen sich mit einem Ächzen. Rosa schaukelte wie zuvor den Kinderwagen und sprach in sein Inneres. Der Alte saß am Fenster und zwinkerte mit seinem toten Auge, als der Bus weiterfuhr.

»Er muß was gesehen haben.«

»Ach, Scheiße, vergiß es einfach.«

Zehn Minuten später rollte der Kinderwagen mutterlos über die Straße, einem schweren Mercedes direkt vor den Kühler, und hinter dem Kinderwagen rannte Rosa, kreischte, fuchtelte mit den Armen.

Der Fahrer des Wagens legte eine Vollbremsung hin und blickte fünf Sekunden später in die Mündung der MP, die Rosa aus dem Kinderwagen gezerrt hatte. Im selben Augenblick sprang Guevara, bis dahin versteckt hinter einem kleinen Toilettenhäuschen, hervor und entleerte sein Magazin in die hintere Tür. Hinter den getönten Scheiben konnte er kurz die Umrisse des Bankdirektors erkennen, bis die Scheibe unter der Wucht der Stahlmantelgeschosse zersprang. Schließlich – dies war das Eigenartigste, und in seiner Erinnerung kam es ihm immer unwirklich vor – öffnete sich wie von Geisterhand, oder wie im Film, die Fondtür, und dieser Direktor rutschte behäbig nach außen, ihm fehlte ein Ohr, und er hatte kein Gesicht mehr; seine Hände waren zerfetzt, vermutlich hatte er sie sich vor dieses nun fehlende Gesicht gehalten, sinnlos, natürlich, und Blut, überall Blut, auf seinen Händen, dem Anzug, Blut, das jetzt auf die Straße floß und eine Pfütze bildete, in der wei-ße, wabbelige Klümpchen schwammen, eine dunkelrote La-che, die in der noch kalten Luft des zögernden Frühlings dampfte, und für einen Augenblick, vielleicht eine Sekunde lang, war es ganz still, so still wie noch nie in Guevaras Leben, bis endlich, endlich ein Vogel schrie und ihm ein Schauer über den Rücken kroch.

Mao, der die ganze Aktion überwacht hatte, ging auf die Fah-rertür zu, riß sie auf und sah abschätzig auf den Chauffeur, der, die Hände über dem Kopf, halb unter dem Lenkrad kauerte. Er tippte ihn an, sagte:

»Du wirst es eines Tages verstehen …« – und steckte ihm das Bekennerschreiben in die Jackettasche. Sie warfen die Ausrü-stung mehrere Straßenecken weiter in einen Recyclingcontai-ner, verschwanden in einer mit morgendlichen Pendlern überfüllten U-Bahn. Danach trennten sich ihre Wege, und sie sahen einander nie wieder.

Während die »Komm-Zurück-Show« lief, bekam Guevara er-neut Hunger, schaltete den Fernseher aus, zog sich Schuhe und Regenmantel an und verließ seine Wohnung, ging hinun-ter auf eine nach feuchtem, warmem Asphalt riechende Straße zu einem, »seinem« asiatischen Imbiß.

Er wartete auf sein Chop-suey und trank ein weiteres Bier. Einmal mehr fragte er sich, warum nichts von diesem letz-ten Attentat an die Öffentlichkeit gedrungen war. Im Fern-sehen wurde der Vorfall überhaupt nicht erwähnt. In den Tageszeitungen fand er 15-Zeilenmeldungen, die von einem tragischen Unfall sprachen, dem Kinderwagen, der Vollbrem-sung, das Auto sei ins Schleudern gekommen, habe sich über-schlagen, der VERBAG-Direktor sei hinausgeschleudert wor-den, auf den Asphalt, wo er seinen Verletzungen erlegen sei, der Fahrer habe mit einem Schock überlebt. Guevara wollte damals bereits ein weiteres Bekennerschreiben aufsetzen, als er begriff, was der Grund für diese »Falschmeldungen« sein mußte: Das System versuchte, sie durch Ignorieren aus ihrem Versteck zu locken.

Guevara betrachtete den uralten Li Pang, Inhaber und Koch in einem, wie er vor seiner mickrigen Kochzeile stand und das Essen zubereitete, das in den vom Bratfett dunklen Stahlwoks brutzelte. Gerne hätte er sich mit Li Pang, der über Achtzig sein mußte, unterhalten, über Mao, dessen Theorien, wann und warum er China verlassen hatte. Aber das Risiko war natürlich zu groß. Außerdem sprach Li Pang offenbar nur unzureichend Deutsch.

Guevara blickte sich um, studierte, wie immer, wenn er auf das Essen wartete, die Einrichtung. Der Imbiß sah von innen so aus wie wahrscheinlich alle asiatischen Imbisse auf dem Globus: chinesisch anmutende Zeichnungen an den Wänden, rote Plastikverkleidungen und Säulenimitationen im Pagodenstil, fransige, bunte Lampenschirme, die von der Decke hingen. Dazu ertönte asiatisches Gedudel aus einem taiwanesischen Radiorecorder. Li Pangs Imbiß strahlte eine eigenartige Unabhängigkeit aus, vielleicht gerade dadurch, daß er sich an jedem Ort der Welt hätte befinden können.

»Zweimal Hühnerfleisch gebacken, süßsauer!« Zwei Polizisten waren hereingekommen und redeten laut auf Li Pang ein, als sei er schwerhörig, was keineswegs erwiesen war:

»ZUM MITNEHMEN! ZWEIMAL! EINPACKEN! GUT EINPACKEN!«

Der größere beugte sich weit über die Theke, während Li Pang langsam die Bestellung notierte, kurz aufschaute, hündisch lächelte. Der kleinere Polizist, in dessen Jackentasche ein Funkgerät steckte, aus dem leises Gemurmel drang, lehnte an der Theke, ließ seinen Blick durch den Raum schweifen, bis er an Guevara hängenblieb.

Guevara dachte an die 38er mit den Dumdum-Geschossen in seiner Manteltasche.

»Lindfleisch Chop-suey!« rief Li Pang. Hatten die Chinesen wirklich diesen R-Fehler? Oder machten sie sich in Wahrheit nur über uns lustig? Guevara stand auf. Schaute kurz auf den Mantel, den er auf dem Stuhl zurücklassen mußte. Die Augen des kleineren Polizisten folgten ihm. An der Theke angekommen, reichte ihm Li Pang den Teller, Guevara sagte: »Danke«, und ging zurück an seinen Tisch. Der größere Polizist steckte sich eine Zigarette in den Mundwinkel. Der kleinere sah ihn unverwandt an. Guevara starrte auf seinen Teller, als gäbe es nichts anderes auf der Welt, doch er spürte den Blick des Beamten. Sah in den Augenwinkeln dessen Hand, die auf dem Pistolenholster ruhte, zwei Finger, die an der Schnalle herumspielten, auf – zu, auf – zu, auf – zu. Guevara blickte hoch, trank einen Schluck Bier. Hektisches Gemurmel aus dem Funkgerät. Asiatisches Gedudel aus dem Radiorecorder. Der Polizist stieß sich von der Theke ab und marschierte auf ihn zu. Guevara tastete nach seinem Mantel.

»Hier Wagen 42, ich glaube …«

»Sie glauben was? Kommen.«

»Ich glaube, wir haben ihn.«

»Sie glauben, Sie haben wen? KOMMEN!«

»Ja.«

»Frage: WEN? KOMMEN!«

»Ich kenne Sie doch«, sagte der Polizist, schaltete das Funkgerät leiser und blieb vor Guevaras Tisch stehen.

»So?«

Guevara versuchte zu lächeln. Der Beamte dachte nach.

»Doch, doch natürlich«, murmelte er. Guevaras Hand kroch in die Manteltasche.

»Ich weiß nicht, wann wir ankommen.«

»Ich fragte, WEN. Verstehen Sie, 42, WEN Sie haben! KOMMEN!«

105

Guevara versuchte, in den Augen des Polizisten zu ergründen, ob er ihn erkannt hatte. Der Polizist kniff die Augen zusammen. Also doch. Er erinnert sich. Er weiß alles. Guevaras Hand in der Manteltasche umfaßte den Griff, der Finger legte sich auf den Abzug, Arm- und Schultermuskulatur waren angespannt, der Mund des Polizisten öffnete sich, vielleicht um ein letztes Kommando zu brüllen; Guevara wußte, was er zu tun hatte: aufspringen, die Waffe hochreißen und –

»Sie sind der Versicherungsmensch!«

Der Polizist strahlte und reichte Guevara die Hand, der wiederum die seine langsam aus der Manteltasche zog.

»Ich war vergangene Woche bei Ihnen – erinnern Sie sich nicht? Es war wegen meiner Frau.«

»Ihre Frau, ja, ja«, echote Guevara.

»Der Nachbar hat ihr eine Delle in unseren –«

»Delle, Delle, ja, ja …«

»– Jahreswagen gefahren.«

»Jetzt, wo Sie's sagen …«

»Mit dem Fahrrad!«

»Was für ein Fahrrad? Kommen.«

»Kaum zu glauben …«

»Hier 42 für Zentrale. Wieso Fahrrad?«

»Er stritt natürlich alles ab –«

»Zentrale für 42. Sie haben mit dem Fahrrad angefangen, SIE, nicht ich! Kommen.«

»Dann wollte er das Ganze bagatellieren –«

»Hier Wagen 42, wir haben im Augenblick Wichtigeres zu tun, als über Fahrräder zu diskutieren!«

»Bagatellisieren.«

»Ja genau, mein ich ja. Tja, da hab ich ihm gesagt –«

»Jetzt reicht's mir aber langsam, 42.«

»– mit mir nicht, Freundchen, nicht mit mir. Das geht an meine Versicherung: Rechtsschutz, die haben die besseren Anwälte! Stimmt doch, oder?«

»Wie? Ach so, ja«, vor Guevaras Augen verschwamm alles, »die allerbesten.«

Insgeheim hatte er gehofft, daß es jetzt vorbei sein würde. Daß ihn dieser Polizist aus der Haut Wolfs befreite, rettete, er wieder zu dem würde, der er war. Aber vielleicht war es zu spät dafür. Vielleicht war es überhaupt zu spät für alles. Vielleicht war der einzige, der außerhalb dieser undeutlichen Welt Gewißheit gefunden hatte, der *wirkliche* W. Wolf, dessen Leiche er dreißig Meter unter der Erdoberfläche im Betonfundament eines Bürohochhauses hatte verschwinden lassen. *Gulp, gulp!* Der Körper hatte ein glucksendes Geräusch verursacht, als er in die noch flüssige Masse eindrang und in den Jahrhunderten versank.

»Hühnelfleisch süß-sauel!« krähte Li Pang amüsiert.

»Tja«, sagte der Polizist, »ich muß wohl wieder«, und reichte Guevara die Hand.

»Auf Wiedersehen«, murmelte er.

»Bestimmt!« antwortete der Polizist.

Die beiden gingen, mit dem in Alufolie eingewickelten Essen, zur Tür, die sich lautlos nach außen öffnete –

»42 für Zentrale.«

»Zentrale hört, kommen.«

»Wir haben ihn.«

»Gut, 42, ausgezeichnet.«

– und genauso lautlos wieder schloß.

Aussteiger

Mittlerweile überlegte Gummer, ob er den Überfall der Polizei melden sollte. Dies würde jedoch eine eingehende Untersuchung nach sich ziehen, und eine *eingehende* Untersuchung – weniger der Polizei als vielmehr der Inneren Abteilung – schien ihm in Anbetracht seiner unorthodoxen Kontoführung wenig angebracht. Dann, während er die Zigarre paffte und kurz das Bild der kerngesunden Frau Hugendobel vor Augen hatte, spekulierte er, was passieren würde, wenn er sich auch krank meldete. Der Gedanke gefiel ihm, und er wunderte sich, warum er nicht früher darauf gekommen war. Andererseits war es Freitag – und sich am Wochenende für den Wochenanfang krank zu melden, hatte von vornherein etwas Verdächtiges.

Als er nachmittags den Container zusperrte (das Blockschloß der Alarmanlage klackte einmal, eine rote Leuchtdiode flakkerte, und er fragte sich, wohin die Kabel der Anlage führen mochten, das Drücken des Alarmknopfs hatte schließlich nichts bewirkt), ballten sich dunkle Wolken zu einem grauschwarzen Himmel zusammen. Eilig ging er zur U-Bahn-Station, böiger Wind wehte Unrat über das Pflaster, leere Getränkedosen, Zigarettenkippen, Papiertaschentücher, verfallene Lottoscheine, die herausgerissene Seite eines Telefonbuchs, Müller Detlef, Müller Dietrich, Müller Dörte, Dr. Müller, Müller E... Blitz und Donner. Ihm fiel Einsteins Gedankenexperiment mit dem Lokführer und den zwei Blitzen ein: zwei gleichzeitig blitzende Blitze, die der Lokführer (oder war es der Schaffner?) nur nacheinander sah, wenn er sie überhaupt sehen konnte (hatte der nicht noch irgend etwas dabei? Ein

Fernglas? Eine Uhr?), was mit der Relativität der Zeit begründet wurde. Er hatte das Experiment nie völlig verstanden, und nun begann es zu regnen, aus Kübeln, wie man so sagt, es goß. Gummer rannte über die Straße, als die ersten Tropfen fielen, auf den Stationseingang zu. Leute rannten neben ihm her, hielten sich Taschen, Plastiktüten über den Kopf, die Stufen wurden glitschig. Endlich stand er im Trockenen: blaßgelbe Kacheln, lackierte Eisenträger, niedrige Decke, die warme Luft vom Vortag. Vielleicht, dachte er, ist das ja der Zusammenhang zwischen Einsteins Zug und der Zeit – die U-Bahn-Stationen hatten irgend etwas damit zu tun, vielleicht war die Zeit wie Luft und mußte zirkulieren … Die Bahn fuhr ein. Kurz darauf saß Gummer einem dicken Mann mit Walkman und Kopfhörern gegenüber. Er hörte Blasmusik, las Zeitung. Gummer studierte die Rückseite: Ein Schlechtwettertief habe sich über Mitteleuropa festgesetzt und führe zu Überschwemmungen und einem Anstieg der Selbstmordrate. Es regnete tagsüber, es regnete abends, und nachts, wenn alle schliefen in diesem feuchten, spätsommerlichen Mitteleuropa, regnete es auch; und alle Träume, die die Schlafenden begleiteten, fanden im Regen statt, dessen Geräusch – wie Sonnenstrahlen die ersten Meter unter der Oberfläche eines Ozeans – die dünne Decke ihres Schlafs durchdrang. Am nächsten Morgen regnete es immer noch; gegen elf nieselte es, bis etwa zwölf Uhr mittags, als wären die Wolken erschöpft, dann goß es weiter.

Gummer hatte sich auf ein ruhiges Wochenende mit TV und kaltem Bier gefreut, aber daraus wurde nichts, weil man ihm am Samstag die Wohnung kündigte.

Das Appartement, in dem er die vergangenen Jahre zugebracht hatte, war eine Art Betriebswohnung, deren Eigentümer – die GLOBALCONSTRUCT, ein multinationaler Baukonzern –

durch verschiedene Aufsichtsratssessel mit der VERBAG ver-
bandelt war.

Es war ein Eineinhalb-Zimmer–Appartement mit Einbauküche, Einbauschrank, Einbautisch und Einbaubett. Das gesamte Mobiliar war festgeschraubt, abgerundet, *integriert*, einschließlich des Fernsehers, den man in ein Fach in der Wand
geschoben hatte, das so eng war, daß sich Gummer fragte, wie
man das Gerät jemals wieder herausbekommen könnte, wenn
es irgendwann seinen Geist aufgäbe. Einmal hatten das die
Batterien der Fernbedienung getan, und er hatte keine andere
Möglichkeit gesehen, den quäkenden Apparat abzustellen, als
die Sicherung herauszudrehen. Was zur Folge hatte, daß er –
wegen des nun ebenfalls vom Netz getrennten Radioweckers –
am nächsten Morgen zu spät zur Arbeit kam.

Es war ein Appartement in einem Appartementhaus in einer
Appartementhausanlage mit rund hundert anderen Appartements, die mehr oder weniger genauso aussahen, genauso ge-
schnitten waren und das gleiche Mobiliar enthielten. In den
Wohnungen wohnten Angestellte, die bei ihrem Einzug davon
ausgegangen waren, nur vorübergehend in der Stadt zu sein
oder demnächst befördert zu werden, so daß sie sich etwas
Besseres würden leisten können. Die meisten hatten sich in
mindestens einem Punkt geirrt. Sie verbrachten Jahre und
schließlich Jahrzehnte in ihren Übergangswohnungen, ab und
zu luden sie sich gegenseitig zu Partys ein, was sie frustrierte,
denn immer war es so, als würde man in seiner eigenen Wohnung feiern.

Hier lernte Gummer Harmel kennen.

An einem Freitagabend kam er spät, angetrunken und entnervt von der Geburtstagsfeier eines Großraumbürokollegen
nach Hause. Er wollte sich nur noch hinlegen, die Decke über
den Kopf ziehen. An seiner Tür wunderte er sich, daß er nicht
abgeschlossen hatte, machte aber das Licht nicht an, als er
sich im vertrauten Flackern der Neonreklame eines Orthopä-

diegeschäftes auf der anderen Straßenseite auszog und auf sein Bett fallen ließ. Sonst hätte er sich vielleicht gefragt, seit wann er die mit Peanuts-Comics bedruckte Bettwäsche besaß.

SCHRÖDER *sitzt vor seinem kleinen Konzertflügel und knetet seine Finger:* Du hast wieder verloren, Charlie Brown.

CHARLIE BROWN: Ja.

SCHRÖDER *beginnt das 2. Klavierkonzert c-moll von Sergej Rachmaninow zu spielen. Mitten im 1. Satz hält er inne:* Er hat es seinem Arzt gewidmet.

CHARLIE BROWN: Wer?

SCHRÖDER: Rachmaninow.

CHARLIE BROWN: Rachmaninow war Arzt?

SCHRÖDER: Er widmete dieses Konzert seinem Arzt Nikolaj Dahl. Dahl beschäftigte sich mit Hypnose und Psychoanalyse. Er drängte Rachmaninow, der unter Depressionen litt, weiter zu komponieren.

CHARLIE BROWN: Ach so.

SCHRÖDER *schaut mit verklärtem Blick in die Ferne:* Das war um die Jahrhundertwende. Drei Jahre zuvor war Rachmaninow mit seiner 1. Symphonie durchgefallen. Er hatte gehofft, noch im alten Jahrhundert zu Ruhm und Ansehen zu kommen. Pustekuchen! Da lag es nun vor ihm, dem gescheiterten Künstler – das 20. Jahrhundert: ohne Verheißung, eine sinnlose Ansammlung dissonanter Töne, ein dunkles Labyrinth!

Er spielt weiter, sein kleines Gesicht hat einen energischen, konzentrierten Ausdruck, der Anschlag wird heftiger. Charlie Brown kratzt sich am Kopf. Der erste Satz endet in einem triumphierenden Crescendo.

SCHRÖDER: Warum spielst du immer noch Baseball, Charlie Brown?

Pause

CHARLIE BROWN, *langsam:* Weil es vielleicht das einzige ist, bei dem ich mich … ganz fühle.

SCHRÖDER: Heute wirst du wieder verlieren, du und deine Mannschaft.

CHARLIE BROWN: Wenn ich träume, träume ich von Baseball. Davon, wie ich gewinne. Ich sehe den Ball, wie er auf mich zukommt, und ich sehe mich selbst, wie ich den Ball schlage, über das Feld und den Zaun und die Arena hinaus … in einen Himmel aus reinem Licht. Und während die anderen Spieler noch ratlos ihre Köpfe in den Nacken gelegt haben, laufe ich los, renne mit erhobenen Fäusten, und meine Mannschaft bewundert mich und schreit und feuert mich an, und die Menge, die auf den Tribünen des riesigen Stadions sitzt, springt auf und jubelt mir zu, und die in der ersten Reihe direkt hinter dem Maschendrahtzaun kann ich sehen, während ich renne und sie mich anfeuern, und ich sehe ihre Gesichter und den Glanz in ihren Augen, und die kleinen Jungen schieben ihre Ärmchen durch die Maschen des Zauns, um mich zu berühren, und die Väter lächeln traurig und schauen mich an und wünschen, jetzt an meiner Stelle zu sein …

HOMERUN, Schröder, weißt du, was das heißt?

Gummer zog sich die Decke über den Kopf und versank in einen Schlaf ohne Bilder, einen blinden Traum, von Tönen, Stimmen beherrscht.

HOMERUN bedeutet, bei sich selbst anzukommen.

Harmel arbeitete zu jener Zeit — nach Abbruch diverser geistes- und sozialwissenschaftlicher Studiengänge — als Wachmann für eine Objektschutzfirma. Er hatte gerade Nachtschicht. Sein Dienst ging bis halb acht Uhr morgens, und seine Devise war »Dienst ist Dienst«, und nach dem Dienst zog es ihn in ein Frühlokal, das den unauffälligen Namen »Bei Ernst« trug, wo er Rühreier und Pilsener vertilgte.

Meistens saß er, dick und mit einem bleichen Jungengesicht, in einer Ecke der Kneipe, während Fabrikarbeiter aus der Frühschicht ihr Frühstücksbier tranken, das Ernst schweigend und mit undurchdringlicher Miene in die Gläser zapfte. Harmel schlürfte langsam den Schaum von seinem Pils und studierte die Arbeiter.

Unter ihnen war eine einzige Frau, Lilly, so nannten sie ihre männlichen Kollegen. Sie war Ende Dreißig, Anfang Vierzig, schätzte Harmel, einen halben Kopf größer als er, hatte langes, glänzendes Har, und ihre Augen funkelten böse, was für Harmel Grund genug war, zu Ernst zu gehen und nicht in irgendeine andere Spelunke. Die Arbeiter gaben sich Mühe, Lilly wie eine der Ihren zu behandeln. Vergebens. Glaubten sie sich unbeobachtet, starrten sie, ebenso wie Harmel und der bierzapfende Ernst, auf den Frauenkörper im öligen Overall.

Harmel wechselte nie ein Wort mit Lilly. Manchmal, wenn sie ihn mitten im Gespräch mit einem der Arbeiter unvermittelt anzuschauen schien, senkte er scheu seinen Blick, der noch Sekunden zuvor auf ihren Hintern geheftet war.

Eines Morgens kam sie nicht. Harmel vermutete, sie arbeite jetzt in einer anderen Schicht. Die Mienen der Arbeiter hätten ihn eigentlich warnen sollen. Sie hatten die Köpfe gesenkt, tranken ihr Bier mit der halben Geschwindigkeit.

Um 7.45 Uhr ging die Tür auf, und ein junger Kerl, den Harmel entweder noch nie gesehen hatte oder an den er sich nicht erinnern konnte, stürzte herein und brüllte:

»Ihr Wichser!«

Das war nicht weiter schlimm. Schlimm war, daß der Junge eine Drillingsschrotflinte mitgebracht hatte. Der Junge schoß Ernst in die Schulter, und Ernst flog ein Stück weit durch seine Kneipe, während der Junge die Glasvitrine zusammenballerte. Einige schrien, Harmel griff nach seinem Bier, kippte den Tisch um und wartete dahinter, wie sich die Dinge entwickelten.

Die nächste Ladung Schrot traf den röhrenden Hirsch auf dem Gemälde über ihm. Harmel lugte vorsichtig an der Tischkante vorbei. Der Junge hatte die Flinte fallen gelassen und zog gera-

113

de eine kleine automatische Pistole aus der Jackentasche. »Au weia«, murmelte Harmel und ging wieder in Deckung. Er hörte fünf Schüsse, einen Schrei, neben ihm sank einer der Arbeiter, ins Bein getroffen, zusammen, noch mehr Glas zerbarst, Kugeln wurden von silbernen Fußballpokalen mit einem blechernen Geräusch abgelenkt, schwirrten unkontrolliert im Raum herum.

Nach dem fünften Schuß war es ganz still. Das einzige, was man hörte, war das Wimmern der Verletzten, auch das nur leise. Harmel wagte einen zweiten Blick vorbei an der Tischplatte. Der Junge stand immer noch da, neben dem Tresen, atmete schwer, die Hand mit der Pistole hing schlaff herab.

»Wo ist sie?« fragte er leise. Er schaute sich »Bei Ernst« um. Sein Blick wanderte über das zerschossene Inventar und die auf dem Boden zusammengekauerten Menschen. Ernst, dessen Schulter ein blutiger Brei war, schluchzte. Niemand sagte etwas.

Im Gesicht des Jungen sah Harmel Resignation, wie er sie aus Gesichtern alter Männer kannte. Der Junge nickte, starrte ins Leere.

»So«, sagte er, hob den Arm, hielt sich die Pistole an die Schläfe und drückte ab.

Als die Rettungswagen eintrafen, lebte er noch.

Der Arbeiter mit der Kugel im Bein führte anschließend über Jahre, bis in das 21. Jahrhundert hinein, einen Prozeß, in dem es darum ging, ob die Verletzung als Arbeitsunfall zu werten sei oder nicht.

Ernst mußte sich mit Heinz aussöhnen, da seine Schulter steif blieb, und die Kneipe hieß wieder, wie fünf Jahre zuvor schon einmal, »Bei Ernst und Heinz«.

Als Harmel später zur Vernehmung vorgeladen wurde, lebte der Junge immer noch, war jedoch nicht mehr zu Bewußtsein gekommen. Harmel wurde nie zu einer zweiten Vernehmung geladen und schloß daraus, daß der Junge gestorben war oder für immer im Koma lag, was, wie Harmels Onkel, Dr. Harmel, erklärte, so ungefähr auf dasselbe herauskam.

Zweiundvierzig Tage vor dieser dummen Geschichte, um halb neun Uhr morgens, als er, müde und gesättigt von vier kleinen Pils und sechs Rühreiern, vor seiner Wohnungstür ankam, wunderte sich Harmel, daß er nicht abgeschlossen hatte.

»Mhm«, grunzte er, trat ein, ließ seine Tasche fallen, ging in das fensterlose Bad und pinkelte mit einem leisen Seufzer, während er, den Kopf in den Nacken gelegt, die Fusseln an der Lüftungsklappe in der Decke betrachtete und dabei immer müder wurde. Er drückte die Spülung, gähnte, wankte schlaftrunken in sein Zimmer und sah Gummer schnarchend in seinem Bett liegen.

»Mist.« Harmel war zu müde, um sich aufzuregen. Er tippte Gummer ein-, zweimal schlapp an, Gummer flüsterte etwas im Schlaf, dann gab Harmel es auf, zog die über dem Federbett liegende Wolldecke herunter, legte sich auf die Couch, schob sich seine Dienstmütze ins Gesicht und schnarchte dreißig Sekunden später ebenfalls.

Gummer schlug die Augen auf und hatte einmal mehr den Verdacht, daß irgend etwas nicht stimmte.

Seine Hand suchte rechts auf dem kleinen, an die Wand gedübelten Nachttisch seinen Radiowecker, fand einen anderen, hielt ihn sich in Armeslänge vor die Augen, dann vor die Nase, drehte ihn, schüttelte ihn, ohne dadurch die Verwandlung rückgängig zu machen.

»Nanu«, rief er und schwang sich aus dem Bett. Er schaute sich im Raum um. Nichts stimmte.

Wo war sein Telefon? Er fand eines auf der Kommode, in einer falschen Farbe, rot statt lindgrün. Ein unangenehmer Geruch hing in der Luft: eine Mischung aus Parfüm und Zigarettenqualm. Gummer stolperte Richtung Telefon, dabei wäre er fast über Harmels Stiefel gefallen.

»Mach nich so 'n Krach«, grummelte der auf der Couch und zog sich die Dienstmütze noch ein wenig tiefer ins Gesicht.

»Was machen Sie in meiner Wohnung?« fragte Gummer. Und vor allem: Was hatte dieser Kerl mit der Wohnung gemacht? Das gerahmte Plakat einer Gauguin-Ausstellung war durch ein Delphin-Poster ersetzt worden. Wo sonst der Fernseher stand, schwammen in einem Aquarium einige Guppys träge um die Luftblasen einer dumpf ratternden Umwälzpumpe. Seine Reiseliteratur war verschwunden, statt dessen befand sich eine stattliche Sammlung von Liebesromanen und Frauenmagazinen im Regal. *Ausgetauscht!*

»Zum letzten Mal: WAS MACHEN SIE IN MEINER WOHNUNG!?«

»Das ist meine Wohnung, du Armleuchter.« Harmel drehte sich stöhnend auf die Seite.

»Was haben Sie mit meinen Büchern gemacht?«

»Es ist noch nicht mal eins«, gähnte Harmel.

Gummer schaute wieder auf den Wecker. Er hob die Schultern leicht an und ließ sie dann unschlüssig fallen.

»Du bist C. Gummer, Appartement 340, schätze ich.«

»Genau der.«

Harmel lüftete kurz seine Mütze.

»Ich hab immer gedacht das ›C.‹ steht für Claudia, Cordelia oder Carola. Na ja«, Harmel gähnte, »das ist hier 440. Direkt über dir.«

Gummer rannte zur Wohnungstür und kam zehn Sekunden später grinsend zurück.

»Glaubst du mir jetzt?« fragte Harmel unter seiner Dienstmütze.

»540«, antwortete Gummer.

»Scheiße.«

Eine halbe Stunde später saßen sie an Harmels halbkreisförmigem Klapptisch, der mit der geraden Seite an der Wand festgeschraubt war, und aßen Mettwurstbrötchen.

»Das soll hier öfter passieren«, erklärte Harmel, nachdem er einen Bissen mit einem großen Schluck Kaffee hinuntergespült hatte.

»Es heißt auch, daß einige Appartements die gleichen Schlösser haben.«

»So?«

»Schlamperei oder Sparzwang, so genau weiß das niemand. Nun ja«, seufzte Harmel, »ich hoffe ja immer noch, daß sich mal 'n richtiges Weib hier rein verirrt ...«

»Entschuldigung.«

»Ach, macht nix.«

Bedingt durch Harmels häufige Nachtschichten, trafen sie sich selten und unregelmäßig, vielleicht zu selten, um dauerhaft Freunde zu werden. Je nachdem, wie oft Harmel seinem Onkel, einem Alkoholiker und Pathologen, gegen Wodka, den er nachts bei seinen Rundgängen in einem Spirituosenlager »fand«, Blankokrankschreibungen abschwatzen konnte (»Soll ich die Todesursache auch gleich mit draufschreiben?« – »Ach nein, danke, Onkel, das geht schon so«), feierten sie gemeinsam ein-, zweimal im Halbjahr krank. Manchmal verabredeten sie sich am Wochenende, frühstückten, redeten.

Nach Gummers Beförderung zum Filialleiter sahen sie sich fast gar nicht mehr.

Die Frau von der Hausverwaltung erschien am Sonnabend, einen Tag nachdem Gummer für Rico Stunz das Sparbuch eröffnet hatte. Er hatte gerade Harmel zu Besuch, und sie sprachen über Vito Dumas' Einhandseglerbericht »Auf unmöglichem Kurs«.

»Er war ein Cowboy«, Harmel pfiff durch die Zähne, »ein Cowboy, der um die Welt gesegelt ist – alle Achtung.«

»Gaucho«, korrigierte Gummer, »in Argentinien heißen sie Gauchos. Im übrigen war er Viehzüchter und hatte wahrscheinlich eine Menge Geld.«

»Na und? Gab damals wahrscheinlich 'ne Menge Leute mit 'ner Menge Geld, aber niemand hat sich davon ein kleines Segelboot gekauft und ist damit 20 000 Meilen gegen den Wind geschippert.«

»Vielleicht hatte er Ärger mit seinem Vermieter«, witzelte Gummer, »außerdem kaufte er das Boot in den dreißiger Jahren, da hatte man noch andere Möglichkeiten.«

»Ach ja? Was denn für welche?« warf Harmel ein und erinnerte an sein verpatztes Vordiplom in Neuerer Geschichte: »Faschismus in Europa, die Japaner in der Mandschurei, hungernde Farmer in den USA, Börsenkrach, Wirtschaftskrise, am Ende der Zweite Weltkrieg! Und dazu –« er trank einen Schluck Kaffee, »kein Satellit am Himmel, der deine Position bestimmt, kein Funkgerät, keine Müsliriegel, kein Anorak aus Goretex, kein Fernseher – tolle Möglichkeiten nenn ich das!«

»Genau.«

»Gib doch einfach zu, daß du's auch gerne so wie der machen würdest, 272 Tage südlich des 40. Breitengrades, nur das blaue Meer und ein paar Wale um dich und deine Nußschale herum!«

Gummer dachte an die vergangenen Wochen im Container. Van Goghs Bild kam ihm in den Sinn.

»Wenn ich in den dreißiger Jahren Rinderzüchter in Argentinien gewesen wäre, wäre ich womöglich auf diese Idee gekommen. Aber«, fügte er hinzu, »der Punkt ist doch, käme Dumas *heute* auf diese Idee? Oder würde er ins nächste Reisebüro gehen und zwei Wochen Kreuzfahrt buchen?«

»Der Punkt ist«, knirschte Harmel, »daß du keinen Mumm hast. Warum hast du mir das Buch überhaupt geborgt? Hä?«

»Und was ist mit dir? Cowboy oder Wachmann, der Unterschied ist nicht so groß.«

Harmel lehnte sich zurück und faltete die Hände über seinem ausladenden Bauch.

»272 Tage ohne Frauen? Das kannst du von einem Mann wie mir nicht verlangen.«

Gummer lächelte. Tatsache war, daß Harmel, der ständig lamentierte, er könne ohne Frauen nicht leben, seit Jahren ohne Frau lebte.

Gerade wollte Gummer etwas in dieser Richtung bemerken, als die Tür aufging und die Angestellte von der Hausverwaltung hereinkam, eine schlanke, blonde Frau Anfang Vierzig in einem roten Kostüm und mit einem nervösen Zucken im rechten Augenwinkel. Im Schlepp hatte sie einen schmierig aussehenden Handelsvertreter, der sich mit »Gestatten, Bayer« vorstellte. »Glückspilz«, brummte Harmel.

»Das ist es«, sagte die Frau.

»Sehr schön. Ich nehme es«, antwortete Gestatten Bayer.

»Moment mal«, sagte Gummer lässig und überlegte, ob er sich mit der Frau verabreden sollte, nachdem er den Irrtum aufgeklärt hätte. »Das hier ist Appartement 340.«

»Stimmt«, bestätigte die Frau, ohne sich umzuschauen, und zeigte Bayer das Volumen von Gummers Wandschrank.

»Das hier ist meine Wohnung!«

»Ganz schön groß!«

»War, Herr Gummer, war.«

»Wieso war?«

»Na ja, der Teppichboden ist schon ein wenig runter ...«

»Genauer gesagt: Es ist *noch* Ihre Wohnung. Noch genau bis zum nächsten Ersten.«

»Hurra! Die brüllenden Vierziger rufen!« rief Harmel aus der Kochnische heraus.

»Meint der mich?« fragte die Frau.

»Nein, er meint den Breitengrad.«

»Ich bin der Kombüsenjunge!« Harmel wedelte mit dem Geschirrtuch.

»Hören Sie, das muß ein Irrtum sein. Ich habe einen unbefristeten Mietvertrag!«

119

»Und die Einbauküche? Bleibt die drin?«

»Anscheinend haben Sie Ihren Vertrag nicht richtig gelesen. Sie sind jetzt Filialleiter. Damit endet das Mietverhältnis automatisch.«

»Wieso das denn?«

»Gibt's etwa Ärger mit dem Vermieter?« feixte Harmel.

»Weiß ist ja ganz nett, aber irgendwie langweilig. Apricot wäre schön, Apricot oder Mandaringelb.«

»Weil das hier geförderte Wohnungen für Arbeiter und einfache Angestellte sind. Schauen Sie in Ihren Mietvertrag. Sie sind jetzt *leitender Angestellter*. Damit endet das Mietverhältnis automatisch.«

»Ich protestiere, ich lege Einspruch ein!«

»Wie war das mit den Heizkosten?«

»Das hätten Sie bis zum Ablauf des vergangenen Jahres machen müssen.«

»Es gibt doch eine Hausreinigung, oder? Wissen Sie, ich bin viel unterwegs …«

»Da wußte ich doch noch gar nicht, daß ich Filialleiter werde!«

»Das ist nicht mein Problem!«

»Ein Geschirrspüler wäre gut.«

»Bis zum nächsten Ersten – das ist in zwei Wochen!«

»Leinen los!«

»Wir haben Sie deswegen angeschrieben«, erwiderte die Blonde und deutete auf den Stapel ungeöffneter Briefe neben Gummers Telefon, »Sie können von Glück sagen, daß ich mit Herrn Bayer –«

»Gestatten!«

»– schon so früh einen Termin vereinbaren konnte.«

»Bleiben die Kaffeemaschine und der Toaster hier?« Gestatten Bayer wollte Kochnische und Kühlschrank auskundschaften, zuckte allerdings vor Harmel zurück, der nach dem Brotmesser gegriffen hatte.

»Raus hier!« zischte Gummer und starrte die Blonde an.

»Alle Mann von Bord!« rief Harmel.

Man müßte sie fesseln und knebeln und peitschen, dachte Gummer.

»Ich weiß, was Sie jetzt denken«, sagte die Blonde. »Aber daraus wird nichts. Am Ersten sind Sie draußen, Punkt.«

Sie ging zur Tür; Bayer folgte ihr mit hüpfendem Gang, als er fast schon draußen war, streckte er noch einmal seinen Kopf ins Zimmer: »Aber das Bad machen Sie bitte noch vorher sauber.«

Band A–K des Telefonbuches flog auf seinen Kopf zu, doch da hatte er ihn schon eingezogen und war durch die Tür mit der Nummer 340 verschwunden.

Eine Woche lang telefonierte Gummer lustlos irgendwelchen Maklern hinterher, kaufte sich Tageszeitungen, ging zu Wohnungsbesichtigungen. Ohne Erfolg.

Für den Betrag, den Gummer bereit war zu zahlen, gab es keine Wohnungen. Es gab größere, luxuriösere, die er aber nicht bezahlen konnte. Und es gab die billigen Löcher, feuchte Souterrainhöhlen zum Beispiel, mit Blick auf die Mülltonnen aus der Froschperspektive, in die er nicht einziehen wollte.

»Tja, mein Lieber«, sagte Harmel und erinnerte an seine zwei Semester Betriebswirtschaft, »du sitzt in einer Budgetfalle.«

»Und was kann ich dagegen tun?«

»Abwarten, bis sich Angebot und Preis verändert haben.«

Gummer hielt ein Schreiben der Blonden hoch, in dem sie neben der Kündigung auf die Möglichkeit einer Räumungsklage hinwies.

»So lange wollen die mich aber nicht warten lassen.«

»Deswegen heißt es ja auch Budget*falle*«, erklärte Harmel.

So kam es, daß Gummer nach einer Woche vergeblicher Wohnungssuche in den Container zog.

»Nur vorübergehend«, sagte er.

»Klar, nur vorübergehend«, sagte Harmel.

Eigentlich wollte er sich für den Umzug einen Mietwagen nehmen, dann stellte er fest, daß seine Habe in zwei Koffer und vier Pappkartons paßte. Er beschloß, seine Sachen in den verbleibenden Tagen nach und nach mit der U-Bahn zum Container zu schaffen.

Als er den letzten kleinen Karton gepackt hatte, lag das Zimmer wieder so vor ihm wie an jenem Tag vor acht Jahren, an dem er es zum ersten Mal betreten hatte. Ein merkwürdiges Gefühl der Fremdheit und der Trauer überfiel ihn. Es war kein besonders schönes Zimmer, vor allem war es kein besonders großes Zimmer, und acht Jahre zuvor hatte Gummer ihm ebenfalls das Etikett »nur vorübergehend« verliehen. Das Appartement war ihm wie eine notwendige Zwischenstation erschienen, aber auf welcher Reise? Damals hatte Gummer darauf vertraut, daß das Leben ihn schon an den Ort führen würde, an den er gehörte. Doch vielleicht gaukelte das Leben einem ja nur etwas vor? Die Frage, *wo* er sterben würde, beschäftigte Gummer zuweilen.

Ein letztes Mal sah er sich um. Es war komisch, sich vorzustellen, wie bald jemand anderes in dem Bett liegen würde, in dem er acht Jahre lang nächtens gelegen hatte, es war komisch, sich vorzustellen, wie bald jemand anderes aus dem Fenster den Baum davor betrachten, jemand anderes das Geschirr in der schmalen Spüle abwaschen, jemand anderes unter der Dusche stehen oder vor dem Waschbecken sein Gesicht im Spiegel betrachten würde. Jetzt, als er seinen Mantel anzog und den Karton aus der Wohnung in den Flur zog, sah er: Er hatte keine Spuren hinterlassen. Die Wände hatten seine Anwesenheit nicht wahrgenommen, er war ein flüchtiges Element, einer auf der Durchreise, der acht Jahre auf gepackten Koffern gesessen hatte.

Gummer murmelte so etwas wie einen Abschied in das leere

Zimmer hinein, zog sachte die Tür zu und ließ den Schlüssel stecken.

Der Regen weichte den zugeschnürten Pappkarton auf, durchnäßte seinen Mantel, und er sah sehr bald aus wie jemand, der gar kein Obdach mehr hatte.

In der U-Bahn ließ er sich auf die Sitzbank fallen, neben ihm saß ein alter Mann in schmutziger Jacke und mit ungewaschenen Haaren. Er roch nach Schnaps und Schweineschmalz. Zwei Herren im Anzug sprangen mit ihren Aktenmappen unter dem Arm in den Waggon, als die Warnlichter über den Türen bereits blinkten. Obwohl auf der Bank noch Platz gewesen wäre, blieben sie stehen. Der alte Mann schloß die Augen. Gummer kamen die beiden, die etwas jünger als er selbst aussahen, bekannt vor, aber sicher war er sich nicht. Sie unterhielten sich leise miteinander.

»Schau dir diesen Knaben an«, sagte der eine, wobei nicht ganz klar war, welchen Knaben er meinte, »versäuft unsere Steuergelder.«

»Der hatte vielleicht nur Pech.«

»Oh, Frank, jetzt komm mir nicht mit dieser Sozialtour, ja? Wie willst du denn im Leben etwas erreichen mit dieser Alibi-Sozialtour? Kannst du mir das sagen? Glaubst du vielleicht, dieser Kerl hat nicht wenigstens eine Chance gehabt? Nein. Der hat einfach keine Lust zu arbeiten.«

»So kannst du das nicht verallgemeinern, er ist –«

»– vielleicht entlassen worden, weil wir seine Firma aufgekauft haben. Der ist an der Flasche hängengeblieben, weil seine Frau an einem anderen hängengeblieben ist, vielleicht an mir, vielleicht an dir. Ist es so? Ich meine – hast du die Frau von diesem armen Tropf da ins Bett gezogen? Und jetzt tut es dir leid?«

»Blödsinn! Also hör mal …«

»Ich habe dir noch nie zugehört, warum sollte ich jetzt damit anfangen. Nein, die Wahrheit ist, du solltest für den Weihnachtsmann arbeiten, verstehst du, oder für die Wohlfahrt. Obwohl das letztlich keinen Unterschied machen würde. Letztlich arbeiten wir alle für so was.«

»Wieso das ...«

»Hast du eigentlich jemals im Leben auf deine Gehaltsabrechnung geschaut? Nur ein einziges Mal?« Der Mann schaute sich im Wagen um und fragte lauter: »Hat hier jemals jemand auf seine Gehaltsabrechnung geschaut?«

Einige nickten betroffen.

»Siehst du, Frank! Jeder hier hat es mitgekriegt, nur du nicht: Mehr als die Hälfte meiner sauer verdienten Kröten geht für Arbeitslose, Faulenzer, Hypochonder, Scheintote und Penner drauf!«

Gummer räkelte sich betont arbeitsscheu auf seiner Sitzbank. Sein Nachbar begann zu schnarchen.

»Aber es gibt doch noch so was wie ...« begann der Mann, der Frank hieß, und ein paar der Fahrgäste horchten auf, »wie Soli ...«

»OH SCHEISSE SCHEISSE SCHEISSE! Genau diese Einstellung ist es, die mich an Leuten wie dir ankotzt, weißt du das?«

Frank sah zu Boden.

»Ihr meint es nämlich gar nicht ernst. Ihr tut nur so. Ihr habt gar kein echtes Mitgefühl. Oder würdest du dieser armen Wurst da vielleicht helfen, den Schnapskarton auch nur eine Treppenstufe raufzutragen? Nein, du würdest ihm einen Fünfer in die Pfote drücken – einen Fünfer, großkotzig, wie du bist – und dich davonmachen. Und warum?«

»Ja – warum eigentlich?« fragte Gummer interessiert. Der Mann beachtete ihn nicht.

»Weil du Angst hast. Weil du gottverdammte Angst hast. WEIL IHR ALLE EINE SCHEISSANGST HABT!« Der Mann sah sich wieder im Wagen um. Der Zug ratterte über die Wei-

chen, kaschak kaschak kaschonk kaschak, wackelte, die Fahrgäste vertieften sich in ihre Zeitungen, Illustrierten und ent-
werteten Fahrkarten.

»Weil ihr wie die Maden im Speck lebt, ohne es verdient zu
haben! Deswegen baut ihr Toiletten für Rollstuhlfahrer, Alten-
heime mit Blick auf den Friedhof, Irrenhäuser mit Kabelfernsehen in jeder Gummizelle und einem elektrisch geladenen
Zaun drumherum. Weil wir alle Angst haben, irgendwann mal
selbst in so einen Rollstuhl geschubst zu werden oder einen
Tritt in den Arsch zu bekommen und auf der Straße zu sitzen
oder einfach nur alt zu werden, ohne Geld für die dritten Zähne, einfach nur mit Mundgeruch alt zu werden.«
Niemand sagte etwas. Der Zug hielt, und die beiden stiegen
aus.

»Tja, die sind jetzt überall.« Gummers Nachbar seufzte und
zog eine eckige Likörflasche aus seiner Jackentasche.

»Die sind hinter dir her und machen dich mürbe mit ihrem
Geschwätz, und wenn sie könnten, dann würden sie auch in
der U-Bahn deine Gedanken lesen, aber in der U-Bahn können
sie deine Gedanken nich lesen.«
Er hielt Gummer die Flasche hin, Gummer winkte ab, der Alte
nahm einen tiefen Schluck.

»Das Neuste ist, daß sie auch hinter deiner Spucke her sind.
Ich spuck nich mehr auf 'n Bahnsteig, nie mehr. Sie kratzen
deinen Rotz sogar von 'n Rolltreppen, aus der kleinsten Ritze
– und weißt du, was sie dann machen?«
Die Augen des Mannes wurden schmal. Gummer schüttelte
den Kopf.

»Die haben so kleine tragbare Geräte, sehn aus wie Fotoappa-
rate oder Funktelefone, und da träufeln sie deinen Rotz rein,
und dann lesen sie den *Code*, und dann wissen sie *alles*!« Der
Mann hob die Flasche.
Gummer erkannte auf dem Etikett einen, bärtigen Zwerg, der
vor einem Lagerfeuer hockte.

»Das ist das einzige Zeug«, sagte der Alte, »das einzige Zeug, wo *es* nich drin ist.«

Der Alte schloß die Augen und murmelte etwas von einem Schlafplatz, den er für ein paar Piepen organisieren könnte, bevor er wieder anfing zu schnarchen.

Eine Lautsprecherstimme nannte den Namen der nächsten Station, der Zug hielt, die automatische Tür neben Gummer öffnete sich.

Er könnte aussteigen. In diesem Moment dachte Gummer ganz ernsthaft daran, auszusteigen, alles zurück und hinter sich zu lassen. Warum nicht? Er könnte diesen Karton hier drinnen stehenlassen und aussteigen an dieser Station, an der er noch nie ausgestiegen war; könnte da draußen ein anderes Leben finden, und der Karton würde weiterfahren, unter der Stadt, hin und her, und jemand anderes würde ihn schließlich nehmen und forttragen, an einen unbekannten Ort. Ihm war, als stünde er an einer Steilklippe und wäre, für den Bruchteil einer Sekunde, kurz davor hinunterzuspringen.

Der Zug stand immer noch im Bahnhof. Die roten Warnlampen waren verloschen, die Warnhupen verklungen. Gummer schien es, als sei dies der eigentliche Zustand. Es gab verschiedene Geschwindigkeiten, aber keine Bewegung mehr. Das Leben war ein Verharren, man ißt, man trinkt, man schläft, immer bedacht, den Job nicht zu verlieren, die Wohnung, die Frau, den Überziehungskredit. Und irgendwann tönt diese Stimme aus dem Lautsprecher, durchdringend, kalt:

DIESER ZUG ENDET HIER.

Sie hatten Scheinwerfer auf die Schienen gerichtet und eine Absperrung aufgebaut. Polizisten trampelten im Laufschritt die Rolltreppe herunter, als Gummer, ohne Karton, ausstieg. Ein Mann von der Betriebsaufsicht sprach leise in ein Handfunkgerät, während sich zwei Feuerwehrmänner und ein Notarzt durch die wachsende Menschenmenge schoben. Gummer stand vorne an der Absperrung, neben dem Fahrer, der sich eine Zigarette anzündete, einen tiefen Zug nahm und mit der Zigarette im Mundwinkel murmelte:

»Das ist schon der fünfte in dieser Woche.«

Der alte Likörbruder war aufgewacht und rief von hinten:

»Ja, ja! Tu es! Tu es, Mister Hunderttausend-Volt!«

Gummer rieb sich halb geblendet, halb ungläubig die Augen.

Auf den Schienen, am Eingang des Tunnels, stand ein Mann, der aussah wie Abteilungsleiter Hagen aus dem Devisenhandel. Im Anzug mit passender Weste, blütenweißem Hemd, einem ebenso blütenweißen Ziertuch in der Brusttasche und einer eckigen Flasche in der Hand. Seinen rechten Fuß hatte er an einer Schiene festgebunden, während er mit dem anderen immer wieder aufstampfte, bedrohlich nahe an der Starkstromführung.

»Haut alle ab!« brüllte Hagen. »Laßt mich in Ruhe!«

Eine Polizistin hatte ein Megaphon in die Hand genommen.

»Hören Sie, lassen Sie uns miteinander reden!«

»Wer sagt denn, daß ich mit dir reden will?«

»Das hat doch keinen Sinn, was Sie da vorhaben!«

»Ganz genau, das hat keinen Sinn. Deswegen steh ich ja jetzt hier.«

Jemand drängelte sich an Gummer vorbei zu der Polizistin mit dem Megaphon, es war jemand aus der Inneren Abteilung.

»Sagen Sie ihm, seine Frau sei unterwegs.«

»Ihre Frau ist unterwegs!«

»Das ist mir scheißegal.«

»Mach mal Platz!« Ein Fotoreporter schob sein Teleobjektiv über Gummers Schulter. Hagen trank. Die Kamera surrte. Der Mann von der Betriebsaufsicht nahm sein Funkgerät vom Ohr. Er schaute die Polizistin an, nickte.

»Es gibt immer eine Alternative!« rief sie.

»DAS IST ES JA GERADE!« brüllte Hagen, »es gibt mir zu viele davon. Ich hab genug. Ich möchte endlich mal keinen Ausweg mehr haben!«

»Ich komme jetzt zu Ihnen.«

»BLEIB WO DU BIST UND VERSAU MIR NICHT MEINEN ABGANG!«

»Ganz ruhig!«

»DAS HIER IST NICHT WIE IN DIESEN FILMEN DAS HIER IST DIE WIRKLICHKEIT UND ICH TU'S DA KANNST DU GIFT DRAUF NEHMEN.«

Sie ging los; gab dem Rest der Gruppe mit der Hand einen kurzen Wink, ihr zu folgen.

Kameras surren. Blitzlicht zittert über die Wände der Station.

Kacheln, Plakate, ein Graffito ICH SCHULDE MEINEN TRÄUMEN NOCH LEBEN, das Geräusch von zehn Stiefelpaaren auf dem Schotter.

Hagen ist ganz ruhig, lächelt und sagt: »Das war's dann wohl.«

Dann setzt er einen Fuß auf die Stromschiene.

Einen Augenblick lang ist er wie erstarrt in dieser einen, letzten Bewegung.

Kein Qualm von verbranntem Fleisch. Kein Zischen. Kein Flackern. Nichts.

Hagen tritt mit dem Fuß gegen die Schiene, immer wieder, so fest er nur kann, kreischt: IHR SCHWEINE IHR SCHWEINE IHR SCHWEINE IHR VERDAMMTEN SCHWEINE IHR

Sie rannten los, packten ihn; er schlug, trat, biß, kratzte; sie verdrehten ihm die Arme auf dem Rücken, warfen ihn zu Boden; er roch den Stein zwischen den Gleisen und die Dunkelheit im Tunnel vor sich, sah Zigarettenkippen, an manchen Lippenstift, hörte die Kameras surren, fühlte die Kälte der Blitzlichter in seinem Nacken, den Schmerz in den Schultern, als sie die Arme weiter verdrehten, die Handschellen einrasteten, der Stahl in die Haut schnitt; Blut rann über seine Stirn, als sie ihn aufhoben, auf den Bahnsteig zerrten und er sich fragte: Warum hab ich mich nicht einfach vor den Zug geworfen?

Die Menge wich zurück. Gummer wurde gegen den stehenden Zug gedrückt. Er roch das Rasierwasser des Mannes von der Inneren Abteilung.

»Ich kenne dich, du Schwein!« schrie Hagen in seine Richtung, »sag Dr. Thun, ich weiß, wer er ist! ICH WEISS ES ICH WEISS ES ICH –«

Ein Reporter fragte Fuchs' Mann, ob er Hagen kenne.

Der Mann schüttelte den Kopf, drehte sich um und verschwand in der Menge.

Kabelfernsehen.

Starkstromzäune.

Die Türen standen noch offen.

Gummer stieg wieder ein.

Als er ausstieg und Fuchs neben Dr. Thun im Aufzug stehen blieb, war der Direktor ein bißchen irritiert. Aber er durfte sich nichts anmerken lassen. Dr. Thun lächelte gütig, und der Direktor sagte:

»Nun, Fuchs, ich sehe Sie dann um halb elf in meinem Büro.«

Die Türen schlossen sich, und der Fahrstuhl glitt an den Etagen vorbei.

»Immer besorgt um Sie, Ihr Chef«, sagte Dr. Thun.

»Er nimmt sich viel Zeit für seine Mitarbeiter«, antwortete Fuchs.

»Was machen Ihre Verbesserungen im Personalbereich?«

»Wir versuchen, die Ergebnisse der Studie einer nützlichen Anwendung zuzuführen.«

Die Studie: Fuchs dachte an das Labor in dem alten Lagerhaus. Dachte an das sanfte Summen der Zentrifugen, an die in einer Reihe stehenden Mikroskope und das zinnfarbene Licht, das durch die Dachfenster auf das weiße Melamin der Arbeitsplatten fiel, auf denen sich Computerausdrucke neben leeren Pizzakartons stapelten. Er dachte an den metallischen Geruch und die Zahlenkolonnen, die über die Bildschirme liefen, an die Laboranten, die Reagenzgläser zu dem Apparat trugen, an dieses professionelle Wispern, das in der Luft hing, an diese Art von Sicherheit, die einem Menschen vermitteln können, die wissen, was sie tun.

Der Apparat war so groß wie ein Billardtisch, vorne gab es nur einige wenige farbige Tasten; er verstand nicht, wozu sie dienten, las Wörter wie »Stand by«, »Reset« und »Start Procedure«. Er sah das dicke Kabel, das zu einem voluminösen Drucker führte, der sirrend farbige Skalen ausgab, solange der Apparat in Betrieb war.

Die ersten Blutproben stammten, ganz legal, von Mitarbeitern der Inneren Abteilung. Mit erstaunlichen Ergebnissen.

»Ich weiß nicht«, meinte der Leiter des Labors, »was Sie mit den Ergebnissen vorhaben, Sie müssen nur wissen, daß es keine absoluten Ergebnisse sind. Wir können feststellen, ob jemand eine bestimmte Krankheit bekommen kann oder ob er anfällig für Depressionen ist – aber das sind nur Möglichkeiten …«

»Haben Sie das von Direktor Hagen gehört?« fragte Dr. Thun.

»Ja«, antwortete Fuchs.

»Tragische Geschichte. Guter Mann gewesen fürs Termingeschäft. Hatte die besten Zahlen.« Dr. Thun blickte verträumt auf die roten Leuchtdioden der Etagenanzeige. »Wissen Sie, Fuchs, das Leben ist ungleich verteilt, nicht nur der Wohlstand, nicht nur der Erfolg, auch das Leben selbst. Einige leben viel, andere wenig, versinken plötzlich in der Dunkelheit toter Jahre, die nicht mehr enden wollen.«

Der Aufzug hielt.

»Entschuldigen Sie«, Fuchs sah Thun gerade in die Augen, »aber Hagens Zahlen waren schon lange nicht mehr die besten.«

»Waren sie nicht?«

»Nein. Waren sie nicht. Um die Wahrheit zu sagen, sie gingen in den Keller.«

»Das ist mir gar nicht aufgefallen.«

»Wir haben ihn beobachtet. Es ging abwärts.«

Die Fahrstuhltür öffnete sich, Dr. Thun blieb in ihr stehen.

»Dann haben wir ja richtig Glück, daß er vorher ausgestiegen ist.«

Der ganze Schlamassel hätte vermieden werden können, dachte Fuchs, wenn man auch von Hagen *rechtzeitig* eine Blutprobe genommen hätte. Eines Tages, da war er sich sicher, würde der Apparat, der jetzt noch ebenso kompliziert wie langsam den *Code* ausspuckte, nicht mehr groß wie ein Billardtisch sein. Er würde kleiner werden und genauer. Und dann würden die ganzen Einstellungstests, die ermüdenden Bewerbungsgespräche der Vergangenheit angehören. Ein handlicher schwarzer Kasten, das schwebte Fuchs vor.

»Hagen hatte es nicht leicht. Die Verantwortung, ein Zwölfstundenjob. Dazu private Schwierigkeiten.« Fuchs machte eine wohlerwogene Pause. »Er ist krank.«

»Was hat er denn?«

»Darüber darf ich eigentlich nicht reden.«

»Ich bin im Vorstand dieses Unternehmens. Mit mir dürfen Sie nicht nur reden, mit mir müssen Sie es.«

Da irrst du dich vielleicht, dachte Fuchs. »Er ist Alkoholiker.«

»Hagen trank ganz gern mal einen, stimmt ...«

»Ich hatte für die kommende Woche einen vertraulichen Termin mit ihm und Dr. Quickling verabredet. Wir wollten die Möglichkeit einer Therapie besprechen. Immerhin ist ein Mann wie Hagen nicht so leicht zu ersetzen – Schadensbegrenzung, Sie verstehen.«

»Und Ihr neues Konzept«, fragte Thun, »kann solchen, sagen wir – Ausfällen vorbeugen?«

»Unbedingt.«

Thun seufzte.

»Der große Boß, Behringer«, murmelte er familiär, »ist bislang der Ansicht, man solle sich nicht zu sehr in das Privatleben der Mitarbeiter einmischen. Wenn sich jemand, privat natürlich, die Gesundheit versaue –« Thun wandte sich ab, drehte sich dann aber noch einmal um.

»Ich hörte, er habe bei seiner Festnahme geschrien, er wisse, wer ich sei«, sagte Thun leise, »›ich weiß, wer Dr. Thun ist‹, soll er immer wieder gerufen haben, ›ich weiß, wer Dr. Thun ist‹. Seltsam, nicht wahr? Jeder weiß, wer ich bin. Oder wissen Sie, was er damit gemeint haben könnte?«

Fuchs lächelte. »Nein, keine Ahnung.«

»Gut«, Thun nickte bedächtig, »kommen Sie doch so um halb elf mal in meinem Büro vorbei. Wir sollten über Ihr neues Konzept reden.«

»Sehr gerne.«

»Bis dann.«

Fuchs drückte eine Taste, der Aufzug setzte sich mit einer schwachen Erschütterung nach unten in Bewegung.

Er betrachtete sich in den Spiegeln, die die Wände der Fahrstuhlkabine bedeckten, strich seinen Anzug glatt, fasziniert von der unendlichen Wiederholung seiner selbst in den Räumen, die sich hinter dem Spiegel auftaten. Er gönnte sich die Phantasie, jedes seiner Abbilder führe ein eigenes Leben, eine Vorstellung, die ihm als kleinem Jungen wohlige Schauer des Entsetzens über den Rücken gejagt hatte. War dort hinten nicht der Fuchs der Zukunft, der Überfuchs, älter, erfolgreicher, und nickte er ihm nicht gerade zu? Und der im fünften Zimmer: War sein Anzug nicht abgetragen, seine Schultern hängend, die ganze Gestalt schief, verzerrt, mißraten? Die Ergebnisse der Studie enthielten für ihn ein erlösendes Paradoxon, das ihn an dieses Spiegelphänomen erinnerte. Freilich hatte der Leiter des Labors sie abgeschwächt, indem er von »Anlagen«, »Neigungen« und ähnlichem gesprochen hatte, was die ganze Sache verwässerte. Nein – er dachte den Gedanken zu Ende, und dieser Gedanke, daß tatsächlich alles vorherbestimmt war, hatte ihm ein Gefühl der Erleichterung verschafft. Was für den größten Teil der Menschheit die ständige Furcht vor einem unabwendbaren Übel bedeuten mochte, verhalf ihm zur Freiheit. Wenn nämlich alles vorherbestimmt war, dann war auch alles erlaubt.

Am Abend, nachdem er das Labor besucht hatte, war er noch eine Weile ziellos durch die Straßen gefahren. Vor einer VERBAG-Filiale hatte er schließlich angehalten. Im Schaufenster hing der Werbespruch für das neue »Vorsorgesparen«: SIE SOLLTEN IHRE ZUKUNFT NICHT DEN ANDEREN ÜBERLASSEN. Ein Stück Straße war aufgerissen, vielleicht Kanalarbeiten. Fuchs stieg aus, ließ den Motor laufen. Er nahm einen neben der Baustelle liegenden Pflasterstein und schleuderte ihn in das Schaufenster. Es gab ein dumpfes Knarzen, wie wenn Packeis bricht. Auf der Scheibe breiteten sich netzartige Risse aus. Als die Alarmsirene zu heulen begann, saß er schon wieder in seinem Wagen und rollte die Straße hinab. Ein Mannschaftswagen der Polizei kam ihm entgegen, ohne ihn zu beachten.

»Guten Tag, Herr Fuchs!« Carola Boldoni betrat den Fahrstuhl.

»Guten Tag. Und? Wie geht es?«

Sie drehte sich kurz um, drückte den Knopf ihrer Etage. »Viel Arbeit. Aber es macht Spaß.«

»Das sehe ich.«

Sie schien einen Augenblick lang verunsichert.

»Ich meine«, fügte er hinzu, »Sie sehen sehr gut aus, heute.«

Sie lachte.

»Woran arbeiten Sie im Augenblick?«

»Rationalisierungen. Im Filialbereich.«

»Was für ein Zufall. Ich sprach gerade eben mit Dr. Thun darüber.«

133

»Sie sprachen …?«

»Ja, er war der Ansicht, dort lasse sich noch viel einsparen, was man an anderer Stelle investieren könne.«

»Und –«, sie lächelte kokett, »was haben Sie gesagt?«

»Daß wir in diesem Bereich noch zu wenig engagierte Mitarbeiter haben. Außer Ihnen natürlich.«

Die Türen gingen auf. Sie blieb in der Lichtschranke stehen, legte ihren Kopf in den Nacken, gluckste.

»Ehrlich gesagt, ich glaube nicht, daß Sie darüber mit ihm gesprochen haben.«

»Stimmt. Aber wir sollten darüber sprechen. Bei einem Abendessen vielleicht?«

»Vielleicht. Vielleicht aber auch nicht.«

»Vielleicht am Donnerstag?«

»Möglicherweise … das heißt nein. Da hab ich schon eine Verabredung.«

»Und am Freitag, gegen acht?«

»Freitag gegen acht habe ich noch keine Verabredung.«

»Sehr schön.«

»Wo?«

»Ich hole Sie ab.«

Einmal mehr wunderte sich Fuchs, wie einfach doch alles war.

»Also dann – bis Freitag.«

»Bis Freitag.«

Carola Boldoni freute sich. Sie stieg aus, und bevor sich die Fahrstuhltüren schlossen, lächelten sich beide an.

Neue Pläne

Jetzt ist alles aus, dachte Willy Bein, als er aus dem Container rannte.

Er wußte nicht genau, was passieren würde, aber er wußte, *daß* etwas passieren würde. Ebenso wenig wußte er, wohin er flüchten sollte. Vor ihm lag das Abbruchgelände, rechts davon die Straße, über die wahrscheinlich schon die Polizei anrollte. Aber das war nicht das vordringliche Problem. Willy, nach vorne stolpernd, hatte im Augenwinkel gesehen, daß der Mann ihn nicht mehr verfolgte, er stand auf dem Treppenabsatz des Containers und schaute ihm nach. Warum schaute er ihm nach? *Hielt er nicht etwas in der Hand?* Willy wagte es nicht, sich nochmals umzudrehen. Natürlich, durchfuhr es ihn: die Pistole! Der Mann zielte wahrscheinlich auf ihn.

Dann tauchte diese Grube vor ihm auf, und er ließ sich hineinfallen. Genau genommen war es keine Grube, sondern ein Schacht der Telefongesellschaft, der auf der Suche nach einer defekten Leitung gegraben und danach vergessen worden war. Willy Bein saß in der Grube und horchte. Keine Schüsse. Keine Sirenen. Das machte das Warten nur schlimmer. Bestimmt schlich sich ein Spezialkommando an die Grube heran. Er hatte so etwas in einem Film gesehen. Die Polizisten trugen schußsichere Westen und schwärzten sich ihre Gesichter. Mit ihren automatischen Gewehren, auf die Zielfernrohre montiert waren, trafen sie immer, sie kamen überall hoch, runter, rein und raus, sie kamen lautlos. Das Gefährlichste war, daß man nicht wußte, wann sie zuschlugen. Neben Willy standen eine Spitzhacke und ein Spaten, die die Arbeiter zurückgelassen hatten. Willy dachte nicht daran, sich zu verteidigen.

Vielmehr starrte er nach oben in den bewölkten Himmel und hob die Hände hoch. Er wußte, würde er etwas in der Hand halten, was einer Waffe auch nur entfernt ähnelte, würden sie ihn auf der Stelle erschießen. Schwarze Wolken ballten sich über ihm zusammen, seine Arme wurden müde. Irgendwann plumpsten sie herunter wie die hölzernen Glieder einer Marionette.

Es blitzte und donnerte, es fing an zu regnen, so, als sei ein persönliches Strafgericht über Willy anberaumt. Er wurde klatschnaß und haderte mit sich, weil er in die Grube gesprungen war, vielleicht hätte er es ja doch geschafft, das andere Ende des Grundstücks zu erreichen, um sich in einem der leerstehenden Häuser zu verstecken.

Willy Bein konnte nicht wissen, daß er buchstäblich auf dem Eingang zur Lösung all seiner Probleme saß, am Beginn des Großen, das das Leben für ihn bereithielt. Es sollte eine Weile dauern, bis er diesen Eingang fand. Vorerst sammelte sich Wasser in der Grube, das nur langsam abfloß. Er zog den Mantel aus und legte ihn über die Spitzhacke. Dann kletterte er ein Stück an der hölzernen Aussteifung hoch und schob die Spitzhacke mit dem Mantel über den Rand der Grube.

Nichts passierte. Er glitt wieder hinunter, zog sich den Mantel an. Das Wasser ging ihm bereits fast bis zu den Knien. Er hatte keine Wahl.

Behutsam wie ein Faultier kletterte Willy den Schacht hoch, reckte vorsichtig den Kopf über den Rand: Das Gelände lag verlassen da. Keine Polizeiwagen, keine Spezialkommandos. Ebenso verlassen sah die Bankfiliale aus. Das verwirrte Willy, und es kränkte ihn. Hatte man ihn nicht ernst genommen? Vorsichtig kroch er über den Grubenrand, huschte hinter die Reste einer Mauer, sah sich um, bevor er geduckt weiterlief. Schließlich erreichte er seinen Kellereingang.

In den folgenden Tagen nahm Willy Bein sein unstetes Leben wieder auf. Er hauste weiterhin in den Untergeschossen der

Fabrikruine, schlich nur nachts heraus, durchkämmte leerstehende Gebäude, wühlte in den Müllcontainern vor den Supermärkten nach Eßbarem. Eine ganze Weile wagte er sich tagsüber nicht an die Oberfläche, weil er fürchtete, noch immer gesucht zu werden.

Dann fand er den Koffer.

Der Koffer gehörte über fünfzig Jahre lang einer alten Frau. Nun war sie gestorben (ihre Überreste lagen in einer schmucklosen Urne), und die Erben, ihre Enkel, junge, kräftige Männer mit harten Gesichtszügen, kamen zur Wohnung der alten Frau in dem alten Haus, wo sie über fünfzig Jahre lang gelebt hatte. Sie kamen mit einem Lieferwagen und nahmen alles mit, wovon sie glaubten, es hätte irgendeinen Wert. Der Koffer hatte keinen Wert für sie, obwohl er das einzige war, was die alte Frau besessen hatte, als sie vor über fünfzig Jahren vor dem Haus stand. Die Enkel füllten den Koffer mit allem, was ihnen gleichermaßen wertlos vorkam, und warfen ihn in einen der Müllcontainer im Hinterhof des alten Hauses, das in seinem Erdgeschoß eine einfache Gaststätte beherbergte.

Willy Bein schlich im Schutz der Dunkelheit durch den Hinterhof des Nachbarhauses, zog sich eine Mauer hoch. Er roch das Fell eines nassen Hundes und drehte seinen Kopf, sah das Tier aber nicht. Dafür sah er drei erleuchtete Fenster im Erdgeschoß, die Gaststättenküche. Ein weiterer Geruch stieg ihm in die Nase, der von Braten und von Klößen. Eine Kette rasselte. Willy fragte sich, wie lang diese Kette wohl sein mochte. Er lag auf der Hofmauer, schnüffelte, sah zu den Fenstern, horchte, Geschirr klapperte. Abwarten, riet ihm sein Instinkt. Dann das Geräusch einer Tür. Licht im Treppenhaus. Die Tür zum Hinterhof öffnete sich, und jemand mit einem Eimer kam heraus; er sagte etwas Unfreundliches zu dem Hund, der immer noch nicht zu sehen war, eine Hoflampe flackerte und erlosch. Der Hund winselte. Der Jemand ging zum Müllcontainer und kippte den Eimer aus. Willy sah es aus dem Müllcontainer dampfen, als die Gestalt zurück ins Haus ging. Schweinebraten! sagte Willys Nase; er hätte diesen Geruch aus hundert anderen heraus erkannt, ein Geruch aus seiner Kindheit (der Hund knurrte, es mußte ein großer Hund sein, so, wie der knurrte), Schweinebraten mit Zwiebeln, Möhren, einem Lorbeerblatt und Rosmarin, geschmort in böhmischem Bier ... Kurzentschlossen sprang Willy über die Hofmauer. Die Kette rasselte, sowie er am Müllbehälter hing und hinein in den warmen Brei griff. Der Hund nahm sich nicht einmal die Zeit zu bellen, er biß sofort in Willys Bein.

»Ah!« Willy schrie auf, während er sich mit einer Hand am Mülltonnenrand festhielt und mit der anderen nach etwas suchte, womit er den Hund loswerden könnte. Seine Hand fand den Griff des Koffers der alten Frau. Der Koffer war nicht sehr groß, aber prall gefüllt. »RrrRrrr!« knurrte der Hund, im Maul einen Zipfel von Willys Mechanikerhose. Willy, mit beiden Armen und dem halben Oberkörper in der Tonne, riß den Koffer aus dem Müll heraus und schlug damit nach dem Hund. Der jaulte. Willy rappelte sich hoch, schmiß seine Beute, den Koffer, über die Hofmauer und sprang hinterher. Der Hund bellte, im Treppenhaus ging wieder das Licht an. Willy packte den Koffer, Bratensoße und die Reste von Klößen klebten daran. »Was'n los, du dumme Töle?« fragte jemand den Hund und trat ihm in die Seite, aber da war der Willy schon im Gewirr der Hinterhöfe verschwunden.

»Bücher!« Willy stöhnte. Er stand in seinem Kellerversteck vor dem offenen Koffer. Der Koffer war unverschlossen gewesen, also rechnete Willy gar nicht damit, etwas Wertvolles zu finden. Aber er hatte gehofft, wenigstens etwas *Nützliches* zu finden. Und nun: ein paar alte Schwarzweißpostkarten, ein Pakken Briefe, geschrieben in einer kleinen, schnörkeligen, absolut unlesbaren Schrift, und – Bücher. Willy war nicht gerade eine Leseratte. Das Lesen war ihm immer schwergefallen, Bücher, dachte Willy, wozu konnten die gut sein? Seit seinen ersten Kinobesuchen während der Grundschulzeit schien es ihm überflüssig, sich der anstrengenden Tätigkeit des Lesens zu widmen, wenn man das meiste Geschriebene auch als Film betrachten konnte.

Das einzig Nützliche, das Willy in dem Koffer entdeckte, war ein alter Suppenteller, stumpf-weiß, mit einem merkwürdigen Emblem auf der Unterseite. Willy stellte ihn in eines seiner Werkzeugregale. Den Koffer konnte man vielleicht auch noch gebrauchen, vor den Postkarten und Briefen hatte er eine Art religiösen Respekt, aber mit den Büchern war nichts anzufangen. Er kippte sie auf den Holzstapel neben dem Kanonenofen.

Dabei klappte ein Buch auf und rutschte vom Stapel herunter. Es handelte sich um die reich bebilderte Biographie des Filmschauspielers Heinz Heinemann. Die alte Frau war eine glühende Verehrerin Heinemanns gewesen, den sie in den vierziger Jahren einmal zufällig in einem Luftschutzkeller traf, wo er ihr eine Autogrammkarte unterschrieb, die sie fortan immer bei sich trug.

Heinz Heinemann war die Ikone des kleinen Mannes im deutschen Film. Bereits als Fünfzehnjähriger trat er in Fritz Langs »Nibelungen« als Zwerg auf. In »Metropolis« spielte er einen (kleinen) Arbeiter, der Schwierigkeiten mit der Bedienung einer großen Maschine bekommt. Seine erste Hauptrolle war die eines Stallknechts, der zum Jockey aufsteigt (»Die Zwei von der Rennbahn«, 1931), gefolgt von einer von amerikanischen Vorbildern inspirierten Kriminalfilmreihe (»Privatdetektiv Phips Marauder«, 1932, »Phips Marauder räumt auf«, 1934, »Der Adler der Tempelritter«, 1936). Als Meisterleistung galt die subtile Darstellung eines Außerirdischen in einem der (aufgrund neuartiger Tricktechnik) bis dahin aufwendigsten deutschen Filme: »Marsrakete V1 antwortet nicht« (1938)

avancierte zu einem von Görings Lieblingsfilmen, der jedoch wegen seines Schlusses (Zerstörung der Erde) nie in voller Länge gezeigt wurde. Während des Krieges gerieten Heinemanns Rollen ambivalenter. Der letzte Film, den Heinemann unter dem Naziregime drehte, war »Die Abenteuer des Don Quichotte«, ein auf den ersten Blick unpolitischer Kostümstreifen, der erst in den letzten Kriegsmonaten fertiggestellt wurde; Heinemann spielte den Sancho Pansa. Später ist oft darüber spekuliert worden, wie dieser Film zu verstehen sei, besonders Don Quichottes Angriff auf die Windmühlen. Einige sahen darin eine Metapher für das Dritte Reich und dessen Führer, deren Zerstörungswut der kleine Mann machtlos gegenüberstehe. Andere sprachen von einer versteckten Anspielung auf den 20. Juli, da sie glaubten, Don Quichotte stehe für die Männer um Stauffenberg und Sancho Pansa verkörpere den deutschen Mitläufer, der in der entscheidenden Stunde aus Furcht (vor den Windmühlen) die Gefolgschaft verweigere.

Nach dem Krieg spielte Heinemann den kleinen Mann im Nachkriegsdeutschland, der auf den Trümmern Großdeutschlands seine kleine, heile Welt wieder aufbaut: »Bahnwärter Schröder« (1949/50), »Der Rheinschiffer« (1950), »Ein Häuschen im Hunsrück« (1951). Bevor er sich im Alter auf Charakterrollen verlegte (»Sommer in Workuta«, 1966, »Der Kardinal«, 1973), zeigte er noch einmal, was den Reiz seiner Schauspielkunst ausmachte, reichte noch einmal an die Intelligenz, List und Tragik von Hannes, dem Jockey, Phips Marauder, K'tonk (das war der Marsmensch) und Sancho Pansa heran: In »Zwei Gentlemen räumen ab«, einem auf Tatsachen beruhenden Gangsterepos, spielte er einen der beiden Brüder Haas, die Ende der zwanziger Jahre in Berlin auf spektakuläre Weise den Tresor einer Bank leergeräumt hatten.

Und genau jene Seiten von Heinemanns Biographie lagen nun aufgeblättert vor Willy: Szenenfotos des Schauspielers, wie er

als Wilhelm Haas mit seinem Filmbruder Ludwig den Film-
tunnel grub, Heinemann neben dem metallisch schimmernden, geknackten Filmtresor, Heinemann als Gentleman umgeben von frivolen Frauen, in einem Berliner Bierkeller.
Der Film war damals ein großer Erfolg, wohl auch deswegen, weil er einen Teil der Tatsachen – vor allem das wahre
Ende der Gebrüder Haas – verschwieg. Willy kannte ihn nicht.
Aber er war fasziniert von den Filmbildern, neben denen kleinere Fotos der wirklichen Brüder Haas und eine Planskizze
ihres Einbruchs abgedruckt waren. Obwohl er Schwierigkeiten mit dem Lesen der Bildunterschriften hatte, begriff er
recht schnell, um was es ging, und ärgerte sich ein wenig, daß
er nicht selbst darauf gekommen war.
Als der Regen nachließ, fing er an.

Mit der stehengelassenen Spitzhacke und einem kurzen, rosti-
gen Spaten grub Willy Bein von dem verwaisten Schacht der
Telefongesellschaft aus seinen Tunnel. Er arbeitete Tag und
Nacht. Während die Welt über ihm ihren undurchsichtigen
Geschäften nachging, trieb er den Stollen unermüdlich voran.
Nachts, wenn eine nur durch Hundegebell und Feuerwehrsi-
renen unterbrochene Stille über dem Brachland herrschte,
schaffte er den Sand und die Erde aus dem Tunnel. Anfangs
verteilte er alles möglichst unauffällig auf dem Gelände, später entdeckte er in der Nachbarschaft einen halbverschütteten
Lagerraum der Fabrik, zu dem er einen Teil des Aushubs mit
einer alten Babybadewanne schleifte. Zur Tarnung häufte er
über dem Schachteingang eine Art künstlichen Hügel, indem
er alte Holzpaletten stapelte und mit einer löchrigen Pla-
stikplane und mit Erde bedeckte. Den Tunnel versteifte er
mit Bauholz, das er auf seinen nächtlichen Beutetouren her-
anschaffte, ebenso wie die Beleuchtung, batteriebetriebene,
blinkende Warnlampen, die er auf einsamen Straßenbaustel-
len geklaut hatte.

Schwieriger war die Orientierung. Anstelle des kleinen Modells des Containers hatte Willy nun ein großes Modell auf dem Tisch inmitten seiner Uhrensammlung aufgebaut. Es schloß das gesamte ehemalige Fabrikgelände und einen Teil des Viertels ein: die von den alten Häusern flankierte Straße, die auf das Gelände zuführte, die das Brachland umgebenden, leerstehenden Nebengebäude, die rissigen Brandmauern der angrenzenden Wohnblocks, der Torso des früheren Fabrikturms, den man aus unbekannten Gründen hatte stehenlassen; eine filigrane Streichholzkonstruktion markierte an dessen Stelle den Norden von Willys maßstabsgetreuer Nachbildung seiner Welt.

Anfangs erwog er in regelmäßigen Abständen Probebohrungen an die Oberfläche, doch bald schon stieß er auf unbekannte Hindernisse, ganz abgesehen von der Gefahr, daß der Tunnel über ihm einstürzen oder er entdeckt werden könnte. Also vertraute Willy auf sein bisher ausgebliebenes Glück, zählte Schritte und grub weiter. Aus einer Spanplatte sägte er sich ein einfaches Winkelmaß zurecht und übertrug damit jede durch alte Fundamente oder Kanalrohre notwendig gewordene Richtungsänderung auf das Modell; nachts ging er die Entfernung Tunneleingang – Container ab, in lautlosem, warangleichem Gang, wobei jeder Schritt genau bemessen war, peilte mit Besenstil und Lochblech die Spitze des Fabrikturms mit dem darauf (warum, konnte er sich nicht erklären) gelegentlich immer noch aufleuchtenden Firmenlogo an. Tagsüber umfing ihn blinkender Dämmer, als sei er im kontrahierenden Gedärm eines fabelhaften Tiefseewesens zugange, feuchte Erde fiel auf seinen großen Kopf, vermischte sich mit Schweiß und schließlich dem Rotz, der aus seiner Nase lief; die Hände und Ellenbogen schwielig, die Stirn blutig, wühlte er sich voran.

Der Tunnel wuchs in die Stadt hinein wie ein vergessener Lindwurm, entschlossen, sich seinen Teil vom Leben zurückzuholen. Tag für Tag gruben sie sich im Schein der Karbidlampen unter der Haut der Stadt hindurch, trieben den Stollen Meter für Meter voran, umgingen Abwasserkanäle, Stromkabel und die pfeifenden Adern der Rohrpost. Ab und zu hielten sie inne und lauschten den zylinderförmigen Aluminiumwesen, die mit einer Geschwindigkeit von zehn Metern pro Sekunde durch die Röhren schossen.

»Vielleicht bläst's da grad unsern Steckbrief durch«, raunte Willy.

Ludwig griff nach der Spitzhacke, hackte wortlos auf den lokkeren Untergrund ein. Willy nickte, schaufelte Erde auf die kleine, selbstgebastelte Lore und schob sie gebückt durch den mit Bauholz ausgesteiften Tunnel bis in den Kohlenkeller in der Bayreuther Straße zurück.

In den Abendstunden erlöschen die Karbidlampen im Tunnel, die beiden Brüder schieben einen alten Kleiderschrank vor den Kellereingang, bedecken die aufgehäufte Erde mit Kohlen. Oben nimmt das alltägliche Leben seinen Lauf, die Tram poltert über das Pflaster, Angestellte sind auf dem Weg zum heimischen Eßtisch, verschwinden im Eingang der U-Bahn-Station. Manchmal, wenn Willy und Ludwig über den Wittenbergplatz gingen, die Hände vergraben in den Taschen ihrer Mäntel, die Hüte ins Gesicht gezogen, um irgendwo einen Kaffee oder ein Helles zu trinken, kamen sie sich wie der spiegelverkehrte Teil des Ganzen vor; jene anderen, die da über die Kreuzung huschten, trugen Anzug, Hut und Mantel wie sie, und auch sie hatten eine Aktentasche, nur daß diese kein Einbruchwerkzeug enthielt. Unweit der U-Bahn-Station wurde eine Unterführung für Fußgänger gegraben. Eine glückliche Fügung, denn so fiel der Lärm, den sie machten, niemandem auf.

»Wer weiß«, bemerkte Willy einmal, »wer weiß, wie viele andere noch einen Tunnel graben, um sich ihr Stück aus dem Kuchen rauszuschneiden.«

»Hauptsache«, brummte Ludwig, »sie schneiden nicht am selben Kuchen wie wir.«

Den Herbst über waren sie damit beschäftigt gewesen, den »Kuchen« auszukundschaften. Willy war in der VEREINIGTEN DISKONTO GESELLSCHAFT (VERDIKO) als solventer Kunde aufgetreten, war wie ein Graf durch die imposante Schalterhalle gegangen, hatte einen Scheck eingelöst und nach einem Schließfach gefragt. Wenig später begutachtete er im Tresorraum die Fächer.

»Ja – sind die denn auch sicher?«

Der Angestellte der VERDIKO, ein junger Mann namens Renn, sah ihn an; ein offener Blick aus hellen, blauen Augen, keine Spur der Entrüstung oder Überheblichkeit darin, wie Willy es eigentlich erwartet hatte.

»Haben Sie denn vor, hier einzubrechen?«

Willy strich sich über den angeklebten Spitzbart.

»Gibt es denn was zu holen?« entgegnete er und lächelte verschmitzt, »oder sind alle Ihre Kunden so arme Gauner wie ich?«

»Aber, Herr von Feldkamp …« Renn machte eine unbestimmte Geste mit der Hand, dann erläuterte er ihm die Sicherheitsvorkehrungen. Obwohl sein Ton sehr sachlich war und Willy ihn später ähnliche Worte zu einem anderen, offenbar wesentlich mißtrauischeren Kunden sagen hörte, wurde er das Gefühl nicht los, es habe einen geheimen Austausch zwischen ihm und Renn gegeben, eine Art Mitwisserschaft, ein Spiel.

Auch deswegen hatten Ludwig und Willy den eigentlichen Beginn ihres Unternehmens um einen Monat verschoben. Sie beobachteten, ob vielleicht welche von den Kriminalern bei der VERDIKO auftauchten oder mehr Schupos als üblich über den Platz paradierten. Nichts dergleichen geschah. Ende November begannen sie mit den ersten Vorbereitungen für den Tunnelbau. Hatte sich Willy in seiner »Freiherr von Feldkamp«-Verkleidung abends in der Kellerkneipe »Zum Schweinemagen« bei zwei Hellen und später zwischen den Beinen von Natascha (einer angeblich vor den Bolschewisten geflüchteten und nun ins Horizontale gekippten russischen Gräfin) noch als ehrenwerter Gauner und wahrer Meisterdieb gesehen (während Ludwig vor allem dem Billardspiel nachgegangen war), so stellte sich mit dem Fortschreiten des Baus eine seltsame Leere ein. Tage wurden zu Nächten, Nächte wurden zu Tagen, ihr ganzes Tun war auf das Zwielicht im Tunnel ausgerichtet. Manchmal kam Wilhelm Haas sich vor wie ein zu lebenslanger Zwangsarbeit Verurteilter, den man in einem Bleibergwerk zurückgelassen und vergessen hatte. Einzig die ferne Vision angemessenen Reichtums stand dagegen. Die meiste Zeit jedoch dachten sich die beiden gar nichts. Der Bau wurde etwas Mechanisches, buchstäblich Gedankenloses.

»Noch 'n Monat, und ich weiß nich mehr, warum wer uns so schinden. Dann grab ich einfach weiter, bis ich in China rauskomm.«

»In 'nem Monat sind wer reich oder nich, und dann ham wer den Bau hinter uns oder sitzen drin«, erklärte Ludwig.

»Dann haun wer mit der Knete ab.«

Ludwig schwieg, Schweiß lief ihm übers Gesicht, als er von neuem den kurzen Spaten in die Erde stieß.

»Vielleicht nach Argentinien«, fuhr Willy fort, »Tango tanzen. Oder Rinder züchten.«

»Hör auf zu quatschen, und schaff den Dreck weg.«

Und die Welt spult sich vor ihren vom Tageslicht geblendeten Augen ab wie ein surrealer Film, in dem die Schreie der Zeitungsjungen die eingesprochenen Zwischentitel sind: *Lohnkampf in der Eisenindustrie – Japanischer Kaiser gekrönt – Max Schmeling schlägt Joe Monte k. o.* Sie gehen die Bayreuther Straße entlang, Willy hat eine Zeitung in der Hand, die

Schlagzeilen wiederholen sich, nur das Datum auf der Titelseite erinnert an das Fortschreiten der Zeit, jetzt, wo die Bäume kahl sind: *Unruhen in Afghanistan – Nobelpreisverleihung – Der Mörder von Freienwalde gefaßt.* Sie sitzen in einem Lokal in der Kurfürstenstraße, vor sich eine Tasse Kaffee und belegte Brötchen, zwei ehrbare Männer; Willy liest in der Zeitung einen Kriegsroman in Fortsetzung; er war nicht in den Gräben, zu jung, damals, anders als sein Bruder, der aber schweigt sich beharrlich darüber aus, das Ausschachten hat er dort gelernt, hat aber nix genützt, Eisernes Kreuz, kein Mensch weiß, wofür, und alle, die es wissen könnten, sind immer noch dort, in dem verschütteten Stollen, stumm und nicht klüger als vorher, es heißt, Grünzeug wachse schon wieder um das Fort Douaumont, »war das wirklich so?« fragt Willy Ludwig, hält ihm die Zeitung hin; wieviel Gras muß da wachsen, wie viele Würmer müssen sich noch satt essen, bevor das alles vorbei ist.

Ludwig dreht den Kopf, wischt ein wenig die beschlagene Scheibe frei, draußen ist immer noch das gleiche, unwirkliche Zwielicht, braune Schemen huschen auf der anderen Straßenseite am Ladenschild des Uhrmachers Blumenthal vorbei; November 1928, es ist kalt, und über der Stadt ziehen dunkle Wolken auf.

Im Herbst zeichnete sich für die VERBAG der Abschluß eines sehr erfolgreichen Geschäftsjahres ab. Der Vorstandsvorsitzende Behringer hatte gute Chancen, zum »Banker des Jahres« gewählt zu werden. Dr. Thun war es nur recht; solange sich Behringer im Erfolg sonnte, konnte er sich der Umstrukturierung des Konzerns widmen.

Der Direktor befürchtete neue Attentatspläne der MAOISTISCHEN ZELLEN; Fuchs plante gewisse Dinge mit einem kleinen schwarzen Kasten; Carola Boldoni plante gewisse Dinge mit Fuchs. Der Aufsichtsrat der VERBAG genehmigte den geplanten Umzug der Hauptverwaltung in die geplanten neuen Gebäude sowie die feindliche Übernahme einer österreichischen Versicherungsgesellschaft, für die einst Franz Kafka gearbeitet hatte, der während dieser Zeit einmal in sein Tagebuch schrieb: »Zu müde.«

Willy Bein plante, Gummers Container zu unterminieren und ihn dann wie eine Konservendose zu öffnen.

Gummer plante nichts.

Es regnete.

CHERCHEZ LA FEMME

Opal

Der Opal war ein Geschenk ihres Ehemannes, er hatte ihn ihr acht Jahre zuvor auf den Schminktisch gelegt, eine kleine, in Seidenpapier eingewickelte Schachtel, die Valeska an dem Morgen fand, an dem sie ihn verließ. Es hatte keinen Streit gegeben, keine Szene, kein Geschirr, das zerschmissen wurde, kein langes Schweigen, an dessen Ende dieses Klacken von Wohnungstüren steht, Schritte in Treppenhäusern, Frauen oder Männer, die niedergeschlagen in Zimmern sitzen, die ihnen nun vorkommen wie die mitternächtlichen Wartehallen von Bahnhöfen oder Flughäfen. Valeska verließ ihren Mann nach einem Jahr Ehe, sie war gerade zwanzig, er war gerade im Büro; sie verließ ihn aus keinem besonderen Grund, außer der plötzlichen Gewißheit, daß etwas aufgehört hatte.

»Bis heute abend!« sagte er und trat in die Tür ihres gemeinsamen Schlafzimmers. Über dem Anzug trug er bereits seinen Mantel, die Aktentasche unter den Arm geklemmt, lächelte er ihr zu, zögerte, kam herüber zum Bett, küßte sie, sie gähnte, er strich ihr zärtlich durch ihr rotes Haar, ging hinaus, schloß die Tür. Den Flur entlang, den Kopf voller Pläne, aus dem Haus, die kleine Treppe in den Vorgarten hinunter ... Er öffnete das Garagentor, setzte sich in seinen Wagen, startete den Motor, fuhr aus der Garage, wendete, legte den ersten Gang ein, beschleunigte, legte den zweiten Gang ein. Als er auf die Stadtautobahn gelangte, machte er das Radio an, pfiff ein fröhliches Lied.

Sie lag im Bett, betrachtete die Wände. Das Zimmer: Es mußte Tausende davon geben in der Stadt, mehr oder weniger quadratische Zimmer mit einem Fenster und einer Tür und einem großen Bett und einem Schrank und einem Spiegel und einem gerahmten Farbdruck an der Wand. Gauguins Südseeschönheiten lächelten aus ihrer einfachen Welt zu ihr herab.

Sein Geruch war noch neben ihr in der Bettwäsche. Sie stand auf, duschte, zog sich an und fand, als sie ihr Haar vor dem Spiegel kämmte und sich dem Gefühl der eigenen Fremdheit hingab, die Schachtel mit dem Opal. Sie wunderte sich, warum die Schachtel nur einen Ohrring enthielt, und glaubte, ihr Mann habe den anderen Stein noch zurückgehalten, um ihn ihr zu einem späteren Zeitpunkt zu schenken. Monate danach kam ihr, als sie mitten in der Nacht neben dem tief schlafenden Gomez aufwachte, der Gedanke, es habe dort, wo ihr Mann den ersten gekauft hatte, keinen zweiten gegeben, es gebe vielleicht nirgendwo einen zweiten Stein.

Sie steckte den Opal an eins ihrer Ohren, nahm eine Reisetasche vom Boden des Kleiderschranks, packte die nötigsten Sachen zusammen und ließ die Tür ins Schloß fallen, ohne den Schlüssel mitzunehmen oder sich noch einmal umzudrehen.

Ricardo Gomez setzte sich im Park einfach neben sie, sie wandte sich ihm zu, er fragte:

»Was ist das für ein Stein da, an Ihrem Ohrring?«

»Ein Opal.«

Und dann begann er zu reden.

Gomez war Mexikaner mit US-amerikanischem Paß, er hatte vier Jahre bei der Army verbracht, und jetzt, da sein Vertrag mit dem Militär ausgelaufen war, wollte er mit dem angesparten Geld zurück nach Mexiko in sein Heimatdorf, sich dort ein Haus kaufen und Schafe züchten. Gomez hatte ein hübsches Gesicht, ein strahlendes Lachen und zarte Hände, und schon damals fragte sie sich, ob Gomez, der bei der Army Lkws bewachen mußte, jemals hart gearbeitet hatte.

»Schöne Hochlandschafe«, versprach er, »vielleicht importiere ich auch ein paar Lamas aus Peru, die geben die beste Wolle.«

Gomez' »Dorf« entpuppte sich als kleine, gut versteckte Drogenfarm im Dschungel Südostmexikos. Es gab dort kein einziges Schaf. Gomez war leicht drogensüchtig. »Leicht« bedeutete in diesem Zusammenhang, daß er keine harten Drogen nahm. Ansonsten konsumierte er alles, was um ihn herum wuchs. Er rauchte morgens, mittags, nachmittags und abends einen Joint, zwischendurch verzehrte er irgendwelche Pilze, kaute auf Blättern herum, halluzinierte. Er nannte das »angewandte Philosophie« und versuchte während der Rauschphasen, seine Erkenntnisse aufzuschreiben.

»Ich bin ganz nah dran!« sagte er.

»Wo dran?«

»An der Antwort.«

Er schrieb eine Menge Notizbücher voll, aber niemand, nicht mal er selbst, war in der Lage, das Gekrakel zu entziffern.

Einmal im Monat kamen drei schwerbewaffnete Männer mit einem Jeep, sammelten ein, was Gomez übriggelassen hatte, drückten ihm einen Packen Dollarnoten in die Hand und verschwanden wieder. Er lag in seiner Hängematte auf der Veranda, inmitten des smaragdgrünen Waldes (von dem er behauptete, er habe die Farbe ihrer Augen), über ihm summte der Ventilator, auf dem Beistelltisch standen ein Aschenbecher und ein Glas Mezcal, daneben die mit hellgelber Flüssigkeit gefüllte Flasche, in der der tote Wurm schwebte, der ohne große Begeisterung Gomez' Meskalinexperimenten beiwohnte.

»Gomez«, begann der Wurm.

»Ja?«

»Gomez, also ich finde …«

»Sei still.«

»Gomez, was ich sagen wollte …«

»Ehrlich gesagt, habe ich wenig Lust, mich mit einem Wurm zu unterhalten.«

»Gomez, ich finde, du solltest dich mehr um die Frau kümmern.«

»Was geht dich das an?«

»Gar nichts. Ich meinte nur, weil …«

Am Vormittag verbrachte Gomez einige Zeit damit, die Farm zu führen, zusammen mit zwei indianischen Helfern, die zumeist hartnäckig schwiegen und deren indianische Namen absolut unaussprechlich waren, weswegen Valeska sie einfach Cotl und Motl nannte. Nur einmal, als sie versuchte, den Teig für Enchilladas hinzubekommen und dabei einen fast vergessenen deutschen Schlager aus den frühen Achtzigern summte, traten Cotl und Motl an das Küchenfenster, lächelten und stimmten ihrerseits einen Gesang an, eine rhythmische, alternierende Melodie ohne Text. Abgesehen davon ließen Cotl und Motl durch ihre Gesten und den Ton ihrer in einem indianischen Dialekt geführten Unterhaltung keinen Zweifel daran, daß ihresgleichen schon wesentlich länger auf diesem Teil der Erde zu Hause war, und obwohl sie zu der Heerschar wandernder Tagelöhner gehörten, hatte Valeska immer das Gefühl, als sei Gomez der eigentliche Bedienstete. Die Arbeit auf der Farm war einfach und kaum zeitaufwendig, die entsprechende Flora widerstandsfähiger als erwartet. Es wuchs einfach, und der gelegentliche Besuch von Flugzeugen der Drogenfahnder, die über der Region ihre Pestizidtanks leerten, führte nur dazu, daß zwar das Unkraut einging, die Hanf- und Kokapflanzen dafür jedoch um so besser gediehen.

Valeska interessierten Gomez' Drogengeschichten wenig.

»Warum«, fragte Gummer, »bist du dann fast zwei Jahre bei ihm geblieben?«

»Gomez war ein angenehmer Mann.«

Er randalierte nicht, er nörgelte nicht, er wurde nicht beleidigend, aber er tat eben auch – abgesehen von seiner Leidenschaft für »angewandte Philosphie« – nahezu nichts.

»Allerdings war er auf seine Art ein guter Liebhaber.«

»*Auf seine Art.* Aha.«

Vor den raren Momenten der Leidenschaft nahm sein feines Gesicht von einer Sekunde zur anderen einen gierigen Ausdruck an, etwas Archaisches, etwas aus dem Dschungel schien von ihm Besitz zu nehmen, das sie erregte. Es gab keine vereinbarten Tageszeiten, Orte, Abstände, Gesprächsthemen, Kostümierungen, Wetterlagen, Mahlzeiten, Getränke, Stimmungen, Rituale, es geschah plötzlich, spontan, in jedem Fall unerwartet (eine Zeitlang war sie wie besessen von der Idee, die Einnahme einer bestimmten Droge löste *es* aus. Sie suchte im Haus und in dem wellblechgedeckten Schuppen, der als Labor diente, aber – falls es diese Droge gab, finden konnte sie sie nicht). Sein Blick traf sie immer genau in dem Moment, in dem sie am wenigsten daran dachte; er hob sie auf seine Hängematte oder legte sie im eigentlichen Sinne des Wortes flach, flach auf die Holzbohlen der Veranda; während in der grünen Nacht ein Tapir schrie, Cotl und Motl in ein undurchsichtiges Spiel mit dreieckigen Würfeln vertieft waren, schob er ihr Kleid hoch oder riß es herunter, je nachdem, und sie spürte, wie –

Abends, wenn Gomez in seiner Hängematte delirierte und Hieroglyphen in das Notizbuch kritzelte, aß sie zusammen mit den beiden indianischen Gehilfen einen Brei aus Fleisch und Maniok. Manchmal stieg Gomez aus seiner Hängematte und stellte sich den Essenden als Reinkarnation des Aztekengottes Quetzalcoatl vor, eine Darbietung, die Cotl und Motl, ohne von ihren Tellern aufzuschauen, mit einem stereotypen Raunen hinnahmen.

Marcos, Joaquin und Steve schwiegen die ganze Fahrt über, nur einmal fragte Marcos Steve, warum sie Gomez nicht auf Wiedersehen gesagt habe, bevor sie, die Reisetasche in der Hand, die Verandatreppe hinuntergegangen sei, während Gomez in seiner Hängematte, mit dem aufgeschlagenen Notizbuch auf seiner Brust, gedöst habe, er sei immerhin ihr Mann. Marcos war der jüngste von ihnen. Er trug ein T-Shirt mit der Aufschrift: *Ché!* Er saß hinten im Jeep, das Kinn auf sein Gewehr gestützt, die Stirn nachdenklich in Falten gelegt, so, wie er das bei einem Filmschauspieler gesehen hatte. Noch war seine jugendliche Stirn glatt, aber in ein paar Jahren, hoffte er, würde er die gleichen Falten wie der Schauspieler haben.

Just in diesem Moment wachte Gomez auf und starrte auf die klaren, sauberen Buchstaben in seinem Notizbuch:

DIE BANANE IST KRUMM

»Is 'n verdammter Junkie«, erklärte Steve, nickte dabei, sich selbst zustimmend. Marcos zuckte die Achseln. Holpernd fuhr der Jeep über ein Schlagloch. Ein Schuß löste sich aus Marcos' Gewehr. Joaquin fuhr unbeirrt weiter. Steve, der auf dem Beifahrersitz saß, drehte sich um und sagte:

»Idiot.«

Marcos, an der Backe einen blutigen Kratzer, grinste nur.

Der Fahrtwind strich durch ihre Haare.

Laszlo Bucanovic lernte Valeska auf der Maya-Pyramide im Dschungel von Yucatán kennen. Sie hatte einen Job als Fremdenführerin angenommen und führte europäische Touristen durch die Ruinen, die von den Nachkommen der Erbauer Tag für Tag mühselig vom wuchernden Grün befreit wurden. Der Bus mit den Neuankömmlingen stoppte neben einer von Budweiser- und Coca-Cola-Dosen überquellenden Mülltonne, vor der wiederum Valeska stand und die Reisegruppe auf englisch willkommen hieß. Wie sich herausstellte, kam die Gruppe aus einer Kleinstadt in Süddeutschland, und niemand außer Laszlo Bucanovic, dessen Wagen knapp hinter dem Bus quietschend zum Stehen kam, sprach ausreichend englisch, um Valeska folgen zu können. Sie vermied es, deutsch zu sprechen, was zu einer Reihe von Mißverständnissen führte. Als sie erklärte, man wisse weder genau, warum die Maya ihre alten

Kultstätten dem Dschungel überlassen hätten, noch wohin sie gegangen seien, daß aber Teile der heutigen indianischen Bevölkerung mit großer Sicherheit Abkommen der Pyramidenbauer seien, stellte einer der Touristen in holprigem Englisch eine Frage, die die Worte *outer race* enthielt. Valeska ignorierte ihn, dafür sprang Bucanovic mit der ihm eigenen Boshaftigkeit in das Gesprächsloch und antwortete:

»Yes, sure, they came from outer space.«

Diese Antwort, ergänzt durch Informationen über den Urwald (= die Außerirdischen hätten dichtbewaldete Gegenden als Landeplatz und Siedlungsgebiet bevorzugt) und über die indianischen Nachfahren der Maya (= die Nachfahren der Außerirdischen würden noch heute inmitten der lateinamerikanischen Bevölkerung leben), verführte später Eugen Schäferle, den Zweiten Vorsitzenden des Heimatvereins »Mittelschwarzwald«, zu einem zwanzig Seiten starken Traktat mit dem Titel SIE SIND UNTER UNS, das für ungefähr zwei Jahre im Schwarzwald und der westlichen Schwäbischen Alb eine manische UFO-Suche auslösen sollte und Schäferle einen Auftritt in einer Talkshow bescherte.

Laszlo Bucanovic hatte immer ein melancholisches Lächeln um seine Lippen. In Österreich geboren und aufgewachsen, – er war das Ergebnis einer unglücklichen Verbindung zwischen einer Ungarin und einem österreichischen Serben –, hatte er seinem Elternhaus früh den Rücken gekehrt und war in die USA ausgewandert, wo er, nach vergeblichen Versuchen, Schauspieler zu werden, ein Ingenieurstudium absolvierte. Das Lächeln um seine Lippen war das Lächeln eines Heimatlosen, und als er neben Valeska auf der Pyramidenspitze saß, während die schweißüberströmten Schwaben an der anderen Seite des Bauwerks die brüchigen, teilweise schon wieder überwachsenen Treppen Richtung Kiosk hinunterstolperten, nahm er wortlos ihre Hand.

»Warum machen Sie das jetzt?«

»Weil es mir so gefällt.«

»Haben Sie sich schon mal gefragt, ob es mir gefällt?«

»Ja.«

»Und, zu welcher Antwort sind Sie gekommen?«

»Zu keiner. Ich habe eingesehen, daß es nur eine Möglichkeit gibt, das herauszufinden.«

Bucanovic war Bauingenieur und hatte einen freien Tag, an dem er endlich die berühmten Ruinen sehen wollte. Er baute für die GLOBALCONSTRUCT an den Stränden der Karibik *Tourist Reserves*, von Stacheldraht umgebene Bungalowsiedlungen mit eigener Energieversorgung und Privatstrand. »Little KZs« nannte er diese Ferienanlagen, deren Betreiber eine deutsche Touristikkette war. Dabei bereitete es ihm Vergnügen, durch eine besondere Form der Suggestion die zahlenden Gäste der »Freitag-Clubs« in freiwilliger Gefangenschaft zu halten: In Anspielung auf historische Vorbilder brachte er am Zaun und an den Toren mehrsprachige (Englisch, Französisch, Russisch, Deutsch) Schilder an, auf denen zum Beispiel stand: YOU ARE LEAVING THE GUARDED AREA, oder – was angesichts des Urwalds, der die *Reserves* zumeist umgab, völlig unsinnig war – BEWARE OF PICKPOKKETS; auch subtilere Hinweise wie MIND YOUR PROPERTY fanden ihren Platz. Russische Gäste, vielmehr solche, die Russisch verstanden, gab es damals nur wenige, die etwas zahlreicheren Franzosen schenkten den Hinweistafeln genausoviel Aufmerksamkeit wie zu Hause Schildern, die das Rauchen verbieten, und die Amerikaner hielten sie für eine bajuwarische Marotte, über die sie sich ebensosehr freuten wie über das allwöchentlich stattfindende »Original German Oktoberfest«, weshalb sie sich in trunkenem Zustand gerne davor fotografieren ließen.

Das einheimische, aus Indianern, Mestizen und den Nachfahren schwarzer Sklaven bestehende Personal konnte entweder die Tafeln nicht lesen oder keinen Zusammenhang zwischen der Bedeutung der Wörter und der Wirklichkeit erkennen. Allenfalls vermuteten sie eine Verbindung zur Anwesenheit der Fremden mit den ledrigen rotbraunen Gesichtern, die sich aus unerklärlichen Gründen ständig umschauten, die Ferienanlagen nie verließen und mit verschlagenem Grinsen überhöhte Trinkgelder gaben, als wollten sie sich von einem bösen Dämon freikaufen.

»Subcutanous fear«, nannte Bucanovic dieses Phänomen, oder auch kurz »subfear«, die Angst unter der Haut.

Bucanovic verbrachte viel Zeit in den *Tourist Reserves*, da ihn seine Firma in den bereits fertiggestellten Anlagen als Technischen Inspektor einsetzte. Meist lag er dann mit einem Glas Ron Collins in der Hand am Rand eines Swimmingpools und beobachtete verträumt eine möglicherweise defekte Umwälzpumpe.

Valeskas Pyramiden-Job fand durch die Einführung tragbarer Kassettenrecorder ein jähes Ende, und sie und Bucanovic zogen durch die Karibik.

»Jetzt bin ich deine persönliche Mätresse, Laszlo Bucanovic.« Valeska drehte sich im Bett auf den Bauch und blickte auf. Vor ihr stand Bucanovic, nackt, mit einem postkoitalen, auf halbmast stehenden Schwanz.

»Mätresse?«

»Nutte.«

»Sag so was nicht, Liebste.«

»Wieso nicht? Vielleicht finde ich es ganz gut so.«

»Warum sagst du so etwas? Jeden anderen würde ich dafür windelweich prügeln ...«

Sie drehte sich wieder auf den Rücken. »Gefall ich dir nicht mehr?« fragte sie, spreizte träge ihre Beine und legte einen Arm hinter den Kopf.

»Natürlich gefällst du mir«, begann er und trat näher an das Bett heran, »ich mag die Farbe deiner Haare, die Art, wie du sie aus dem Gesicht streichst, deine Augen, deine grünen Augen, die mich an die Farbe des Wassers über den Korallenriffen erinnern, deinen Mund, der …« Und so weiter. Er betonte, sein Interesse an ihr sei nicht primär körperlicher, sondern geistiger Natur, doch mitten in einer weitschweifigen Ausführung über eine mögliche Seelenverwandtschaft der sozusagen Expatriierten stockte er. Valeska lächelte, ihre Lippen waren leicht geöffnet. Bucanovic log, und der Beweis dafür war sein mittlerweile voll erigiertes, stocksteifes Glied.

Die bevorzugte Stellung Bucanovics gestattete es ihm, sein Spesenkonto ausgiebig zu belasten, allerdings war er eine Weile lang beinahe knausrig. Valeskas Bemerkung, unterstrichen von seiner offenbar gewordenen fleischlichen Schwäche, hatte ihn verletzt. Das gab sich allmählich. Eineinhalb Jahre reisten sie von einem *Tourist Reserve* zum nächsten, das Leben war ein langer, stiller Sonntag, ab und zu unternahmen sie Ausflüge ins Landesinnere, die jedesmal weniger den Eindruck einer geographischen als einer zeitlichen Bewegung hinterließen. Einmal, in der Nähe von San Cristóbal de las Casas, als sie an einer Gruppe lachender Indios vorbeikamen, dachte Valeska an Gauguin, an seine frühen Bilder, seine Stilleben (eine Flasche, ein Glas, eine Brille; die Brille eines Bankangestellten), an die Reproduktion in jenem Schlafzimmer, an seine späte Flucht an einen Ort außerhalb der Zeit.

Auf Tobago mußte Bucanovic einen defekten Generator reparieren.

»Wir sehen uns zum Abendessen, nachdem ich diesen Generator repariert habe.«

»Ja.«

»Ist was?«

»Was soll sein?«

»Ich weiß nicht, irgendwie bist du …«

»Hast du Angst?«

»Wir haben doch alle vor irgend etwas Angst.«

»Subfear?«

Sie küßten sich und schliefen miteinander; sie zwinkerte ihm zu, als er in der Tür des Bungalows stand, eine eigentümliche Erwartung lag in seinem Blick, gepaart mit Wärme und mit Furcht. Vielleicht wollte er etwas Erstaunliches sagen, fragte aber nur:

»Was ist das eigentlich für ein Stein, da an deinem Ohrring?«

»Ein Opal.«

»Bis nachher«, sagte er; sie sagte nichts, winkte noch einmal, und Laszlo Bucanovic schloß die Tür, ging den kleinen gepflasterten Weg entlang, pfiff ein fröhliches Lied, warf eine Münze in den Getränkeautomaten, trank eine Cola und stand schließlich im Generatorhäuschen, entlüftete den schmutzigen Dieselmotor; die Hände ölverschmiert, beschloß er, Valeska zu sagen, daß

Die »Sunday Morning Brunches« auf dem Dach des Lagos International Hilton waren ein gesellschaftliches Ereignis, und Ulrich Stemmler, der sie organisierte, war ständig damit beschäftigt, es allen recht zu machen. Valeska arbeitete in seinem Büro, der Repräsentanz eines deutschen Baukonzerns. Stemmler war zuständig für ganz Westafrika, hatte weitreichende Kontakte und verfügte über Informationen, die so manchen Diplomaten neidisch gemacht hätten – in seiner Kartei fand sich jeder wichtige Geschäftsmann und Politiker der Region.

Anfangs schien ihr Stemmler völlig unscheinbar, das einzig Persönlichkeitsstiftende an ihm waren seine gelegentlich auftretenden Malariaanfälle, und es blieb sein Geheimnis, warum er, der große Summen auf Schweizer Konten angesammelt haben mußte, sich immer noch in der schwülen Lagunenhitze von Lagos abplackte bei dem Versuch, es allen recht zu machen. Insbesondere, da Stemmler eher zufällig zu dieser Position gekommen war. Sein Vorgänger war in der entscheidenden Phase eines wichtigen Abschlusses erkrankt, und Stemmler hatte für zwei, drei Wochen dessen Aufgaben übernehmen sollen. Der Vorgänger erholte sich nie. Mittlerweile saß Stemmler seit fast sieben Jahren auf dessen Posten, einsam und gelegentlich vom Fieber geschüttelt.

Eines Abends, als die Hitze schier unerträglich war, die Klimaanlagen auf höchster Stufe rasselten und kein Sternenlicht die Abgasglocke über der Stadt zu durchdringen vermochte, bat Stemmler Valeska, ihm etwas vorzulesen. Auch aus Gedichtbänden und Romanen (Stemmler besaß ein Regal voll zerlesener Reclambändchen), vor allem aber aus den Lokalteilen der deutschsprachigen Zeitungen, die er sich ebenso wie Schwarzwälder Schinken, Thüringer Bratwürste, Sauerkraut und Kartoffelpüreepulver, Kisten mit Rieslingwein und einem speziellen Fichtennadelschaumbad regelmäßig kommen ließ. Valeska fand das kurios, aber Stemmler hatte seine Bitte so aufrichtig vorgetragen, daß sie sie ihm nicht abschlagen mochte. So saß Ulrich Stemmler zurückgelehnt in seinem Korbsessel, ein Glas Gin Tonic in der Hand, und war vielleicht der einzige Mensch auf der Welt, der einen 30-Zeilen-Bericht über die alljährliche Festsitzung des Karnevalvereins Mainz-Kostheim genießen konnte. »Heimat«, flüsterte er.

10 Uhr 30. Etwa fünfzig Gäste sind auf der Terrasse des Lagos International eingetroffen, von der aus man einen weiten Blick über die Lagune, den Freeway und die Dächer der Wellblechhütten hat, deren silbriges Grau im Sonnenlicht flirrt und am Horizont mit dem Smog verschmilzt.

»Ich denke, wir sollten mal wieder zusammen Golf spielen, Stemmler.«

»Ausgezeichneter Gedanke, Mr. Hearns. Vielleicht an einem Tag, der nicht ganz so heiß ist?«

»Ja, Wolken, aber kein Regen.«

»Der Regen hier ist ja so, als ob man sich unter die Dusche stellt und voll aufdreht.«

»Dabei, Mr. Hearns, könnten wir dann auch über diese Pipe-
linesache reden.«

»Samstag in acht Tagen.«

»Das würde passen.«

»Mrs. und Mr. Ibono, es freut mich außerordentlich, daß Sie
kommen konnten, bitte, bedienen Sie sich.«

»Als ob man sich unter die Dusche stellt und voll aufdreht.«

»Was ist das für ein Stein, den Sie da an Ihrem Ohrring tragen?«

»Ein Opal.«

»Ja, aber was machen wir, wenn der Rohölpreis weiter sinkt?«

»Das mit der Bohrinsel hat mich wesentlich stärker beunruhigt als die Schwankungen der Weltmarktpreise.«

»Schwarzwälder Schinken, echter Schwarzwälder Schinken!«

»Was haben wir mit einer alten Bohrinsel zu tun, frage ich
Sie?«

»Ganz einfach: Es gab zu Hause einen ziemlichen Aufschrei
wegen diesem Haufen Schrott, und hier haben wir bald ein
ähnliches Problem, wenn ...«

»Einmal wurden wir in Susis Bar von einem Platzregen überrascht, tja, da standen wir dann, im Herzen der Sintflut sozusagen, und kein Taxi weit und breit, und wurden von Susis
Weibern befingert.«

»Ich kann gar nicht genug davon kriegen.«

»Wissen Sie, wie das ist, wenn es regnet und Sie nicht weg
können und fünf Weiber Sie befingern?«

»Ich glaube, das interessiert die Westeuropäer genausosehr,
wie wenn in China ein Reissack umfällt.«

»Wo ist eigentlich Ihre attraktive Mitarbeiterin?«

»Nun, gerade eben war sie noch – sie wird sicher gleich –«

»Gleichzeitig. Verstehen Sie. Fünf schwarze Nutten befingern
Sie *gleichzeitig*.«

»Eine Bohrinsel, ein Umweltrisiko, ja, so was gibt Aufschreie,
Boykotte, aber irgendein Schwarzer?«

»Eine Hand zwischen den Beinen, eine auf dem Oberschenkel, eine Zunge an Ihrem Ohr ...«

»Und Sie müssen bedenken, daß die Vollstreckung der Urteile bislang immer ausgesetzt wurde.«

»Was ist Ihr Handicap?«

»Keine Ursache. Also, wo waren wir?«

»Sie meinten, es käme nicht zur Vollstreckung.«

»Es fehlte nicht viel. Ich meine: fünf! *Gleichzeitig!* Wir standen da, es goß in Strömen und, na ja, Ihnen kann ich es ja sagen, wir hatten schon ziemlich geladen, und weil wir da nicht wegkamen, war ich kurz davor, mit der ersten rumzumachen, die mich zu einem von Susis Holzverschlägen zerren wollte.«

»Ich denke, sie machen ihm den Prozeß, dann folgen ein paar Protestnoten ...«

»Einmal, nur ein einziges Mal, hab ich ein Hole in Hole geschafft. Das war in Frankreich, ein schöner Platz in der Nähe von Verdun.«

»Eine Hand auf der Schulter, eine auf dem Knie, eine am Oberschenkel, also innen auf dem Oberschenkel!«

»Und letztlich wird er begnadigt ...«

»Also: es regnete und regnete, und ich dachte schon, das hört nie auf, und wir müssen die Nacht mit Susis Weibern in diesen Ferkelboxen verbringen.«

»Haben Sie schon mal eine Hinrichtung gesehen? Ich meine, im Fernsehen oder so ...?«

»Sie wissen nicht, was das für ein Moment ist. Sie schlagen und haben ein gutes Gefühl. Und Sie sehen, wie er fliegt. Gut fliegt. Und Sie denken, das wird ein Birdy. Aber es wird kein Birdy. Der Ball fliegt geradewegs in das verdammte Loch. Das ist so einer der Momente, die ewig ...«

»Und plötzlich hörte es auf. Von einer Minute auf die andere. Wie wenn man den Hahn zudreht. Einfach so.«

Die Stadt verschwand, die Lagune verschwand, eine Weile noch flogen sie durch ihren Dunst, ihren Atem, aus Hochhäusern wurden Hütten, sehr lange nur Hütten, und zwischen den Hütten brach nach und nach die Erde durch, und schließlich tauchte die Maschine in eine Wolke ein.

»Sieht aus wie der Kopf eines Wals«, bemerkte der Copilot.

»Ja. Schön«, sagte der Pilot.

Sie flogen, umgeben von der perlmuttweißen Masse aus Wasserdampf, und einige Minuten lang herrschte da nur dieses feuchte, seidige Zwielicht, und der Copilot dachte: Wie im Gehirn eines großen, gleichmütigen Tieres.

Dann hatten sie die Wolkenschicht durchdrungen, unter ihnen erstreckte sich bis zum Horizont das wattige Meer, über dem die Sonne langsam nach Westen wanderte.

Einmal flogen wir nach Osten, der Sonne entgegen. Dort war schon Morgen, als bei uns noch Nacht war, als flögen wir in die Zukunft. Da wußte ich, wie er es meinte: daß die Zeit nicht vergeht. Daß wir durch die Zeit gehen und sie durch uns.

Als Valeska erwachte, war der Wolkenteppich verschwunden. Unter der Maschine dehnte sich Wüste aus. Von braunen Hügeln schlängelten sich ausgetrocknete Flüsse herab und vereinten sich mit den Betten breiterer Ströme und mündeten schließlich in ockerfarbene weite Ebenen, Ozeane aus Sand, deren Wogen fast erstarrt schienen, sich dabei mit unmerklicher Langsamkeit veränderten, bewegt durch einen verborgenen Wind. Von all diesen Bergen, Tälern und Ebenen fehlten ihr die Namen, und sie dachte, vielleicht hatten sie gar keine, vielleicht waren die Namen mit dem Wasser verschwunden, oder dieser Teil der Welt hatte nie irgendwelcher Namen bedurft. Ab und zu tauchten winzige dunkle Punkte auf, Oasen, versprengte Inseln im Dünenmeer. Hier, fühlte sie, hatte die Erde begonnen, den Menschen zu verlassen: Sie machte allein weiter, ruhig und ohne Angst.

Antonio mischt seine Farben. Valeska sitzt nackt auf einem Hocker unter einem kristallenen Leuchter und schaut an Antonios Staffelei vorbei durch die schmale Balkontür und über das schmiedeeiserne Geländer hinweg in den frühen Tag. Von unten dringt der Lärm der Carrer d'Arago herauf. Das hektische Knattern der Zweitaktmotoren, das Zischen von Lkw-Bremsen, der Geruch des schon warmen Frühlings. Im Haus gegenüber, hinter einem halb geöffneten Fensterladen, glaubt sie einen alten Mann zu erkennen, der sie unverhohlen betrachtet. Sie beugt sich vor. Antonio sagt, sie solle still sitzen. Sie lacht. Sie ist sein Modell. Aber er malt nie sie. Immer malt er ein anderes Bild. Landschaften, nächtliche, surreale Ansichten von Barcelona, abstrakt wirkende Bilder des Meeres. Sie hat ihm bestimmt schon zwanzigmal Modell gesessen, und nicht ein einziges Mal hat er sie gemalt.

»So wie die Schriftsteller, die immer eine andere Geschichte schreiben als die, die sie eigentlich erzählen wollen. Ihr ganzes Leben wollen sie eine einzige, ganz bestimmte Geschichte erzählen, und es gelingt ihnen nicht. Übrigens, was ist das für ein Stein in deinem Ohrring?«

Am Morgen des 12. April 1961 steht in dem Haus gegenüber, in einem Zimmer über der Calle de Aragon, Octavio Piedra und starrt aus der Balkontür über die Dächer. Er steht auf einem Hocker, um den Hals hat er ein Stück Wäscheleine. Vor vielen Jahren ist Piedra einmal zum Tode verurteilt worden. Das war Anfang 1939. Piedra kämpfte in einer Brigade der Republik, als man ihn und drei seiner Kameraden in der Gegend von Vich schnappte. Man schaffte sie, die Füße aneinandergekettet, in einem offenen Lastwagen in das bereits eingenommene Barcelona und steckte sie in den Keller einer zum Gefängnis umgebauten Schule.

Man verhörte ihn vier Tage lang, und zermürbt durch die Folter und den verlorenen Krieg vor Augen, begann er am fünften

166

Tag, alle militärischen Geheimnisse, wahre wie ausgedachte, zu verraten. Während der Pausen kauerte er allein in seiner Zelle und hoffte, daß es nun vorbei sei, doch sie holten ihn immer wieder und fingen an, ihn zu schlagen, ins Gesicht, auf die Ohren, in die Rippen, auf die nackten Füße, auf die gebrochenen Finger, ohne daß er gewußt hätte, welches militärische Geheimnis er noch verraten könnte. Octavio war kein Held. Aber wer war das schon? Der Sergeant, der ihn auf Befehl eines dünnlippigen Offiziers quälte, der ihm mit einer Eisenstange auf die Hände schlug, mit seinen Stiefeln in den Unterleib trat, keuchte vor Anstrengung. Mitten in der Tortur hatte Octavio einen Augenblick ungeheurer Klarheit, in dem er einsah, daß auch das Foltern nur eine Arbeit war und der Haß und die Wut in den zusammengekniffenen Augen des Sergeanten, immer dann, wenn er mit der Eisenstange ausholte, nichts mit ihm, sondern nur etwas mit dieser Arbeit zu tun hatten; die Augen sagten: Warum bist du jetzt hier, warum bist du bloß hier, wenn du jetzt nicht hier wärst, müßte ich das nicht mit dir tun ...

Was sie mit seinen Kameraden machten, erfuhr er nie. Vielleicht begriffen sie langsamer, was man von ihnen wollte, vielleicht waren sie ein klein wenig stärker, vielleicht folterte man sie auf eine andere Weise. In der zweiten Hälfte des sechsten Tages verriet Octavio alles: Vater, Mutter, seine Herkunft, seine Überzeugungen, die drei Jahre des Krieges, sein ganzes Leben. Er konnte überhaupt nicht damit aufhören: Er erklärte sich für schwul und atheistisch, er gestand, Nonnen umgebracht zu haben, er fraß seinen eigenen Kot, trank die Pisse seiner Bewacher, kroch auf dem Boden und leckte die Peitsche des Offiziers. Am folgenden Morgen, dem siebten Tag, führten sie die vier Gefangenen auf den Schulhof und stellten sie – die Hände auf den Rücken gefesselt und mit einem Farbkreuz auf der Brust – an die Wand. Octavios Herz raste, aber er schwieg, er hatte sich vorgenommen, nicht zu jammern, nicht

167

zu weinen, nicht zu flehen. Die Gewehre waren schon angelegt, als der Offizier rief: »Moment!« und auf Octavio deutete. »Schaut ihn euch an!« Der Offizier schaute Piedra an, in einer eigenartigen, schulmeisterlichen Pose, als wolle er vormachen, wie man grundsätzlich auf einen Republikaner zu schauen habe. Weder die Gefangenen noch die Soldaten des Exekutionskommandos wußten, wer mit diesem Befehl gemeint war. Die Soldaten zielten weiter auf die Gefangenen, und die Gefangenen sahen mit fragenden Mienen den Offizier an. Einen Augenblick lang herrschte völlige Stille. Nichts bewegte sich, und Octavio Piedra hatte das Gefühl, die Zeit selbst sei unendlich verzögert, angehalten worden. Dann hob der Offizier seine Reitpeitsche und zeigte nochmals auf ihn: »Der da hat euch verraten. Und deswegen wird er leben, und ihr – ihr werdet sterben.« Man zerrte ihn neben das Erschießungskommando. Einer seiner Kameraden spie auf den Boden. Er fiel erst auf die Knie, mit weit aufgerissenen Augen, schließlich nach vorne auf das Gesicht, die beiden anderen rutschten langsam an der Backsteinmauer herab. Man band Octavio die Hände los, schleppte ihn, der zu weinen begonnen hatte und um seinen Tod flehte, zum großen Eisentor, der Riegel knallte zurück, sie gaben ihm einen Tritt in den Hintern, und er stolperte auf die Straße.

Sehr lange hat er über diese Sache nachgedacht, sich gefragt, ob er damals, in dem dunklen Kellerloch, nicht doch einen Haken in der feuchten Wand gefunden hätte, hätte er nur lange genug gesucht. Nun, am Morgen des 12. April 1961, ist der letzte Gedanke gedacht. Um 7.07 Uhr nimmt sich Octavio Piedra ein Stück Wäscheleine, schlingt es um den Haken des Leuchters und zieht sich, auf einem Hocker stehend, die andere Schlinge fest um den Hals. Dann schaut er über die Dächer der in lachsfarbenes Licht getauchten Stadt. Von unten der Lärm der Calle de Aragon, das hektische Knattern der Zweitaktmotoren, der Geruch des schon warmen Frühlings.

Im gegenüberliegenden Haus hat jemand die dunklen, hölzernen Läden geöffnet, eine Frau mittleren Alters. Sie steht halb in der offenen Balkontür, halb in dem Zimmer dahinter, vielleicht ist es ihr Schlafzimmer. Bis auf ein schwarzes Höschen ist sie nackt. Caramba! denkt Piedra, wenn das *ihr* Papst sehen könnte – und wundert sich im selben Moment über diesen Gedanken. Die Frau blinzelt aus der Dunkelheit in den frühen Morgen. Nachdem sich ihre Augen an das Licht gewöhnt haben, schaut sie in Octavios Richtung. Obwohl er nicht auf dem Balkon, sondern im Zimmer steht, weiß er, sie kann ihn sehen, so wie er sie sehen kann, sie betrachtet ihn, wie er da in seiner alten Pyjamahose, den narbigen Oberkörper frei, auf dem Hocker steht. Ein kleiner, freundlicher Herr Mitte Vierzig, mit einem leichten Bauchansatz und einer blauen Wäscheleine um den Hals. Aber anstatt zu schreien, sich abzuwenden oder ihre Nacktheit zu bedecken, sieht sie ihn unvermindert an, und Octavio spürt, wie er unter der weiten Pyjamahose einen Ständer bekommt.

»Nein. Ihm tut gar nichts leid. Er hat sich 'ne Kugel in den Kopf gejagt.«
Valeska zog an ihrer Zigarette, die Scheibenwischer zerteilten den Regen, schawuppschawupp, die Lichtkegel der Scheinwerfer streiften eine Gruppe streunender Hunde, als der Wagen um eine Straßenecke bog.
Sie hatte es schon lange gespürt, und spätestens, als sie sich nach einer Reihe weiterer Stationen in Europa wiederfand, war sie sich sicher gewesen. Eines Tages stand sie wieder in der Stadt, wie so viele Reisende war auch sie wieder dort angelangt, wo sie aufgebrochen war, mit nichts als einer schwachen Erinnerung an ein ursprüngliches Ziel.
Eine Weile lebte sie bei einer der wenigen Freundinnen aus früheren Tagen; als diese Andeutungen machte und nach drei Wochen ein Treffen mit Valeskas Ehemann vorschlug (das sie

insgeheim schon vorbereitet hatte), zog Valeska aus, ohne eine neue Adresse zu hinterlassen. Vorübergehend fand sie einen Job bei einem »Kunsthändler«, dessen Galerie wenig mehr als ein Posterladen war.

»Wer will denn heute noch Originale? Niemand, sag ich dir. Es ist ja auch schon alles gemalt. Lieber die gute Reproduktion – das ist ganz wichtig: Du darfst vor dem Kunden niemals *Kopie* sagen, Kopien macht man von Verträgen, Kontoauszügen, Testamenten, nicht von Kunst – also: lieber die gute Reproduktion eines großen Meisters als das schauderhafte Original eines Zeitgenossen. Und günstiger obendrein.«

Sie kündigte, es begann zu regnen, und sie lebte von den Ersparnissen, die sie noch hatte, voller Unlust, eine neue Tätigkeit aufzunehmen. Die Zahl der Liebhaber nahm weder ab noch zu, doch schien ihr jede Affäre flüchtiger, gleichförmiger, eine Reproduktion ähnlich denen, die sie zuvor an Rechtsanwälte, Augenärzte, Versicherungen und Banken verkauft hatte. Sie begann die Namen zu vergessen.

Eines Tages ließ sie sich wieder von einem Mann nach Hause mitnehmen. Sie hatte ihn an einer Telefonzelle kennengelernt, ein belangloses Gespräch über ungültige Telefonkarten war in die übliche Einladung zum Essen gemündet; er sah passabel aus, hatte Manieren, redete nicht zuviel. Am Ende des Essens schlug er vor, etwas trinken zu gehen; in der zweiten Bar fing er an, sie zu küssen, sie sagte, wir gehen zu dir, er widersprach nicht.

Sie saßen hinten im Taxi, und vermutlich war sie schon etwas benebelt durch den Alkohol. Vielleicht lag es auch an den Berührungen des Mannes oder an der schlechten Luft im Wagen; sie bekam jedenfalls gar nicht mit, wohin sie fuhren. Kaum war sie ausgestiegen, war es zu spät; das Taxi bog bereits um die nächste Ecke.

Sie stand vor dem kleinen Reihenhaus, das sie vor acht Jahren verlassen hatte. Dunkel erinnerte sie sich, daß die Freundin erwähnt hatte, ihr Mann habe das Haus verkauft und sei in eine Wohnung gezogen. Wortlos ging sie mit dem Fremden die flachen Stufen durch ihren Vorgarten zur Haustür hinauf, er schloß auf, schob sie hinein, sagte so etwas wie: »Das ist es«, oder: »Da wären wir«, sie sagte: »wieder«, er drehte sich um, ein verständnisloser Blick, sie schwieg, er umarmte sie, küßte sie, griff an ihren Hintern, ließ sie unsicher wieder los.

Sie zündete sich eine Zigarette an, Sekt, fragte er, und sie: warum nicht; die Einrichtung nicht mehr dieselbe, eine andere Couch, ein anderes Regal, ein hübsches Haus, sagte sie, er: ich habe es günstig über die Bank bekommen. – Ach ja? Sie folgte ihm in die Küche, auf dem Weg dorthin eine gerahmte Fotografie: der Mann mit einer Frau, sie umarmt ihn von hinten, lächelnd, in der Ferne Palmen; seltsam, die Spülmaschine war zurückgeblieben, sie hatte sie ein- und ausgeräumt; und über dem Herd hing immer noch der vertraute gelbliche Dunstabzug, tja, sagte der Mann vor dem Kühlschrank hockend, hier ist nichts, aber im Keller müßte ich noch eine Flasche haben, er stand auf, küßte sie wieder, warte hier, mach es dir bequem.

Ein plötzliches Verlangen stieg in ihr auf, als er sich an ihr vorbeischob, ja, warum nicht, warum es sich nicht *bequem machen*, warum es nicht hier tun, warum nicht in denselben Räumen, in der gleichen Umarmung, mit denselben Worten, einfach mit dem anderen weiterleben, weiterleben, als sei nichts gewesen.

Sie lief die flachen Stufen zur Straße hinunter, während der Telefonkartenmann immer noch im Keller nach seiner Flasche suchte. Es regnete, und sie stand auf der Straße, hob den Arm und stieg, ohne länger nachzudenken, in das erstbeste Auto, das anhielt.

»Wohin?«

»Egal.«

Eine Frau saß am Steuer. »Verstehe.«

»Darf ich rauchen?«

»Ja, klar.«

Valeska steckte sich eine Zigarette an.

»Das wird schon wieder«, sagte die Frau. Sie war vielleicht Anfang Vierzig, schien kräftig zu sein, durchtrainiert.

»Es ist nicht das.«

»Ich habe auch einmal einen Mann verlassen«, erklärte die Frau.

»So, haben Sie das.«

»Ja, bislang die einzig *wirklich* dramatische Geschichte. Das Problem war der Altersunterschied.«

»Er war zu alt.«

»Nein, er war zu jung. Das ist manchmal viel schlimmer. Zunächst sieht man nur die Vorteile, Sie verstehen?«

»Sicher.«

»Na ja, dann kommen die Nachteile. Er war eifersüchtig, extrem sogar, beinahe paranoid. Wo wollen Sie aussteigen?«

»Wenn es geht, fahr ich noch ein bißchen mit. Und weiter?«

»Ich hielt das nicht mehr aus, bin eines Tages einfach ausgezogen, ohne zu sagen, wohin.«

»Kenn ich.«

»Ich dachte, damit sei die Sache erledigt, ließ mich aber vorsichtshalber eine Weile nicht in seiner Umgebung blicken. Tja, und das war dann auch mein Glück.«

»Wieso?«

»Er tauchte eines Tages in unserer Stammkneipe auf. Mit 'ner Kanone! Und hat zwei Leute niedergeschossen.«

»Und jetzt schicken Sie ihm selbstgebackene Kuchen in den Knast, und ihm tut alles furchtbar leid.«

»Nein. Ihm tut gar nichts leid. Er hat sich 'ne Kugel in den Kopf gejagt.«

Valeska zog an ihrer Zigarette, blies den Rauch aus. »Entschuldigen Sie. Das konnte ich nicht wissen.«

»Auch das hat er vergeigt, um es mal harsch auszudrücken. Nun liegt er im Koma. Und kein Mensch kann sagen, ob er daraus jemals wieder aufwacht. Die Ärzte hätten die Maschinen am liebsten abgeschaltet, aber der Staatsanwalt hat's ihnen verboten, können Sie sich das vorstellen? Er hat's ihnen verboten, weil er den armen Kerl, gleich wenn er die Augen aufschlägt, wegen versuchten Mordes verdonnern will. Und die Koma-Jahre werden nicht angerechnet. Seine Familie hat versucht, einen Haftbefehl zu erwirken.«

»Einen Haftbefehl? Für den Staatsanwalt?«

»Nein, für meinen Exfreund. Damit er in U-Haft kommt, solange er noch im Koma liegt. Die U-Haft könnte ihm dann später unter Umständen angerechnet werden, wenn er wieder aufwacht. Nichts zu machen. ›Keine Fluchtgefahr‹, sagte der Haftrichter, womit er ja irgendwie auch recht hat.«

»Haben Sie ihn mal besucht?«

Der Wagen bog in eine breite Allee ein und fuhr Richtung Stadtzentrum. Die Sirene eines Notarztwagens war zu hören, und die Frau fuhr langsamer, beschleunigte aber wieder, als sie sah, daß der Notarztwagen auf der Gegenfahrbahn fuhr.

»Nein. Nie.«

»Warum nicht?«

»Warum sind Sie vorhin nicht zurück in das Haus?«

Sie fuhren unter blaßgelben Straßenlaternen hindurch, die quer zwischen die Häuser gespannt waren, in rhythmischen Abständen strich Licht über ihre Gesichter. Der Regen ließ nach, und die Frau stellte die Wischer auf Intervallschaltung schwupp – – schawupp. Die kahlen Bäume am Straßenrand sahen wie die Schatten mächtiger Geister aus, die Fassaden der Häuser erdfarben, blaß, ein paar erleuchtete Fenster.

»Wo soll ich Sie rauslassen?«

»Wo Sie wollen.«

»Ich kann Sie auch nach Hause fahren, ist vielleicht besser um diese Uhrzeit.«

Valeska sah die Frau an, überlegte, ob sie nun zu *ihr* mit nach Hause sollte.

»Nein, danke. Lassen Sie mich am nächsten U-Bahnhof raus.«

»Was machen Sie eigentlich so? Ich meine beruflich.«

»Zur Zeit eher nichts.«

Sie erreichten die U-Bahn-Station. Die Frau hielt an.

»Vielen Dank«, sagte Valeska.

»Gern geschehen, und«, die Frau zog eine Karte hervor und hielt sie Valeska hin, »wenn Sie mal einen Job suchen ...«

Valeska nahm die Karte, ohne darauf zu schauen.

»Nicht, was Sie jetzt vielleicht denken, ich meine, nichts Schmutziges. Es wäre nur ein Job, nicht viel Geld, aber leicht verdient.«

»Danke«, sagte Valeska, stieg aus und steckte noch einmal den Kopf in den Wagen: »Vielleicht wartet er darauf.«

»Wer?«

»Ihr bewußtloser Freund.«

»Worauf?«

»Daß Sie ihn besuchen.«

Morgen

Regen fiel auf das Dach des Containers und erzeugte ein ble-
chernes Tremolo, das bis in seine Träume vorstieß. Gummer
lag auf dem Boden neben dem Schreibtisch. Die Luftmatratze,
auf der er lag, hatte ein Loch, die Luft war fast entwichen.
Stöhnend drehte er sich um, öffnete die Augen. Staubflusen
tanzten zwischen den Tischbeinen. Das Büro war von Zwielicht erfüllt, Wasser gluckerte die Traufrinne hinab, selbst
auf dem Bild schien der Herbst eingezogen zu sein. Gummer
sah es kurz an, immer noch schien etwas davon auszuge-
hen, ihn zu rufen, ohne daß er zu sagen vermocht hätte, wohin. Ein niedriger, mediterraner Baum, durch den das Licht
flirrt.

Er hatte sich eine dicke Biographie van Goghs besorgt, in der
jeder Schritt des Malers aufgezeichnet war. Vor allem wurde
sein Aufenthalt in Arles beschrieben, wo er in das »gelbe
Haus« gezogen war und von einem Zusammenleben mit anderen Künstlern träumte, die wie er »nicht im wahren Leben«
stünden.

Der minutiöse Stil des Buches – es gab ein ganzes Kapitel darüber, welches Ohr sich der Künstler wann abgeschnitten hatte
und wieviel davon – ermüdete ihn jedoch bald. Er mochte van
Gogh nicht mehr als vorher, aber als er an einer Stelle las, Gauguin habe gegenüber Freunden gewitzelt, van Gogh male genauso, wie er koche – er rühre einfach alles zusammen –, spürte Gummer einen Impuls, ihn in Schutz zu nehmen. Im
Illustrationsteil suchte er vergeblich nach dem Bild, das an
der Wand seines Büros hing.

Nicht im wahren Leben stehen.

Er streifte die Decke zurück und rappelte sich hoch. Zehn Minuten später saß er hinter seinem Schreibtisch, trank Kaffee und aß Eier mit Speck, die er auf der kleinen Elektrokochplatte zubereitet hatte, als es klopfte.

Zunächst war es nur ein normales, verhaltenes Klopfen, dann stärker, fordernder, schließlich ein unabweisbares TOCK-TOCKTOCKTOCKTOCK.

Mürrisch ging Gummer zur Tür und öffnete.

»Das ist das Ende der Welt!«

Eine Holzdiele lag als Behelfsbrücke über einer großen Pfütze direkt vor dem Containereingang. Darauf balancierte sie – klein, alt und dick, mit hochgerecktem Regenschirm. »Sie haben doch nichts dagegen, wenn ich mich bei Ihnen unterstelle, bis es vorbei ist«, sagte sie, klappte den Regenschirm zusammen und schob sich an Gummer vorbei.

»Genau wie damals«, bemerkte die kleine Frau, während ihre Augen das Innere von Gummers Filiale durchforschten. »Das letzte Mal, als es so unsinnig lange regnete, hab ich meinen Mann zu Grabe getragen. Ich kann Ihnen sagen, es goß in Strömen, die ganzen Kränze und die Blumen, das wurde regelrecht weggeschwemmt, man mußte Angst haben, das Grab läuft voll und mein Mann wird auch noch weggeschwemmt. Eine Seebestattung sozusagen.« Sie strich mit dem Zeigefinger über den Tresen und betrachtete den Staub, der an ihm hängenblieb. »Wußten Sie, daß eine Seebestattung ganz schön teuer ist?« fuhr sie fort, drehte sich abrupt um und steuerte zielstrebig auf sein Büro zu. Er lief ihr hinterher.

»Ich kann mich doch setzen, Herr …?«

»Gummer.«

»Komischer Name, ich heiße Urchs, Emilia Urchs, egal, wo war ich?«

»Der Sarg von Herrn Urchs schwamm gerade davon.«

»Nur beinahe. Der Pfarrer nuschelte, und die Blaskapelle war gar nicht erst gekommen, angeblich wegen ihrer teuren Instrumente. Aber wenn der Präsident gestorben wär oder ein anderes hohes Tier, wär die Blaskapelle dann auch zu Hause geblieben, frage ich Sie? Es regnete und regnete und hörte auch in den darauffolgenden Tagen nicht auf. Zwei Wochen später gehe ich auf den Friedhof, und was seh ich da: Bagger. Und einen dieser Heinis von der Friedhofsverwaltung, der mir was von Erdrutsch, Unterspülung, Schlamm erzählt. In einer Ecke ein Haufen Grabsteine und die Holzkreuze von den frischen Gräbern. ›Umbettung‹, faselt dieser Trottel immer wieder, egal, was ich ihn frage, ›Umbettung‹. Kennen Sie diese Menschen, die nur noch in Hauptwörtern reden? Bei denen gar kein Verb mehr vorkommt? Na ja, auf jeden Fall, er sagt ›Umbettung‹, ich fange an zu heulen, der Bagger wühlt sich durch die Knochen. Später haben sie mir dann gesagt, es sei gewissenhaft bei der Umbettung verfahren worden, jeder läge wieder unter dem Stein, unter den er gehöre, was soll ich davon halten, wo der Mann doch fast Analphabet war ... Wie wär's mit einem Kaffee, Herr Gummer?«

Gummer stand auf und ging Richtung Kaffeemaschine.

»Mit Milch?«

»Nein. Schwarz. Wissen Sie, ich habe ihm nicht geglaubt, ich habe ihm nie geglaubt. Danke sehr. Ich kann ihm nur wünschen, daß jemand Blumen auf sein *richtiges* Grab legt, vielleicht so ein junges Ding, das würde ihm gefallen, nur – was wird jetzt aus mir? Neben jemand Unbekanntem beerdigt zu werden, das müssen Sie mir glauben, ist nämlich was ganz anderes, als neben einer Unbekannten aufzuwachen.«

Frau Urchs tat sich Zucker in ihren Kaffee und rührte langsam um.

»Schon möglich«, fuhr sie nachdenklich fort, »daß er sich seinen Spaß auch mit anderen gemacht hat. Jetzt bin ich eine alte Vettel, nein, nein, mein lieber Gummer, sparen Sie sich die Komplimente, und sehen Sie mich an: Da ist so ein Verfall in der Welt, und dieser Verfall nimmt zu und mit ihm die Erinne-

177

rung. Mein Mann war am Ende nur noch Erinnerung; er lag im Krankenhaus, der alte Hurenbock, und redete unaufhörlich vor sich hin, verstehen Sie, da konnte das Kleidchen der Krankenschwester noch so kurz sein, das interessierte den gar nicht, schlimmer noch, er sah es gar nicht mehr, das kurze Kleidchen, mein ich, er sah nur noch diesen, wie soll ich sagen … Anfangs hörte es sich an, wie wenn jemand im Kino sitzt und einem Blinden den Film erzählt, und der Film läuft rückwärts, es wurde immer wirrer, so, als ob mein Mann mit offenen Augen träumte, und da erkannte ich, daß dieser Traum sein Leben war, und dann, eines Tages, an einer x-beliebigen Stelle, wußte ich: Jetzt ist alles erzählt.«

Frau Urchs sah einen Moment lang schweigend aus dem Fenster, dann lächelte sie Gummer an.

»Tja, was soll ich sagen … Hören Sie zu, mein Junge: Ich brauche vier neue Waschmaschinen, ein paar Heizstäbe plus Montage, zwei Trockner und eine von diesen italienischen Kaffeemaschinen mit Druckanzeige.«

Das einzige, was ihr Mann ihr hinterlassen hatte, war ein Waschsalon. Er war in einer alten Ladenwohnung im Hochparterre untergebracht, ein hoher, stuckverzierter Raum, in dem sieben Waschmaschinen sich seit Äonen zu drehen schienen. Rußige Hängelampen hingen wie in einer Spielhölle von der Decke und tauchten den Raum in das diffuse Licht eines längst vergangenen Tages. Die Waschautomaten liefen mit abgewetzten sechseckigen Messingjetons, was Frau Urchs nicht ändern wollte, denn so konnte sie eine halbe Treppe höher in einem winzigen Verschlag thronen und ihren Kunden das Geld wechseln, wobei sie sich Geschichten anhörte oder gehörte Geschichten weitererzählte. Nebenbei versorgte sie die Wartenden mit Getränken: In dem Kabäuschen war hinter ihr eine kleine Bar aufgebaut; die Preise waren reell, und es kamen viele, die gar nichts zum Waschen hatten oder auf das Waschen zugunsten des Trinkens verzichteten. Abends war Frau Urchs' Waschsalon immer gut besucht, die Trommeln schaukelten träge, Zigarettenqualm stieg zu den Lampen auf, einige Männer spielten Karten, tranken Bier.

»Das nenn ich ein solides Geschäft«, erklärte sie Gummer, der am nächsten Abend erschien, um sich das Ganze vor der Unterzeichnung des Kreditvertrages erst einmal anzuschauen (und bei dieser Gelegenheit seine Wäsche zu waschen), »ein Geschäft, das auf *zwei* Beinen steht.« Gummer nickte. Sein Blick war auf einen alten, verschrumpelten Mann gefallen, der beinahe reglos vor einer der Maschinen saß und nichts anderes zu tun schien, als das Kreisen der Wäsche zu beobachten. Dieser Mann, erklärte Emilia Urchs, sei wahrscheinlich ein vergessener Kriegsgefangener der Ostfront, seinen Papieren nach auf alle Fälle Spätaussiedler und als solcher erst vor einem Jahr in die Stadt gekommen.

»Keine Ahnung, was es da gab, wo der war, auf jeden Fall keine Waschmaschinen.« Sie hatte ihm ein Bleiberecht in ihrem Laden eingeräumt, vielleicht als späten Ersatz für den nunmehr fehlenden Ehemann; er hatte weder bitte noch danke gesagt; das einzige, was gelegentlich aus seinem fast zahnlosen Mund kam, war das Wort »Baikonur«.

Es regnete den ganzen Oktober; der Regen verwandelte das Abbruchgelände in eine graubraune Sumpflandschaft, drückte das spärliche, hochgewachsene Gras um. Türlose Kühlschränke und ausgeschlachtete Waschmaschinen, in Sommernächten flüsternd abgeladen, ragten aus dem Morast, in braunen Tümpeln wippten leere Bierdosen.

Neue Trägheit befiel Gummer, sobald er sich der Wohnungssuche widmete, er tauchte bei zwei, drei Besichtigungen auf, ohne daß etwas dabei herausgekommen wäre. Gelegentlich traf er Harmel, sie gingen zusammen an die alten, vertrauten Orte, saßen herum, tranken. Aber die Abstände wurden größer, und Gummer hatte immer weniger Lust, das Viertel zu verlassen.

Gleichzeitig wurde die Filiale zum Anlaufpunkt für all jene, die es nicht sehr weit gebracht hatten. Günther Werner zum Beispiel, ein mittelgroßer Mann Mitte Fünfzig mit knabenhaft glatter Haut; er kam eines Tages in einem mittelblauen Anzug hereingeschlichen und hatte keine größere Sorge als die, seine Mutter, die bereits über Achtzig war, könnte erfahren, daß er ein Sparbuch eröffnet hatte. »Die alte Hexe sollten Sie mal kennenlernen«, meinte Frau Urchs später, »entweder Sie werden so wie dieser Werner, oder Sie holen gleich die Axt.«

Oder Iris Puh, die in die Jahre gekommene Prostituierte. Sie hatte begonnen, ihren verbliebenen Kunden zusätzlich einen Vorsorgebeitrag abzuverlangen, den sie bei Gummer auf einen Rentensparplan einzahlte. »Plötzlich fällt ihr auf, daß auch ihr Arsch Falten kriegt«, höhnte die Urchs. Da die meisten Leute kein Geld brachten, sondern welches brauchten, verzichtete Gummer darauf, Iris Puh nähere Fragen zu ihrem Beruf zu stellen: »Selbständig«, schrieb er in das entsprechende Feld des Kontoeröffnungsantrages.

Mit der Zeit fing er an, die wirklichen mit den ausgedachten Kunden zu verwechseln; sah er während des Tages die Akten durch, vermengten sich in seiner Vorstellung die von ihm geschaffenen Phantome mit den Biographien angeblicher Lottokönige, die ihr Vermögen schon lange durchgebracht hatten, von Trinkern, die versuchten, sich eine Vollmacht für die Konten ihrer Saufkumpane zu erschleichen, von Möchtegernunternehmern mit dubiosen Geschäftsideen und von restlos verschuldeten Familien (bei einer hatte der drei Wochen alte Säugling bereits eine selbstschuldnerische Bürgschaft für den Vater übernommen). Es waren nicht übermäßig viele, die da durch seine Tür traten, doch hatten sie die Angewohnheit, gruppenweise aufzutauchen, es gab Stoßzeiten, und es gab Tage, an denen Gummer allein blieb.

»Das ist auch wichtig, wenn man ein Geschäft betreibt«, erklärte Emilia Urchs, »daß man ab und zu die Füße hochlegt.«

Abends streifte Gummer durch das Viertel, ging jene Straße hinunter, die aus dem grauen Häuserlabyrinth auf das ehemalige Fabrikgelände zuführte. Es gab eine Bäckerei mit einer Bäckersfrau, die versuchte, beim Herausgeben des Wechselgeldes zu betrügen, und es gab einen kleinen Supermarkt mit staubtrüben Neonröhren an der Decke und müden Kassiererinnen. In einer Erdgeschoßwohnung entdeckte er »Andy's Getränkeparadies«, das damit warb, rund um die Uhr geöffnet zu haben, jedoch auf unberechenbare Weise schloß, was, wie Gummer annahm, mit Andys Durst zusammenhing.

Die Häuser waren graubraun, groß und dunkel, mit endlos anmutenden, untereinander verbundenen Hinterhöfen. Von den meisten Fassaden bröckelte der Putz, rieselte herab und verfing sich im Haar der Vorübergehenden, ein lästiges Souvenir vergangener Zeit. Manchmal sah Gummer auf, betrachtete verwitterte Inschriften, gesprungene Stuckrosetten, kantige Fabeltiere mit aufgerissenen Mäulern, rußschwarze, nackte Frauenkörper, auf denen Tauben saßen. Oft waren die Wände der unteren Stockwerke von Einschußlöchern des letzten Krieges übersät; einmal strich er über die narbige Oberfläche einer Hauswand, seine Finger tauchten in die kleinen und größeren Mulden im Stein, die sich neben der zugenagelten Tür des längst verschwundenen Fuhrgeschäfts häuften.

In »Ebels Pfandleihe« kaufte er ein sehr altes Feldbett und einen nicht ganz so alten Campingfernseher. Der Apparat war kaum größer als ein Schuhkarton, das Gehäuse knallrot mit einer Schwarzweißbildröhre, die in der Diagonalen knapp fünfzehn Zentimeter maß, und zwei Drehknöpfen für Senderwahl und Lautstärke. Als er das Gerät einschaltete, gefiel es ihm sofort, vielleicht, weil die lärmende Fernsehwelt auf dem kleinen Bildschirm seltsam gemütlich daherkam und ihn an seine Kindheit erinnerte. Ebel merkte das und trieb den Preis in die Höhe. Er trieb jeden Preis in die Höhe, aber bei Gummer gab er sich besondere Mühe, weil er ihm die Schuld an der Stagnation seiner Geschäfte zuschrieb, nachdem er einige potentielle Kunden an seinem Laden vorbei und schnurstracks Richtung Container hatte laufen sehen.

»Kein Mensch würde so viel für einen zwanzig Jahre alten Schwarzweißfernseher zahlen«, sagte Gummer.

»Tja«, sagte Ebel durch seinen schmutziggrauen Schnurrbart, »kein Mensch wird gezwungen, hier was zu kaufen.«

Ebel war einer der wenigen in der Gegend, die von der Schließung der Fabrik profitiert hatten. In seinem Laden stapelten sich die Trophäen arbeitsreicher Jahre und einer kurzen Periode erwarteten Wohlstands: Schrankwände, Heimcomputer, Videorecorder, Radiowecker, Küchenmaschinen, Hi-Fi-Anlagen, Meißner Porzellan, Bierseidel aus Zinn, glutäugige Zigeunerinnen in Öl, die aus goldplattierten Rahmen auf Ebels Chaos starrten; davor Vitrinen mit protzigen Armbanduhren, Taschenrechnern, Ketten, Broschen mit Halbedelsteinen, einem Ehering. Es roch nach muffigen Teppichen und Staub.

Im hintersten Winkel des Ladens gab es eine Kammer, die mit einem weinroten Samtvorhang abgeteilt war. Darüber ein selbstgemaltes Schild: ZUTRITT ERST AB 18.

Gummer schob den schweren Vorhang zur Seite, der sich hinter ihm raschelnd wie eine Geheimtür schloß, und stand in einem kleinen, hohen Raum, an dessen Wänden bis unter die Decke Regalbretter angebracht waren. Ein Strahler über der Tür lenkte Licht nach oben und gab dem Raum eine sakrale Stimmung. Auf den unteren Brettern lagen dicke Stapel abgegriffener Sexheftchen, darüber, ungefähr ab Hüfthöhe aufwärts, standen die Videos, schräg mit ihren Deckeln nach außen gekehrt, damit der Interessent gleich sehen konnte, woran er war. Gummer stand eine ganze Weile in der Kammer,

182

kein Straßenlärm, kein Laut, nicht einmal Ebels schlurfende Schritte, die einen sonst überall im Laden begleiteten, waren zu hören. Es war vollkommen still. Andächtig las er jeden einzelnen Titel auf den Videokassetten. Es war, als hätten die Anwohner hier ihre geheimen Obsessionen verpfändet: ANAL TOTAL; DICKE LIPPEN; LUSTSCHREIE BLUTJUNGER NYMPHOMANINNEN; KNABEN, VERSAUT BIS ÜBER BEIDE OHREN.

»Damit das klar ist: Wenn Sie da drinnen Sauerei machen, bezahlen Sie die Reinigung!«

Gummer steckte den Kopf aus der Kammer und grinste.

»Okay, ich nehme ihn.«

Am Abend saß er vor dem kleinen roten Campingfernseher und sah sich die »Komm-zurück-Show« an, die in diesem Monat boomte. Irgend jemand hatte errechnet, in der Stadt verschwänden mehr Menschen als Hunde, und obwohl Gummer den Wahrheitsgehalt solcher Statistiken anzweifelte, fragte er sich, für oder gegen wen das sprach: die Menschen oder die Hunde.

»Es hat also einen Streit gegeben?«

»Nein, es hat keinen Streit gegeben.«

»Aber, liebe Frau Mayer, es muß doch irgendeine Art von Auseinandersetzung gegeben haben ...«

»Nein, hat es nicht!«

»Vielleicht haben Sie etwas gesagt, was Ihren Mann verletzt hat, so tief verletzt hat, daß ...«

»Nein, nein, ich habe doch noch geschlafen, als er ...«

»Vielleicht am Vortag?«

»... aufgestanden sein muß, sich den Mantel über ...«

»Oder vielleicht in der Woche davor, es gibt Wörter, Frau Mayer, es gibt da Wörter ...«

»Ich hab gar nichts gesagt. Ich hab doch noch geschlafen ...«

»Und dann, Frau Mayer, gibt es auch noch das Schweigen ...«

»Er ist einfach aufgestanden, hat sich den Mantel genommen und …«

»Schweigend, Frau Mayer, schweigend ist er aufgestanden, schweigend hat er sich den Mantel genommen, und schweigend ist er aus dem Haus gegangen. Schweigend!«

»Wieso? Mit wem hätte er denn reden sollen?«

»Eben, Frau Mayer. Mit wem hätte er denn reden sollen, wenn nicht mit Ihnen!«

Frau Mayer heult.

»Das ist es, meine Damen und Herren! Das bleierne, erschütternde Schweigen, das über unseren Familien, unserem Land liegt. Die soziale Kälte, die sich breitgemacht hat, in unsere Herzen gekrochen ist wie einst die böse Schlange!«

Frau Mayer schluchzt laut auf.

»Was, frage ich Sie, muß eigentlich noch alles passieren, damit wir aufwachen und uns unserer zerbrechlichen Menschlichkeit wieder bewußt werden? Was muß geschehen, daß wir einander vergeben, aufeinander zugehen und wieder sagen können …« *Der Moderator reicht Frau Mayer ein Taschentuch und zeigt ihr, wo die Kamera ist.*

»… Kkk…komm zurück, Günther … bitte … komm zurück.«

»Warum sollte er das tun?« fragte die Sekretärin des Direktors schläfrig. Der Direktor lag neben ihr, die Arme hinter dem Kopf verschränkt. Es wurmte ihn. Niemand mochte seine Furcht vor einer neuen Bedrohung durch die MAOISTISCHEN ZELLEN teilen. Selbst Behringer, der als Vorstandssprecher nicht nur in der VERBAG, sondern auch auf den Todeslisten der MZ die unangefochtene Nummer eins darstellte, ignorierte sowohl den Direktor als auch die Gefahr. Von draußen drang das Rumpeln der Stadtbahn gedämpft in das kleine Zimmer im fünften Stock, und durch das Fenster konnte er in der Ferne die roten Positionslichter des VERBAG-Gebäudes sehen.

»Behringer muß doch irgendwie spüren, daß sich da was zusammenbraut, muß geeignete Vorsichtsmaßnahmen einleiten.«

»Ach, Chef, neben Behringer rennt seit bald zwanzig Jahren ein Sicherheitsmann her, Behringer fährt in einem gepanzerten Auto, und an jeder Ecke ist eine Überwachungskamera«, sie gähnte, »was soll er da noch groß spüren oder einleiten?«

Sie ist einfältig, dachte der Direktor. Oder – sie ist eine von *ihnen*. Nein, wahrscheinlich nicht, entschied er, sie ist zu alt und sieht nicht rabiat genug aus. Trotzdem rückte er im Bett ein Stück weit von ihr ab.

Seit einiger Zeit war ihm der Alltag nicht mehr geheuer. Gerade weil nichts Besonderes passierte, hatte er das Gefühl, daß sich etwas zusammenbraute. Irgendwo hatte er einmal gelesen, daß jeder Mensch von Natur aus ein zweites Gesicht habe, eine innere Stimme, die ihn Gefahr vorhersehen lasse und ihm im richtigen Moment das Richtige rate. Diese Stimme sei ein Relikt aus der Vorzeit, die freilich zu verkümmern drohe, da heute nur noch die wenigsten auf sie hörten.

So weit wollte es der Direktor nicht kommen lassen. Eines Morgens stand er statt in seinem Anzug in einem fleckigen blauen Overall im Flur und hatte einen alten Werkzeugkoffer in der Hand.

»Tschüs, Schatz«, sagte er zu seiner Frau.

»Soll das ewig so weitergehen?« fragte sie traurig, aber da war er schon aus dem Haus und ging zur Bushaltestelle. Tatsächlich war er am Morgen mit einem eigentümlichen Geschmack im Mund aufgewacht, von dem er glaubte, es sei der gleiche wie an jenem Tag vor einigen Jahren, an dem die Sache mit seinem Chauffeur Schmidt passiert war.

»Ich bin's!« sagte der Direktor eine Stunde später zu Renn, dem Pförtner mit dem Glasauge. Renn sagte nur: »Ich weiß«, und trug den Direktor mit einem großen »X« in sein Buch ein,

185

wobei das Glasauge den Direktor unentwegt zu beobachten schien.

Immer weniger Mitarbeiter kannten den Namen des Direktors. Er war aus allen Unterlagen, von allen Briefköpfen getilgt worden. Und die paar, die den Namen des Direktors noch kannten, durften ihn nicht aussprechen, ihn nirgendwo notieren, waren angehalten zu behaupten, auch sie wüßten ihn nicht. Protokolle der Hauptabteilungsleitersitzungen, Vorstandsakten, Verträge, die seinen Namen enthalten mußten, kamen versiegelt zu ihm und wurden, nachdem er seine Unterschrift daruntergesetzt hatte, versiegelt wieder abgeholt.

»Kennst du den Namen des Direktors?« fragte Gummer einmal Renn.

»Nein«, antwortete der Pförtner.

Im Büro zog der Direktor den Overall aus, unter dem er seinen Anzug trug, und holte die Lederaktenmappe aus dem Werkzeugkoffer. Abends wiederholte sich die Prozedur. Diesen »albernen Trick«, wie seine Frau höhnte, wandte er immer dann an, wenn er glaubte, bestimmte Zeichen wahrgenommen zu haben, das Schreien des Vogels beispielsweise, oder wenn er einen dieser undurchsichtigen Träume gehabt hatte.

»Diese Träume sind eine Manifestation Ihres Traumas«, erklärte Dr. Quickling, der Betriebspsychologe.

»So. Und was soll das heißen?«

»Daß es keine Vorahnungen sind.«

»Sondern?« Der Direktor hatte sich hoffnungsvoll von Quicklings Couch aufgerichtet. In Wahrheit versprach er sich nicht viel von diesen »Besprechungen«. Aber an manchen Tagen hatte er das Bedürfnis, mit jemandem über sein Unbehagen zu reden, und gleichzeitig die Hoffnung, Quickling werde etwas sagen, das Erlösung verhieß.

»Es ist Ihr Gewissen«, sagte Quickling.

»Gewissen, aha.« Der Direktor ließ sich wieder auf die Couch sacken. »Warum sagen Sie mir nicht einfach, daß Sie mich für einen Paranoiker halten?« brummte er.

Quickling seufzte.

»Wenn Sie ein Paranoiker wären, hätte es gar keinen Sinn, Ihnen zu sagen, daß Sie einer sind, weil Sie in diesem Fall glauben würden, daß auch Ihr Therapeut Teil jener Macht ist, die Sie verfolgt. Dem Paranoiker zu sagen, daß er Paranoiker ist, schadet nur, weil er dadurch noch paranoider wird.«

»Dann sagen Sie mir also bloß, daß ich ein Paranoiker bin, wenn ich keiner bin?«

»Warum sollte ich Ihnen sagen, daß Sie ein Paranoiker sind, wenn Sie keiner sind?«

Der Direktor dachte darüber nach. Dann fragte er:

»Mal angenommen – ich meine, nur mal angenommen –, Sie wären Teil eines Komplotts gegen mich. Würden Sie dann nicht behaupten, ich wäre ein Paranoiker?«

»Dann würde ich ebenfalls nicht behaupten, daß Sie ein Paranoiker sind, denn Sie müßten ja – zu Recht – annehmen, daß ich das nur sage, weil ich von dem gegen Sie gerichteten Komplott ablenken will.«

Abends saß ihm in der U-Bahn ein heruntergekommener Mann gegenüber. Er trug eine Mütze mit nur einer Ohrenklappe. Ein Obdachloser. Der Direktor stellte seinen Werkzeugkoffer auf die Sitzbank und musterte den Mann, der seinem Blick auswich. Neben dem Mann sah er sich selbst, sein düsteres Spiegelbild in der ewigen Nacht unter der Stadt. Als der Zug in die Station einfuhr und der Direktor aufstand, warf der Mann ihm einen langen, unbestimmten Blick zu. Auf eine merkwürdige Art fühlte er sich mit ihm verbunden.

Fuchs. Nicht genug, daß er die bösen Vorahnungen des Direktors ignorierte. Seit einigen Wochen verhielt er sich ohne jeden Respekt. Anweisungen behandelte er so, als wären sie *Vorschläge*, antwortete dem Direktor etwa mit: »Ja, das ist eine gute Idee, ich werde darüber nachdenken.« Einmal ertappte sich der Direktor dabei, wie er es genoß, als Fuchs *ihn* lobte und sagte: »Kein schlechter Einfall.«

Der Direktor verabredete sich mit Hiller, der nach der Auflösung seiner Abteilung zwar als Versager galt, andererseits wie kein zweiter die Verhältnisse in der VERBAG kannte. Da nichts schädlicher für die Karriere sein konnte, als zusammen mit einem Versager gesehen zu werden, traf sich der Direktor mit Hiller am Wochenende in einem neuen Restaurant am Stadtrand. Vorsichtshalber hatte er im Büro beiläufig gefragt, ob jemand dieses Restaurant kenne, und da alle verneint hatten, konnte er einigermaßen sichergehen, dort niemandem zu begegnen.

»Du hast mich hierhergeschleppt, weil du nicht mit einem Versager gesehen werden willst«, sagte Hiller, als sie am Tisch saßen.

»Du bist eingeladen«, entgegnete der Direktor.

»Das will ich auch hoffen.«

Hiller blätterte in der Speisekarte. Der Direktor fragte sich, wer Hiller wohl sonst zum Essen einlud. Seit seiner Abservierung hatte er jedenfalls deutlich zugenommen.

»Also?« fragte Hiller, nachdem er drei Aperitifs, den Chef-Salat, die große Vorspeisenplatte, zwei gefüllte Wachteln und das Filetsteak mit Trüffel-Sherry-Sauce verzehrt hatte. »Wo drückt der Schuh?«

Der Direktor sah auf seinen Löffel, der langsam im Zitronensorbet versank.

»Es geht um die Innere Abteilung.«

»Die Innere Abteilung«, raunte Hiller.

»Genauer gesagt, um Fuchs.«

»Um Fuchs, so, so.«

»Du kennst dich mit den Richtlinien besser aus als irgendein anderer«, begann der Direktor und sah, wie sich Hillers Miene nach dieser Schmeichelei aufhellte, »es geht um die Kompetenzen.«

Hiller lehnte sich zurück und zündete sich behaglich die Montecristo No. 4 an, die er sich mit der Bemerkung: »Setzen Sie's auf die Rechnung«, hatte kommen lassen.

»Kompetenzen?«

»Die Innere Abteilung untersteht meiner Hauptabteilung.«

Hiller nickte.

»Fuchs ist ihr Leiter.«

Hiller nickte.

»Also ist Fuchs mein Untergebener.«

Hiller blies den Rauch aus und lächelte. »Jein.«

»Jein?«

»Fuchs ist innerhalb der Hauptabteilung dein Untergebener, weil die Innere Abteilung organisatorisch deiner Hauptabteilung nachgeordnet ist. Andererseits hat die Innere Abteilung die Überwachung des Unternehmens und seiner Mitarbeiter zum Auftrag, und in dieser Funktion ist sie deiner Abteilung nur bedingt Rechenschaft schuldig, und du bist ihr gegenüber nur bedingt weisungsbefugt.«

»Wie denn das?«

»Wenn Fuchs eine bestimmte Abteilung prüft, so muß er gemäß den Richtlinien die ihr übergeordnete Stelle und seinen Vorgesetzten über die Ergebnisse informieren, stimmt's?«

»Stimmt.«

»Wenn also seine Leute bei einer Sachbearbeiterin herumschnüffeln, informieren sie den zuständigen Gruppenleiter und den Hauptabteilungsleiter – also dich.«

»Ja, ja«, sagte der Direktor ungeduldig, »wo ist der Haken?«

»Der Haken ist, daß Fuchs auch dich überprüfen darf. Und darüber muß er nur die nächsthöhere Stelle informieren.«

»Den Vorstand«, hauchte der Direktor.

»Genau. Und es kommt noch besser: Wenn nämlich Fuchs einen Sachbearbeiter oder eine Abteilung prüft, dies aber tut in der Annahme, die nächsthöhere Stelle habe mit den jeweiligen Verfehlungen etwas zu tun, muß er diese Stelle nicht

189

informieren, sondern kann sie übergehen und sich an die wiederum übergeordnete Stelle wenden, vorausgesetzt natürlich, er vermutet nicht, daß auch diese Stelle etwas mit seinem Verdacht zu tun haben könnte. In diesem Fall müßte er auch sie übergehen.«

»Das heißt«, der Direktor schluckte, »die Innere Abteilung kann auch Vorstandsmitglieder überprüfen?«

»Ja, theoretisch schon.«

»Und wen muß Fuchs dann informieren?«

»Den Vorstandssprecher, Behringer, nehme ich an.«

»Und wenn auch Behringer, ich meine – nur theoretisch …«

»Den Aufsichtsrat.«

»Und wenn auch der Aufsichtsrat …?«

»Was weiß ich; die Bankenaufsicht, den Geheimdienst, den Innenminister, irgendwen ganz oben halt.«

»Und wer überprüft die Innere Abteilung?«

Hiller grinste und saugte wieder an seiner Montecristo, die dort, wo sie auf seine Lippen traf, feucht und weich geworden war. »Dreimal darfst du raten.«

»Niemand.«

»Bingo.«

»Das heißt, Sie sind Ihr eigener Herr«, stellte Carola Boldoni fest und nippte an ihrem Burgunderglas.

»Nun«, sagte Fuchs und roch versonnen an seinem Wein, »sagen wir mal, ich habe die Dinge unter Kontrolle.«

»Und wenn Sie die Dinge einmal nicht unter Kontrolle hätten?« Sie legte ihren Kopf leicht in den Nacken.

»Was sollte das für eine Situation sein, in der ich etwas nicht unter Kontrolle hätte?«

»Vielleicht eine Situation, in der Sie nicht bekommen, was Sie wollen.«

»Zum Beispiel?«

Sie saßen in einem italienischen Restaurant. Als er sie mit den

Worten abgeholt hatte, er habe einen Tisch in einem italienischen Restaurant bestellt, hatte sie schon befürchtet, in einer dieser gräßlichen Spelunken zu landen, in denen die Schinken von der Decke hängen und die grob verputzten Wände mit saitenlosen Mandolinen behängt sind. Doch das »Il Purgatorio« war von einem Mailänder Designer eingerichtet worden. Am Eingang hatte ein dunkelhaariges Mädchen ihre Reservierung überprüft und ihnen einen Tisch zugewiesen. Fuchs grüßte einige Leute, die an den anderen Tischen saßen, wichtig aussahen und zurückgrüßten. Er hatte eine bemerkenswerte Art, auf die arrogante Herablassung der knabenhaften Kellner noch herablassender zu reagieren; Carola Boldoni war beeindruckt und bestellte sich hausgemachte Gnocchi mit frischer Basilikum-Sahne-Sauce.

In der Küche betrachtete Enzo Carabetta mit rot unterlaufenen Augen und schwerem Kopf den Bestellzettel. Am Abend zuvor hatte der FC Neapel gewonnen. Carabetta zog die Klappe der Kühltruhe auf und griff sich den Plastiksack mit den Gnocchi. Er öffnete – blop – ein Glas mit Basilikum-Sahne-Sauce und kippte den Inhalt, gulpgulp, in einen Stahltopf, dessen Plastikgriff ein Häftling namens Wu in der Gegend von Tschungking angeschraubt hatte.

»Ente kloß gebacke', schalf!« Li Pang schiebt einen dampfenden Teller auf die Glastheke und linst mit offenem Mund in die Runde.

»ENTE KLOSS!«

Ein dicker Mann mit einem Jungengesicht und in der Uniform einer Wachschutzfirma nimmt sich den Teller.

»Ist hier noch frei?«

Es war keine Viertelstunde her, daß die beiden Polizisten Li Pangs Asia-Imbiß verlassen hatten. Guevara war mit dem Essen beinahe fertig und sah überrascht hoch. Einmal mehr schob sich seine Hand zum Mantel, der auf dem Nachbarstuhl lag. Sie hatte lange, rotlackierte Fingernägel, so lang, daß es beim Schießen hinderlich sein könnte. Die Frau mochte Ende Zwanzig oder Anfang Dreißig sein, ihr ovales Gesicht war gewöhnlich, die Haut hatte eine ledrige Solariumsbräune. Guevara sah nach ihrer Handtasche, doch sie hatte keine bei sich. Ein kurzer Blick durch den Raum zur Tür, ob vielleicht noch andere – »Ja … bitte.«

»Danke.« Sie lächelte.

Guevara trank sein viertes Bier. Sie bestellte sich etwas mit Tofu. Das erinnerte Guevara an Rosa. Tofu. Immer nur Tofu. Wie kannst du Leichenteile von gequälten, in Tier-KZs eingepferchten Schweinen verzehren, Guevara, das ist pervers.

Als sie mit dem Essen fertig war, bot er ihr eine Zigarette an. Sie nahm sie mit einem gehauchten Dank, lächelte wieder. Dann kam, ohne daß ihn jemand gerufen hätte, Li Pang angetapst. Er stellte zwei Gläser Aprikosenschnaps auf den Tisch, kicherte und sagte: »Haus«, bevor er wieder hinter seiner Theke verschwand. Sie blies den Rauch zu einer Fransenlampe hin.

»Und? Wie heißt du?«

»Wolfgang.« Guevara bekam eine Gänsehaut.

»Ich heiße Linda.«

»Ein schöner Name.«

»Wollen wir noch irgendwohin gehen, Wolfgang?«

Guevara spähte aus dem großen Fenster hinaus, sah im gelben Licht der Straßenlaternen ein abgestelltes Moped. Nichts Verdächtiges. Trotzdem: Er kannte diese Frau nicht. Kannte sie ihn? Was hatte sie bewogen, sich an seinen Tisch zu setzen? Der Kerl am Nachbartisch, der dicke, weißhäutige Wachmann, sah wenig einladend aus … Erneut betrachtete er ihre Hände. Das war wichtig. Immer auf die Hände achten. War sie ein Kurier? Andererseits: Es konnte sich ja auch um *etwas Unpolitisches* handeln. Eine weitere Möglichkeit war, es handelte sich nicht um eine Falle, sondern um eine Observation – sie wußten nicht, wer er war, hatten lediglich einen vagen Verdacht. In diesem Fall stand es fünfzig zu fünfzig: Nicht mit ihr zu gehen war genauso verräterisch, wie es zu tun.

Sie zog an ihrer Zigarette, stellte mit der anderen Hand das leere Glas auf den Tisch. Ihre Augen waren glasig, ihr Mund wirkte unverhältnismäßig groß. Guevara trank sein fünftes Bier. Er tastete nach seiner Manteltasche, spürte das kühle Metall. Sie beugte sich nach vorne, stützte ihren Kopf auf die Hand auf; er sah in ihren Ausschnitt.

Bilder mischten sich unter seine Gedanken, Bilder, wie er ihr dieses Kleid ausziehen und die Träger des BHs über die Schultern zerren würde, wie draußen, auf der Straße, ein Einsatzkommando aufführe, wie sie aufstöhnen würde, wie eine Lautsprecherstimme von ihm die Aufgabe forderte, wie er sie auf ein Bett stoßen würde, wie die Suchscheinwerfer ihre bleichen Finger durch die Jalousien schöben, wie sie sich wohl anfühlen würde, diese Brüste, dieser Hintern, diese –

»Also, was ist?«

Wolf blinzelte.

»Ja«, antwortete er nach einer Pause, »warum nicht.«

Draußen war der Regen lichtloser Kälte gewichen, der erste Frost überzog die Pfützen mit einer gläsernen Haut. Sie trug einen beigen, halblangen Mantel. Als sie sich Gummer gegenübersetzte, öffnete sie erst den um ihre Taille geschlungenen Gürtel, dann die Knöpfe, der Mantel glitt auf, Gummer sah ihren Körper in einem enganliegenden, anthrazitfarbenen Kleid, die kräftigen Beine, die geraden Schultern, und er hatte zum ersten Mal, wenn auch nur leicht, ihren Geruch in der Nase: den Duft von frisch gemähtem Gras.

Sie kam nur eine halbe Stunde nach Bernie Morgen, der, als sie die Tür öffnete und sich im Schalterraum umsah, auf einem

der Wartesessel saß und über seinem Lebenslauf brütete. Eine
Woche zuvor war er, eine dünne Vogelscheuche im zerschlis-
senen Nadelstreifenanzug, das erste Mal aufgetaucht. Unterm
Arm eine alte Börsenzeitung, hatte er sich vor Gummer aufge-
baut und erklärt: »Ich bin der Beste – London, Hongkong, Wall
Street; Termingeschäfte, Aktien, Optionshandel, Rentenpa-
piere – Morgen kennt sich aus, Morgen weiß, wo's langgeht ...«
Er behauptete steif und fest, man habe ihn am Vortag zu Un-
recht gefeuert, er könne gleich morgen wieder anfangen. Gum-
mer schob ihn zur Tür, Morgen verfluchte den japanischen
Markt, den Computerhandel und den Fall des Dollars.
Am nächsten Tag tauchte er wieder auf und erzählte dieselbe
Geschichte.

»Sie waren doch erst gestern hier«, sagte Gummer verärgert.

»Gestern?« Morgens Blick wanderte unruhig umher.

»Ja, gestern.«

»Ich kann gleich morgen wieder anfangen.«

»Einen Kaffee, Herr Morgen?«

»Ja, wenn Sie einen haben?«

Als Gummer mit dem Kaffee zurückkam, blätterte Morgen in
seiner Börsenzeitung. STOCK MARKET CRASH AFFLICTS
BROKERS war die Schlagzeile. Es war eine englische Ausgabe
vom 20. Oktober 1987.

Morgen senkte die Zeitung. »Besten Dank.«

»Sie können also gleich morgen wieder anfangen?« fragte
Gummer.

»Kein Problem.«

»Wie wär's, wenn Sie heute schon anfingen?«

Bernie Morgens Augen weiteten sich. Seine Unterlippe vibrierte. »Heute?«

»Am besten sofort.«

»SOFORT? Nein, das geht nicht ... ich meine ... ich hab da
noch Termine.«

»Die können Sie sicher verschieben.«

»Verschieben? Nein, nein, das wird schwierig, außerdem …«

»Außerdem?«

»Muß ich noch … was erledigen.«

»Was erledigen?«

»Aber morgen kann ich anfangen. Gleich morgen.«

»Abgemacht.«

»Vielen Dank, Herr Gummer.«

Bernie griff in seine Jackettasche und zog eine eckige Flasche hervor.

»Sie erlauben, daß ich mir darauf kurz einen genehmige.«

»Wie Sie wollen.«

»Es ist Medizin.«

Auf dem Flaschenetikett erkannte Gummer den Zwerg am Lagerfeuer. »Ich weiß«, sagte er, »weil *es* da nicht drin ist.«

Bernie Morgen sah ihn verständnislos an. »Weil da *was* nicht drin ist?«

Morgen fing weder morgen noch übermorgen, noch eine Woche später irgend etwas an. Von allen Verirrten, die im Laufe der Zeit ihren Weg zu Gummers Container fanden, war Bernie Morgen der seltsamste. Obwohl er das alltägliche Leben eines Obdachlosen führte, verharrte er innerlich bei dem Tag nach dem Börsenkrach von 1987, als hätte der eine Art geistiger Lähmung ausgelöst. Regelmäßig tauchte er bei Gummer auf, vormittags, wenn er noch nüchtern war – und das vertraute Spiel begann. Am Ende saß Morgen auf einem der Sessel im Schalterraum und schien sich für nichts anderes zu interessieren als für seine gut zehn Jahre alte Zeitung. Ab und zu, wenn jemand ein paar Zinscoupons einlöste, lächelte er verächtlich, das war alles.

An dem Tag, als sie hereinkam, verschluckte er sich allerdings an seinem Kaffee. Er senkte seine Zeitung und sah ihr nach, betrachtete das Rot ihrer Haare und die Bewegung ihrer Hüften, bis sie in Gummers Büro verschwand. Er schlich zur Tür, die nur angelehnt war.

»Wenn ich Sie recht verstanden habe, wollen Sie diesen Scheck nicht ausgezahlt haben, sondern auf das Konto hier einzahlen.«

»Ja, genau. Gibt es da ein Problem?«

»Nein, eigentlich nicht.«

»Eigentlich?«

Bernie Morgen stand hinter der Tür, vergrößerte den Spalt ein wenig. Er sah sie im Profil. Ihre Beine, die in kniehohen Stiefeln steckten, hatte sie übereinandergeschlagen, und das Knie des einen drückte gegen die Wade des anderen Beins.

»Und dann soll ich von dem eingezahlten Betrag diese Order hier ausführen?«

»Ja, bitte.«

»500 Stück. Der Kurs lag gestern bei 107, Vorwoche 120. Sie wollen nicht abwarten, ob er noch weiter fällt?«

»Nein. Will ich nicht.«

Ihre Stimme klang jetzt strenger, vielleicht auch etwas amüsiert. Bernie schob die Tür noch etwas weiter auf und schnüffelte. Zigarettenrauch, der über der Frau langsam aufstieg. Gummer konnte er nicht sehen, hörte aber seine Finger auf der Tastatur.

»Da es nicht Ihr Konto ist, Sie aber die Vollmacht haben – wohin soll ich die Bestätigung schicken?«

»Nirgendwohin. Ich werde sie abholen.«

Bernie konnte spüren, daß Gummer sie jetzt ansah, sie eine Sekunde zu lange ansah, und er horchte und schaute nach dem Stuhl, ob sie etwa unruhig darauf hin und her rutschte, doch sie saß still da, als würde sie den Blick gelassen erwidern und als wartete sie ab, wie lange dieses Schweigen zwischen ihnen dauern mochte.

»Wann?« fragte Gummer.

»Ist das wichtig, ich meine, gibt es da irgendwelche Vorschriften?«

»Nein, natürlich nicht. Sie können es abholen, wann Sie wollen.«

»Bald«, sagte sie.

Bernie Morgen sah sie aufstehen und lief eilig zurück zu seinem Sessel, wo er sich hinter seiner Zeitung verschanzte. Als sie an ihm vorbeiging, warf er einen weiteren Blick auf sie, und ihm fiel auf, daß sie nur einen Ohrring trug, ein Opal, dachte Bernie Morgen, der sich einst in diesen Dingen ausgekannt hatte, in all diesen Dingen, die Frauen, Kleidung, Essen und überhaupt das schöne Leben betrafen, aber das war lange vorbei, gehörte zu einem anderen Leben, und manchmal nur, wie jetzt, erinnerte er sich daran, und in sein Gesicht kam wohl etwas von seinem früheren Charme, er zwinkerte ihr zu, als hätte er mit ihr ein Geheimnis, und sie zwinkerte zurück, und er sank in den speckigen Sessel, nachdem sie gegangen war, für einen Augenblick versöhnt mit der Welt.

Gummer aber stand verwirrt im Raum und zündete sich eine Zigarette an. Draußen wartete ein dunkelblauer Wagen, die Frau stieg ein, die Asche von Gummers Zigarette fiel auf den Teppichboden, und Bernie Morgen griente hinter seiner Zeitung: COMPUTER-TRADE SUPPORTS DISASTER.

Der König stirbt

Jahre später sollte sich Guevara fragen, ob er etwas falsch gemacht hatte. Zumindest hätte er seine Informationen besser überprüfen sollen; er war aus der Übung, was Vorbereitungen anging, die letzte Aktion, diese Direktor-Kinderwagen-Geschichte, lag lange zurück, nun kam sie ihm immer unwirklicher vor, wie etwas, was er einmal in einem Film gesehen und dann in seine Träume mitgenommen hatte.

Hinzu kam der Alltag: morgens seiner Frau das Frühstück machen, die Kleinen zum Kindergarten bringen, danach ins Büro, wo er sich reinknien mußte, jetzt, mit Linda und den Kindern im Nacken, keine Atempause, kein Sich-Gehen-Lassen wie früher, keine ausgedehnten Mittagessen, keine Tagträume von vergangenen oder zukünftigen Taten mehr, von einer besseren Welt, die doch eines Tages kommen mußte. Abends die Gespräche mit Linda, oder vielmehr Lindas Fragestunden, wie war's im Büro, was hat Rohrbach gesagt, hast du ihn nach der Gehaltserhöhung gefragt, wie macht sich deine neue Sekretärin, wie alt ist die eigentlich, ihre Stimme klingt immer außer Atem, wenn ich dich im Büro anrufe, was soll das heißen, ich soll dich nicht so oft dort anrufen, du bist doch jetzt der Abteilungsleiter, da wird ja wohl niemand was dagegen haben, wenn die Frau des Abteilungsleiters ab und zu anruft. Sie rief jeden Tag an.

Später, nachdem sie die Kinder ins Bett gebracht hatte, führte sie Guevara auf eine geziert beiläufige Weise ihren Körper vor; sonnenbankgebräunt, muskulös baute sie sich zwischen ihm und dem Fernseher auf, in einem ihrer knappen Sportbodys oder nur in einem Slip und einem ärmellosen Shirt, mit ver-

schränkten Armen, so daß er die prallen Bizepse bewundern
konnte, und er kam sich unförmig, schwabbelig, weiß und
dick vor, und sie rief: Es ist schon spät, mein Wölfchen; und
dann gingen sie in das dunkle Zimmer, und er lag auf ihr, und
sie sagte, *komm schon*, und er drückte ihr in stummer Wut
über die Sache, in die er da hineingeraten war, die Beine auseinander, und sie hielt diese Wut für Leidenschaft, während
er, wie der Kolben eines Motors, in ihr vor- und zurückstieß.
Sie verlangte nach dem »ultimativen Fick«, von dem sie in einer Zeitschrift gelesen hatte, er beobachtete seine Bierkugel,
die auf ihrem Waschbrettbauch hin und her schrubbte, sah
den Farbunterschied, als ob er es mit einer Schwarzen trieb,
ihr Gesicht, das unter der künstlichen Sonne früh gealtert war,
die Schwielen an ihren Händen, DAS IST VON DEN GE-
WICHTEN, LIEBLING. Dann, nach einer sehr langen Zeit,
schloß er die Augen und dachte an nichts, und sie schrie: Mir
kommt's, und ihm kam es dadurch auch irgendwie, er spritzte
leutselig ab und rollte sich auf die Seite, die Arme an den Körper gepreßt, schnaufend wie ein in die Jahre gekommener See-
Elefant.
Am Anfang ihrer Beziehung, bald fünf Jahre war das jetzt her,
hatte er ihr einmal im Suff gesagt, wer er war; sie, ebenfalls betrunken, hatte es für einen Scherz gehalten, nein, schlimmer,
für ein Spiel. Sie hatte sich ausgezogen und gefordert, er solle
mit dem Pistolenlauf über ihre Brustwarzen streichen. Und er
hatte es getan.
Guevara sagte seiner Sekretärin, er gehe zum Arzt, sie solle
aber seiner Frau, falls die anrufe, ausrichten, er sei in einer
Besprechung, damit sie sich keine Sorgen mache. Es sei doch
nichts Schlimmes, fragte die Sekretärin. Nein, Magenbe-
schwerden. Ihr sei nämlich aufgefallen, daß der Herr Wolf in
letzter Zeit so eine Unruhe habe, so gar nicht recht bei der Sache sei. Ob sie, fragte er, ein Geheimnis bewahren könne; ihre
Augen leuchteten, natürlich könne sie, und er: Die Sache ist

nämlich die, ich bin einer der letzten steckbrieflich gesuchten Terroristen, vielleicht können Sie sich noch an diese Plakate erinnern, rot eingerahmte, schlechte Fotos, TERRORISTEN. Sie strahlte, natürlich könne sie sich daran erinnern, VORSICHT SCHUSSWAFFEN, stimmt's; genau – und heute nachmittag nehme ich mir frei für ein kleines Attentat. Sie kicherte wie ein Schulmädchen. Ach, Herr Wolf, wenn ich nicht wüßte, wer Sie sind ...

Im Erdgeschoß des Krankenhauses, in dem der frühere Vorstandssprecher und jetzige Aufsichtsratsvorsitzende Behringer lag, schloß er sich auf der Toilette ein, setzte die schwarze Perücke auf, band das Kopftuch um, zog die Kittelschürze, die weißen Gesundheitslatschen an, schraubte den Stiel des Wischmops zusammen und packte den Henkel des Plastikeimers. Es hatte in der Zeitung gestanden: Behringer leide an einer akuten Herzschwäche, es sei altersbedingt, nichts Alarmierendes. Trotzdem wunderte sich Guevara, als er die Stationsnummer mit dem Hinweisschild verglich: Behringer lag offenbar nicht in der Inneren Abteilung, sondern in der Neurologie. Monatelang hatte Guevara Behringer ausgekundschaftet, hatte sich alle Details über sein Leben, seinen Tagesablauf besorgt, die er bekommen konnte; und obwohl Behringer von der Außenwelt abgeschirmt lebte, wurde er mit der Zeit zu einem Vertrauten, mit dem Guevara nachts, wenn er nicht schlafen konnte, Gespräche führte.

»Das sind doch alles Flausen, Geld regiert die Welt.«

»Ihr Konzern regiert schon einen zu großen Teil der Welt.«

»Na wenn schon. Wäre sie besser, wenn wir das nicht täten? Wissen Sie, *Wolf*, Sie fangen an, mich zu langweilen. Mit über Vierzig hängen Sie immer noch diesen pubertären Weltverbessererphantasien nach, das ist so öde.«

»Ja, genau, das tue ich, weil die Welt verbessert werden *muß*!«

»Nein, das tun Sie, weil Sie neidisch sind, neidisch auf Menschen wie mich, die alles haben und sich noch mehr nehmen können, ohne die Mama um Erlaubnis zu fragen.«

»DAS IST EINE LÜGE ICH BIN AUF ÜBERHAUPT GAR NIEMANDEN NEIDISCH!«

»Wer ist auf wen neidisch?« fragte seine Frau im Halbschlaf.

Guevara glaubte nicht an die Selbstauflösung.

Eines Tages kam die Nachricht über den Äther; Guevara saß vor dem Fernseher und lauschte der Stimme des Sprechers. Die MAOISTISCHEN ZELLEN hätten den bewaffneten Kampf für sinnlos erklärt. Es gab eine Sondersendung, in der Linguisten und Schriftsachverständige über die Echtheit des Auflösungsschreibens befragt wurden. Hohe Kriminalbeamte meldeten Zweifel an, und gerade diese Zweifel waren es, die alle Kommentatoren, die Öffentlichkeit und insgeheim den Innenminister von der Echtheit des Schreibens überzeugten.

Einen Augenblick war Guevara wie gelähmt. Dann sah er auf den Kalender und grinste. Das Auflösungsschreiben war gerade an dem Tag der Presse zugespielt worden, an dem er einst in die Zellen aufgenommen worden war. Das konnten außer ihm nur zwei Menschen auf der Welt wissen. Die Botschaft war klar. Er war der Schläfer, und es war an der Zeit, aufzuwachen.

Der Sicherheitsbeamte vor Behringers Zimmer enttäuschte ihn. Fett und mit offenem Hemdkragen saß er da, vor sich einen Servierwagen mit Essen, in dem er herumstocherte, während er in einem Sportmagazin las. Guevara hatte den Zeitpunkt gut gewählt, früher Nachmittag, das Pflegepersonal hatte das Essen der Patienten abgeräumt und machte nun selbst Pause, Besuchszeit war erst wieder ab halb vier. Auf dem breiten Gang wischte er sich vorwärts, verschwand ab und zu in diesem und jenem Zimmer, ohne daß sich einer der Bettlägerigen daran gestört hätte. Schließlich erreichte er den Sicherheitsmann. Der schaute kaum auf.

»Na, Üzigüzi, machste wieder alles blitzeblank, hm? Viele wischen, wischen, hm?«

Guevara nickte, versuchte, angemessen demütig zu lächeln.

»Ja, ja, viele wischen, wischen.«

»Zu Hause auch so viele wischen, wischen?«

»Nee, zu Hause nix viele wischen, wischen.«

»Tja«, sagte der Sicherheitsbeamte und vertiefte sich wieder in sein Magazin.

Guevara wischte an der Tür Behringers vorbei. Es dauerte nicht lange, da ertönte ein leiser Pfiff.

»He, Üzigüzi! Was machsten! Hier Zimmer von große Chef. Große Chef braucht's besonders blitzeblank!«

»Groß' Chef?«

»Ja, Groß-Chef. Groß-Chef von VERBAG, Atatürk von Bank.«

Guevara schlurfte wieder zurück. »Atatürk von Bank, aah«, raunte er.

»Ganz genau. Du und ich, wir beide großer Krach, wenn da drin nix viele wischen, wischen und viele blitzeblank, kapiert?«

Guevara schlurfte in Behringers Zimmer. Ein Wagen mit schmutzigem Geschirr wurde irgendwo über den Flur geschoben und kam an einer Wand scheppernd zum Stehen.

»Psst!« machte der Sicherheitsbeamte.

Guevara drehte sich um.

»Du nix laut, weil Chef viel müde, große Schlaf.«

»Viel müde, große Schlaf«, wiederholte Guevara und nickte. Der Sicherheitsmann zog die Tür zu.

»Guten Tag«, sagte Guevara, erhielt aber keine Antwort. Behringer lag allein in dem Zimmer. Ein drückender Duft von unzähligen Blumensträußen, die auf einem Tisch, dem Bett gegenüber, wie Zinnsoldaten aufgereiht standen, hing in der Luft. Es war die Art von Blumensträußen, die man besorgt, wenn man wenig Zeit und viel Geld hat. Einige von ihnen waren schon verwelkt, vor anderen standen vorgedruckte Karten, GUTE BESSERUNG und so weiter. Guevara stellte sich die Direktoren und Generaldirektoren vor, wie sie durch das

Krankenzimmer defilierten und alle mit den gleichen maskenhaften Gesichtern gute Besserung wünschten.

Dann sah er Behringer und erschrak.

Vom Vorsitzenden war nicht mehr viel übrig. Im Bett lag ein kleiner, abgemagerter Greis mit schlohweißem Haar. Seine Augen lagen tief in den Höhlen und schauten an die Decke oder durch sie hindurch. Ganz offensichtlich litt er an wesentlich mehr als nur an einer kleinen Herzschwäche.

Behringer fing an, vor sich hin zu reden. Vorsichtig lehnte Guevara den Wischmob, dessen Stiel voll Sprengstoff war, an die Wand, näherte sich dem Bett, schaute aus dem Fenster. Jenseits der Krankenhausmauern begann ein Park. Der Frühling erzeugte ein üppiges Grün, überall schien es zu wachsen. Der Park reichte bis zum Ufer des Flusses, dessen öliges Wasser träge dahinfloß. Unter den Ästen einer Gruppe alter Bäume saßen zwei Männer und angelten. Hinter den Bäumen sah er das Dach eines Palais oder Jagdschlosses, das irgendein Fürst vor mehr als hundert Jahren hatte erbauen lassen, obenauf ein vergoldeter Wetterhahn. Es war eine schöne Aussicht, ein kurzer Blick zurück in ein vergangenes Jahrhundert. Doch weder Behringer noch sonst ein Sterbender hätten ihn genießen können. Die Fenster waren zu hoch, und Behringer lag kraftlos in den Kissen. Als Guevara näher kam, hob er plötzlich die Hand und winkte.

»Thun, sind Sie das?« fragte er rasselnd, und seine Augen blitzten auf. »Wissen Sie … was ich Ihnen sagen wollte …« Er winkte weiter, und Guevara trat neugierig an das Bett.

»Sie sind ein Arschloch.«

Er kicherte, seine Augen wurden wieder trüb. Dann bekam er einen Hustenanfall, Speichel lief aus seinem Mundwinkel. Guevara sah auf dem kleinen Beistelltisch einen Karton mit Papiertüchern.

»Ich hätte auch lieber was anderes gemacht.« Behringer fing an, arrhythmisch zu keuchen, und Guevara dachte schon, es ginge sofort mit ihm zu Ende. Dann wurde sein Atem gleichmäßiger. »Wir waren fünf Flakhelfer, alles junge Kerls, alle Lehrlinge von der Diskonto. Nachts kamen die Engländer mit ihren Lancasters und tagsüber die Amerikaner mit den B-17.« Guevara blickte sich unschlüssig im Raum um, befühlte den Zeitzünder in der Tasche seiner Kittelschürze. Er wußte nicht, was er tun sollte.

»Wo ist Lydia?« fragte Behringer.

Wo ist seine Familie, fragte sich Guevara, wo sind seine Freunde? Warum war niemand da? Er entdeckte auf dem Tisch einen verwelkten Strauß und davor die Karte: GUTE BESSERUNG DEINE LYDIA. Und daneben: BALDIGE GENESUNG DEINE FREUNDE HOTTE UND LOTTE.

»Sie war heute morgen erst da, du hast noch geschlafen«, sagte Guevara.

Behringer lächelte schwach, dann bekamen seine Augen einen unruhigen Ausdruck, er streckte die knochige Hand aus und sagte: »Vater?«

Guevara zögerte.

»Vater?« wiederholte Behringer.

Er wollte aus dem Zimmer gehen, die Sache sich selbst erledigen lassen.

»Vater, bitte.«

Guevara nahm die ausgestreckte Hand, griff mit der anderen nach den Papiertüchern und wischte Behringer den Speichel ab. Behringer sprach sehr leise, und Guevara mußte sein Ohr an seinen Mund senken, um etwas zu verstehen.

»Weißt du noch«, flüsterte Behringer, »wir sind zusammen angeln gegangen.« Guevara roch alte Haut, durchsetzt mit dem Geruch von Kampfer. »Du und ich.« Seine Augen waren wieder wach, sahen Guevara fragend an.

»Ja, ich erinnere mich.«

»Du hast nie viel gefangen.«

»Stimmt, du hast immer mehr aus dem Wasser gezogen.«

»Das hat dich geärgert.«

»Nur ein wenig.«

»Einmal hast du mich geschlagen.«

»Das tut mir leid.«

»Du bist mir nicht mehr böse?« Behringer versuchte, sich aufzurichten, die Strahlen der Nachmittagssonne berührten sein weißes Haar.

Guevara sah zur Tür, dann wieder auf den kleinen Mann, der Griff seiner Hand war erstaunlich fest. »Nein, bin ich nicht.« Behringer sackte in die schweren Kissen zurück. Seine Augen waren groß und fiebrig und voller Angst und sein Gesicht eingefallen bis auf die Knochen, und sein Mund stand offen; ein letzter Laut entströmte ihm, leise und fern. Dann lockerte sich der Griff, der Kiefer klappte nach unten, die Augen blieben aufgerissen, aber da war nichts mehr in ihnen.

Guevara langte nach Eimer und Schrubber, öffnete behutsam die Tür und schloß sie wieder. Er schlurfte den Flur entlang Richtung Ausgang.

»Moment mal«, rief der Sicherheitsbeamte und winkte ihn zurück. Als Guevara vor ihm stand, schob der Beamte sein Jakkett nach hinten, stemmte eine Hand in die Hüfte. Guevara konnte ein Pistolenholster sehen.

»Da wollen wir doch erst mal nachschauen«, sagte der Sicherheitsbeamte, öffnete die Tür zu Behringers Zimmers und sah sich darin um.

Dann kam er wieder raus und nickte: »Gut.« Er griff in seine Hosentasche und drückte Guevara ein 5-Mark-Stück in die Hand. »Aber das nächste Mal ein bißchen fixer, bitte.«

Guevara nickte ebenfalls, drehte sich um und schlurfte davon.

Hindernisse

Sand rieselte auf den alten Motorradhelm, als die Spitzhacke die Decke des Tunnels streifte, die selbstgebastelte Helmlampe flackerte, die Hacke drang in den Lehm, steckte fest, er wischte sich mit dem Handrücken den Schweiß aus dem Gesicht, packte wieder den Stiel, ruckte, bekam die Hacke frei, hebelte ein Stück Erde aus der Wand heraus, und etwas Metallisches rutschte mit der lockeren Erde auf den Tunnelboden.

Willy schniefte. Schon wieder so ein Ding. Sah aus wie eine Gürtelschnalle mit einem komischen Symbol, ein Vogel oder so. Er konnte nichts damit anfangen. Sein Rücken tat ihm weh.

Als er sich dem Container seinen Berechnungen zufolge auf 11,33 Meter genähert hatte, stieß er auf etwas Festes, das sich nach mehreren Nächten unermüdlichen Grabens als massive Wand erwies. Er kannte die Lage der Fabrikkeller, auch jener, die mit dem Abriß verschüttgegangen waren. Diese Wand gehörte nicht dazu. Eine Mauer also, oder ein Fundament, aber wovon? Vielleicht, kam es ihm in den Sinn, hatten die Bankmenschen bereits schlechte Erfahrungen gemacht und die Filiale gegen Maulwürfe wie ihn abgesichert. Er versuchte, mit Meißel und Vorschlaghammer ein Loch in die Wand zu schlagen, die Ergebnisse waren kläglich.

Sein Plan kam ihm plötzlich zu groß vor. Warum sollte ausgerechnet ihm gelingen, was nur wenigen gelang? Wenn er es tun konnte, warum taten es dann nicht alle? Natürlich hatten die Bankmenschen vorgesorgt. Natürlich war er nicht der erste, und andere vor ihm hatten sie gelehrt, dicke Fundamente unter ihre unscheinbaren Blechcontainer zu setzen. Er würde

Jahre brauchen, um sich da durchzuwühlen, Jahre, erfüllt von einer unsinnigen Hoffnung. In der Zwischenzeit würden sie anstelle des Containers ein steinernes Haus auf das Fundament bauen, mit einem uneinnehmbaren Tresorraum.

Aus dem Zweifel Willys an seinem Plan wurde ein weiteres Mal der Zweifel Willys an sich selbst; hinzu kam der anhaltende Regen. Das Wasser im Schacht ging ihm fast bis an die Knie, und er zog sich eine böse Erkältung zu. Er griff zu Altbewährtem: hochprozentiger Medizin. Allerdings konnte er die nicht wie überlagerte Lebensmittel im Müll finden. Er begann, leere Flaschen zu sammeln.

Den Anfang machte eine prall gefüllte Supermarkttüte, die er eines Tages am Straßenrand stehen sah. Willy umkreiste die Tüte, wartete minutenlang an der Ecke, ob doch noch jemand käme, sie zu holen. Niemand kam. Er nahm sich die Tüte, ging in den nächstgelegenen Hauseingang und untersuchte seine Beute. Zunächst war er enttäuscht, nahm an, jemandem sei der Weg zum nächsten Altglasbehälter schlicht zu weit gewesen. Dann bemerkte er seinen Irrtum. Es waren allesamt Pfandflaschen: schmale, braune Bierpullen, Joghurtgläser und einige der wertvollen Anderthalbliter-Plastikflaschen. Seinen Schatz trug Willy in den Supermarkt unweit des Abbruchgeländes; angstvoll, man könne ihn irgendwie erkennen, ihn *dingfest* machen.

Aber die Kassiererin interessierte sich nicht für ihn. Neben der Kasse stand eine Kiste auf Rollen, in die sie die Flaschen legte, während sie den Betrag eintippte. Sie sah nicht ein einziges Mal auf, auch nicht, als sie Willy das Geld gab; auch nicht, als Willy Minuten später schniefend mit einer eckigen Flasche Kräuterlikör wieder an der Kasse stand.

Der Alkohol wärmte Willy und betäubte seine Selbstzweifel. Er hielt nach weiteren Flaschen Ausschau. Welche zu finden war gar nicht so einfach. Völlig aussichtslos beispielsweise war es, den Trinkern, die vor dem Supermarkt oder an den Buden vor der U-Bahn-Station lungerten, auch nur eine Flasche abzuluchsen. Zwar stellten sie manchmal eine einzelne scheinbar achtlos auf einen Mauervorsprung. Tatsächlich aber ließen sie sie nie wirklich aus den Augen. Als Willy einmal versuchte, sich eine unbeaufsichtigte Flasche zu schnappen, löste er vor dem Supermarkt eine mittelgroße Schlägerei aus, der er gerade noch entfliehen konnte.

Aussichtsreicher waren Parks. Je tiefer man in einen hineinging, desto mehr Pfandflaschen entdeckte man, wahrscheinlich, weil die Parkbesucher zu bequem waren, die Flaschen den ganzen Weg zurückzutragen. Allerdings wurde es immer kälter, der Winter machte sich breit, und die Parkbesucher wurden rar. Auch Baustellen konnten zu Fundgruben werden, braunes Glas blinkte aus dem Schutt, meistens waren es Bierflaschen. Aber die gemeine Bierflasche gab nicht viel her, anders als die besondere Bierflasche mit Keramikschnappverschluß, die jedoch äußerst selten war. Willy spezialisierte sich auf die Ein- und Anderthalbliter-Plastiklimonadenflaschen, die das meiste Pfand einbrachten und relativ häufig vorkamen. Willy fand sie vor allem in den Müllbehältern vor einer Autowaschanlage, wo viele Wagenbesitzer beim Saugen des Wageninneren auf Flaschen stießen und sie kurzerhand wegwarfen.

Er dehnte sein »Sammelgebiet« immer weiter aus, trank, schlief, sammelte. Seinen ursprünglichen Plan hatte er fast vergessen. Dabei wäre es wohl auch geblieben, hätte er nicht eines Tages eine seltsame, erschreckende Begegnung gehabt.

»Küß mich.« In einer der Nischen, an deren Wandverkleidung ein großer Spiegel angebracht war, saß Willy und hantierte müde an seiner russischen Gräfin herum. Ludwig stand wie immer am anderen Ende des Gewölbes über den Billardtisch gebeugt, im Mundwinkel eine Zigarre, auf dem Rand des

Tischs ein halbvolles Bierglas. Er versuchte, sich auf die Kugel zu konzentrieren, doch so recht gelang ihm das nicht. Sie hatten nicht weitergraben können, weil zuviel Polizei um den Wittenbergplatz herumwieselte: Man hatte eine Leiche gefunden.

»Verflucht«, sagte Ludwig an jenem Tag, als sie nach getaner Arbeit in einem Café saßen und er die Abendzeitung aufschlug. Der Artikel nahm beinahe eine Viertelseite ein, daneben ein Bild des Mädchens. Ihre Augen starrten Ludwig an.

»Küß mich«, bettelte die falsche Gräfin und rutschte auf Willys Schoß hin und her. Willy hatte das Mädchen manchmal gesehen, abends in der Bayreuther Straße, ein junges Ding, nichts für Willy, der reife Frauen bevorzugte, aber doch sehr ansehnlich. Er hatte beobachtet, wie sie da stand und auf jemanden zu warten schien, vielleicht weil sie nicht wollte, daß derjenige zu ihr hinaufkam, vielleicht, weil sie sich des ärmlichen Zimmers unter dem Dach schämte. Willy stellte es sich vor, ein kleines Zimmer, Toilette auf dem Flur, in einer Ecke ein rußiger Ofen, in der anderen ein Waschbecken, seitlich davon ihr Frisiertischchen, das Bett schmal, sein Fußende stößt an der Dachschräge an, kein Schrank, nur eine Truhe in der Ecke, eine Reichswehrkiste, o mein Papa, darin ihre Kleider, hinter dem Frisiertisch ein Spiegel, der Spiegel hat einen Sprung, war ihr wohl runtergefallen, sieben Jahre Pech, und nun hat der Sprung sie eingeholt; vielleicht roch es in dem Zimmer nach Lavendelseife, auf jeden Fall frisch, unschuldig, »anders als bei dir, mein Schatz«.

»Comment?« fragte die falsche Gräfin in gestelztem Französisch, als er sein Gesicht traurig an ihre Brüste legte und tief den Geruch von Schweiß und Moschus einsog.

Immer war sie züchtig gekleidet, zumindest kam es Willy so vor, der sich einmal bei der Frage ertappte, was für Unterwäsche sie wohl unter ihrem Kleid trug. Ihm waren ein paar

Veränderungen aufgefallen. Daß sie die Brille nicht mehr aufhatte, und später: Lippenstift. Willy nahm das alles im Vorübergehen wahr, machte es zum Bestandteil seiner Tagträumereien, während er zusammen mit seinem Bruder den Tunnel grub.

»Stellst du dir bei der Arbeit nicht auch manchmal Dinge vor, Ludwig?«

»Dinge? Nee. Was für Dinge soll ich mir 'n da vorstellen?«

Beispielsweise, wer der Geliebte des namenlosen Mädchens war. Ein bekannter Schauspieler, der mit ihr nach Amerika gehen würde, die Koffer waren schon gepackt, die Dachkammer ausgefegt. Oder ein Kollege, ein feiner Herr und Gauner, begnadeter Geldschrankknacker wie Ludwig und er, der von den Reichen nahm, um mit seinem Mädel ein neues Leben zu beginnen, Champagner und Lachs, rauschende Feste, ein Haus im Grunewald, verborgen hinter alten Bäumen.

Einmal, sie waren spät dran, sah er sie, die schwarze Limousine mit Chauffeur, neben dem Mädchen halten.

»Hat sich wohl so 'n Fabrikantensöhnchen geangelt.«

»Laß mich in Frieden, und grab weiter.«

Er sah die Limousine noch zwei weitere Male. Hinter dem hakennasigen Chauffeur ein feister Mann, noch nicht alt, vielleicht Mitte Vierzig. An einem Tag in Uniform, am anderen Tag in einem dunklen Anzug mit Bowler. Jedesmal hielt er ihr eine kleine Schachtel hin, vielleicht Pralinen, sie lächelte, er sah sie nicht an, sondern nach vorn und gab dem Chauffeur Anweisungen, der schwere Wagen gurgelte los, verschwand hinter der nächsten Hausecke.

»Was 'n passiert?« fragte Willy, und Ludwig hielt ihm wortlos die Zeitung hin.

»Verflucht!«

»Da wird's bald von Kriminalern wimmeln.«

»Das Schwein!«

»Die wer'n den Block auf den Kopf stellen.«

»Mensch, Ludwig, das Aas müssen wer anzeigen!«

Ludwig sah ihn verständnislos an.

»Verstehste, der Dicke hat sie erdrosselt, der isses gewesen, der Schubiak!«

»Du hast ja 'nen völligen Knall.«

»Wir könn' den doch nich einfach so frei rumlaufen lassen!«

»Ja wat denn, wat denn; soll'n wer zum nächsten Schupo an der Ecke gehn und sagen: ›Tschuldigen Se vielmals, Herr Wachtmeister, wer graben hier im Keller von dem Haus, wo sich der bewußte Tatort von dem ermordeten Fräulein befindet, seit mehreren Wochen eenen Tunnel, weil wer die Diskonto am Wittenbergplatz um ihren Zaster erleichtern wollen. Nun ja, und wie wer da so graben, is uns ufjefallen …?‹«

»Schon gut. Aber so was wie 'n anonymer Brief …?«

»Nix, Willy, gar nix. Det Mädel is tot, un wer können nischt dran ändern, und damit hat sich's.«

Also saßen sie wieder in ihrer Stammkneipe, dem Bierkeller »Zum Schweinemagen«, und warteten ab. Warteten ab, bis Gras über die ganze Sache wuchs, sich die Polizei verzog, die Nachbarn hinter den Gardinen verschwanden. Ludwig spielte Billard, Willy küßte die Gräfin, die Gläser leerten sich; »he da, noch zwei Halbe, bitte«.

Zwei Bierflaschen, mehr nicht, und es begann schon dunkel zu werden. Willy hatte keinen guten Tag hinter sich, als er dem Mann begegnete. Er angelte gerade in einem großen Altglasbehälter nach Pfandflaschen. Das war besonders an Sonntagen erfolgversprechend. Samstag abends finden die Partys statt; Sonntag morgens wachen die Partygeber mit dickem Kopf auf, Alkoholdunst und kalter Rauch schlagen ihnen entgegen, um sie herum ein Meer leerer Flaschen, in manchen schwimmen durchweichte Zigarettenstummel über dem Grund, ein Anblick, der Übelkeit bereitet. Also sind die Gastgeber darauf bedacht, die Flaschen so schnell wie möglich loszuwerden. Willy wußte sehr wohl, es war verboten, sonntags Flaschen in die Behälter zu werfen, trotzdem fand er sonntags die meisten. Für die Altglasbehälter hatte er ein spezielles Werkzeug konstruiert, eine Art Angel, die er aus dem abgebrochenen Teleskopbein eines Fotostativs gebaut hatte. Willy hatte einige Geschicklichkeit beim Umgang damit entwickelt, und nun stand er auf mehreren alten Obstkisten und angelte Flaschen.

Der Mann glich Willy: klein, gedrungen, kurze krumme Beine und ein übergroßer Kopf. Ein alter Mann. Er tauchte aus heiterem Himmel hinter Willy auf, stieß einige unverständliche Silben hervor, schubste ihn von den Kisten, um seinerseits in dem weißen Behälter zu wühlen. Willy ließ ihn nicht. Er zog ihn am Jackenkragen hoch, sagte: »He, Moment!« Dann sah er dem Mann ins Gesicht, und eine unerklärliche Furcht ergriff ihn. Auch der alte Mann hatte Angst. »Njet, njet!« winselte er. Bebend stand Willy vor ihm. Der Mann schien ihm zwar ähnlich, war aber mindestens dreißig Jahre älter, das Gesicht furchig, die Wangen eingefallen, der Blick wäßrig. »Njet, njet.« Speichel troff ihm aus dem halboffenen Mund, sein Atem roch süßlich-faul nach Schnaps und Zwiebeln. Er hielt eine der kostbaren Anderthalbliter-Limonadenflaschen umklammert.

Willy ließ ihn los, der Alte trat ein paar Schritte zurück und – nun kam das Schrecklichste – neigte seinen großen Kopf zur Seite. »Ah«, stöhnte Willy. Wen er da sah, glaubte er, war er selbst, er selbst in drei Jahrzehnten, in einer düsteren Zukunft – ein Loch hatte sich aufgetan, ein Schlund, ein Abgrund.

»Baikonur, haha!« rief der Alte, stieg auf die Kiste und steckte den Arm in das Loch des weißen, kugelförmigen Glasbehälters. Willy drehte sich um und rannte davon.

»Um 15 Uhr 03 Moskauer Zeit«, berichtet der Kosmonaut, »landete ich. Wegen der Turbulenzen in den oberen Luftschichten
geriet die Landung ein wenig unsanft, was wahrscheinlich
auch der Grund für den Ausfall von Peilsender und Funkgerät
war. Ich hatte Kopfschmerzen, als ich die Gurte löste und die
Einstiegsluke meines Raumschiffs öffnete. Der Himmel war
bedeckt und ich in einem Weizenfeld niedergegangen. Ich
hörte ein Rascheln und drehte mich um. Niemand war zu sehen. Meine erste Sorge war natürlich, daß ich nicht wußte, wo
ich gelandet war. Ich stieg vollends aus der Kapsel, machte ein
paar Kniebeugen (um meine schlaff gewordene Muskulatur
wieder in Gang zu bringen) und begann, die Außenhülle des
Raumschiffs auf Schäden zu untersuchen, die eventuell mit
dem Ausfall der Funkanlage zu tun hatten. Als ich gerade das
Schutzblech prüfte, hinter dem sich, wie Sie wissen, der Sender befindet, hörte ich lautes Geklapper aus dem Inneren der
Pilotenkapsel. Ich lief um das Raumschiff herum, da flogen
mein Handkompaß und die Ersatzkopfhörer schon in hohem
Bogen in das Weizenfeld. Ich sah ein Paar Beine aus der Einstiegsluke ragen. Etwas verärgert packte ich sie und hatte den
ungebetenen Gast auch schnell herausgezogen. Es handelte
sich offenbar um einen Einheimischen, einen Bauern, klein,
gedrungen, mit einem ziemlich großen Kopf. Er zappelte und
maulte, in seinen Händen hielt er zwei Tuben unserer Kosmo-
nautenration. Ich bat ihn, mir die Tuben auszuhändigen, er
aber weigerte sich, entwand sich meinem Griff, erstaunlich
flink, muß ich sagen. Was hätte ich tun sollen? Ihn verfolgen
und so das Raumschiff schutzlos weiteren Plünderungen aussetzen? Also gab ich die Verfolgung auf, rief dem Mann zu, wer
ich sei, und fragte, wo ich mich befände. Der Kerl schwieg, beäugte mich mißtrauisch. Nach einiger Zeit setzte er sich in
etwa zehn Metern Entfernung auf den Boden und machte sich
daran – offenbar einem sicheren Instinkt folgend –, die Tuben
aufzuschrauben, an ihnen zu riechen und den Inhalt schließ-

lich zu vertilgen. Ich kann nicht genau sagen, welche Tuben er erwischt hatte, möglicherweise den Borschtsch oder auch eine von den internationalen, das Wiener Schnitzel vielleicht. Auf jeden Fall nahm sein Gesicht einen geradezu verzückten Ausdruck an, und ich versichere Ihnen, Genosse Oberst, er quetschte diese Tuben mit einer Geschicklichkeit aus, als hätte er sein Leben lang nichts anderes getan. Inzwischen war mehr als eine Stunde vergangen, und es dämmerte. Ich wurde unruhig. Der Mann wurde auch unruhig. Abwechselnd sah er zu mir und zur Einstiegsluke. Ich mußte herausfinden, wo ich mich befand. Ich nahm den Helm ab, deutete auf unsere Flagge und blickte den Mann fragend an. Diesmal schien er zu verstehen, er nickte. Hurra! dachte ich. Vielleicht war ich ja sogar in der Nähe des Kosmodroms gelandet. Abermals zeigte ich auf den Helm, auf das Bullauge der Kapsel, dann auf die leeren Tuben vor seinen Füßen und fragte: ›Baikonur?‹ Der Mann nickte eifrig. Nun, dachte ich mir, anscheinend kennt er sich in der Gegend aus, auch wenn er nicht sehr gesprächig ist. Ich stieg in die Kapsel, um meine Karten zu holen.

Als ich wieder herauskam, hatte er meinen Helm aufgesetzt und weigerte sich, ihn wieder herzugeben. Er fing an, mir auf die Nerven zu gehen. Aber ich wollte keine Gewalt anwenden. Also stieg ich wieder in die Kapsel, schaltete die Notbeleuchtung ein und fand zwei Rationen Pekingente. Als der Mann die Tuben sah, rief er: ›Baikonur!‹ und wollte danach greifen. Ich zog die Hand zurück und deutete auf den Helm. Er grinste verschlagen, nahm den Helm ab, reichte ihn mir und schnappte gleichzeitig die Tuben, die ich in meiner anderen Hand hielt.

Er wollte sich gerade auf den Boden setzen, um sich über die Pekingente herzumachen, als wir beide die Helikopter hörten. Er schreckte hoch, sah am Horizont die Silhouette der Staffel und dann ängstlich zu mir. Ich wollte ihn beruhigen, aber da hatte er schon, wie man so sagt, die Beine in die Hand genommen und flüchtete in das Weizenfeld.«

Stundenlang irrte er in der Stadt umher. Anders als viele Menschen hatte er einen Begriff vom Altern. Die Jahre in der Fabrik hatten ihn das gelehrt. Er sah seine Maschinen pausenlos die immer gleichen Bewegungen vollführen, zuverlässig, weil sie von ihm gewartet wurden, aber er nahm auch den Verschleiß wahr, die Abnutzung der Wellenräder, das zunehmende Quietschen des Sorters, das Flimmern der Brennöfen, das Ächzen der Kompressoren. Zwischendurch wurde die eine oder andere Maschine durch eine neue ersetzt. Immer kam es Willy wie ein kleiner Tod vor, wenn er dann den leeren Platz betrachtete: die Umrisse der verschrotteten Maschine, dort, wo sie gestanden hatte, den grünlackierten Fabrikboden, der noch in der Farbe leuchtete, die er am Tag ihrer Aufstellung gehabt hatte. Nein, Willy nahm die Zeit, die verging, durchaus wahr, und nachdem er den alten, verwahrlosten Mann gesehen hatte, fragte er sich mehr denn je, was aus ihm werden würde. All seine früheren Hoffnungen waren zerstört. Er hatte keine Freunde, keine Familie. Er war dem Tod näher als der Geburt; er war vom richtigen Weg abgekommen, das spürte er. Doch all diese Gedanken, die da ungeordnet in seinem schweren Gehirn herumpurzelten, führten nur zu einem neuerlichen Anfall von Selbstmitleid und dieser gewohnheitsmäßig zum Durst.

Am Abend hatten sich in Willys Sammeltüte nur fünf leere Bierpullen verirrt, zu wenig, um sie zu verflüssigen. Kurz vor Ladenschluß ging er in den Supermarkt, griff in ein Regal und ließ eine Flasche Kräuterschnaps Marke »Wurzelpeter« in seine Manteltasche gleiten. Das hatte er noch nie getan. Er schämte sich. Aber der Durst war zu groß. An der Kasse versetzte er mit hochrotem Kopf und pochendem Herzen die leeren Bierflaschen, kaufte sich zwei Schnapspralinen. Die Kassiererin sah wiederum nicht auf, aber Willy fühlte sich gezeichnet, er war ein Dieb geworden, kein *Gentleman-Gauner,* sondern ein trunksüchtiger Dieb. Wieder draußen, in der Kälte der Straßen, verdrückte er sich in die nächstbeste Toreinfahrt, zog verschämt die Flasche hervor und trank. Gluckgluck. Auf dem Etikett war ein Zwerg abgebildet, der vor einem Lagerfeuer hockte. Das schien ihm irgendwie passend. Der erste Schnee fiel, dicke, glitzernde Flocken wie auf den Adventskalendern im Supermarkt; sie stapelten sich neben den Weihnachtsschokoladenmännern, die feist und hohl auf Willy herabgesehen hatten, als er nach der Branntweinflasche griff, wehmütige Gedanken kamen dem Willy da in den Sinn, Gedanken an weiße, verschneite Parkanlagen, sanfte Hügel, die er mit einem Schlitten hinunterfuhr, der Duft knisternder Tannennadeln, Geschenkpapiergeraschel … Verflixt – welchen Tag haben wir eigentlich, welchen Tag, gluckgluck, ob Weihnachten schon war? Ob's alles schon war … was soll's, aus und vorbei … alles vorbei … gluckgluckgluck. Eine ganze Weile kauerte er benommen in der Hofeinfahrt, trank und nickte schließlich ein. Vielleicht wäre er dort geblieben, wenn nicht ein Mann mit einem Hund gekommen wäre, der ihn in die Seite stupste und drohte, die Polizei zu holen, wenn er sich nicht davonmachte. Willy rappelte sich hoch, seine Schritte knirschten im Neuschnee, er torkelte in die Nacht hinein.

Wie häufig lauert das Böse hinter der nächsten Ecke. Diesmal sind es drei junge Kerle, die übliche Montur: kahlrasierte Schädel, schwere Stiefel.

Der Baseballschläger trifft Willy erst im Magen, dann, wo sonst, am Kopf. Er sackt zusammen, fällt in den Schnee, hebt gerade noch die Hände schützend über den Hinterkopf, bevor ihn der nächste Hieb erwischt. Danach Tritte. In die Seite, auf die Beine. Blut fließt Willys Stirn hinunter. »Verreck, du mieses Schlitzauge!« ruft einer. Schlitzauge? denkt Willy, und das ist so ziemlich das letzte, was er denkt, bevor ein neuerlicher Tritt ihn am Kopf trifft. Vor ihm im Rinnstein liegt die ange-brochene Flasche. Einer der Kerle nimmt sie, aber statt zu trin-ken, kippt er den Inhalt über Willy. Das Klicken eines Feuer-zeugs ist zu hören. Armer Willy.

Die Rückkehr des Weihnachtsmanns

»Advent, Advent, ein Lichtlein brennt«, murmelte der Vorstandsvorsitzende Behringer und senkte das Wirtschaftsmagazin, auf dessen Titelseite er als ›Manager des Jahres‹ abgebildet war. Die Weihnachtszeit hatte begonnen, vor der Zentrale der VERBAG wurde eine fünfzehn Meter hohe Tanne aufgestellt und mit einer entsprechend langen Lichtergirlande behängt. Auch die Kräne auf der Baustelle der neuen Zentrale waren mit Lichtergirlanden geschmückt und leuchteten weithin sichtbar in der Nacht.

Die Lichtergirlanden waren nur ein Teil der Idee des Direktors, in der Weihnachtszeit das Betriebsklima zu verbessern. Überall wurden künstliche Christbäume aufgestellt, in der Kantine dudelten »O Tannenbaum« und »White Christmas«, auf den Schreibtischen der Abteilungsleiter qualmten Räuchermännchen, über der Kurstafel in der Haupthalle prangte ein goldener Weihnachtsstern, und einige Mitarbeiterinnen bewiesen Einfallsreichtum, indem sie Kostüme trugen, aus denen kleine Engelsflügel ragten.

Weniger Glück hatte Förster, der picklige Azubi. Man hatte ihn in den Wochen vor dem Fest in die Poststelle versetzt. Die Arbeit dort war normalerweise leicht. In einem langen Raum standen die Sortier- und Frankiermaschinen sowie ein großer Tisch, an dem Nickel und Ziegler, die zuständigen Mitarbeiter, vor ihrem Kaffee saßen und sich unterhielten, während die Post automatisch bearbeitet wurde. Die beiden rundlichen Männer glichen sich wie Zwillinge. Auch nach zwanzig Jahren hatten sie sich noch etwas zu erzählen, in einem seltsamen Dialekt, den niemand sonst richtig verstand.

Nickel und Ziegler schienen einfache Gemüter zu sein. Begeistert hatten sie die Idee des Direktors aufgenommen. Sie verkleideten sich als Weihnachtsmänner, was ihnen ein ausdrückliches Lob ihres Vorgesetzten eintrug. So bestätigt, verlangten sie von ihrem Auszubildenden Förster, daß er das gleiche tat. Oder vielmehr *fast* das gleiche: Förster trat als Knecht Ruprecht auf, mit Fellwams, Zipfelmütze und einem falschen, filzigen Bart, der sein Hautproblem erheblich verschärfte.

Er stöhnte unter der Last von Tausenden von Glückwunschkarten und Präsenten. Kugelschreiber, in Leder gebundene Kalendarien, Weinflaschen, Keksdosen, Handtaschen, sogar Badeschaum und Elektrokleingeräte (ein Mixer trug den Aufdruck »VERBAG-Investmentfonds – auf die Mischung kommt es an«) wurden an die »braven« Kunden verschickt. Die bösen Kunden bekamen im besten Fall nichts, im schlechteren Mahnungen, im schlimmsten Fall die Kündigung ihrer Kredite. Das Problem für Förster waren (neben Bart, Zipfelmütze und Felljacke) die guten Kunden, denn deren Präsente konnte man nicht einfach in einen Umschlag stecken und durch die Frankiermaschine jagen. Mußte alles von Hand gemacht werden. Tja.

»Brauchen Sie vielleicht einen Ondulierstab?«

Gummer hielt eines dieser Präsente in der Hand – einen Ondulierstab für Frau Dr. Scherer, die von ihm erfundene Scheidungsanwältin.

»Schätzchen, ich brauche *deinen* Stab«, antwortete Iris Puh, die alternde Prostituierte, und fuhr sich mit der Zunge über die Lippen. Auch sie trug Weihnachtskluft – einen roten Nappalederoverall und kniehohe weiße Stiefel mit Pfennigabsätzen.

»Das geht nicht«, sagte Gummer.

»Wieso?«

»Verstehen Sie mich nicht falsch – es wäre nicht *echt*.«

»Nicht echt?«

»Ich meine, Sie täten nur so.«

Iris Puh beugte sich nach vorne, und Gummer konnte einen ausgiebigen Blick auf ihre großen, von feinen Äderchen überzogenen Brüste werfen.

»Wie kannst du dir da so sicher sein?«

Gummer war sich da ziemlich sicher. Denn worum es Iris Puh wirklich ging, waren 0,5 % mehr Verzinsung auf ihren Vorsorgesparplan. Sie hatte ausgerechnet, dieses halbe Prozent würde am Ende der Laufzeit eine vierstellige Differenz nach oben ausmachen. Und dafür war Iris Puh bereit, einiges zu tun.

»Ich könnte dir Wünsche erfüllen … Wünsche, von denen du noch gar nicht weißt, daß du sie hast.«

»Es tut mir leid, Frau Puh, aber …«

»Ich bin dir zu alt – das ist es.«

Sie war zweiundfünfzig, und man sah ihr das Leben an, das sie geführt hatte. Ihre Brüste waren schlaff geworden, ihr Hintern breit, im Gesicht hatte sie zahlreiche, tiefe Falten. Aber manchmal, wenn sie lächelte und ausgeschlafen war, weder geraucht noch getrunken hatte, nur wenig Make-up und nicht diese scheußliche blonde Perücke trug, konnte sie einen Augenblick lang so aussehen wie die späte Sophia Loren – voll Charme, Lebensweisheit und Anmut. Aber diese Augenblicke waren selten und zu kurz, als daß Gummer schwach geworden wäre.

»Zu alt! Zu alt! Zu alt!« schrie Iris Puh und sah sofort noch mal zehn Jahre älter aus, als sie ohnehin schon war.

»Frau Puh, bitte, beruhigen Sie sich.«

»Ich mich beruhigen! Ich bin zu alt, um mich zu beruhigen!«

»NEIN SIND SIE NICHT VERDAMMT ABER JETZT HÖREN SIE AUF HIER HERUMZUSCHREIEN!«

Iris Puh ließ sich in den Stuhl plumpsen, setzte einen Ellbogen auf die Lehne; das Kinn in die Hand gestützt, spähte sie mädchenhaft über den Schreibtisch.

»Ach«, sagte sie, »so ist das.«

Gummer runzelte die Stirn. »Wie?«

»Du gibst gerne Kommandos. Du befiehlst gerne, du würdest mir auch ganz gerne den einen oder anderen Klaps geben … nun ja, dafür bin ich nicht die Richtige.«

»Stimmt, genau so ist das wohl.«

»Aber –« Iris Puh zwinkerte mit ihrem rechten Auge, »vielleicht kann ich ja was arrangieren …«

»O Gott«, stöhnte Gummer.

Am nächsten Morgen bedeckten Eisblumen die Fenster seines Büros, glitzerten in den ersten Sonnenstrahlen, bevor sie im Licht vergingen. Durch das unglückliche Zusammenspiel diverser Elektroheizer und Ölradiatoren war wieder mal die Sicherung rausgesprungen. Gummer spielte mit dem Gedanken, einfach liegenzubleiben, die Decken über den Kopf zu ziehen und wie ein Bär zu schlafen, bis der Frühling kam, lange und friedlich … Er schob die Decken zurück, zog sich einen Pullover über und schlurfte schlaftrunken und fröstelnd in den Kassenraum, öffnete den Sicherungskasten und legte den Schalter um.

Ein-, zweimal die Woche packte er nach dem Morgenkaffee Handtücher und frische Wäsche ein, schaltete das Telefon auf Warteschleife, holte das Schild VORÜBERGEHEND GESCHLOSSEN hervor und machte sich auf den Weg zum Bad. Vier Stationen mit der Tram, dann an der Hochbahn vorbei, durch breite, gepflasterte Straßen, die nun, da die Bäume ihr Laub verloren hatten, öde vor ihm lagen, in den Morgenstunden bevölkert von flüchtigen Gestalten, die zu einer Arbeit huschten, Eis von den Scheiben ihrer Autos kratzten. Aus Toreinfahrten tappten alte Frauen mit Einkaufskarren im Schlepp, rararr-rararr-rarak.

Das Stadtbad befand sich in der selben Straße wie die Feuerwache, und so ähnlich sah es auch aus – ein dunkler Bau mit einem Türmchen, das aus dem Giebeldach wuchs. Im 19. Jahrhundert gebaut und damals vielleicht eine Attraktion, war es jetzt in einem erbärmlichen Zustand. Außen bröckelte der Putz, innen die Farbe, Schimmel wucherte an den Decken. Für Gummer war es eine wichtige Entdeckung. Man konnte dort eine Badewanne mieten, ein gußeisernes, durch Vorhänge vom nächsten abgeteiltes Ding; aus der Wand ragte ein altertümlicher Hahn, heißes, nach Eisen riechendes Wasser plätscherte in die Wanne, in der Gummer dann lag und am liebsten Seemannslieder gesungen hätte. Das Wasser kam aus dem Keller, wo es durch eine Kohlenheizung auf Temperatur gebracht wurde. Früh, sehr früh am Morgen mußte der Heizer mit dem Anfeuern beginnen, zentnerweise Briketts in die Öfen schaufeln. Gummer sah ihn gelegentlich, vom Gehweg aus durch ein offenes Kellerfenster, wie er neben seinen bullernden Öfen auf einer leeren Tonne an einer Art Werkbank saß – und schrieb.

Zunächst dachte er, es handle sich um irgendwelche Formulare, dann glaubte er, daß es Briefe seien. Einmal trafen sich ihre Blicke, der Heizer kniff ein Auge zu und lächelte ihn aus seinem Kellerloch heraus an. Gummer fiel auf, daß der Papierstapel auf der Werkbank stetig größer wurde.

Während das dampfende Wasser in die Wanne plätscherte, grübelte Gummer, ob nun auch er in den Sätzen des Heizers vorkomme. Und später, zurück hinter seinem Schreibtisch im Container, verfiel er für eine Weile dem Gedankenspiel, daß darin tatsächlich *alle* vorkämen, alle Ereignisse und Personen um ihn herum, und in Wahrheit der Heizer diese Ereignisse vorschreibe … bis zu dem Moment, als mal wieder, karumpel, die Tür aufgedonnert wurde.

»Ist es noch da?« fragte er.

Der Weihnachtsmannmantel war zu klein, spannte an den massigen Schultern. Gummer hätte ihn nicht erkannt, wären da nicht die Hände gewesen, die riesenhaft aus den Ärmeln heraushingen, welche nur bis knapp über die Ellenbogen reichten. Er hatte die mit Kunstfell besetzte Kapuze des Mantels tief ins Gesicht gezogen, über seinem gewöhnlichen Bart bauschte sich ein Weihnachtsmannbart, der wie Badeschaum aus der Kapuze quoll. Auch die Hosen waren zu kurz. Endeten knapp über einem Paar schwarzer, rotbestickter Cowboystiefel, vielleicht Größe 52, an deren Schaftenden das Wattebartzeug klebte. Um den Bauch wurde die Montur von einem breiten Gürtel zusammengehalten, er war ähnlich bestickt wie die Stiefel und mit leeren Patronenschlaufen versehen.

»Stimmt was nich«, fragte Hugo Stunz und schob die Kapuze zurück, »oder warum glotzt du so?« Sein Haar schien lichter, und in seine Stirn hatten sich tiefe Falten eingegraben. An seinem rechten Auge war die Haut gelbblau und das Lid etwas geschwollen.

»Nein«, sagte Gummer, »alles in Ordnung.«

»Also, ist es noch da?«

»Was?« fragte Gummer.

Keine sehr kluge Frage. Hugos bis dahin schlaffe Hand schoß nach vorne und erwischte das Ende von Gummers Krawatte, an der er ihn nun langsam über den Tresen zog. »Verarsch mich nich.«

»Sie wären mit Sicherheit der allerletzte, den ich verarschen würde.«

»Pah!«

»Falls Sie mit Ihrer Frage das Geld Ihres Sohnes gemeint haben, so kann ich Ihnen versichern, daß alles noch da ist, muß Ihnen allerdings aufgrund des Bankgeheimnisses weitere Auskünfte verweigern.«

Hugo ließ los. »Ah, Bankgeheimnis, das ist gut.« Jetzt lächelte er. »Sehr gut.« Er legte einen Stapel rotbedruckter Zettel auf die Theke.

»Kann ich die hier hinlegen?« fragte er.

Noch so eine Abfindung? dachte Gummer, dann las er:

Advent, Advent, ein Lichtlein brennt
Jetzt wird alles gut
Weihnachtszeit im »Schweinemagen«:
Der traditionsreiche Bierkeller öffnet die Zapfhähne
Und jeden Freitag im Dezember:

GROSSE LIVE-SHOW!

(Gegen Vorlage dieses Gutscheins ein Getränk gratis)

Hugo deutete an, daß es seiner Frau auf die Nerven gegangen war, wie er den ganzen Tag zu Hause rumhing beziehungsweise das spärliche Arbeitslosengeld in Kneipen und Spielautomaten ließ. Ihre Kritik daran war ebenso massiv wie dauerhaft, und am Ende brachten auch seine gelegentlichen Wutausbrüche sie nicht mehr zum Schweigen.

»Ich kann sie ja nich totschlagen«, erkannte Hugo, »nee, Mensch. Und was würde dann aus dem Kleinen werden?«

»Was soll nur aus Ihnen und Ihrer Familie werden«, sagte der Gerichtsvollzieher kopfschüttelnd, trank den Kaffee, den ihm Frau Stunz hingestellt hatte, und schaute sich in der Wohnung um, in der es nichts mehr zu holen gab.

»Ihr Mann sollte sich wieder eine Arbeit suchen, ganz gleich, was.«

»Sagen Sie das mal meinem Mann.«

»Das werde ich schön bleibenlassen.«

Aber der Gerichtsvollzieher hatte recht: Hugo Stunz brauchte einen Job. Zunächst redete ihm jemand ein, er habe das Zeug zum Profiboxer. Ihm war egal, wozu er das Zeug hatte, aber die Sache sah nach einer Einnahmequelle aus, und man konnte Dampf ablassen. Er kam zu einem gewissen Castelani, der den »Castelani Cosmos Boxing Club« (CCC) betrieb. Dieser Club war recht beliebt bei den örtlichen Veranstaltern, weil er ein großes Reservoir an Aufbaugegnern und Fallobst zu bieten hatte. Wie alle alternden Box-Studio-Besitzer hoffte Castelani auf eine Entdeckung, ein Naturtalent, jemanden, der das Zeug zum Champion hatte.

An zwei Abenden die Woche trainierte Hugo. Er war kein Naturtalent. Er war einfach nur groß. So groß, daß er immer wie ein gefährlicher Gegner wirkte. Meistens verlor er. Und wenn er am Gewinnen war, flüsterte ihm Castelani in der Ringecke zu, er solle verlieren, wollten sie am Ende Geld sehen. Natürlich reichte das auf diese Weise Verdiente hinten und vorne nicht. Hugo versuchte sich in verschiedenen Anstellungen und landete beim Zettelverteilen. Die Weihnachtsmannverkleidung war eine Idee seines Chefs, der mit dieser Neuerung die Konkurrenz in der Zettelverteilungsbranche auszustechen hoffte. (»*Werben Sie für Ihre Produkte mit dem Weihnachtsmann persönlich,* haha, das macht uns keiner nach!«) Hugo hatte sich anfangs gesträubt, doch schließlich erkannte er den Vorteil der Nikolausverkleidung, der darin bestand, daß er, vormals angesehener Schichtleiter in einem bedeutenden Glühlampenwerk, von keinem seiner ehemaligen Arbeitskollegen beim Zettelverteilen erkannt wurde.

»Ich find das ganz schick so – und du?«

»Sie sehen richtig gut aus«, sagte Gummer.

»War 'ne ganz schöne Rennerei, was in meiner Größe zu finden«.

Und so stapfte der Weihnachtsmann durch die Hinterhöfe der Stadt, tauchte in dunklen, nach Urin und Bratfett riechenden Treppenhäusern auf und warf Werbung für alle möglichen und unmöglichen Unternehmungen in rostige Briefkästen; erschien in Kneipen, Supermärkten, Fußgängerzonen, Kindergärten, verteilte Zettel oder pries die Eröffnung eines Geschäftes an.

»Du bist gar nicht der Weihnachtsmann.«

»Und wer bin ich dann?«

»Mein Papa hat gesagt, wer noch an den Weihnachtsmann glaubt, ist blöd.«

»Dein Papa ist ein ganz schöner Klugscheißer.«

»Biste nun der Weihnachtsmann, oder bistes nicht?«

»Klar bin ich der Weihnachtsmann.«

»Und wo sind die Geschenke?«

»Dieses Jahr gibt's keine Geschenke, dieses Jahr gibt's nur Werbung.«

Der kleine Rico spielt mit ein paar Freunden auf dem Bolzplatz, der Boden ist gefroren. Der Ball wird von ihren kleinen Füßen hin und her gekickt; Doppelpaß und Flanke, Rico – schieß! Der Ball fliegt über den Zaun, und die Fünf- und Sechsjährigen schauen ihm nach; er landet in den Armen eines Zehnjährigen, der grinst.

»Gib den Ball her!«

»Du glaubst wohl noch an den Weihnachtsmann!«

Ricos kleines Gesicht verzerrt sich, er steigt über den Zaun, und kurz darauf sitzt eine rechte Gerade im Gesicht des Zehnjährigen, seine Lippe blutet, der Ball rollt Rico vor die Füße (*er hätte Talent zum Boxen, aber niemand wird es je entdecken*), der ältere Junge verdrückt sich, Ricos Freund klopft ihm auf die Schulter, Mann, det war Klasse, dem haste 's gezeigt, Mensch was 'n los, du heulst ja –

Rico erzählte ungern von seinem Vater. Wenn seine Freunde prahlten, was ihre Väter alles Tolles machten, erklärte er, sein Vater sei Profiboxer und werde in nächster Zeit Weltmeister.

»Wie Mike Tyson!«

»Mike Tyson war im Knast.«

Einmal traf er ihn, nachdem er bei einem Freund zum Mittagessen gewesen war. Die beiden kamen gerade die Treppe herunter, als der Weihnachtsmann Zettel in die Briefkästen stopfte.

»Wat is 'n det für 'n Clown!« lachte Ricos Freund.

Hugo Stunz drehte sich um, erkannte seinen Sohn und wollte ihn in die Arme schließen.

»Keine Ahnung«, flüsterte Rico, biß sich auf die Lippen und huschte an seinem Vater vorbei.

Der »Schweinemagen« war der alte Keller der »Privatbrauerei Kapolke & Sohn«, gebaut Mitte des neunzehnten Jahrhunderts, vor der Erfindung der Ammoniakkältemaschine. In jener Zeit waren Erfolg und Mißerfolg der Bierbrauerkunst zum großen Teil von der herrschenden Außentemperatur abhängig. Die mußte gleichbleibend niedrig sein, so daß man große Keller baute, in denen das Bier in Fässern oder Stahltanks vor sich hin gärte. Gebraut wurde im Winter, getrunken im Sommer. Nicht nur für Braumeister Kapolke waren daher warme Winter ein Fluch. Auch die Bankiers und Fabrikanten Berlins sahen trübsinnig auf das Thermometer und wünschten sich sibirische Verhältnisse. Bier war das Getränk der Massen, vor allem der Arbeitermassen. Warme Winter führten zu Biermangel spätestens Ende Juli, die Arbeiter wurden mißmutig, gingen nicht mehr in die Biergärten, wo das Bier entweder ausgegangen oder zu teuer war, »rotten sich auf bedrohliche oder gar umstuerzlerische Weise zusammen«, wie Geheimrat von Boeding feststellte, »und nehmen im somit erzwungenerweise nuechternen Zustande an allerlei Veranstaltungen, auch der Sozialisten genannten Gruppierungen theil, an welchen Orten Schmaehreden gegen Seiner Majestaet Bierbrauer keine Seltenheit sind«. Mehr Bier mußte her – und zwar sommers wie winters.

Eines Tages, im Juni 1875, stand Carl Linde in einem öffentlichen Pissoir in München. Eigentlich ging er nicht gern an solche Orte. Aber, verdammt, er hatte den Sonntagnachmittag im Biergarten der Augustiner-Brauerei verbracht und merkte nun, just nachdem er seinen Ingenieurskollegen einen schönen Tag gewünscht hatte, wie das Bier durch seinen Körper gewandert war. Unmöglich, mit verkrampftem Gesichtsausdruck zurück durch den Biergarten, an den Kollegen vorbei, auf die Augustiner-Toilette zu wetzen. Also blieb nur der kleine, mit eisernen Ranken verschnörkelte Pavillon. »Aaaah«, stöhnte Linde, und ein beißender Geruch stieg ihm in die Nase. Die Kühltruhentüftler hatten es mit Kaltdampf, Kaltluft und Gletschereis probiert. Vergebens. Es war Linde, der in diesem historischen Augenblick von der Idee mit dem Ammoniak buchstäblich überwältigt wurde. Während sich in den Jahrzehnten danach seine Erfindung unaufhaltsam durchsetzte, verlor der Erbe der Brauerei sein Vermögen ebenso unaufhaltsam in der Spielbank von Wiesbaden. Am Ende des Jahrhunderts war *von* Linde ein berühmter Mann und Kapolke junior bankrott. Die letzte ihm verbliebene Immobilie, der Brauereikeller, war durch die Erfindung der Kältemaschine nichts mehr wert. Der Zocker Kapolke erschoß sich – übrigens nicht absichtlich, sondern aus Unkenntnis der Regeln – bei einer Partie russisches Roulette mit einem Major, der 1920, als General der Weißen im russischen Bürgerkrieg, ein ganz ähnliches Ende fand, allerdings nicht in Wiesbaden, sondern in einer nach Ziegenmist stinkenden Hütte in der Nähe der Grenze zur Mandschurei.

Kapolkes Neffe und nächster Erbe entschied, da er den Keller nicht verkaufen konnte, eine Kneipe aufzumachen. Er nannte sie nach dem einzigen Gericht, das sein Freund und Koch, ein durch einen Gasangriff der eigenen Kompanie bei Ypern erblindeter WK-Eins-Veteran, neben Spiegeleiern, Bockwürsten und einem übelriechenden Erbseneintopf kochen konnte: Schweinemagen.

Von Anfang an haftete dem »Schweinemagen« dieses Ypern-Element an. Ein Element der Zersetzung, der Anarchie, chaotisch, blind. Es war nicht wie in den Künstlerlokalen oder Intellektuellencafés, wo sich bestimmte Zirkel trafen und über bestimmte Theorien die Köpfe heiß redeten; es war auch nicht so wie in den zahlreichen Eckkneipen Berlins, in denen schweigende Männer am Tresen vor ihrer Molle hingen, umgeben von Qualm, dunklem Holz und der Düsterkeit eines weiteren arbeitslosen Montagmorgens.

Im »Schweinemagen« wurden Pläne geschmiedet, andere verworfen, langjährige Bindungen gingen in die Brüche, Vorhaben wurden vergessen, in der nächsten Minute neue Ideen geboren. Und so hatten die Gebrüder Haas, als sie dereinst das Kellergewölbe betraten, durchaus die Absicht, ein Leben in Ruhe und Rechtschaffenheit zu führen, als sich ein gewisser Schucher zu ihnen an den Tisch setzte; Typ arbeitsloser Schlosser, drei Halbe, bitte, auf meine Rechnung. Im Hintergrund spielte eine Kapelle Charleston, er selbst sei zu alt, aber er habe da gewisse Informationen grundsätzlicher Art, über Geldschränke, Tresore – und wie man sie öffnet. Hinzu gesellte sich die falsche russische Gräfin, mit Bubikopf und entgegen der Mode großer Oberweite und einem Geruch, wie ihn Willy noch nie zuvor an einer Frau wahrgenommen hatte. Sie ließ sich auf seinem Schoß nieder, noch drei Halbe, bitte, und für die Dame einen Kirsch; sie hatte wundervolle braune Augen, fand Willy auch noch Jahre später, als sie in dem vergitterten Lastwagen durch den Berliner Stadtwald fuhren, seine Hand glitt ihre drallen Schenkel hoch, helle Seidenstrümpfe, das Strumpfband, die ... Ludwig derweil im Gespräch mit Schucher, der von seiner Zeit beim Tresorbau schwelgte, große Tresore, kleine Tresore, Einbauschränke unterirdische Tresoranlagen, Zahlenkombinationen, Doppelschlösser, Gußstahl, armierter Beton, Schneidbrenner, Bohrhammer, Dynamit. Vergessen die Absicht, am nächsten Morgen bei der Berliner Verkehrsgesellschaft wegen einer Anstellung als Untertage-Gleisarbeiter vorstellig zu werden, vergessen Willys Termin mit dem Hauptarchivar der Allgemeinen Versicherungs-Actiengesellschaft ...

So ging es den meisten. Auch George Grosz soll einmal die enge Treppe in den »Schweinemagen« hinabgestiegen sein.

Da stand er dann, und vor ihm tat sich das winklige, weite Gewölbe auf, niedrige Holztische, an denen die Zecher lachten, Nischen, aus denen ab und zu ein Frauenbein ragte, ein Tresen, so lang wie die Warteschlangen vor den Arbeitsämtern; und ganz am Ende die Tanzfläche, voll wie immer, noch mehr Frauenbeine, Rauch, Bierdunst, Stimmen.

»Das könnt' ich auch noch malen«, soll Grosz gesagt haben. Er hat es nie getan.

»Einen Cognac, bitte«, rief Grosz.

»Für mich ein großes Bier«, bat Gummer.

Als die Bedienung mit dem Glas kam, wandte sie ihren Blick nicht ab, sondern sah ihn unverhohlen an. Seine blauen Augen hatten jetzt, im Kerzenschein, einen warmen Schimmer.

»Das stimmt«, sagte Fuchs, »im Wertpapier- oder Devisenbereich kann man schnell aufsteigen und eine Menge Geld machen, aber –«

»Aber?«

Carola spürte, wie ihn ihre Fragen, die sie jedesmal, bevor sie ein privates Thema hätten berühren können, wieder ins Geschäftliche, zum gemeinsamen Bezugspunkt VERBAG lenkten, irritierten. Wie vorhin, als sie nach der Kontrolle fragte.

»– man kann auch schnell auf der Abschußliste landen. Und dann bin lieber ich es, der die Liste schreibt.«

Die Kerze zwischen ihnen flackerte. Am Nebentisch regte sich jemand darüber auf, daß sein Pellegrino nicht kam.

»Haben Sie schon viele auf Ihre Liste gesetzt?«

Ja. Hatte er.

Die Liste war lang und unerbittlich. Sie lag in seinem Büro in einem Wandtresor. Ganz oben standen die, die er in flagranti bei einer Unregelmäßigkeit erwischt hatte, dann jene, von denen er hoffte, sie in Kürze zu ertappen, gefolgt von anderen, bei denen bereits die Andeutung eines Verdachts zu einem

Geständnis führen konnte. Die meisten ahnten nicht einmal, daß sie auf der Liste standen: Es handelte sich um Personen, bei denen ihm von höherer Stelle bedeutet wurde, ihre Mitarbeit in dieser oder jener Position sei nicht länger erwünscht, aus welchen Gründen auch immer. Das Prozedere lief meist nach dem gleichen Schema ab. Fuchs, ein Direktor aus der Personalabteilung und gelegentlich ein Vorstandsmitglied saßen an dem langen Konferenztisch, hinter ihnen, an der Wand, hing das Porträt Dr. Bödings, des ersten Vorstandsvorsitzenden der VERBAG nach dem Krieg, den Anfang der siebziger Jahre ein Kommando der MAOISTISCHEN ZELLEN sieben Meter hoch in die Luft gesprengt hatte. Es war die größte Menge Plastiksprengstoff, die sie je bei einem Attentat auf einen einzelnen Mann verwendet hatten, und es gab so etwas wie einen morbiden Stolz innerhalb der VERBAG darauf, daß die Opfer der Konkurrenzbanken allesamt mit wesentlich kleineren Ladungen bedacht worden waren. Feist und satt, mit einer Zigarre im Mundwinkel, sah Dr. Albert Böding auf den Delinquenten herab; »Bödings Rache« nannte man das im Firmenjargon.

Jeder, der in das »Dr.-Albert-Böding-Gedächtniszimmer« gerufen wurde, ahnte, was ihm blühte. Trotzdem, Fuchs wunderte sich jedesmal, behaupteten die meisten, so wie jemand, dem der Arzt eröffnet, daß er an einer unheilbaren Krankheit leide, es müsse sich um einen Irrtum handeln.

»Es muß sich um einen Irrtum handeln«, sagten sie, sobald sie auf dem Stuhl saßen.

»Wir haben uns noch nie geirrt«, antwortete Fuchs.

Nachdem man den Betroffenen bewiesen hatte, daß sie die Betroffenen waren, mußte man ihnen meist gar nichts mehr beweisen. Auch darüber wunderte sich Fuchs: daß viele praktisch ohne Verteidigung zusammenbrachen. Dabei war das Strafmaß durchaus nicht festgelegt. Es gab die Kündigung, die fristlose Kündigung, die Abfindung, die Beurlaubung, den vorzeitigen Ruhestand, die Degradierung auf einen unbedeutenden Posten bei halbem Gehalt, ja es gab sogar die Beförderung auf einen unbedeutenden Posten mit gleichem Gehalt. Das alles war eine Frage der Verhandlungsposition – und seine Aufgabe war es, diese Verhandlungsposition auf seiten des Mitarbeiters mit allen Mitteln zu schwächen. Auch hierbei war die Angst Fuchs' Verbündeter: Er mußte nur in die Abteilung des jeweiligen Mitarbeiters gehen. Allein sein Auftauchen nahm vielen den Mut: Sie berichteten bereitwillig von persönlichen Schwächen des Kollegen, beschrieben ihn als launisch, egoistisch, unpünktlich. Selten mußte Fuchs Zeugen in das Böding-Zimmer rufen – meistens unterschrieben sie mit einem Aufatmen das Gesprächsprotokoll, das ihnen seine Leute vorgelegt hatten. In der Zwischenzeit waren sie zu Stillschweigen verpflichtet. Ein eigenartiger Effekt davon war, daß viele versuchten, sich dem Kollegen zu nähern, ihm Mut zu machen, ihn bei privaten Problemen zu beraten, auf kleine Fehler hinzuweisen und gleichzeitig zu loben. Der Nutzen war kaum zu übertreffen: Einerseits wurde der Betroffene im Vorfeld der Ermittlungen über diese im unklaren gelassen, andererseits war sein Schock im Böding-Zimmer um so größer, je mehr ihm klar wurde, daß seine vermeintlich loyalsten Mitarbeiter ihn angeschwärzt hatten.

»Faszinierend«, fand Fuchs. Denn über all dies war nie ein Wort gefallen: Es war nicht so, daß er jemanden zur Denunziation gedrängt hätte, daß er Verrat verlangt, daß er über das »Schweigen im Firmeninteresse« hinaus irgendwelche Lügen eingefordert, mit etwas Konkretem im Falle der Dekonspiration gedroht hätte. Es geschah einfach. Er mußte das System nur an ein paar Stellen verbessern, und es perfektionierte sich von selbst.

Angestellte, die in der Hierarchie der VERBAG ganz oben standen, waren schwieriger zu knacken. Ihretwegen mußte man ein wenig erfinderisch werden. Ein Weg war das Inkasso-

und Auskunftsunternehmen Faulkreutzer GmbH, mit dem die VERBAG offiziell nichts zu tun hatte. Die Faulkreutzer beobachteten die Betroffenen und wurden meistens fündig: außereheliche Beziehungen, Bordellbesuche, Steuervergehen. Nicht, daß man jemanden wegen solcher Kleinigkeiten hätte entlassen können, vielmehr war es wichtig, in Erfahrung zu bringen, wer davon *nicht* wissen durfte.

Bei einigen, den wenigsten schließlich, waren all diese Dinge ohne Belang. Es waren jene, die sich richtiger Vergehen schuldig gemacht hatten. Sie kamen herein, sagten, sie wüßten, um was es gehe – und unterbreiteten ein Angebot. In diesen Fällen hatte Fuchs nicht viel zu tun, außer sich die Abfindungssummen einzuprägen, für den Fall, er würde eines Tages auf der anderen Seite sitzen.

»Und Sie haben nie Angst, einmal auf Ihrer eigenen Liste zu stehen?« fragte Carola Boldoni spöttisch.

»Im Gegenteil, ich versuche seit Jahren, mich selbst zu überführen«, sagte Fuchs, und Carola fühlte ein angenehmes Kribbeln.

Gummer trank Bier und ließ seinen Blick den Tresen entlangschweifen, an dem einige zähe Biertrinker wie festgeschraubt auf ihren Barhockern saßen, andere lauthals mehr Bier bestellten, Frauen, die Zigarette im Mundwinkel, ihn taxierten. Gläserklappern und aus der Stereoanlage Popmusik, in einer Ecke ein paar verirrte Asiaten, sie trugen Anzüge und diese Schapkas mit dem roten Stern, die man tagsüber bei den Souvenirhändlern am Tor erwerben konnte. In ihrer Mitte saß ein junges Mädchen (wie jung? fragte sich Gummer), lachte und zog den Asiaten die Pelzmützen über die Augen. Die Asiaten lachten auch, zumindest mit dem Mund.

Die angekündigte »Live-Show« hatte noch nicht begonnen, auf der Bühne standen nur ein paar Kisten und ein Mikrophon herum. Gummer plante, die Darbietung abzuwarten und dann möglichst schnell zu verschwinden. Hugo Stunz hatte bei seinem letzten Besuch zum Ausdruck gebracht, er würde sich über einen Besuch im »Schweinemagen« am Freitag sehr freuen, besonders »wegen der Live-Show«, wobei er keinen Zweifel daran ließ, daß ihn Gummers Fehlen außerordentlich verdrießen würde. An den Tresen gelehnt, hielt Gummer nach ihm Ausschau, und tatsächlich – am anderen Ende sah er ihn, immer noch als Weihnachtsmann verkleidet. Er unterhielt sich mit einem Mann, der einen schwarzen Zorro-Umhang und ein schwarzes Schiffchen auf dem kahlen Kopf trug.

Eine Hand legte sich auf Gummers Schulter. »Darf ich Sie zu einem Glas einladen?«

Bernie Morgen. In seinem Ausgehanzug mit rotem Seidenschal. Morgen hatte sich den ganzen Tag lang an die Fersen des Weihnachtsmanns geheftet und hielt nun einen Stapel »Optionsscheine«, wie er sie nannte, in der Hand, die er in flüssige Genußmittel umtauschen wollte.

»Zwei Bier, bitte! Für mich und meinen Freund!« rief Bernie jovial, und die nicht mehr junge Kellnerin nickte mißmutig.

Auf der Bühne – einem niedrigen Podest vor einem zugemauerten Gewölbebogen – war mittlerweile der Mann im Zorro-Umhang mit den Kisten beschäftigt. Auf den Kisten klebten kleine goldene Sterne.

»Prost!« sagte Bernie.

Gummer hob seinerseits das Glas. »Auf die Börsenkurse!«

»Oh, sagen Sie so was nicht …!«

»Wieso?«

»Man soll es nicht beschreien.«

»Was soll man nicht beschreien?«

»Wissen Sie, Cordt«, Bernie Morgen senkte seine Stimme, »man kann auf ein erfolgreiches Geschäft oder vielleicht auf eine *bestimmte* Aktie trinken. Aber man darf nicht auf die Ak-

234

tie an sich trinken – das bringt Unglück, Turbulenzen, Kurs-
verluste. Es wäre so, als würde der Papst sich in Rom in eine
Pizzeria setzen, ein Glas Rotwein bestellen und dann sagen:
›Auf Jesus Christus‹ – das geht nicht.«

»Verstehe.« Gummer nippte an Bier Nummer zwei. Er mußte
an Valeska denken, wie sie nach einer Woche wiedergekom-
men war; er las gerade in einem Buch über die Geschichte der
Relativitätstheorie, wobei er mit Schaudern feststellen mußte,
daß selbst Einstein, immerhin eines der größten Genies des
nun dem Ende entgegengehenden 20. Jahrhunderts, geraume
Zeit seines Lebens in der muffigen Amtsstube eines Schweizer Patentamtes zugebracht hatte. Erschreckend daran war
weniger, daß es so war, als vielmehr die Tatsache, daß es ihm
dort gefallen hatte.

»Gemütlich bei Ihnen«, sagte Valeska, Gummer legte das Buch
zur Seite und nahm die Füße vom Papierkorb.

»Wie man's nimmt«, antwortete er. »Darf ich Ihnen einen Kaffee anbieten?«

»Gerne.«

Gummer goß Kaffee ein und blickte versonnen auf einen kleinen Leberfleck an ihrem Schlüsselbeinansatz.

»Sie wollen sicher Ihre Depotauszüge abholen?«

»Stimmt. Und dann will ich diese Aktien wieder verkaufen.«
Und damit begann jene eigentümliche Serie von An- und Ver-
käufen: Valeska kaufte Aktien, die in der darauffolgenden Woche beträchtlich stiegen, verkaufte sie wieder, um sogleich andere zu kaufen, deren Kurve wiederum zielstrebig innerhalb
einer Woche nach oben ging. Nach jedem Verkauf behielt sie
einen Teil des Gewinns ein.

»Sie haben eine glückliche Hand, was Aktien betrifft«, sagte
er. Er mochte die Art, wie sie sich bewegte, und er mochte ihr
amüsiertes Lächeln, die Farbe ihrer Haare, und er mochte ihren Geruch.

»Sie mögen van Gogh?« fragte sie.

Die Asiaten waren irgendwo zwischen Bier Nummer 5 und 8 angelangt, lachten Tränen über Witze, die außer ihnen niemand verstand. Das Mädchen lachte auch und warf Gummer zweideutige Blicke zu. Bernie Morgen tauschte weiter Gutscheine ein und versorgte ihn mit Bier. Gummer trank. Das Mädchen war blond, hatte ein Magazingesicht: dunkle Augen und einen großen, raffiniert mit Lippenstift betonten Mund. Im Gesicht sieht sie aus wie sechsundzwanzig, dachte Gummer, sonst wie sechzehn. Erneut blickte er den Tresen entlang und versuchte, Hugo Stunz zuzuwinken, als Zeichen, daß er gekommen war, und in der Hoffnung, bald wieder gehen zu können. Der Tresen war sehr lang, das Holz mit den Jahren immer dunkler geworden; an der Wand dahinter erstreckte sich ein ebenso langes Regal, in dem eine wohlgeordnete Sammlung Flaschen auf Gäste wartete. Teile der Rückwand bestanden aus einem großen Spiegel, in dem sich der winklige Keller ins Unendliche verlor. Hugo Stunz würdigte Gummer keines Blickes. Nach der Unterhaltung mit dem Zorro-Mann hatte er sich der Bühne zugewandt und trank schweigend sein Bier.

»Noch eine Runde!« Bernie war in Stimmung, während die Frau hinter dem Tresen übellaunig auf seine »Optionsscheine« blickte.

»Ham Se kein richtiges Geld?«

»Weihnachtszeit im ›Schweinemagen‹!« konterte Bernie scharf, hielt ihr die zerknitterten Wurfzettel unter die Nase und nahm seufzend die nächsten zwei Halben in Empfang. »Jetzt wird alles gut!«

Das 16/26-Mädchen tanzte zur Musik aus den Lautsprechern vor den Asiaten, die dazu den Takt klatschten, sie trug ein enganliegendes T-Shirt und darunter wahrscheinlich nichts. Puh, dachte Gummer und lockerte seine Krawatte.

Genau in diesem Moment kam sie die Treppe heruntergestökkelt. Er bemerkte sie nicht, weil er Richtung Bühne blickte, obwohl die Darbietung noch immer nicht begonnen hatte.

»Guten Abend, Madame«, Bernie Morgen verneigte sich. Gummer drehte sich um – zu spät, um Iris Puh davon abhalten zu können, ihm einen Kuß auf die Wange zu geben.

»Mein Süßer!« hauchte sie mit rauchiger Stimme, aber laut genug, daß die Umstehenden es hören konnten.

Gummer errötete. Die Asiaten prosteten ihm zu.

Iris Puh winkte dem 16/26-Mädchen. »Willst du mir nichts bestellen?« fragte sie, öffnete den Reißverschluß ihres Nappalederoveralls ein wenig und nahm sich Gummers Zigaretten vom Tresen. »Na?«

»Ja, was würden Sie ...?«

»Sekt natürlich.«

»Einmal Sekt für uns!« rief Bernie Morgen.

»Sekt gibt's nur für richtiges Geld!«

»Sieht mein Freund hier etwa wie ein armer Schlucker aus?« Bernie legte einen Arm um Gummer.

»Ich ...«

»Nein, er hat recht«, sagte Iris Puh, »Sie sehen sehr ...« Sie machte eine Handbewegung wie jemand, der vor einem großen, aufwendig eingepackten Geschenk steht und nicht weiß, an welcher Stelle er die Schleife lösen soll. »Sie sehen sehr ... männlich aus.«

Carola Boldoni seufzte, als ihr Fuchs die Tür des Restaurants aufhielt.

»Wollen wir noch etwas trinken gehen?« fragte er.

»Warum nicht.«

Fuchs fuhr ein schwarzes Sportcoupé. Carola nahm den feinen Geruch der Ledersitze wahr. Sie fuhren an neuen, marmornen Fassaden vorbei, unter den neuen, hellen Straßenlaternen hindurch. Fuchs überholte einen Kleinwagen, der mit seinem knatternden Zweitaktmotor die Bordsteinkante entlangkroch. Carola wurde in den Sitz gedrückt, als Fuchs beschleunigte, er legte, ohne daß sie zu widersprechen wagte, seine Hand auf die Innenseite ihres Knies, der Wagen fuhr über eine Bodenwelle, und Carola genoß den Augenblick der Schwerelosigkeit, gepaart mit dem Kitzel jenes unerhörten, begehrlichen Drucks an ihrem Innenschenkel.

Die Musik hatte aufgehört.

Statt dessen ertönte ein Trommelwirbel. Über der Bühne ging ein Spot an, warf einen scharf umrissenen Lichtkegel durch die rauchige Luft, in dessen Schein der dünne Mann im Zorro-Umhang stand.

Er sei der »Große El Mondo«, verkündete er.

Trotz des Trommelwirbels war der Lärm im »Schweinemagen« kaum zurückgegangen.

Der »Große El Mondo« hatte keine Assistentin. Wenig beachtet, begann er mit Kartentricks. Dazu mußte ein »Kandidat« aus dem Publikum eine Karte ziehen, und zwar so, daß El Mondo sie nicht sehen konnte. Danach mischte er das Blatt, legte es umgedreht auf eine seiner mit goldenen Sternen beklebten Kisten, hielt sich die Zeigefinger an die Schläfen, schloß die Augen und teilte nach einem kurzen Augenblick dem erstaunten Publikum mit, welche Karte der Kandidat gezogen hatte. Zumindest theoretisch. Der »Große El Mondo« durchschritt die vorderen Reihen seines Publikums, aber niemand wollte eine Karte ziehen.

Vor Gummer blieb er stehen und hielt ihm das aufgefächerte Rommé-Blatt hin. Gummer schaute sich um. Iris Puh und Bernie stupsten ihn in die Seite.

Gummer sagte: »Warum nicht«, und zog eine Karte. Dabei sah er El Mondo an. El Mondo trug ein Monokel. Und er sah Gummer an. Vielmehr durchbohrte er ihn mit seinem unnatürlich vergrößerten Monokelblick. Gummer mußte an Renn, den Pförtner mit dem Glasauge, denken.

»He! Sie haben Karrrte angesehen?« fragte El Mondo.

»Ja.«

»Gutt … Serr gutt.«

El Mondo machte auf dem Absatz kehrt, ließ seinen Umhang

wehen und schritt Richtung Bühne. Gummer hatte keine Ahnung, was nun zu tun war, die Karte hielt er noch immer in der Hand. Trommelwirbel erklang. Auf der Bühne legte sich El Mondo die Finger an die Schläfen, schloß die Augen. Plötzlich riß er sie auf, der Wirbel brach abrupt ab, das Monokel fiel heraus, baumelte an einer Schnur vor der Brust.

»Piiiiiik-Acht!« kreischte El Mondo in das Mikrophon, wobei er seine Hand ruckartig nach vorne ausstreckte. Der Spot schwenkte auf Gummer.

»Stimmt!« Bernie Morgen zerrte begeistert die Karte samt Gummers Arm in die Höhe. Spärlicher Applaus kam aus den vorderen Reihen. El Mondo drückte wieder auf einen Knopf an der Kiste, und ein Marschmusik-Jingle erklang, der mit gedämpftem Klatschen unterlegt war.

»Und das«, sagte er düster, »warrr erst derr Anfang.«

Sie tanzten. Er führte sie auf eine gebieterische Weise, und sie folgte ihm. Manchmal sahen sie sich in die Augen, und manchmal sah sie an seiner Schulter vorbei zur Bar, wo ein dunkelhäutiger Barkeeper mit Fliege Cocktails mixte und ein paar sehr gut angezogene Männer sich mit ein paar sehr gut aussehenden Frauen unterhielten. Ab und zu rutschte seine Hand etwas tiefer, und er verstärkte den Druck auf ihre Taille. Das Lied verklang. Fuchs führte sie lächelnd zurück an die Bar, wo er dem Barkeeper, nachdem der ihre Cocktails auf den Tresen gestellt hatte, einen Schein in die Hand drückte und mit einer lässigen Bewegung auf das Wechselgeld verzichtete. Sie wußte, all diese Gesten, all diese Gewandtheit und das Selbstbewußtsein, das Fuchs ausstrahlte, waren antrainiert, eingeübt, eine Fassade. Aber das war gerade das Anziehende – der wahre Kern, den sie darunter verborgen glaubte …

»Und nun! Wir machen verschwinden Mann!«

»Ja, genau, hau ab!« rief jemand aus den vorderen Reihen.

El Mondo verzog den rechten Mundwinkel zu einem abfälligen Grinsen. »Bierr trinken: leicht, machen verschwinden Mann: schwerrr!«

Er bahnte sich einen Weg durch die Menge. Jeder versuchte, dem Monokelblick auszuweichen. Ohne ein Opfer für den Verschwindetrick gefunden zu haben, marschierte er wieder nach vorne.

»*Bueno* – heute ist besonderrre Taak. Heute nicht verrr- schwinden einfache Mann.« El Mondo nickte, als wollte er sich selbst beipflichten. »Ist Weihnachtszait, und deshalb wirrr machen verrrschwinden WEIHNACHTSMANN!« Das letzte Wort brüllte er fast in das Mikrophon, das seine Stimme verzerrt wiedergab, gleichzeitig winkte er mit seiner rechten Hand.

Das war der Auftritt von Hugo Stunz alias Sankt Nikolaus.

Er stand wie ein vergessener Riese aus einem ebenso vergesse- nen Märchen mit hängenden Schultern neben El Mondo. Gum- mer, Iris Puh und Bernie Morgen klatschten. Der Weihnachts- mann wirkte nervös. El Mondo schob ihn in die größte seiner mit Sternen beklebten Kiste, in die Hugo gerade so hineinpaßte.

»Das schafft er nie«, meinte Bernie.

»O doch«, entgegnete Gummer, dem in diesem Augenblick einfiel, daß um ihn herum ständig irgendwer verschwand.

El Mondo schloß die Kiste und ließ seine Hände darüber krei- sen, murmelte eine Zauberformel und drehte sich dann mit verschränkten Armen um. Hinter ihm öffnete sich der Deckel der Kiste, und der Kopf des Weihnachtsmanns kam heraus. Alle lachten.

»Siehst du!« rief Bernie.

»Abwarten.«

El Mondo schob den Weihnachtsmann zurück in die Kiste, sprach noch beschwörender seine Zauberformel, stellte sich neben die Kiste und wandte sich abermals mit verschränkten Armen dem Publikum zu. Er nickte und lächelte herablas- send. Die Vorderseite der Kiste klappte auf.

Kein Weihnachtsmann, kein Hugo, nichts war darinnen.

Vielleicht, dachte sie, vielleicht ist er ja in Wirklichkeit .... Er begann, sie zu küssen, sie erwiderte seinen Kuß, um sie herum Lichter, Menschen, ja, dachte sie, ja, Fuchs drückte sie an sich, ihr wurde ganz schwindelig, was für ein wundervoller Abend, sie tastete nach ... ob sie jetzt wohl zu ihm gingen, sie würde sehen, wie er lebte, wie er war, wie er *wirklich* war, eine schweigsame Nacht und am Morgen ein vertrautes Gesicht, und die Sonne, vielleicht, die durch die Fenster schien, auf sie beide, matt und umschlungen, morgen war Samstag, Wochenende, niemand mußte ins Büro, ein gemeinsames Frühstück, der Duft von frischem –

»Und jetzt wirr zersäggen Frrrau!«

Iris Puh zögerte. Ließ sich dann aber doch von El Mondo auf die Bühne bitten. Gummer war betrunken. Erst als sich Iris Puh bereits in die Kiste gelegt hatte, in der El Mondo sie gleich zersägen wollte, bemerkte er, daß sich das 16/26-Mädchen neben ihn gestellt hatte, sich geradezu an ihn schmiegte. Er drehte sich um. Sie machte einen Schmollmund, fuhr sich mit der Zunge über die Lippen, er sah auf ihre spitzen Brüste, und sie sah unschuldig vor sich hin.

»Willst du mir nix bestellen?«

Gummer wankte.

»Errrst ich stossse in Frrrau zwei scharrrfe Säbbel von Seite!« rief El Mondo.

»Was ... was willst du denn?« Gummer gab sich Mühe, nicht zu lallen.

Sie wollte etwas Gemixtes mit sehr viel Eis. Als sie es in der Hand hielt, saugte sie auf anzügliche Weise an dem Strohhalm.

»Nunn ich steche Dolch in Brrust von Frrau!«

Er führte sie in eine Art Nebenraum mit dunkel bezogenen Sesseln. Vielleicht ein Raum für geschäftliche Besprechungen? Nein, dachte sie, bereits leicht betrunken, das ist – ein

241

Séparée! Gerade noch hatte sie mitbekommen, wie er dem Barkeeper einen weiteren Schein in die Hand gedrückt hatte – und nun waren sie in einem Séparée. Sie genoß dieses Wort – *Séparée*, es hatte etwas Zeitloses, erinnerte sie an romantische Filme und rote Samtvorhänge. Fuchs nahm die Flasche aus dem Sektkübel und schenkte ein. Sie trank, lehnte sich zurück in die Polster; er beugte sich über sie, küßte sie, schob ihren Rock –

»Findest du meine Brüste zu klein?« fragte sie.

»Wie? Was?« Gummer blinzelte benommen; das Mädchen zog an seiner auf halb acht hängenden Krawatte, strich über seinen Innenschenkel.

»Und nunn – ich zerrrsägge Frrrau!«

Das Publikum hielt den Atem an.

Er zog ihr Strumpfhosen und Slip herunter. Es war komisch. Etwas war nicht richtig. Aber sie hatte nicht den Mut gehabt, sich zu sträuben, und eigentlich war ja auch alles so romantisch, und sie hatte so etwas noch nie gemacht, und dann, ganz plötzlich, war alles so komisch und gar nicht mehr romantisch. Sie wollte etwas sagen, aber er kam ihr zuvor, und etwas war da mit seiner Stimme, und –

»Sägge serrr, serrr scharrrfff!« erklärte El Mondo unbeirrt.

Sie dachte, manchmal muß das eben so sein, sie hatte davon gelesen, Männer waren manchmal so, er sagte sanft, sie solle sich zurücklehnen, sie solle sich nicht verkrampfen, er wisse, was sie wolle, was sie alle wollten, er wolle schließlich dasselbe, und sie wollte aufspringen, wegrennen, sie hatte die Wahl zwischen Losschreien und Heulen, oder sie konnte sich sagen, das sei eben so, konnte zusehen, daß auch sie ihren Spaß bekäme, man muß auf seine Kosten kommen, das war es, auf seine Kosten kommen muß man, komm schon, du willst es doch, du willst es –

Der Große El Mondo hatte Iris Puh durchgesägt, schob nun die Teile, zwei der mit goldenen Sternen beklebten Kisten, auseinander und ging dazwischen hindurch. Iris Puh, zersägt, blickte ausdruckslos in die Scheinwerfer. Die meisten Gäste hatten ihre Biergläser abgestellt und starrten mit offenem Mund zur Bühne. Gummer sah abwechselnd nach vorne und küßte dann wieder das 16/26-Mädchen, obwohl er ahnte, daß das keine gute Idee war.

»Kaum zu glauben«, flüsterte Bernie Morgen.

»Haaarrr! Haarrr!« lachte El Mondo. Er stemmte die Hände in die Hüften und schaute in die Tiefe des Kellergewölbes, dabei nickte er auf eine hochmütige, wissende Art mit dem Kopf. »Haarrr, haarrr!« Schließlich hob er die rechte Hand, winkte, die Handflächen nach innen gekehrt, seinen kleinen, unwissenden Zuschauern, die erst verhalten, dann immer frenetischer applaudierten – bis er die Handflächen gebieterisch von innen nach außen wischte.

»Und nun wirrr macken wiederrrr zusammen – als ist nichts gewässen!«

Als er sie nach Hause fuhr, kam ihr die Stadt zum ersten Mal so vor, wie sie sich fühlte: kalt, unübersichtlich und leer. Ihr Körper tat ihr weh, sie hatte Kopfschmerzen, einen öligen Geschmack im Mund und eine Laufmasche in der Strumpfhose. Fuchs' Wagen hielt vor ihrem Haus, sie flüsterte: »Auf Wiedersehen«, stieg aus und ging zur Haustür, ohne sich noch einmal umzudrehen. Als sie im Treppenhaus stand, sagte sie sich, daß sie demnächst den Hausmeister anrufen und sich über die schlampige Hausreinigung beschweren werde. Es war nach Mitternacht. Sie ging die Treppen hinauf und sah aus einem der nachlässig geputzten Fenster in den Hof, wo ein vielleicht zwölfjähriger Junge mit einem schweren Bolzenschneider gerade das Fahrrad ihres Nachbarn knackte. Der Nachbar hatte keinen Führerschein mehr, seitdem seine Frau ihn verlassen hatte, weil er damals schon ein Trinker war, als er noch ein Auto hatte, das er nun nicht mehr hatte und gleich auch kein Fahrrad mehr.

In ihrer kleinen, aufgeräumten Wohnung schaltete sie den Fernseher an und aß einen Becher Früchtequark; eine Talk-Show lief, der Moderator war im Gespräch mit einem amerikanischen Fotomodell, die Frau war bekannt geworden durch Werbung für Strumpfhosen, er machte einen Witz, daß er ihr die Strumpfhosen gerne mal ausziehen wolle, sie lächelte nachsichtig, Carola Boldoni unterdrückte das Bedürfnis, ins Bad zu rennen, aß Früchtequark, das Fotomodell war aufgestanden, verabschiedete sich, und der Moderator sah sehr klein aus neben der schönen Frau, und alle wußten, nie würde er auch nur in die Nähe dieser Strumpfhosen kommen, und sie lächelte und wußte, sie würde noch mehr davon essen, sie würde es sich so richtig gemütlich machen, sie würde den ganzen verdammten Kühlschrank leer machen und danach ins Bad gehen und den Finger in den Hals stecken, und die Zuschauer applaudierten, und der Moderator winkte, und danach kam Werbung für Früchtequark, Schokopralinen, Tiefkühlpizza, Diätmargarine und Gnocchi mit Sahnesauce, und dann kam der

Klick

Klick

Klick

»Es geht nich.«
»Warum geht's nich?«
»Weil sie nich brennt, die Zecke, darum.«
»Kann doch gar nich sein.«
»Ich hab die ganze Pulle Fusel drüber gekippt, aber ...«
»Umti, dumti, dideldidum ...«
»Da kommt jemand!«
»Mir doch egal!«
Warmes Blut lief Willy Bein über die Wange, als er auf dem Bauch im Rinnstein lag. Vielleicht kam tatsächlich jemand.

Die Aufmerksamkeit seiner Peiniger schien abgelenkt, und Willy kroch mit der zu langsamen Bewegung einer zum Aussterben verurteilten Schildkrötenart in irgendeine Richtung.

»Umti, dumti, dideldidum …«

Willy verharrte. Er wußte nicht, wer da singend um die Ecke bog, aber bei seinem Glück konnte es nur jemand mit einem vollen Benzinkanister sein.

»Wat is 'n det für 'n Clown!«

Wieder hörte er das Surren des Baseballschlägers und zog den Kopf ein. Der Schläger wurde von irgend etwas gestoppt und fiel neben ihm zu Boden. Er vernahm ein Klatschen, wie wenn jemandem mit großer Wucht eine Faust ins Gesicht geschlagen wird und dadurch etwas Häßliches mit seiner Nase passiert. Er hörte dumpfe Schläge, Stöhnen, Wimmern, dann Schritte auf dem Pflaster, die sich schnell entfernten, leiser wurden und schließlich nicht mehr zu hören waren.

Vorsichtig drehte er den Kopf. Neben sich sah er ein paar große schwarze Cowboystiefel mit roten Stickereien und einer schmutzigen Watteborte am Stiefelschaft.

Dann wurde er hochgehoben.

Willy Beins Beine baumelten in der Luft, und er blickte in das rosige Gesicht des Weihnachtsmanns.

»Meine Fresse«, sagte der Weihnachtsmann.

Er riecht nach Bier, dachte Willy.

»Meine Fresse, das ist doch Willy Bein!«

»Gut'n Abend«, sagte Willy Bein.

Circe

»**Was ist denn mit dir passiert?**« fragte Frau Stunz, als sie ihren Mann in der Wohnzimmertür stehen sah. Der Fernseher
lief, und Frau Stunz, knapp zwei Zentner schwer und annähernd so groß wie Hugo, räkelte sich in ihrem Bademantel
auf dem Fünfersofa einer orangefarbenen Sitzgruppe, die
irgendwann in den siebziger Jahren einmal teuer gewesen sein
mußte.

Hugo Stunz' Blick war glasig, der Wattebart halb abgerissen,
der Bommel seiner Weihnachtsmannkapuze hing an einem
einzelnen Faden bis zur Schulter herab.

»Ich mußte mal Dampf ablassen.«

Neben ihm drückte sich Willy Bein in den Türrahmen. Ge-
trocknetes Blut klebte auf seiner Stirn, und seine Nase war rot
und geschwollen, so daß er einem verwahrlosten Gartenzwerg
glich.

»Guten Abend«, sagte Willy.

Frau Stunz sah ihn an.

»Hast du etwa an *dem da* Dampf abgelassen? Bravo. Das is
mein Mann. Ein echter Siegfried. Ein Held vom Scheitel bis
zur Sohle. Und natürlich wird das gefährliche Monster gleich
mit nach Haus geschleppt!«

»Helma, bitte ...!«

»WAS«, fragte sie, »hast du denn jetzt mit ihm vor? Ihn aus-
stopfen und über unser Bett hängen?!«

Willy wollte sich verkrümeln, Hugo hielt ihn zurück.

»Is gleich vorbei«, raunte er.

»GAR NICHTS IST GLEICH VORBEI! ICH HAB NOCH NICH
MAL RICHTIG ANGEFANGEN!«

»Warum seid ihr denn so laut?« Stunz junior stand in der anderen Tür, rieb sich die Augen.

»Dein Vater ist zurück vom Dampfablassen. Geh wieder schlafen, Rico.«

»Papa …«, murmelte Rico und sah sich im Wohnzimmer um, »wer ist denn der Mann da?«

»Einer von Papas Saufkumpanen!«

»Guten Abend«, sagte Willy Bein.

»ES REICHT!« Hugos Gesicht war tiefrot.

»Ach, war was?« fragte Helma.

»Das ist der Willy, Willy Bein, 'n ehemaliger Kollege … ich war im »Schweinemagen« … noch auf'n Bier … und so …«

»Und so?«

»Na ja dann, auf 'm Nachhauseweg … da waren diese Kerle, die ham' ihn so zugerichtet … und …«

»Und was? Willst du hier noch lange so herumstehen? Na los! Such nach dem Verbandszeug!«

Hugo stand einen Moment lang mit hängenden Schultern da.

»Ja … bloß wo ist das denn nun?«

»Wahrscheinlich da, wo du's nach deinem letzten *Dampfablassen* hingeworfen hast!«

Hugo verschwand; Willy ließ sich, ohne daß er dazu aufgefordert worden wäre, in einen Sessel fallen. Er fühlte sich unendlich müde.

»Und, Herr Bein«, fragte Helma, »was machen Sie sonst so, wenn Sie meinem Mann nich gerade beim Dampfablassen assistieren?«

Willys Körper tat weh. Nicht nur die geschwollene Nase, der angebrochene Finger, die geprellten Rippen, sondern der ganze Körper fühlte sich an wie ein einziges, riesiges Hämatom. Er starrte auf den Fernseher. Ein Film aus den sechziger Jahren lief, in dem eine Gruppe entlassener britischer Elitesoldaten in schwarzen Rollkragenpullovern den Tresor der Bank von England ausplündern wollte.

»Ich suche …«, erklärte Willy schwach.

»Natürlich. Das«, Helma wandte sich ihrem Sohn zu, während im Hintergrund Hugo im Badezimmer klapperte, »ist auch so 'ne Marotte der Männer: Wenn sie nich gerade Dampf ablassen, suchen sie irgendwas.«

»Tut's weh?« Rico streckte vorsichtig die Hand aus.

»Verdammt«, flüsterte Hawkins, als er vor der platinschimmernden Tür der Bank von England stand, »die haben diese neuen Infrarotsensoren. Wollen wir's trotzdem wagen, Major?«

»Ja«, sagte Willy Bein.

»Oh«, Rico zog die Hand wieder zurück.

»Keine Panik«, sagte der Major.

Hawkins benutzte eine Art Angel, um über die Infrarotlichtschranken hinweg die Alarmanlage der Bank von England zu deaktivieren. Die Angel zitterte, und auf Hawkins' Stirn zeigten sich einige glitzernde Schweißperlen.

»Ich ha-abs!« rief Hugo.

»Hawkins, Sie sind ein Teufelskerl!«

»Und nun?« fragte Helma Stunz ihren Mann, der mit einer offenen Kiste zurückkam, aus der Medikamentenschachteln und Verbandszeug quollen, »willst du ihm einfach ein Pflaster über den ganzen Dreck kleben?«

»Der Rest ist ganz einfach. Mit diesem hochempfindlichen Richtmikrophon habe ich die Kombination in vier bis fünf Minuten raus …«

»Ja … wie …«, begann Hugo.

»Hawkins, ich gebe Ihnen drei Minuten – und keine Sekunde mehr.«

»Jawohl, Sir! Drei Minuten, Sir!«

»Das ist typisch, Gäste anschleppen und dann nichts mit ihnen anfangen können!«

»Noch 2 Minuten und 45 Sekunden, Hawkins!«

»Mhm … also …«

»Ich bin gleich soweit, Major.«

»Ich sag dir mal was: Dein Kollege hier nimmt jetzt erst mal ein heißes Bad.«

Helma Stunz drehte sich zu Willy. Willy hätte gerne gesehen, ob Hawkins den Tresor aufbekam und was da wohl drin war, in so einem Bank-von-England-Tresor. Andererseits sah Helma Stunz nicht so aus, als ob sie einen Widerspruch geduldet hätte. Er nickte.

Wenig später lag Willy in der geräumigen Badewanne der Familie Stunz. Kleine Schauminseln umschwammen ihn, Wasserdampf stieg auf. Das Wasser war sehr heiß, und er versuchte, sich zu erinnern, wann er das letzte Mal heiß gebadet hatte. Es mußte sehr lange her sein. Er lehnte den Kopf zurück und döste.

»Geht's besser?« fragte Helma Stunz ruppig, als sie, ohne anzuklopfen, die Tür aufriß und Willy ein frisches Handtuch, ein zu groß gekauftes T-Shirt ihres Sohnes und eine Trainingshose mitbrachte.

»Ähm«, antwortete Willy.

»Ach du meine Güte …«, sagte Helma.

Es war Willy ziemlich egal, ob Helma Stunz anklopfte oder nicht. Es war ihm auch egal, was sie im Badezimmer wollte. Schließlich war es nicht sein Badezimmer. Wie ein Zwergnilpferd lag er mit halbgeschlossenen Augenlidern in der Wanne, und, nun ja, es ging ihm besser.

Helma legte langsam Handtuch und Kleidung auf einen kleinen Hocker, während sie ungläubig zwischen den Schauminseln hindurch auf Willy starrte. Vielmehr – auf Willys Willy.

Es gab also noch etwas, was an Willy, außer seinem Kopf, natürliche Größe besaß. Wobei festzuhalten wäre, daß Willys Willy den Durchschnittswilly nur um zwei, allenfalls drei Zentimeter übertraf, jedoch im Verhältnis zu dem sehr kleinen Rest-Willy riesig wirkte. Es war eine Art perspektivischer Trick der Natur, und Helma Stunz ließ sich täuschen. Sie ver-

249

gaß den brackigen Geruch, der von Willys Badewasser ausging. Sie war fasziniert.

»Also, Herr Willy – ich meine, Bein, ich habe da 'n paar frische Sachen hingelegt, und wenn ich sonst noch etwas ...«

»Mhmm ...« Willy war dankbar.

So kam es, daß Willy Bein die folgende Woche bei Familie Stunz auf der Couch lag, abwechselnd schlief und Fernsehen schaute, außerdem sehr oft baden durfte.

»Jetzt, wo du ihn angeschleppt hast, kannst du ihn doch nich gleich wieder auf die Straße setzen, den armen Kerl.«

»Ich hab ihm mal 'nen Schraubenschlüssel an den Kopf geworfen«, erinnerte sich Hugo.

»Um so schlimmer. Schau ihn dir doch an. Halb verhungert und zusammengeschlagen. Den hat's übler erwischt als uns.«

Willy genoß sogar das außergewöhnliche Privileg, daß für ihn der Videorecorder angeschlossen wurde, den Helma unter der Woche vor dem Gerichtsvollzieher verbarg.

»Was würdeste denn gerne sehen, Willy?« fragte Hugo.

Willys Kopf kippte nachdenklich zur Seite.

»›Zwei Gentlemen räumen ab‹.«

»Diesen ollen Schinken mit Heinemann?«

Willy nickte.

Vom Sofa aus sah Willy Bein alle Filme, die auch nur entfernt etwas mit dem Öffnen von Geldschränken zu tun hatten. Manche sah er sich zweimal an.

Das erste, was ihm dabei auffiel, war, daß nicht nur Banken große Tresore hatten: In den Filmen wurde in Postämter, Kaufhäuser, Geldtransportfirmen, Druckereien, Eisenbahnwaggons und sogar Großbäckereien eingebrochen, und überall fand sich an irgendeiner Stelle, meist im Keller, ein Tresor.

Punkt zwei war, daß alle diese Tresore sich, ähnlich wie Willys geliebte Maschinen, voneinander unterschieden. Jeder Typ hatte seine eigenen Finessen, und oft verbrachte er Minuten vor den Standbildern der Filmgeldschränke – er wußte ja nicht, welcher Tresortyp ihn in dem Bankcontainer erwartete.

Die Frage des Typs führte unmittelbar zu Punkt drei: dem Öffnen. Dynamit, Schneidbrenner, Brechstange waren gängige Methoden, doch verblaßten sie angesichts der hohen Kunst, einen Geldschrank nur mit dem Kopf und mit den Händen zu knacken. Willy war begeistert von jenen Filmen, in denen sich die Tresorbauer raffinierte Sicherungen ausgedacht hatten, nur damit eines Tages ein Meisterdieb kam, der diese Maßnahmen mit noch raffinierteren Methoden umging.

»So«, flüsterte Willy, »so muß man's machen.«

Jeder Tresor schien zu warten, wie eine Prinzessin in einem Bett unter der Erde, auf einen, der käme, ihre feine Mechanik, ihre Verschlossenheit zu ergründen.

»Wissen Sie, Hawkins, woher das Wort ›Tresor‹ kommt?«

»Nein, Sir.«

»Es kommt vom griechischen *Thesauros* – das Schatzhaus. Und genau so müssen wir das auch sehen, Hawkins, als einen Schatz, der gehoben werden will. Den wir der ewigen Nacht entreißen.«

Auf die richtige Kombination kam es an. Das Wort an sich faszinierte Willy. *Kombination*: eine Folge von Zahlen und Bewegungen, die am Ende die Zapfen, Bolzen und Rädchen in Gang setzten, so daß schließlich alles zusammenpaßte, die Riegel zurückfuhren, man die Tür aufziehen konnte – und es vor einem lag, das große *Thesaurien*, die unterirdische Schatzkammer mit all ihrer Herrlichkeit, den Dollars, Pfund, Francs, dem Schmuck und den Goldbarren, Postsäcken und Banknotenbündeln, ein mythischer Ort, die Wiege der Welt.

»Oh, Willy«, seufzte Helma.

Helma war sehr groß und, sozusagen, sehr weit verzweigt. Und in den Pausen zwischen den Filmen konnte Willy nicht umhin, in diese Weite einzutauchen, als eine Art Tribut an die Hausherrin. Beim ersten Mal noch, als sie nicht mehr an sich halten konnte und sich über *den* Willy hermachte, hätte sie ihn beinahe mit dem gehäkelten Zierkissen, das auf einem der Sessel lag, erstickt. Ein Anfall von Begierde hatte sie erfaßt, und.sie drückte Willy das Kissen ins Gesicht, während sie ihm mit der freien Hand die Trainingshose herunterriß. Seit diesem ersten Anschlag trieb Willy so manchen Vormittag über die bis an den Horizont reichende Dünung von Helma Stunz' massigem Körper.

Willy war ein ausdauernder Liebhaber. Denn während er in der Ferne, gleich einem Nebelhorn, Helmas gurgelnde Seufzer hörte und in sozusagen mikroskopischer Nähe Details und Intarsien ihres Bauchnabels bewunderte, der, wie ihm auffiel, etwa den Durchmesser eines 5-Mark-Stücks hatte, und während ein Teil von ihm in jener anderen Schatzkammer durch schier unendliche, feuchtwarme Korridore glitt – währenddessen dachte Willy Bein: Man müßte etwas haben, woran man üben kann.

Er dachte an Schließzylinder, Stahlarmierungen, Panzerschränke. Schlösser reihten sich an Schlösser, Helma ächzte, er stellte sich einen langen Gang vor, eine Stahltür folgte der nächsten, gesichert durch vertrackte Kombinationen, absurde Rätsel, und er öffnete eine nach der anderen – bis er vor der letzten stand und dieses Ziehen im Rückenmark begann, sich immer weiter ausdehnte, schließlich der ganze Willy zuckte und sich in Hugo Stunz' Eheweib ergoß.

Ein wenig plagte Willy sein Gewissen, wenn er Helma wieder einmal gefügig gewesen war. Immerhin hatte Hugo ihm das Leben gerettet, und die Sache mit dem Gabelschlüssel war lange vergessen. Andererseits war es nicht seine Idee gewesen. Was hätte er denn tun sollen, das Häkelkissen im Gesicht?

So kam es Willy ganz gelegen, als Helma nach zwei Wochen auf eine etwas melodramatische Weise den Handrücken an die Stirn legte und erklärte:

»Es kann so nich mit uns weitergehen. Ach! Ich muß an meine Familie denken!«

Willy nickte.

»Aber du wirst uns doch besuchen, oder?« fragte Hugo bekümmert. »Kommste halt vorbei, und wir trinken mal 'n Bier miteinander.«

Der Dezember war kalt, der Himmel bedeckt, Schnee lag auf den lehmigen Hügeln des Abbruchgeländes.

Sein Kellerversteck sah noch so aus, wie er es verlassen hatte. Nur waren die meisten Uhren stehengeblieben. Er setzte sich vor das selbstgebastelte Modell des ehemaligen Fabrikgeländes und nahm seinen Plan wieder auf. Das Problem war die Mauer, auf die er gestoßen war. Vielleicht war sie gar kein Fundament. Der Bankcontainer – *sein* Bankcontainer – sah nicht so aus, als ob er unterkellert wäre. Wenn die Mauer weder der Keller der Bankfiliale noch ihr Fundament war, was war sie dann?

Der Schacht war in leidlich gutem Zustand. Es stand kein Wasser mehr darin, und nur wenig Erde war nachgerutscht. Die Baulampen waren ausgegangen, und er mußte sich ein paar neue klauen. Wieder grub er in den Nächten, da es nur im Schutz der Nacht möglich war, den Abraum aus dem Tunnel zu schaffen. Außerdem nahm Willy an, daß ab dem frühen Abend sowieso niemand mehr in der Bankfiliale sei. Manchmal sah er noch Licht; vielleicht die Putzfrau, dachte er.

Er träumte von dem Geld, das er aus dem Filialtresor holen würde. Für Willy war Geld schon immer etwas Physisches. Er konnte sich nicht vorstellen, daß riesige Beträge als abstrakte Zahlenkolonnen um die Welt liefen, genausowenig wie er sich damals hatte erklären können, warum die Lampenfabrik nichts mehr wert sein sollte: *Sie war doch da!* Man konnte durch ihre Hallen gehen, er wartete die Maschinen, und am Ende der Produktionsstraße kamen die Glühbirnen heraus, kleine, große, klare, matte, die einmal einer ganzen Republik Licht gespendet hatten – es war doch dagewesen, das Licht. Wie konnte es auf einmal nichts mehr wert sein? Und wie konnte jemand irgendwo auf der Welt die Fabrik einfach kaufen? Willy jedenfalls hatte nie jemanden gesehen, der mit einem Koffer voll Geld in die Fabrik spaziert wäre.

Die Mauer hielt ihn zum Narren. Immer wenn er dachte, er hätte ihr Ende erreicht und könnte wieder direkt auf den Container zugraben, änderte sie launisch ihre Richtung, und er wurde zu einem weiteren Haken gezwungen. Draußen fiel noch immer Schnee, und es war kalt, viel kälter als unten, in der warmen, lehmigen Erde. Manchmal schlief er am Ende seines Tunnels ein, in alte Decken gehüllt, um erst nach Stunden fröstelnd wieder aufzuwachen. Dann startete er einen neuerlichen Versuch, die Mauer zu umgehen, vielmehr zu umgraben, ein Loch in sie zu treiben oder, ein anderes Mal, sich unter ihr hindurchzuwühlen.

»Du schaffst es nie!«

Rico hatte recht. Willy schaffte es nie, über den dritten Level von »Super Mario Bros.« hinauszukommen. Trotzdem mochte er das Spiel, weil es unter der Erde stattfand: Die Mario Brothers mußten durch die Kanalisation stapfen.

Rico mochte Willy. Der konnte Schneemänner bauen, Spielzeug reparieren. Willy spielte manchmal mit Rico, wenn Hugo seinen Aufgaben als Weihnachtsmann nachging, anfangs weil er wegen der Dinge, die – trotz seines Widerspruchs – nach wie vor mit Helma auf der Fünfercouch geschahen, ein schlechtes Gewissen hatte, später, weil es ihm Spaß machte.

Seine Frau fiel ihm ein, eine ferne Erinnerung aus einem anderen Leben, und er fragte sich, warum sie keine Kinder bekommen hatten, es hätte vielleicht einiges geändert, das fühlte er, nun, da er erschrak, wenn Rico hinfiel, nun, da er ihn drängte, die Mütze über die Ohren zu ziehen, damit er sich nicht erkältete.

»Dann mußt du deine Mütze aber auch über die Ohren ziehen, Onkel Willy.« Das, erklärte Onkel Willy, sei leider unmöglich. Die Mütze, die er trage, sei bereits die größte Größe, und sie lasse sich trotzdem nicht über die Ohren ziehen. Er zog die Mütze tiefer, so daß seine Ohren grotesk abstanden. Rico lachte.

Die traurige Wahrheit war, daß er zwischen all seinen Maschinen nie an ein Kind gedacht hatte. Und seine Frau hatte nie davon gesprochen. Wie hatte sie ausgesehen, seine Frau? Willy mußte sich eingestehen, daß er sich kaum mehr daran erinnerte. Ein Foto hatte er nicht mitgenommen, in die Wohnung konnte und wollte er nicht zurückkehren, und so wich die Erinnerung immer mehr einer diffusen Phantasie.

»Vorbei ist vorbei«, meinte Hugo, als er mit Willy ein, zwei Bier im »Schweinemagen« trank, »die sah zwar gut aus, deine Frau, aber sie war eben ein Luder. Nimm meine Helma, zum Beispiel, nich gerade ein Filmstar und manchmal etwas ruppig, aber ehrlich und treu. Ne gute Frau.«

So kann es nicht weitergehen, dachte Willy. Seine Besuche mußten ein Ende haben. Es gab nur eine Lösung: Er schwor sich, sein Ding durchzuziehen und danach mit dem Geld abzuhauen. Südamerika vielleicht. In dem Film mit Heinemann wollten die beiden Brüder nach Südamerika, aber der Film hörte auf, bevor sie aufbrachen, und nichts verriet, wo sie schließlich angekommen waren.

»Aber du kommst doch zu uns, an Weihnachten«, bat Hugo.

Von Anfang an fand Willy, während er grub, eine Menge Dinge. In den oberen Schichten rostige Bierdosen, leere Plastikbecher, etwas tiefer einen Frauenschuh mit hohem Korkabsatz, die Radkappe eines Wolga, Baujahr '61, noch tiefer Scherben, rostige Gürtelschnallen, Aluminiumtöpfe, Medaillen, einmal einen Helm, den er zunächst für einen Topf hielt, bis er ihn umdrehte und den Schädel darin entdeckte, zumindest eine Hälfte davon.

Er fand auch ein langes Messer mit einem bösartig schauenden Adler am Heft, das in einer mit seltsamen Symbolen bedeckten Scheide steckte. Er ging mit den Gürtelschnallen und dem Messer zu Ebel, dem Pfandleiher, und tauschte alles gegen ein Einliterbierseidel mit Zinndeckel, einen fluoreszierenden Zimmerspringbrunnen und eine elektrische Autorennbahn.

Wenige Tage vor Weihnachten stieß Willy auf etwas, was er zunächst für ein Abwasserrohr hielt. Als er weitergrub, legte er einen zylinderförmigen Körper von etwa einem Meter Länge frei, der an einem Ende spitz zulief. Alte, halbverrottete Kabel hingen von der Decke des Stollens herab, und er stolperte über den Lauf eines verrosteten Gewehrs. Aber was er auch fand, einen Weg vorbei an der Mauer, die ihm den Weg zu seinem Ziel versperrte, fand er nicht. Einmal schöpfte er Hoffnung, als er auf eine Art Aussparung in der Mauer stieß, als hätte sich an dieser Stelle einmal eine Tür befunden. Es gelang ihm, ein paar Ziegel zu lösen – nur um dahinter eine weitere Wand zu entdecken.

Am Weihnachtsabend saß Willy mit der Familie Stunz am Tisch neben dem Weihnachtsbaum. Helma Stunz trug ein zitronengelbes Kleid und zwinkerte Willy genüßlich zu, während sie sich ein großes Stück polnischer Mastgans in den Mund schob. Es roch nach Bratensoße und erloschenen Weihnachtskerzen, in einer Schüssel dampften Knödel. Hugo war völlig mit dem Essen beschäftigt, Rico spielte mit der Autorennbahn. In der Mitte des Tisches stand der lilafluoreszierende Zimmerspringbrunnen, und Hugo hatte es sich nicht nehmen lassen, den Wein aus seinem neuen Einliterbierseidel zu trinken. Das Geschenk für Willy stand auf einer Sackkarre zum Abtransport bereit.

»Ich will gar nich wissen, was du damit vorhast«, sagte Hugo, »aber ich dachte mir, wo du doch unbedingt diese ganzen Filme sehen wolltest, es würde dir vielleicht gefallen, das alte Ding.«

»Er gefällt mir.«

»Wirklich?«

»Ja, ganz bestimmt.«

Er gefiel Willy wirklich. Tatsächlich hatte er noch nie einen aus der Nähe gesehen. Es war ein kleiner, dunkelgrün lakkierter Geldschrank. Er hatte einen Drehgriff und ein Einstellrad aus poliertem Messing, und über dem zusätzlichen Schloß stand auf einer Messingplatte »Blohfeld & Söhne«. Hugo drückte ihm den langen Doppelbartschlüssel in die Hand, und Helma flüsterte ihm die Kombination ins Ohr. Er schaffte es gleich beim ersten Versuch, den Schrank zu öffnen; in seinem Inneren lag eine von Rico gemalte Weihnachtskarte. Willy war gerührt.

Als Helma den Nachtisch, rote Grütze mit Vanillesoße, holte, setzte sich Rico wieder an den Tisch und fragte seinen Vater:

»Geben wir jetzt mein Geld dem Onkel Willy, damit er es in seinem Tresor einschließen kann?«

»Nein, dein Geld bleibt da, wo wir's hingetan haben.«

»Aber warum denn?«

»Weil es da viel besser ist für das Geld, darum.«

»Geld?« fragte Willy abwesend.

»Hugo hat den Rest seiner Abfindung«, erklärte Helma, »für Rico bei der Bank ›angelegt‹, wie er das nennt.«

»Dort ist es immer noch besser aufgehoben als bei dir«, entgegnete Hugo.

»Aber ist es jetzt nicht am sichersten bei dem Willy?« fragte Rico.

»Nein, ist es nicht. Es ist am sichersten dort, wo es ist.«

»Bist du dir da sicher? Und wenn jemand deine feine Bank überfällt?«

»Die wird ja wohl versichert sein, die Bank.«

»Glaubst du«, höhnte Helma »irgendeine Versicherung versichert 'ne Bank, die in so 'nem gammeligen Baucontainer untergebracht ist!?«

Willys Löffel fiel in die rote Grütze. »Baucontainer?« flüsterte er.

»Jawohl, Baucontainer!« rief Helma.

»Dort, wo unsere Fertigungshalle stand, Willy, da haben sie jetzt provisorisch so 'ne Zweigstelle von 'ner Bank hingestellt. In 'nem Container halt. Dort gibt's Zinsen.«

»Wieviel hast du denn …?« fragte Willy leise.

»Ganz genau«, rief Helma, »wieviel ist es denn eigentlich?«

»Und im Gegensatz zu hier«, meinte Hugo listig, »gibt es dort auch das Bankgeheimnis.«

Den Rest des Abends war Willy seltsam still, Helma nahm an, das hinge damit zusammen, daß sie ihm gesagt hatte, so könne es nicht weitergehen, und sie beide müßten nun endgültig mit den Sachen auf der Fünfercouch aufhören. Armer Willy, dachte sie.

Kurz nach Mitternacht stapfte er, leicht angesäuselt vom bulgarischen Rotwein, über die schneebedeckten Straßen und zog die quietschende Sackkarre mit dem Geldschrank hinter sich her. Nachdem er ihn mit einiger Mühe in sein Kellerversteck gehievt hatte, lag er noch lange wach und lauschte im Dunkel dem leisen Gluckern warmer Abwässer. Willy, du bist ein Schwein, sagte er sich und hatte das dumme Gefühl, es würde von nun an immer so sein. Als müßte der eine Verlierer dem anderen buchstäblich ein Bein stellen, um überhaupt irgend etwas von der Welt zurückzubekommen.

Den ersten Weihnachtsfeiertag verbrachte er mit dem Versuch, die Kombination zu vergessen. Willy lag auf seinem Matratzenlager und murmelte falsche Kombinationen vor sich hin. Immer wieder schmuggelte sich die richtige in seine Gedanken. Den Schlüssel hatte er bereits auf dem Nachhauseweg in einen Gully geworfen. Gegen Abend glaubte er, sich nicht länger an die Kombination erinnern zu können. Sein Ohr an das kühle Metall gepreßt, drehte er am Einstellrad, wobei er auf jedes Klicken oder Klacken achtgab, wieder und wieder. Als er vermutete, die vergessene Kombination gefunden zu haben, begann er, den Schlüssel nachzufertigen. Er nahm einen alten Schlüssel, der dem Original ähnlich sah, feilte, probierte, feilte, probierte. Am zweiten Weihnachtsfeiertag um halb fünf Uhr morgens machte es klack-klack, und Willy hatte den ersten Tresor – wenn auch seinen eigenen – geknackt.

Das änderte jedoch nichts an der vermaledeiten Mauer. Der Tunnel war jetzt bereits über zwanzig Meter lang, und immer noch war keine Richtungsänderung abzusehen. Er faßte einen Entschluß. Sekt oder Selters, Südamerika oder nichts – und beschaffte sich eine Eisensäge.

Am 31. Dezember, kurz vor Mitternacht, lag Willy Bein hinter einigen Sandsäcken in seinem Stollen, in seinen Händen hielt er zwei blanke Kabelenden. Das eine Kabel war mit einer alten Autobatterie verbunden, das andere steckte in einem Stück des durchgesägten spitzen Stahlzylinders, das er vor die Aussparung in der Mauer gelegt hatte.

»Und, Hawkins, wissen Sie auch, was hinter dieser Tür liegt?«

»Ja, Sir – ich meine das Geld, Sir.«

»Hinter dieser Tür, Hawkins, da beginnt das wahre Leben, da fängt die Zukunft an.«

Um Punkt zwölf Uhr war nahe dem Container ein dumpfer Knall zu hören, so laut, daß selbst inmitten der allgemeinen Silvesterknallerei noch einige alte Leute in den umliegenden Häusern ihre seit Jahren geschlossenen Fenster öffneten und verwirrt hinaussahen; vielleicht, weil sie das Geräusch an die Detonation einer Fliegerbombe aus dem Zweiten Weltkrieg erinnerte.

Erwachen Fünf

Diesmal erwachte Gummer nicht auf dem Boden seines Containers, sondern auf einer mit rosa Frottee bezogenen Matratze. Die Matratze roch nach einem billigen Parfüm, das ihn entfernt an eine Halbtagskraft aus der Codierabteilung erinnerte, doch war es unwahrscheinlich, daß er sich in diesem Augenblick in der Codierabteilung befand. Seine Augenlider waren wie zugeklebt, und ein stechender Schmerz pulsierte hinter seiner Stirn. Gummer kannte diesen Schmerz, wußte, je wacher er wurde, desto schlimmer würde er werden. In seinem Mund hatte er den Geschmack von kalter Asche, Erbrochenem, Alkohol. Er drehte sich auf die Seite, öffnete mühsam seine Augen. Vor ihm stand eine fast leere Weinflasche, im letzten Schluck über dem Flaschenboden schwammen einige durchweichte Zigarettenstummel. Hinter der stehenden Flasche lagen zwei leere auf einem karminroten Dielenfußboden sowie seine Hosen, Socken, Schuhe, sein Jackett. Über einem Klappstuhl hing sein Mantel. Die Matratze lag auf dem Boden. Gummer tastete an sich herab und stellte fest, daß er nur Hemd und Unterhemd trug. Er überlegte, ob es klug wäre, sich umzudrehen. Erst mal abwarten. Er versuchte, sich an den vergangenen Abend zu erinnern, und kam bis zu der Stelle, an der El Mondo Iris Puh zersägte.

Neben ihm schnarchte jemand. Er drehte sich um, wobei der Kopfschmerz fast unerträglich wurde. Das 16/26-Mädchen. Nun ja. Vergeblich versuchte er, auf ihren Namen zu kommen, den sie ihm irgendwann während El Mondos Auftritt gesagt hatte. Er hob die Decke an und sah, daß sie nackt war – lediglich um den Hals trug sie etwas: seine Krawatte.

Er schob die Decke zurück und wollte aufstehen. Er schaffte es zunächst auf die Knie, dann stemmte er sich mit den Armen hoch. Tränen traten ihm in die Augen, er hatte das Gefühl, als schwappe sein Hirn in dieser Lache von Wein und Zigarettenkippen hin und her. Zu den Kopfschmerzen gesellte sich Brechreiz. Er wankte, als er endlich stand, und brauchte einige Sekunden, bis der Schwindel aufhörte. Dann sammelte er seine verstreuten Kleidungsstücke zusammen und begann, sie anzuziehen, ein Stück nach dem anderen, sehr langsam, sehr vorsichtig.

»Wo willst 'n schon hin?« fragte sie und gähnte, als Gummer bereits im Mantel an der Tür stand.

»Zigaretten holen«, erklärte er.

»Ach.« Sie drehte sich wieder um, zog die Decke mit sich, und er sah ein Stück ihres weißen, mädchenhaften Hinterns.

Im Treppenhaus begegnete er einem einbeinigen Mann mit einem häßlichen Hund an der Leine.

»Der ist abgerichtet«, erklärte der Einbeinige. Der Hund furzte. Gummer hielt sich die Hand vor den Mund und rannte los. An schief an der Wand hängenden Briefkästen vorbei nach draußen, durch den Hinterhof, über die Reste einer qualmenden Plastikmülltonne, hinein in eine breite Einfahrt, wo er sich mit einem Arm an der Wand abstützte, bevor er sich erbrach.

Das Tor der Einfahrt quietschte, als er es aufzog, niemand kam ihm entgegen. Seine Knie waren weich, und er hatte Angst, daß ihm noch mal so übel werden könnte, diesmal auf offener Straße. Er hatte keine Ahnung, wo er war. Also auf gut Glück nach rechts, die Straße hinunter. Ein Bus bog um die Ecke, als er auf der Höhe einer Haltestelle war; Gummer blieb stehen, pfffft, die Türen gingen auf, er stieg ein, kramte in den Taschen seines Mantels nach Kleingeld, das er dem Busfahrer hinlegte. Der gab ihm mürrisch das Ticket, und wie Gummer in den hinteren Teil des Busses ging, rief er:

»Wenn du diesen Bus vollkotzt oder sonstwas, bekommst du verdammt großen Ärger mit dem Fahrer.«

Gummer war der einzige Fahrgast an diesem Samstagmorgen, und er blieb es, während der Bus durch Viertel der Außenbezirke fuhr, die Gummer noch nie gesehen, zu einer Endhaltestelle, deren Namen er noch nie gehört hatte.

»Endstation!« rief der Busfahrer.

Sie standen auf einem Parkplatz, auf dem ein paar alte Laster und Autowracks, deren Achsen auf Ziegelsteinen ruhten, endgültig abgestellt waren. Der Parkplatz war umgeben von sechs- bis zehnstöckigen Plattenbauwohnblocks, Dornengestrüpp und ein paar Bäumchen. Es schneite. Ganz am anderen Ende erkannte Gummer die Front eines Einkaufszentrums, aber er sah keine Menschen.

»Endstation! Haste nich gehört, Freundchen?«

Er ging vor zum Fahrer und erklärte, wohin er eigentlich wollte.

»Tja, Kumpel, da biste in den falschen Bus gestiegen, das is in der entgegengesetzten Richtung. Da mußte hier warten, bis der nächste wieder den ganzen Weg zurückfährt.«

»Und wann fährt der nächste?«

»Ich fahre in 'ner Viertelstunde.«

»Auch gut.« Gummer trottete wieder nach hinten, um sich auf eine Bank plumpsen zu lassen.

»Nee, so nich«, rief der Fahrer, »während der Betriebspause is der Aufenthalt im Bus nich gestattet, Kumpel.«

»Quatsch«, brummte Gummer.

Dann stand der Busfahrer vor ihm, der um einiges größer war, als Gummer zuvor gedacht hatte.

»Raus«, sagte er.

Gummer setzte sich in das Betonwartehäuschen. In einer Ecke stand eine schmierige Tüte mit leeren Bierdosen. Kleine, abgenagte Knochen lagen auf dem Boden herum. Es schneite stärker, und ihm war kalt. Der Kopfschmerz war geblieben,

der Brechreiz hatte nachgelassen. Ein schneidender Wind
blies ihm den Schnee ins Gesicht. Leise hörte er die Stand-
heizung des Omnibusses, sah den Busfahrer, der gerade seine zweite Wurststulle aß, eine Edelstahlthermoskanne auf-
schraubte und sich etwas Dampfendes in eine Tasse goß.
Dabei las er in einer Illustrierten; als er sie hochhob und um-
blätterte, sah Gummer weiße, mädchenhafte Hinterteile.
Dann war die Viertelstunde vorbei, und die Tür des Busses
ging zischend auf. Gummer nickte dem Fahrer wie einem alten Bekannten zu und wollte wieder nach hinten durchgehen.
»Moment – erst wird bezahlt!«
Gummer kramte in seinem Mantel und legte dem Fahrer sein
restliches Geld hin.
»Tss tss – das reicht nich, Kumpel.«
»Bitte … können Sie nicht … ich meine … ich bin doch …«
»Raus.«
Gummer saß mit einem vertrauten Gefühl der Verlassenheit in
dem zugigen Wartehäuschen, als der Bus, ohne ihn oder irgendeinen anderen Fahrgast, abfuhr. Mehr Geld als das, was
er in seinen Manteltaschen fand, hatte er nicht. Seine Scheck-
karte lag wahrscheinlich in der obersten Schublade seines
Schreibtisches. Er benutzte sie nicht mehr, seit er die Geheim-
zahl vergessen hatte und es einfacher war, das Geld an sich
selbst auszuzahlen.
Der Schnee bedeckte seine Schuhspitzen. Sein linker großer
Zeh fühlte sich taub an. Ein Mann kam vorbei, mit einem Eimer und einer Rolle Plakate. Er trug einen weißen Anorak und
eine weiße Schiebermütze. Auf beidem stand: »Quick-Werbung macht Spaß.«
»Entschuldigung, es ist mir sehr unangenehm«, begann Gummer, »aber könnten Sie mir vielleicht etwas Geld borgen? Für
die Busfahrt?«
Der Plakatkleber sah ihn kurz an, sagte nichts, klebte weiter
seine Plakate und verschwand hinter dem Wartehäuschen.

263

»Pssst.«

Gummer horchte auf.

»Pssst. Dreh dich nicht um. Ich bin hier«, flüsterte eine Stimme durch eine Fuge in der Rückwand des Häuschens. »Lauf ein bißchen auf und ab, und dann komm hier nach hinten.«

Gummer lief ein wenig auf und ab und ging dann hinter das Häuschen. Dort stand der Plakatkleber: rotgesichtig, kräftig, mit, trotz der Kälte, hochgekrempelten Ärmeln. Auf seinen linken Unterarm war ein Anker tätowiert.

»Du willst dir 'n bißchen Geld verdienen?«

»Ja.«

»Also paß auf. In einem von den Zehnstöckern da hockt mein Chefchen ganz oben mit seiner Alten beim Frühstück und glotzt die ganze Zeit hier nach unten, daß ich auch meine Arbeit mach. Klar?«

»Klar.«

»Aber in dem Sechsstöcker da hinten«, er deutete mit dem Daumen hinter sich, »sitzt 'ne verdammt geile Blonde und wartet drauf, daß ich ihr mein Ding reinstecke, klar?«

»Klar.«

»Also, wie wär's, vertrittste mich hier 'ne halbe Stunde für 'n Fünfer?«

»Ist gemacht.«

Der Plakatkleber, der Ronny hieß, drückte Gummer – neben Eimer, Plakaten und einer kurzen Aluminiumleiter – eine Liste in die Hand, auf der stand, welche Plakate er rund um den Parkplatz und am Einkaufszentrum kleben sollte. Gummer nahm seine Schlüssel und Papiere aus dem Mantel und gab ihn Ronny. Dann zog er sich Ronnys »Quick-Werbung macht Spaß«-Anorak und -Mütze an.

»Also, in 'ner halben Stunde bin ich wieder da, Gummi, alter Schwede!«

»Das hoff ich doch, Ronny.«

»Worauf du dich verlassen kannst!« versprach Ronny und

264

fügte mit einem ausnehmend dreckigen Grinsen hinzu: »Ich schieb ihn einmal für dich mit rein!«, bevor er über die Sträucher hüpfte und in Richtung Sechsstöcker verschwand.

Es gab Plakate, auf denen lachende Rentner sich belegte Margarinebrötchen in den Mund schoben. Es gab Plakate, auf denen einige freundliche Schwarze in Anzügen auf einer Couchgarnitur in Afrika vor einem Fernseher saßen, in dem ein Fußballspiel lief, während sie in die Kamera grinsten und Bierhumpen hochhoben: EICHHOFER WEISSBRÄU – EIN STÜCK VÖLKERVERSTÄNDIGUNG. Es gab Plakate, auf denen Menschen sich die Hand schüttelten, und andere, auf denen sie sich ins Gesicht schlugen; es gab Plakate, auf denen sie nur rumstanden und in den Garten des Nachbarn schauten, über die Weite des Grand Canyon oder über eine Straße in Manhattan – und rauchten. Auf einem Plakat sah man das sternenvolle Universum, darunter die Worte: BALD KÖNNEN SIE UNS ÜBERALL SEHEN.

Nach einer halben Stunde ging Gummer wieder zurück zum Wartehäuschen – und es war, wie er befürchtet hatte: keine Spur von Ronny. Er beschloß, ihm noch eine Viertelstunde zu geben, immerhin hatte der seinen Mantel. Er ging zurück und plakatierte vor dem Einkaufszentrum weiter. Das Einkaufszentrum war neu, bunt und groß. Überall sprangen ihm grelle Farben entgegen. Hinter den Schaufenstern schien das Angebot unbegrenzt zu sein, in Fernsehern liefen Dauerwerbesendungen, in denen vielleicht dieselben Personen auftraten wie auf den Plakaten. Der Parkplatz füllte sich. Familien stiegen aus Mittelklassewagen oder kamen aus den Eingängen der Wohnblocks und verschwanden im Einkaufszentrum. Kinder quengelten an den Händen ihrer Eltern vor den Schaufenstern. Lichtergirlanden gingen an. Weihnachtsmänner tauchten vor den Eingängen auf, drückten den Neuankömmlingen Zettel in die Hand. An der anderen Seite der Türen, innen, standen weitere Weihnachtsmänner und kontrollierten die

Taschen der Hinausgehenden. Ein paar Buden öffneten rasselnd, und der Geruch von Glühwein, Currywurst und Döner stieg in Gummers Nase. Männer und Frauen mit leeren Augen setzten sich auf die Steinpoller neben den Buden und leerten die ersten Bierdosen.

Er nahm einen großen, breitschultrigen Mann wahr, der wohl schon eine ganze Weile schräg hinter ihm stand und ihn bei seiner Arbeit beobachtete. Gummer klebte gerade ein Plakat, auf dem ein verschwundenes vierzehnjähriges Mädchen gesucht wurde. Unter dem Plakat stand: *Mit freundlicher Unterstützung der »Komm-zurück-Show«.*

»Mach das ordentlich«, sagte der Mann.

Gummer drehte sich um. Der Mann trug eine dicke Winterjacke. Darunter hatte er allerdings etwas an, was wie eine Pyjamahose aussah. Die Hosenbeine verschwanden in einem Paar gefütterter Stiefel. Um seinen Hals baumelte ein Feldstecher. In der rechten Hand hielt er eine dampfende Tasse Kaffee, und über seinem linken Arm lag Gummers Mantel.

»Ich nehme an«, sagte Gummer, »Ronny kommt nicht mehr.«

Der Mann nickte nachdenklich. »Ja, Ronny hatte heute seinen letzten Arbeitstag.«

»Sie sind Herr Quick, nehme ich an.«

»Blödsinn. Es gibt keinen Herrn Quick. Es gibt nur die Firma. Und die Firma gehört mir.«

»Na gut«, seufzte Gummer und ließ die Kleisterbürste in den Eimer fallen, »damit hat sich das ja dann wohl erledigt.«

»Gar nichts hat sich damit erledigt. Du hast das mit Ronny ausbaldowert, nun machst du's auch zu Ende, klar?«

»Und wenn nicht?«

»Dann hol ich die Bullen – *nachdem* ich dir auf die Schnauze gehauen habe.«

Gummer mußte einsehen, daß die Plakatwerbung ein hartes Geschäft war, eine Einschätzung, der der Besitzer der Firma Quick nur beipflichten konnte.

»Wenn de dir auf deine Arbeiter nich verlassen kannst – dann is alles aus. Einmal die Plakate nich pünktlich geklebt, und die Kunden springen dir ab wie die Hühner von der Stange.«

Nach eineinhalb Stunden war Gummer fertig. Der Chef war von Kaffee auf Glühwein umgestiegen, hatte sich abwechselnd mit den Weihnachtsmännern drinnen und draußen unterhalten sowie die Fortschritte von Gummers Arbeit begutachtet.

»Gut«, sagte er schließlich, offenbar milder gestimmt, »hier is dein Lohn. Du siehst – für pünktliche Arbeit wird bei mir pünktlich bezahlt.« Er drückte Gummer einen Zwanziger in die Hand und betrachtete ihn von oben bis unten.

»Keine Wohnung, hm? Wenn de willst, kannste bei mir anfangen – und 'ne Wohnung gibt's gleich dazu«, er zeigte zum anderen Ende des Parkplatzes, wo ein paar weiße Baucontainer herumstanden.

»Kannst dort zusammen mit 'n paar anderen Jungs bleiben, wenn de willst. Und die Miete is billich.«

Gummer lehnte höflich ab, der Chef zuckte mit den Achseln.

»Dein Problem, wenn du eines Tages wie die da unter die Räder kommst.« Er deutete auf die Gruppe zerlumpter Gestalten, die sich gerade um den Inhalt ihrer letzten Bierdose stritten.

Gummer zog seinen Mantel an und wußte nicht, ob er dem Chef die Hand drücken sollte. Der klopfte ihm zum Abschied freundschaftlich auf die Schulter und wünschte ihm, daß er »sauber« bleibe, eine Redewendung, die Gummer nie bis ins letzte verstanden hatte.

Vor dem Wartehäuschen stand wieder der Bus, mit dem er gekommen war. Gummer zahlte den Fahrpreis und sagte leise:

»Du fährst den ganzen Tag im Kreis, stimmt's?«

Der Busfahrer schwieg.

Gummer schlief ein und wachte erst auf, als der Fahrer mürrisch die Haltestelle ausrief, die immer noch den Namen des einst so bedeutenden Glühlampenwerks trug.

Diesen Ronny glaubte Gummer nie wiederzusehen, doch das vermißte vierzehnjährige Mädchen von dem Plakat fand man nur zwei Tage später, zumindest ein Bein von ihr, wie der Moderator der »Komm-zurück-Show« eingestehen mußte, bevor die Kamera lange auf den aschgrauen, toten Gesichtern der Eltern verharrte.

Cherchez la femme

Jenseits der Geleise, hinter der Straßenbrücke, die sich über die lärmende Station der Vorortzüge spannte, konnte man immer noch die Reste des Turms sehen, in dem sich einst die Gießerei des Glühlampenwerkes befunden hatte. Sie erinnerte sich daran, wie sie mit siebzehn im Sommer vier Wochen dort gearbeitet, am Fließband kaputte Birnen aussortiert hatte; erinnerte sich an den rhythmischen Singsang der Maschinen, die Hitze der Brennöfen, an das Licht der Quecksilberdampflampen, die wie fremde Gestirne von der Decke der großen Fertigungshalle herableuchteten. Sie erinnerte sich an die Telefone aus Bakelit, die an den Eisenträgern, zwischen den Sortern, neben den Kontrollpulten hingen oder standen, und daran, daß sie inmitten des ganzen Lärms, des Klirrens der Glasbirnen, die wie kleine, gesichtslose Köpfe auf dem Fließband zitterten, inmitten der pfeifenden Preßluft des Sorters, nie erkannte, welches Telefon gerade klingelte, wenn eines klingelte; und sie erinnerte sich an einen kleinen Mann, fast ein Zwerg, der in all diesem Lärm und Durcheinander herumkletterte, Hebel bediente, Schrauben anzog, Greifer einstellte, Tasten drückte und – seltsam genug – immer genau wußte, welches Telefon klingelte, wenn eines klingelte …

Der Saldo auf den Kontoauszügen näherte sich der Null, unterschritt diese Grenze, ging zum freien Fall über. Die Umschläge mit den Kontoauszügen enthielten nun zusätzliche Briefe – steife DIN-A4-Bogen mit krakeligen Unterschriften und formellen Stempeln, in denen sie aufgefordert wurde, ihren Kontostand umgehend auszugleichen.

Sie zählte das Geld, das sie zuletzt abgehoben hatte, und versuchte auszurechnen, wie lange sie damit hinkommen würde. Sie kam auf zwei Wochen. Draußen regnete es ununterbrochen, und sie lag im Bett, las und rauchte. Die Wohnung, zwei Zimmer und ein baufälliger Balkon in einem alten Haus, hatte sie über eine Bekannte gefunden, zur Untermiete, der eigentliche Bewohner war kurz nach der Maueröffnung verschwunden; Australien wahrscheinlich, zumindest stieß sie im Wandschrank mit dem Gaszähler und neben der Toilette auf Reiseprospekte mit Bildern von Ayers Rock und dem Großen Barrier-Riff. Was der unbekannte Hauptmieter noch zurückgelassen hatte, war ein Mietkonto, und darauf hatte Valeska seit zwei Monaten keinen Pfennig mehr eingezahlt.

Sie lebte von Zigaretten, Kaffee, Spritzgebäck, Tiefkühlpizza. Gelegentlich ging sie abends in eine Kneipe, einige Häuserblocks entfernt, den »Schweinemagen«, einen rauchigen Bierkeller, nicht gerade ihr Stil, aber billig. Manchmal ließ sie sich einladen. Verschiedene Männer boten ihr verschiedene Beschäftigungen an, sie lehnte alle ab, auch jene, die seriös klangen. Nichts schien ihr tödlicher als die Vorstellung, in einem der zahllosen Büros zu sitzen, acht Stunden am Tag, fünf Tage in der Woche, guten Morgen, Mahlzeit, guten Abend, schönes Wochenende. Einmal klingelte das Telefon, sie hob nicht ab, ließ es klingeln, bis der Anrufbeantworter ansprang und eine Männerstimme sich meldete. Er hatte sich verwählt. Er sei der Direktor irgendeiner Bank und wolle irgendeinen Angestellten sprechen, behauptete er.

Dann stellten sie das Telefon ab. Es war das erste Mal, daß ihr etwas abgestellt wurde. Gleichzeitig bekam sie die »letzten Mahnungen«, nach deren Nichtbeachtung auch Strom und Gas abgestellt würden. Mit leichtem Schaudern nahm sie an sich eine träge Gleichgültigkeit wahr, verbunden mit dem Verlangen, auszuprobieren, was nun *wirklich* geschähe, wenn man nichts mehr besaß. Möglich, daß sie das Ganze im Sommer noch ein wenig weiter getrieben hätte. So war es die Vorstellung einer dunklen, kalten Wohnung, die sie aus ihrer Lethargie riß.

Die Visitenkarte befand sich noch an derselben Stelle in ihrer Tasche, wo sie sie Wochen zuvor hingesteckt hatte. Eine Telefonnummer. Keine Adresse. Sie ging das Treppenhaus hinunter, Farbe blätterte von Wänden und Decken, sie hörte, wie auf einem der Außenklos der Bulgare leise singend urinierte, die Tür zu seiner Wohnung stand offen, leere Rotweinflaschen im Flur und verzerrte Stimmen aus einem Radio VIELLEICHT KOMMT DER MONEYMAN JA AUCH BALD ZU IHNEN; im Hinterhof rostete ein ausgeweideter Lada im Regen.

Der Regen lief die Scheibe des Telefonhäuschens hinunter; draußen wurde eine alte Frau von einem langhaarigen Hund vorbeigezogen. Valeska wählte die Nummer und bekam, nachdem der Hörer einige Male weitergereicht worden war, jene Frau zu sprechen, die sie damals im Auto mitgenommen hatte. Sie fragte nach dem angebotenen Job, und die Frau antwortete, man könne das am Telefon nicht besprechen.

Sie trafen sich zwei Tage später in einem der neuen Cafés in der Stadtmitte, am frühen Abend. Die Frau hieß Lilly, und sie hatte den Freund mit der Kugel im Kopf noch immer nicht besucht.

»Was muß ich tun?« fragte Valeska.

»Es ist alles ganz einfach«, sagte Lilly.

Es war tatsächlich ganz einfach.

Es ging um Aktienspekulation.

Die Welt der Aktien und Wertpapiere war eine knifflige Sache. Es gab tausend Tricks, tausend Fallstricke, tausend Versprechen auf schnellen Reichtum und luxuriöses Glück. Und es gab diese abgrundtiefen Stürze, nicht nur der Aktien, sondern auch derer, die damit handelten, gelegentlich von den Gebäuden, in denen damit gehandelt wurde. Dort, nahe dem Herzen, an der Aorta der Märkte, saßen die Makler, Mitglieder einer juvenilen Priesterkaste, Männer und Frauen, die eine eigentümliche Mischung aus Glauben, Sorglosigkeit und Effizienz ausstrahlten, wie es Roulette-Croupiers tun, wenn sie auf dem Spielfeld die Einsätze verschieben.

Der Direktor erschauderte, als er auf einer seiner selten gewordenen Dienstreisen die Dependance der VERBAG-Investmenttochter an der Wall Street besuchte. »Global Trust« hieß die Firma, und schon der Name besagte alles: Es war nicht mehr und nicht weniger als der Glaube an die Welt und das, was sie in ihrem Innersten zusammenhielt, worauf diese Firma und ihre Angestellten bauten. Die Makler ließen dem Direktor die Knie weich werden – sie waren mindestens zwanzig Jahre jünger als er, sie waren besser angezogen, ihre Körper schienen durchtrainiert, geschmeidig, ihr Haar war voll und ohne Schuppen, und sie hatten alle das gleiche strahlendweiße Lächeln.

Bernie Morgen war einst einer von ihnen gewesen, doch anstatt des Fenstersturzes hatte er das Vergessen gewählt, und nun war nichts mehr von ihm übrig als die Insignien seiner einstigen Priesterschaft (Nadelstreifenanzug und »Financial Times«), mit denen man ihn damals, in jenem schwarzen Oktober 1987, abzüglich aller Kreditkarten auf die Straße gesetzt hatte. »Mein Glaube war nicht stark genug«, erklärte er düster.

Gummer verstand, zumindest teilweise, auch wenn ihm einige Details von Bernies Geschichte immer noch fehlten und wohl auch immer fehlen würden.

Er selbst hatte, am Anfang seiner Ausbildung, einmal einige Wochen in der Wertpapierberatung der VERBAG zubringen müssen. Dort, im Hauptgebäude, Ebene 2, in den Jahren der handgeschriebenen Orders und des Bernsteinflimmerns der ersten 286er Rechner, wurden sie beraten, die kleinen Anleger hinter lindgrünen Trennwänden, die großen Fische in klimatisierten Besprechungszimmern, schummrige, mit dicken Veloursteppichböden ausgelegte Séparées, in denen sie dieses gar nicht so leicht zu vermittelnde Gefühl vermittelt bekamen, es ginge da um mehr als bloß um ihr Geld.

Der Abteilungsleiter hieß Arthur König, ein gealterter Exhändler.

»Willkommen in der Mannschaft, Herr Kummer.«

»Gummer«, korrigierte Gummer.

Er blickte an König vorbei, sah den van Gogh an der Wand; ein Selbstporträt, der Maler hatte einen Hut auf und schien ihn aufmerksam zu betrachten.

»Wie Ihnen aufgefallen sein wird, ist die Wertpapierabteilung in unserem Haus eine besondere Abteilung. Sie ist nicht wie die anderen Abteilungen.«

Gummer nickte.

»Und wissen Sie auch, warum Sie nicht wie andere Abteilungen ist, Herr *Kummer*? Weil wir hier nicht so umständlich sind, weil Sie in meiner Abteilung nicht solche Krümelzähler finden werden wie zum Beispiel in der Sparabteilung. Wir halten uns nicht mit *Peanuts* auf, verstehen Sie, Kummer?«

Die Wahrheit war, daß König einen persönlichen Kreuzzug gegen das Sparbuch mit gesetzlicher Kündigungsfrist führte.

»Diese Krämerseelen! Diese kleingläubigen Häretiker! Sparbücher! Warum nähen die denn ihr Geld nicht gleich in ihre Matratzen ein!« pflegte er zu klagen, wenn er mal wieder eine Niederlage hatte erleiden müssen, sprich, wenn die Summe der Spareinlagen mit gesetzlicher Kündigungsfrist im Halbjahresbericht der VERBAG gestiegen war. Königs Ziel war die Ausrottung der Sparbücher. Ihre endgültige Vernichtung. Er wollte, daß jeder Kunde sein Geld *investierte*, in Wertpapiere natürlich, ganz gleich, in welche. Die Zeiten waren günstig, weil die Zinsen niedrig. Als der Diskontsatz erneut um ein

273

Viertelprozent gesenkt wurde, ließ König an die ganze Abteilung Sekt ausschenken und außerdem eine Broschüre mit dem Titel HÖRT AUF ZU SPAREN! in Auftrag geben. An diesem Punkt schritt die Konzernleitung ein.

Als König Arthur von den oberen Etagen zurückkehrte, sah es aus, als hätte das Kapital selbst ihm eine Abmahnung erteilt. Fahlgelb im Gesicht, mit angeschwollenen Tränensäcken ging er durch die stummen Reihen seiner Gralsritter, verschwand in seinem Büro. In den Tagen darauf verzichtete er auf das sonst obligatorische Schütteln der Hände aller seiner Mitarbeiter (was Gummer ganz recht war, er hatte es nie gemocht, dieses feuchtwarme, optimistische Geschüttel) und verkroch sich den ganzen Tag in seinen vier Wänden.

Aber nach einer Woche erschien er morgens mit einem strahlenden Lächeln in der Beraterhalle, winkte den am anderen Ende des großen Raumes hinter einigen Trennwänden verschanzten »Sparfuzzis« jovial zu. Im Schlepp hatte er einen korpulenten, schnaufenden Mann Mitte Vierzig in einem schlecht sitzenden Anzug und mit gepunkteter Krawatte, in dessen Schnurrbart ein paar Krümel klebten – von einem Fischbrötchen, wie sich aus der Nähe herausstellte.

»Darf ich Ihnen unseren neuen Mitarbeiter vorstellen.« Die Gralsritter erstarrten. »Herr Radek.«

Herr Radek grinste ölig und verbeugte sich wie der Direktor eines drittklassigen Varietés. Gummer, der an einem Tischchen neben der Besenkammer Orderbelege sortieren durfte, lachte in sich hinein. Er nahm an, König sei verrückt geworden. War er aber nicht.

Radek war Königs Exkalibur und Merlin in einer Person. Im Wertpapiergeschäft hatte er keinerlei Erfahrung. Er war Vertreter für Kühlschränke gewesen, bis er eines Tages auch vor Königs Tür auftauchte und ihm innerhalb von fünfzehn Minuten eine neue Einbaugefrierkombination samt zehn Jahren Vor-Ort-Kundenservice aufschwatzte. Nach seiner Varieté-

Verbeugung setzte sich Radek an seinen Platz, König schwenkte gut sichtbar für alle eine Liste in der Luft. Die Berater hielten den Atem an. Gummer schaute von seinen Belegen auf. Es
war die Liste mit den »Scheintoten« – Aktien, Optionsscheine, Anteile von Investmentfonds, die einfach keiner haben
wollte, vermutlich deshalb, weil sie seit Jahren bei nahezu gleichem Kurs und spärlicher Dividende vor sich hin düm-
pelten. König überreichte Radek die Liste, Radeks Wurst-
fingerchen griffen nach dem Telefonhörer. Es dauerte keine
Stunde, dann hatte sich Radek zwei Tassen Kaffee auf die
Hose gekippt und sein Umsatz die Millionengrenze über-
schritten. Radek verkaufte einfach alles, was König ihm vor
die Nase hielt – und er bewegte zahllose Anleger zur Auflösung ihres Sparbuches mit gesetzlicher Kündigungsfrist.
Gummers Ausbildung in der Wertpapierberatung bestand darin, daß er ständig irgendwelche Belege sortieren mußte oder
manchmal neben einem Berater saß und andächtig die Zahlenkolonnen auf einem Monochrom-Monitor betrachtete. Es
war die Neben-der-Besenkammer-neben-dem-Monitor-Zeit,
und Radek, der immer stark nach Schweiß roch und auf dessen Hemd sich nach der Mittagspause Soßenflecken fanden,
war der einzige, der Gummer jemals eine Erklärung lieferte für
all das, was um ihn herum passierte.
»Ich«, begann Radek, »bin wie du. Ich habe keinen Schimmer
von diesem ganzen Zeug. Ich lese auch selten diese Zeitungen, und wenn, dann höchstens, um meinen Wortschatz zu er-
weitern. Worauf es ankommt, mein Junge, ist die Phantasie.
Man kann keine Zahlen verkaufen. Man muß die Idee verkaufen. Wenn mich irgend jemand fragt, warum ich ihm zu diesem oder jenem Papier rate, denk ich mir halt was aus, erzähl
was von Gerüchten über 'nen neuen Superchip, den diese
Company entwickeln will, oder was von 'ner Fusion mit 'nem
anderen Konzern. Ich sag das natürlich nur ganz vage, sag, ich
hätte da was um fünf Ecken gehört, vertrauliche Info und so.«

Radek rülpste. »Je vager, desto besser. Informationen, die du in jeder Tageszeitung lesen kannst, sind nichts wert. Die Leute stürzen sich auf das, wovon sie glauben, kein anderer hätte es. Und da mußt du hinein, mitten ins Herz, mitten in ihre Hoffnungen, ihre Gier.«

»Und das Fachorgan der Gier«, erklärte Lilly, »ist das Magazin ›Die Anlage‹.«

»›Die Anlage?‹« Valeska zog eine Augenbraue hoch.

»Nie davon gehört? Das ist so eine Mischung aus Managermagazin und Spekulantenblatt.«

»Die Anlage« erschien wöchentlich, jeweils am Donnerstag. Wer »Die Anlage« abonniert hatte, bekam sie allerdings schon am Mittwoch mit der Post. »Die Anlage« war nur eines der zahlreichen Blätter, in denen Unternehmen und Wertpapiere analysiert wurden und das vollgestopft war mit bunten Grafiken und Balkendiagrammen, mit den Konterfeis erfolgreicher Manager. Und wie alle diese Zeitschriften gab auch »Die Anlage« in jeder Ausgabe einen Anlagetip ab.

Diese Anlagetips waren bekannt für ihre, wenn auch kurzfristige, Zuverlässigkeit. Die Wertpapiere, die Dr. M. Alraum, der Chefredakteur, in seiner Rubrik »Mein Tip für Ihr Depot« nannte, stiegen mit an Sicherheit grenzender Wahrscheinlichkeit in den Tagen nach Erscheinen der Zeitschrift. Wer allerdings am Donnerstag »Die Anlage« an einem der Zeitungskioske kaufte und am Freitag seine Order abgab, konnte allenfalls noch auf den fahrenden Zug aufspringen, bevor die empfohlenen Aktien am Montag erfahrungsgemäß wieder in den Keller gingen. Dies war der Grund, warum »Die Anlage« so viele Abonnenten hatte.

»Und an dieser Stelle kommt unser Verein ins Spiel.«

Lilly hatte sich schon während ihrer Zeit als Facharbeiterin in der Fabrik mit Aktien beschäftigt. Sie traf sich mit ein paar anderen gleichgesinnten Arbeiterinnen, Hausfrauen und Sekretärinnen aus der Verwaltung einmal die Woche im Hinterzimmer ihrer Stammkneipe »Bei Ernst und Heinz«.

»Früher hieß sie ja nur ›Bei Ernst‹ – aber das ist eine andere Geschichte.«

Sie hatten bei der Bankfiliale in ihrem Bezirk ein Gemeinschaftsdepot eröffnet und berieten im Hinterzimmer darüber, welche Papiere gekauft und welche verkauft werden sollten.

»Es lief so lala. Zwar immer noch besser, als wenn wir das gemacht hätten, was uns die Typen von der Bank geraten haben, aber ...«

Aber trotz der Lektüre diverser Fachliteratur und Börsenblättchen, einschließlich der »Anlage«, wollte sich der ganz große Spekulationsgewinn nicht einstellen.

»Ich lese diese Heftchen sowieso nur wegen der Männer«, sagte Mandy, Telefonistin beim »Blohfeld Automatenservice«, und meinte damit die Fotografien erfolgreicher Manager.

»Mandy ist eine Nervensäge«, erklärte Lilly, »und ich nehme an, nymphoman.«

»Weil sie mit mehr Männern ins Bett geht als der Rest von eurem Verein?« fragte Valeska.

»Oh, nein, nein, weil sie darüber quatschen muß, ständig und etwas zu ausführlich, wenn du meine Meinung hören möchtest.«

Mandy hatte sich an ihrem achtzehnten Geburtstag mit einem Sanitärinstallateur verlobt. Das ging sechs Jahre lang. Bis sie herausfand, daß ihr Verlobter die häufigen Hausbesuche dazu ausnutzte, seine Kundinnen flachzulegen.

»Ich weiß noch, wie sie ankam – völlig aufgelöst. Und ich hab ihr gesagt: ›Es gibt genug andere Männer auf der Welt!‹«

Mandy nahm sich diesen Rat zu Herzen. Am Anfang waren die Mitglieder des Börsenvereins noch freudig überrascht, wenn sie ihr nach der gemeinsamen Beratung ein paar schlüpfrige Einzelheiten entlocken konnten, doch bald packte sie ganz von selbst aus, wobei sie auf drastische Details nicht verzichten wollte, die einen gewissen Hang zum Extremen verrieten.

»Er besorgte es mir sieben- oder achtmal, und als er nicht mehr konnte, was soll ich euch sagen, ich war noch so entsetzlich lüstern ... da ging er in die Küche, wo Gemüse lag, und er kam zurück mit einer schönen, dicken ...«

»VERDAMMT NOCH MAL NIEMAND HIER WILL DEINE SAUEREIEN HÖREN!«

Mandy war gekränkt und fühlte sich zurückgesetzt, insbesondere da ihr während der Börsenberatungen wenig einfiel, was irgendwie spekulativ von Nutzen gewesen wäre. Nun, da sie mit ihrem Liebesleben niemanden mehr begeistern konnte, versuchte sie, mit den Liebhabern selbst zu prahlen. Sie gab damit an, »es« mit einer ganzen Reihe von »Prominenten« getan zu haben, aber immer wieder stellte sich heraus, daß diese Begegnungen reine Produkte ihrer Phantasie waren, Ergebnis ihres mächtigen Verlangens, beachtet und respektiert zu werden. Meistens verriet sie sich selbst.

»Also, was soll ich euch sagen, dieser Typ, der da neben mir in der Sauna saß und dessen Finger auf meinem Handtuch immer näher rutschten – es war dieser Popstar, Udo Lindenberg!«

»Trug er seinen Hut?«

»Welchen ... Hut?«

Und so weiter. Eines Tages kam sie zu einer der Sitzungen, setzte sich stumm an den Tisch, trank zwei Weinbrand und brütete vor sich hin.

»Ich vermutete das Schlimmste. Vergewaltigung oder schwanger oder beides.«

»Nee. Das is es nicht.«

»Komm schon, Mandy, was ist es dann?«

»Ihr werdet's mir eh nich glauben.«

»Okay, was ist passiert?«

»Ich hab's mit M. Alraum getrieben.«

»Du hast recht, wir glauben's dir nicht.«

»Ich hab's aber fotografiert.«

Sie hatte es tatsächlich fotografiert. Für den Fall, daß sich irgendwann einmal irgendeine Berühmtheit in ihrem Netz verfangen sollte, hatte Mandy eine kleine Kamera in ihrem Wandschrank vor dem Bett versteckt, deren Auslöser sie, nach einiger Tüftelei, mit dem Schalter der Nachttischlampe verbunden hatte.

»Warum machst du ständig das Licht an und aus?« fragte Dr. M. Alraum blinzelnd.

»Das macht mich an«, antwortete sie.

»Und – wie war er so?«

Dr. M. Alraum, dessen attraktives Gesicht mit den leicht grauen Schläfen und den intensiven blauen Augen ihnen in jeder Ausgabe der »Anlage« von der ersten Seite entgegenblickte, war das, was Mandy Fischer einen »Rohrkrepierer« nannte. Weshalb sie so betreten dreinschaute, lag daran, daß sie M. Alraum kein Wort über zukünftige Kursentwicklungen hatte entlocken können. Selbst als er bereits im Halbschlaf lag, flüsterte sie ihm noch Worte wie Viag, Daimler-Benz, IBM ins Ohr, in der Hoffnung, er würde wenigstens irgendeine Zahl von sich geben. Aber M. Alraum grunzte nur mißmutig und schlief, nachdem sein Rohr in Mandys Hand krepiert war, ziemlich schnell ein.

Am nächsten Morgen kam das böse Erwachen. Mandy war jetzt alles egal, und sie fragte M. Alraum –

»Für was steht eigentlich das M.?«

»Keine Ahnung. Das hab ich ihn nicht gefragt.«

Mandy sagte M. Alraum klipp und klar, daß er ein Rohrkrepierer sei und daß er sie in Anbetracht dieser bitteren Tatsache wenigstens mit einem potenten Aktientip befriedigen solle. M. Alraum hatte einen Kater und verlangte nach Aspirin.

»Oder besser Alka Seltzer.«

»Wie heißt der Top-Anlagetip für die nächste Ausgabe!?«

»Bitte ... schrei nicht so. Wenn du kein Alka Seltzer hast, nehm ich auch –«

»ICH WILL WISSEN, WIE DER TOP-ANLAGETIP HEISST ODER DU BEZAHLST HIER BAR!«

»O Gott«, stöhnte M. Alraum, »woher soll ich das denn wissen?«

Dr. M. Alraum, der promovierte Wirtschaftsfachmann von Format, hatte keine Ahnung. Es interessierte ihn auch nicht. Er war der Sohn eines Orthopädieprofessors, der private Rheumakliniken in Wiesbaden und in der Nähe von München besaß und dessen einziges Problem die Umgehung der jährlichen Einkommenssteuer war. Von Beginn seines Lebens an schwamm M. Alraum zusammen mit seinen zwei Brüdern im Geld, und es sah nicht so aus, als ob sich daran jemals etwas ändern würde. Da seine zwei Brüder den Medizinerberuf wählten und beide Chefarzt in den Privatkliniken wurden, blieb dem jüngsten Alraum als Lebensinhalt noch die freie Wirtschaft. Der Vater bezahlte das Internat und später das Wirtschaftsstudium in Paris und London, und als es schließlich mit den Prüfungen nicht so recht hinhauen wollte, verschaffte er ihm mittels Spende eines Kernspintomographen an die Universitätsklinik auch das Diplom. So gewappnet für das wirkliche Leben und zusätzlich ausgestattet mit einer in ungarischen Badehäusern verfaßten Promotion, begann M. Alraum bei der Wirtschaftszeitung »Die Anlage« als einfacher Redakteur mit passablem Gehalt. Doch es zeigte sich, daß er zu Höherem berufen war. Als »Die Anlage« M. Alraum nahelegte, die Zeitung zu wechseln, wechselte die Zeitung den Besitzer: Alraum senior kaufte »Die Anlage« für den Spottpreis von einer viertel Million und zwei künstlichen Hüftgelenken, die der verschuldete Herausgeber dringend benötigte.

»Das hätte er sich auch sparen können«, seufzte M. Alraum und begann, wechselweise über sein verpfuschtes, sinnloses Leben und das immer noch fehlende Aspirin zu klagen.

»Dieser Waschlappen«, zischte Frau Alraum bitter, als sie im Hinterzimmer von »Bei Ernst und Heinz« vor dem Foto saß, das ein Stück von Mandys Rücken und das an sportliche Anstrengung – beispielsweise Gewichtheben – erinnernde Gesicht ihres Mannes zeigte.

»Es gibt genug andere Männer auf der Welt«, gab Mandy ihr zu bedenken.

»Ihr habt seine Frau erpreßt?«

»Keine Spur. Nach einer, nun, ich will mal sagen, pietätvollen Schweigeminute, sagte sie –«

»Wenn Sie es genau wissen wollen: *Ich* bin der Chefredakteur der ›Anlage‹ – und ich suche auch den Anlagetip aus.«

Mara Renszögyi-Alraums Ehe war einer der vielen Irrtümer in den Zeiten des kalten Krieges; aber welche Frau hätte sich an ihrer Stelle nicht geirrt? Anfang der achtziger Jahre war der Eiserne Vorhang noch so dicht wie die Unterdruckkammern, in denen DDR-Leistungssportler auf Heimtrainern Tausende von Kilometern zurücklegten, da sie sich so für die Olympiade in den USA qualifizieren wollten, zu der sie am Ende doch nicht fuhren, weil sie von höherer Stelle boykottiert wurde.

Mara Renszögyi schloß damals die Umkleidekabinen des Budapester Badehauses auf und zu, das M. Alraum gerne frequentierte, während er Direktionsassistent bei der ungarischen Vertretung einer badischen Firma war. Die Firma war an ungarischen Heißwasserboilern interessiert, und Alraums Vater, der ihm diesen Posten verschafft hatte, daran, daß sein Sohn sich den Sozialismus mal aus der Nähe anschaue, damit er seinen eigenen Wohlstand höher zu schätzen lerne. M. Alraum fand alles gar nicht so schlimm. Sowieso nicht gerade arm dran, erlaubte ihm sein dickes Devisenkonto in Budapest ein luxuriöses Leben. Alles war so billig, daß er an den Gesetzen der Preisbildung zweifeln mußte. Er lebte in einem alten Hotel, das trotz Sozialismus immer noch jenen mondänen Charme der Jahrhundertwende ausstrahlte, für den es einst berühmt gewesen war, und er besuchte regelmäßig das angeschlossene Thermalbad, wo er im Bassin der Haupthalle lag, träge und melancholisch, und seine tiefblauen Augen folgten der dreiundzwanzigjährigen Mara Renszögyi, die in einer blauen Kittelschürze, einen klingelnden Schlüsselbund in der Hand, viel öfter am Beckenrand vorbeiging, als das gemeinhin nötig gewesen wäre.

»Er war so charmant. Und überhaupt nicht überheblich.«

Mandy Fischer saß in einer Ecke des Hinterzimmers, Tränen traten in ihre Augen.

M. Alraum war fasziniert von Maras Sinn für das Praktische, von ihrem unkomplizierten Umgang mit den Dingen, von ihrer geheimnisvollen, sozialistischen Exotik. Sie mochte seine sanfte Stimme, seine Hände, seine Augen, seine Manieren, vor allem die Art, wie er ihr Komplimente machte und diskret kleine Geschenke zukommen ließ. Sie liebten sich zuerst in der Umkleidekabine, die sie ihm immer aufschloß, dann auf seinem Zimmer und einmal sogar, nachdem das Bad in den Abendstunden geschlossen war, in der Dampfsauna des Frauentraktes.

»In der Dampfsauna!« seufzte Mandy.

Dies blieb M. Alraums erstes und einziges Abenteuer in seinem Leben: Maras Flucht in einem Erste-Klasse-Schlafwagenabteil nach Wien. Es war das einzige Wagnis, das er je einging, und er ging es ein wie ein Schlafwandler, in der vertrauten Sicherheit, daß ihm schlimmstenfalls das Geld seines Vater helfen würde, was es in diesem Fall keineswegs getan hätte.

»Hinter der Deckenverkleidung haben Sie noch nicht nachgeschaut«, sagte er dem Grenzsoldaten, einem dünnlippigen Ungarn, lächelnd und bot ihm eine Zigarette an. Der Grenzer zündete sie sich an, legte zwei Finger an sein Käppi, behielt das Feuerzeug und verschwand.

»Im Orientexpreß nach Wien!« schluchzte Mandy leise.

»Reiß dich zusammen!«

»Es ist so *romantisch*!«

In Deutschland bröckelte die Romantik wie der Putz des Hotels in Budapest. Gewiß, sie heirateten ohne Erlaubnis des Vaters – aber das war dann auch schon das letzte Aufbegehren M. Alraums gegen seinen alten Herrn. Aus der Fremde zurückgekehrt, rutschte er wieder in jenes alte Verhältnis von Abhängig- und Bequemlichkeit hinein, verlor das Interesse an beinahe allen Dingen, einschließlich seiner schönen Frau, deren sozialistische Exotik sich ohne Sozialismus drum herum merkwürdig verflüchtigte. Er konnte sich weder gegen seinen Vater noch gegen seine Frau durchsetzen, die ständig miteinander im Clinch lagen. Papa Alraum kaufte die Zeitung für seinen Sohn in der Hoffnung, er möge lernen, auf eigenen Beinen zu stehen, aber als der keine entsprechenden Anstalten machte, schob er die Schuld auf Mara, die sich für das Börsengeschäft interessierte und damals bereits, unter falschem Namen, die ersten Artikel für »Die Anlage« schrieb.

»Dieser Waschlappen«, schluchzte Mandy, »er hat sie nicht verdient.«

Valeska zog an ihrer Zigarette.

»Und was habe ich mit dieser ganzen Geschichte zu tun?«

»Es ist ganz einfach«, erklärte Lilly abermals, »du kaufst für uns Aktien und bekommst eine kleine Provision.«

»Und warum macht ihr das nicht alles selbst und spart euch die Provision?«

»Was denkt der Croupier, wenn ein und derselbe Spieler immer gewinnt?«

»Daß betrogen wird.«

»Eben.«

Der Frauen-Börsenverein, der sich sonntags in Ernsts und Heinzens Hinterzimmer traf, kaufte am Montag jene Aktien, die Dr. M. Alraum am Mittwoch auf Geheiß seiner Gattin in der »Anlage« empfehlen würde. Da vor allem Aktien kleinerer

Unternehmen in Frage kamen, zeitigte die Order des Börsenvereins bereits am Dienstag eine positive Wirkung. Am Donnerstag stieg der Kurs weiter, und die Frauen verkauften spätestens am Freitagmorgen, während sich die männlichen Spekulanten noch im Fieber befanden und den Preis mit neuen Geboten vor dem großen Absturz noch ein klein wenig nach oben trieben.

Die einzige Bank in ihrer Nähe stellte sich als Ein-Mann-Zweigstelle in einem Baucontainer heraus, der auf dem Abbruchgelände des alten Glühlampenwerks stand. Sie wunderte sich über die Zufälle, die sie an diesen Ort zurückgeführt hatten, so, als wäre sie im Kreis gelaufen, einmal gegen die Drehung der Welt. Sie erinnerte sich an den Tag, den einzigen Tag, an dem der Zwerg einmal nicht gekommen war, und das Telefon klingelte und klingelte, und sie das richtige Telefon nicht fand. Und später, als sie zu Hause war, saß ihr Vater mit starrem Blick auf der Couch gegenüber der Schrankwand – er sagte lange nichts, bevor er sagte, ihre Mutter sei *abgehauen*. Sie wußten beide, wohin, und Valeska verstand auch, warum, und daß ihre Mutter von dort nicht zurückkehren würde, nicht einmal, wenn sie wollte. Und obwohl es mehr als unwahrscheinlich war, glaubte sie fortan, es sei ihre Mutter gewesen, die in der Fabrik noch einmal, ein letztes Mal, angerufen hatte, bevor sie verschwand.

Der Regen hatte die Freifläche in eine Sumpflandschaft verwandelt, und sie mußte über einen Brettersteg gehen. Drinnen saß auf einem niedrigen Sessel ein vogelähnlicher Mann mit früh ergrauten Haaren. Er steckte in einem abgetragenen Nadelstreifenanzug, sah aus wie die Karikatur eines gescheiterten Managers und blätterte in einer zerlesenen Ausgabe der »Financial Times«. Als sie hereinkam und hinter dem Schalter niemanden entdecken konnte, blickte er auf, verschluckte sich an dem Kaffee, den er gerade trank, und deutete hustend mit dem Daumen auf ein Zimmer am anderen Ende des Raumes, dessen Tür nur angelehnt war. Sie ging zu dieser Tür, während sie gleichzeitig spürte, wie die Augen des seltsamen Mannes ihr folgten. An der Tür stand: LEITER D. ZWEIGSTELLE: C. GUMMER. Der Mann hinter der Tür war jünger, als sie erwartet hatte, vielleicht Anfang Dreißig. Einige Wochen später sollte er sie einmal fragen, was sie an ihm finde, sie konnte es nicht genau sagen, sein Aussehen war es nicht, soviel war klar. Und er würde sagen, daß ihn das nicht überrasche, ganz einfach, weil er selbst nichts an sich finde, er habe trotz gelegentlicher Suche in all den Jahren nichts Außergewöhnliches an sich entdecken können.

C. Gummer nahm die Füße vom Papierkorb, als sie eintrat, und ließ das Buch, dem er sich bis zu diesem Moment gewidmet haben mußte, in die unterste Schublade des Schreibtisches fallen, die er mit einem Fußtritt schloß. Sein dunkles Haar fiel ihm unordentlich in die Stirn, der oberste Hemdknopf war geöffnet, die Krawatte gelockert.

»Wenn ich Sie recht verstanden habe, wollen Sie diesen Scheck nicht ausgezahlt haben, sondern auf dieses Konto einzahlen.« C. Gummer fragte mit einem unüberhörbaren, leichten Zweifel in der Stimme.

»Ja, genau. Gibt es da ein Problem?«

»Nein, eigentlich nicht.«

»Eigentlich?«

C. Gummers Antwort war ein Grinsen – ein für einen Bankangestellten überraschend unkorrektes Grinsen. Er wußte ganz offensichtlich, daß an der Sache etwas nicht sauber war. Als sie C. Gummers Büro verließ, hatte sich der Vogelmann hinter seiner Zeitung verschanzt. Er senkte sie, um ihr zuzuzwinkern, als wüßte er ganz genau, um was es eigentlich bei all dem ging.

Der Bulgare lag im Treppenhaus, als sie nach Hause kam. Sie

285

stupste ihn an, und der Bulgare sagte etwas auf bulgarisch. Sie
packte ihn unter einem Arm und versuchte, ihn hochzuzie-
hen, und nach einigen Versuchen erbot sich der Bulgare, ihr
dabei zu helfen, indem er sich selbst bemühte, auf die Füße zu
kommen. Die Tür zu seiner Wohnung stand wie immer offen,
im Flur die gepackten Koffer nebst einigen geleerten Flaschen
bulgarischen Rotweins. Es kam öfter vor, daß der Bulgare zurück nach Bulgarien wollte und mit sich selbst Abschied feier-
te. Vor seiner Wohnung fand er noch eine halbe Flasche und
schlug vor, sie gemeinsam zu trinken. Valeska lehnte dankend
ab. Der Bulgare, dessen Namen sie nie erfuhr, weil er der Un-
termieter eines nie in Erscheinung tretenden bulgarischen
Hauptmieters war und sich von jedem, der an seiner Tür klingelte, vielleicht nur aus Bequemlichkeit mit dem Namen des
Abwesenden anreden ließ, deutete auf die Flasche, vielmehr
auf einige kyrillische Buchstaben, und sprach in gebroche-
nem Deutsch davon, daß sie auf ihn warte und daß es am
Schwarzen Meer viel schöner, weil wärmer sei. Er zog eine Fotografie aus seinem Geldbeutel, strich sie an der Wand glatt.
Valeska sah wieder in das Gesicht des dunkeläugigen Mädchens mit den hohen Wangenknochen und dem großen Mund.
Der Bulgare steckte das Bild ein und ging in das einzige Zimmer der Wohnung, wo er auf eine Matratze fiel und sich zu-
sammenrollte. Valeska fand eine Wolldecke in einer der Taschen, die sie über ihm ausbreitete, und er sagte etwas auf
bulgarisch, das zärtlich klang.

»Sie haben eine glückliche Hand«, meinte C. Gummer eine
Woche später und scheinbar nebenbei, »was Aktien betrifft.«
»Sie mögen van Gogh?« fragte sie.
»Nein, nicht sonderlich, er gehört quasi zum Inventar.«
»Seltsam«, sagte sie, »daß Sie ausgerechnet dieses Bild hier
hängen haben«, sagte sie. »Es ist verschwunden.«
Sie zog an ihrer Zigarette. C. Gummer sah sie fragend an.
»Wie meinen Sie das – verschwunden?«

»Ich habe einmal in einer Art … Galerie gearbeitet. Dieses Bild von van Gogh gilt seit dem Ende des Zweiten Weltkriegs als verschollen.«

»Und wovon haben die dann diese Reproduktion gemacht?«

»Vielleicht von einer Kopie.«

Und so wurde ihr das Telefon wieder angestellt, und es gab Schokoladencroissants zum Frühstück, während sich die Serie der Ankäufe/Verkäufe allerlei dubioser Aktienpakete (einmal kaufte sie Anteile an einer schwäbischen Naßstaubsaugerfabrik, dann wieder war es ein kanadischer Speicherchiphersteller) fortsetzte und der Kurs der Papiere jedesmal stieg.

»Wissen Sie«, sagte er, »ich finde das gar nicht ungewöhnlich.«

»Was?«

»Daß das Bild verschwunden ist. Um mich herum verschwindet dauernd irgendwer. Meine Angestellten beispielsweise haben sich eines Tages krank gemeldet und sind nie wieder aufgetaucht. Am Freitag verschwand vor meinen Augen der Weihnachtsmann, danach wurde eine meiner Kundinnen in zwei Teile zersägt …«

Sie lachte.

»Das ist das erste Mal.«

»Wie bitte?«

»Daß Sie lachen. Es ist das erste Mal, daß Sie lachen.«

»Ich mußte mir Ihre Kundin vorstellen, wie sie zersägt wurde.«

»Es war dramatisch.«

»Verschwinden wirklich alle?«

»Alle. Ohne Ausnahme. Es ist nicht weiter schlimm. Es erinnert mich daran, daß man alles und jeden irgendwann zum letzten Mal sieht.«

»Mich werden Sie auch irgendwann zum letzten Mal sehen.«

»Wollen wir vorher noch zusammen essen gehen?«

Sie sah ihn an, sagte nichts.

»Sie bekommen laufend solche Angebote, stimmt's?«

Sie nickte. »Sagen wir, ich habe die ganze Zeit gehofft, du würdest einen anderen Vorschlag machen.«

Das Telefon klingelte. C. Gummer hob ab. »Pizzeria Napoli!« Eine Pause entstand. Sie hörte schwach eine verunsicherte Stimme.

»PIZZERIA NAPOLI!« wiederholte Gummer und legte auf.

»Du bist ein Komödiant.«

»Nein. Das heißt: nicht freiwillig. Ich habe wahrscheinlich keine andere Wahl.«

Trotzdem gab es ein Abendessen bei Kerzenschein. Sie fuhren mit einem Taxi in einen anderen Bezirk, eine gesichtslose, wohlhabende Ecke der Stadt. Gummer, der, wie er sagte, in dieser Gegend acht Jahre gewohnt hatte, fand sie zwar nicht der Rede wert, aber es gebe da etwas, eine kulinarische Kuriosität, wie man sie nur selten zu sehen und zu schmecken bekomme, insofern werde sich vielleicht, unter Umständen, auch die etwas abgenutzte Einladung zum Essen lohnen, freilich ohne irgendwelche Hintergedanken.

»Sie zweifeln doch nicht etwa an meiner Redlichkeit?«

»Ich zweifle so ziemlich an allem, und deine Redlichkeit ist da keine Ausnahme.«

»Das wird von der Bank nicht gerne gesehen, wenn man mit Kundinnen anbandelt.«

»Eben.«

»Li Pangs Asia-Imbiß« gab sich zunächst genauso, wie er hieß: draußen der Schriftzug des gelbroten, beleuchteten Schildes, drinnen Lampen mit roten Fransen und asiatisches Gedudel aus einem Transistorradio. Der Koch und Inhaber war ein uralter Chinese, dem Gummer etwas zuflüsterte, worauf der Chinese nickte und auf eine Tür am Ende des schlauchartigen Raumes wies. Dann hob er seinen Arm, deutete auf seine Armbanduhr, die golden und schwer aussah, und sagte noch etwas, woraufhin Gummer grinste. Der Imbiß war halb gefüllt mit kleinen Angestellten, die es eilig hatten, mittellosen Trinkern, Studenten.

Am Ende des Raumes waren zwei Türen. Die untere führte zu den Toiletten, die obere, die man über eine steile Treppe und eine schmale Galerie erreichte, trug das Schild PRIVAT. KEIN ZUTRITT. Gummer führte sie die Galerie entlang durch die Tür mit dem Schild, dann durch einen schmalen Flur, der von einer Neonröhre beleuchtet wurde, wieder eine halbe Treppe hinunter, an einer offenen Tür vorbei, hinter der eine Küche lag. Ein großer Herd stand dort in der Mitte eines mit rissigen Fliesen ausgekleideten Raumes, und durch Dampfschwaden waren zwei junge Chinesen zu erkennen, die mit Geschirr hantierten; flüchtig nahm Valeska einen großen Stahltopf wahr, aus dem ein paar krallenartige Füße ragten.

»Hier entlang«, sagte Gummer. Wieder ging es eine halbe Treppe hoch, einen Flur hinunter, durch eine hohe, zweiflüglige Tür.

Sie standen in einem Saal, der wohl einmal der Salon einer Gründerzeitwohnung gewesen war. Sie lag im Hochparterre. Eine Glastür führte auf eine Art Veranda. Jetzt war sie verschneit, und jenseits der niedrigen Brüstung herrschte nur Dunkelheit.

Im Raum verteilt waren einige Tische und Stühle im Bistrostil des ausgehenden 19. Jahrhunderts. Zierpalmen und Drachenbäume standen in den Ecken auf dem Parkettboden. Von der Decke hing ein großer Ventilator, der sich langsam drehte und den Rauch zerschnitt, der von den Tischen aufstieg, an denen ein Paar und einige Geschäftsleute saßen. Es gab keine Fransenlampen und auch keine Drachenskulpturen. Der einzige Schmuck an den Wänden waren gerahmte Schwarzweißfotografien.

Sie setzten sich an einen freien Tisch, und von irgendwoher kam eine junge Asiatin und legte zwei Karten vor sie hin.

»Was soll das?« fragte Valeska.

»Da gibt es verschiedene Theorien. Einige sagen, Li Pang wolle auf diese Weise irgendwelchen Schutzgeldforderungen entgehen. Andere sagen, er hintergehe das Finanzamt. Es gibt die Theorie, daß Li Pang am Bauamt vorbei arbeite, weil er hier ungenehmigt Wohn- in Gewerberaum umgewandelt habe, oder daß das Problem die zweite Küche sei, die das Gesundheitsamt nicht genehmigen würde. Dann wieder heißt es, alles treffe zu. Einige glauben auch, das getarnte Restaurant bilde tatsächlich die Tarnung für die heimlichen Treffen der Schutzgeldmafia, deren Boß Li Pang selbst sei, wobei dies wiederum nur als Tarnung für riesige Devisen- und Entwicklungshilfeschiebereien diene, die Li Pang im Auftrag des chinesischen Geheimdienstes tätige, als Doppelagent für die Amerikaner natürlich, denn einer von Li Pangs zahlreichen Großneffen sitze als getarnter Dissident und heimlicher Liebhaber einer UN-Menschenrechtsbeauftragten irgendwo in Kanton im Knast. Aber wie gesagt«, Gummer machte eine vage Handbewegung, »das sind nur Theorien.«

Sie warf ihm einen amüsierten Blick zu. Er erzählte noch etwas von seinem kuriosen Alltag in der Bank, aber er erzählte nichts von seinem übrigen Leben. Es schien ihr, als hätten sie ähnliche Wurzeln, vielmehr die Gemeinsamkeit, keine Wurzeln zu haben. Während er sprach, verspürte sie kurz einen quälenden Überdruß, vielleicht, weil es nichts gab, woran ihr auf längere Sicht gelegen war, kein Heim, keine Familie, kein Ziel; und vielleicht auch, weil ihr die Freiheit langsam zur Last wurde, wie ein Tier, das man auf dem Rücken trägt und das sich nicht abschütteln läßt.

»Warum hören Sie nicht auf bei der Bank?«

»Und dann? Was ist die Alternative: ein anderes Büro. Man stolpert aus einem Büro heraus und fällt in das nächste hinein. Es gibt kein Entkommen.«

Sie wandte sich ab und betrachtete eine der alten Schwarzweißfotografien an der Wand. Im Vordergrund standen zwei junge Asiaten, sie lächelten scheu in die Kamera. Der größere hatte dem kleineren den Arm um die Schultern gelegt.

»Bist du verliebt?«

»Wie bitte?«

»Ich würde gerne wissen, ob du verliebt bist, Cordt Gummer.«

»Das können Sie mich nicht fragen.«

Die beiden trugen dunkle Arbeitsanzüge, und im Hintergrund sah man eine Gruppe von Männern in ebensolchen Anzügen neben einem Pferdewagen stehen. Rechts am Straßenrand stand vor einem großen Bauernhaus, dessen Dach zur Hälfte fehlte, eine junge blonde Frau und betrachtete die Chinesen. Das alles schien sehr lange her zu sein.

»Bist du in mich verliebt?« fragte sie.

»Très bien!« rief der Fotograf und winkte hinter seinem Apparat. Einer der Aufseher trottete heran und deutete auf die Kolonne chinesischer Arbeiter, die vor dem Pferdewagen stand. Der Aufseher hatte einen Schnurrbart, einen Helm und über der Schulter ein Gewehr. Der Fotograf war klein, trug statt des Helms ein Käppi, kein Gewehr und begann nun, heftig zu gestikulieren und um den Aufseher herumzuhüpfen. Feng lachte leise.

»Schau dir diese verrückten Franzosen an«, flüsterte er. Li Pang, den Arm um die Schultern des Bruders gelegt, drehte den Kopf. Die Kolonne wartete, etwas entfernt, immer noch, und die Frau, die ihn seit ihrer Ankunft so oft ansah, beobachtete immer noch die Chinesen. Einer der Wartenden, Zhu, spuckte auf den Boden. Er wird es wieder für eine List halten, dachte Li Pang, für einen Trick.

Bereits viele Wochen zuvor, als sie mit den unterzeichneten Fremdarbeiterverträgen in Zhan Jiang, das die Franzosen Fort Bayard nannten, an Bord des Kohlenfrachters »Fleur d'Indochine« gegangen waren, hatte Zhu geunkt, man habe Übles mit ihnen vor. »Schlimmer, als es war, kann es kaum werden«, erwiderte Li Pang – und meinte damit die Mißernten, den Hunger, die Krankheiten, das Elend, das ihn dazu gedrängt hatte, den Vertrag zu unterschreiben. Feldarbeit in Frankreich, zwei Jahre, mit einer Option auf Verlängerung – man werde sie nicht schlechter behandeln als die anderen Feldarbeiter und gut entlohnen. Der Lohn erschien Li Pang hoch. Wie viele, die in dem muffigen Laderaum des Frachters saßen, hoffte er, etwas davon zur Seite legen zu können, um in zwei, spätestens vier Jahren in seine Heimat zurückzukehren und ein kleines Geschäft zu eröffnen, einen Laden vielleicht, oder eine Garküche.

»In Frankreich wird alles viel teurer sein«, prophezeite Zhu, »du wirst froh sein, wenn du satt wirst.« Aber auf die Frage, warum er selbst mitgekommen sei, wenn alles so schrecklich werden würde, gab er keine Antwort. Und dies hielten die meisten für ein untrügliches Zeichen, daß es so schlimm nicht werden konnte.

»Den Franzosen fehlen die Männer«, behauptete er, als sie eines Nachts, dicht unter Land, an der grünen Küste Annams entlangfuhren und ein warmer Nieselregen sich durch die offene Ladeluke auf ihre Gesichter legte. »Und nun frage ich euch, warum fehlen den Franzosen die Männer?«

»Vielleicht, weil ihre Frauen mehr Mädchen bekommen als unsere?« gab Feng zu bedenken.

Zhu lachte. »Was bist du doch für ein Esel, Feng.«

»Nenn meinen Bruder nicht Esel.«

Eine Stimme aus der Dunkelheit des Laderaums erzählte von einer alten Kräuterfrau, die Wurzeln kannte, mit denen man in der Nacht der Zeugung das Geschlecht des Kindes beeinflussen konnte. Li Pang spürte einen Stich in seinem Herzen, nicht weil er Angst hatte, sondern weil er noch nicht mit einer Frau …

»Noch so ein Esel«, brummte Zhu. »Ich will euch mal etwas sagen: Entweder ihre Männer sind alle plötzlich an einer Krankheit gestorben, die nur Männer befällt – dann werden wir auch bald sterben.« Zhu legte sich auf einen Stapel dicker Hanftaue. »Oder sie brauchen ihre Männer für was anderes.«

»Für was denn?« fragte die Stimme, die von der Kräuterfrau erzählt hatte, gekränkt.

»Wißt ihr, was ›Emden‹ ist?«

»Nein.«

»Ich auch nicht. Aber die Franzosen haben Angst davor.«

»Quatsch.«

»Ist euch nicht aufgefallen, daß wir meistens nachts fahren, dicht an der Küste?«

»Tagsüber ist es zu heiß.«

»Was macht es für einen Unterschied, ob man in der Hitze fährt oder in der Hitze ankert?« Zhu lachte. »Nein«, fuhr er fort, »ich habe sie belauscht, als sie über uns an der Reling standen und rauchten. Dieses ›Emden‹ ist hinter uns her, es ist vielleicht ein Schiff oder eine Gruppe von Schiffen, und es macht Jagd auf uns.«

»Wieso sollte es das tun? Wir sind nicht viel wert.«

»Oh, es jagt nicht speziell uns. Es jagt einfach alles Französische. Deswegen haben die Franzosen auch Angst davor. Die Franzosen sind im Krieg mit irgendwem. Das ist es. Und deswegen sollen wir auf ihre Felder, weil all ihre Männer Soldaten sind.«

Niemand sagte es ihnen. Vielleicht, weil es ein Krieg zwischen Europäern war, der sie nichts anging. Als sie in der Stadt Marseille das Schiff verließen, waren da überall Soldaten, und später, auf dem Bahnhof, noch mehr. Der Großvater hatte Li Pang einmal vom Opiumkrieg mit den Engländern erzählt, und er hatte Zeichnungen gesehen, auf denen alles sehr bunt aussah. Dieser Krieg hier war ein grauer, düsterer Krieg, mit schier endlosen Kolonnen grauer, müder Soldaten.

Als sie das Bauernhaus mit dem halben Dach erreichten, in dem sie vor der Arbeit am nächsten Tag schlafen sollten, hörten sie in der Ferne ein ständiges dumpfes Grollen, wie ein nicht endendes Unwetter. In dem Bauernhaus waren nur Frauen. Überall, im ganzen Dorf, hatten sie nur Frauen gesehen. Und natürlich die Aufseher, alte Männer, die steif ihre Gewehre trugen, und ein paar jüngere, denen immer irgend etwas fehlte, mal war es ein Auge, mal ein Finger, mal hinkten sie. Li Pang und die anderen bekamen Essen, das die Frauen gekocht hatten, und die Frauen tuschelten und lachten, wenn sie glaubten, die Chinesen hörten es nicht.

Eine von ihnen beobachtete Li Pang die ganze Zeit. Sie war etwas größer und wohl auch etwas älter als er, der dem Werber gesagt hatte, er sei schon zwanzig, obwohl er gerade erst siebzehn war. Sie wirkte sehr kräftig, und ihre Haut war gebräunt, als hätte sie den vergangenen Sommer im Freien gearbeitet, und als sie Li Pang den Teller mit Essen reichte, wurde er verlegen, denn er wußte nicht, wo er hinschauen sollte. (Als er fünfzehn war, hatte er auf der Dorfstraße einmal einen Mann gesehen, dem zwanzig Stockschläge verabreicht wurden; daneben standen ein amtlich gekleideter Chinese und ein Europäer. In einem Motorwagen saß eine Frau, die sich die Hand vor das Gesicht hielt. Warum wird der Mann geschlagen? Weil er die Frau angeschaut hat. Weil er sie angeschaut hat? Ja, weil er sie angeschaut hat. Ist das verboten? Es ist verboten, sie so anzuschauen. Wie, fragte er, während die Knute durch die moskitogeschwängerte Abendluft zischte und auf dem Chinesenrücken niederging, hat er sie denn angeschaut?) Er sah ihr auf die Brüste, die das fleckig-weiße Kleid spannten. Sie gab ihm einen Klaps auf die Wange, wie man es bei einem kleinen Jungen tut, und sein Gesicht wurde heiß. Sie hatte blondes (später würde er erzählen, »goldenes«) Haar, und ihre Augen waren graublau, wie Blei in der Sonne (später würde er sagen, »azurblau wie das Meer«).

»Das gefällt mir nicht«, sagte Zhu und meinte damit das Essen.

»Ach, Gevatter Zhu«, fragte Feng, »was ist denn nun schon wieder? Das Essen war doch gut.«

»Henkersmahlzeiten sind immer gut.«

»Oh, oh, hört ihn euch an, nicht einmal das Essen kann der alte Griesgram genießen!«

»Die ganze Zeit auf dem Schiff gab's nur Reis und davon nicht viel. Jetzt gibt's auf einmal Suppe, Fleisch, Brot ... wundert euch das überhaupt nicht?«

Li Pang dachte erst am nächsten Morgen darüber nach, als sie auf der Ladefläche des Pferdewagens saßen und über einen morastigen Weg durch eine braune, leblose Landschaft fuhren. Es gab keine Bäume mehr. Die wenigen, die noch standen, waren verkohlt. Links und rechts vom Weg war die Erde durchwühlt wie von einem riesigen Pflug, und überall gab es schmutzige, kreisrunde Tümpel. Der Donner kam näher. Kleine Trupps verwundeter Soldaten schlurften ihnen entgegen. Eine Flasche Branntwein wurde von einem Franzosen zu Pferd an die Chinesen auf dem Wagen weitergegeben: »Trinkt!« befahl er, und sein Pferd stapfte wie betrunken auf der matschigen Straße zum nächsten Wagen, wo der Soldat wiederum eine Flasche ausgab.

Sie gelangten zu einem Platz, der von drei Zelten gebildet wurde. Die Wagen hielten an, und einer der Kutscher verschwand in einem der Zelte. Es begann zu regnen. Die Chinesen mußten von den Pferdewagen absteigen und sich in zwei Reihen aufstellen. Ein Offizier kam, stieg auf eine Kiste. Ein Asiat in französischer Uniform hielt einen Schirm über ihn und übersetzte, was der Offizier sagte.

Der Offizier sagte, der Sieg sei in greifbarer Nähe.

Außerdem sagte er, daß sich die Deutschen, offenbar die Feinde der Franzosen, zurückzögen. Es gelte, dem sich zurückziehenden Feind zu folgen und die eroberten Stellungen so schnell wie möglich zu besetzen. Der Offizier sprach mit einer bellenden Stimme, die über die Köpfe der angetretenen Chinesen hinwegstrich, sich im grauen Niemandsland und den Stellungen der sich zurückziehenden Deutschen verlor.

»Ihr habt einen Vertrag unterschrieben auf zwei Jahre Feldarbeit. Bevor ihr aber Kartoffeln und Rüben ernten dürft, müßt ihr euch erst hier, auf dem Feld der Ehre, bewähren.« Er sah wieder in den verwaschenen Himmel, die Arme hinter dem Rücken verschränkt. »Und mag es auch schmerzlich sein: Ihr müßt zuerst die traurige Frucht des Krieges ernten.«

»Was meint der damit?« flüsterte Li Pang.

Zhu grinste. »Er meint damit, daß wir ihre Toten einsammeln dürfen.«

Sie wurden in Gruppen eingeteilt, jeweils mit einem bewaffneten französischen Soldaten zur Seite. Der französische Soldat machte nichts anderes, als ihnen auf die Finger und in die Taschen zu schauen. Er war mürrisch und rauchte, und das einzige, was er von sich gab, war der Rat, sich auf die Erde zu werfen, wenn sie ein pfeifendes Geräusch hörten. Aber sie hörten kein pfeifendes Geräusch. Nicht an diesem Tag.

Die meisten Toten waren unkenntlich, nur einmal fanden sie unter einem Stahlhelm das Gesicht eines schlafenden Jungen. Feng übergab sich beim Anblick einer Leiche, deren fauliger Arm abfiel, als sie sie aus dem Stacheldraht zerren wollten. Maden krochen aus dem Armstumpf. Den ganzen Tag sammelten sie die Leichen oder deren Reste ein, wobei sie auf Papiere und kleine Schildchen achten sollten, die die Toten an Ketten um den Hals trugen. Sie luden die Leichen auf einen Pferdewagen, und am Abend kehrten sie zurück zu dem Platz mit den drei Zelten, wo die Wagen bereits von anderen Chinesen abgeladen wurden und Soldaten herumgingen, nach den Metallplaketten schauten und etwas auf große Listen schrieben.

»Es geht ihnen nur um die Namen«, erklärte Zhu, »die Toten

interessieren sie nicht. Hauptsache, die haben Namen. Danach werfen sie alle in die nächste Grube.«

»Du hast auf alles eine Antwort, Gevatter Zhu, stimmt's?« sagte Li Pang.

Das stimmte nicht. Für einige Dinge hatte Zhu keine Erklärung. Beispielsweise für die sieben Männer, die sich hintereinander an den Schultern faßten, als sie über den Platz mit den drei Zelten gingen. Sie wirkten völlig gesund, aber sie hatten die Augen verbunden.

Kurz bevor es dunkel wurde, trafen sie wieder bei dem Bauernhaus mit dem halben Dach ein. Hinter dem Haus floß ein Bach, und man sagte ihnen, sie sollten sich ausziehen und waschen. Li Pang schrubbte seinen Körper eine halbe Stunde lang in dem eiskalten Wasser. Ab und zu sah er zu dem windschiefen Haus und glaubte, die Frau hinter den kleinen Fenstern zu erkennen.

Sie gab ihm wieder das Essen, und wieder sah er sie an. Nach dem Essen mußten sie, wie schon am Abend zuvor, aus ein paar Strohsäcken und klammen Wolldecken im größten Raum des Erdgeschosses ihr Lager bereiten. Ein alter Soldat mit nur einem Auge polterte herein und sah mit diesem einen Auge über die Liegenden. Das Auge zuckte. Möglich, daß es die Chinesen zählte. Dann wurde das Auge starr, der Soldat spuckte auf den Boden und löschte das Licht.

Er fand sie dort, wo sie versprochen hatte zu sein. Im Pferdestall. Geruch von Pferdedung, Heu und nassem Holz. Kein Licht. Ab und zu das unruhige Schnauben der Gäule im Schlaf. Die Gäule, die die Leichenkarren ziehen, träumen die? Und wenn ja, wovon? Von Stacheldraht, abgerissenen Gliedmaßen, Leichengeruch? Mondschimmer durch ein schmales Fenster, Zwielicht, das alles in stumpfes Zinn verwandelt, was nicht völlig in der Nacht verschwindet.

Sie wartete in einer leeren Box zwischen zwei riesigen Kaltblütern, sie saß auf einem Hocker, einem alten Melkschemel.

Als er hereinkam, zögernd und mit Herzklopfen und voller Gier, stand sie auf und legte die Arme um seine Schultern, und er spürte ihre Lippen, ihre Zunge, die sich rauh anfühlte, und dann ihre Zähne an seinem Hals. Er erwiderte das Beißen, faßte ihr an die Brüste, die ihm sehr groß und fest erschienen, sie seufzte, er bekam Angst.

Zum einen, natürlich, daß es zu früh vorbei wäre, zum anderen, daß es überhaupt geschah. Sie rutschte an ihm herab und machte sich an seiner Hose zu schaffen. Li Pang schnaufte, an die Bretterwand zur nächsten Box gelehnt, nahm schemenhaft die Hinterteile der Pferde wahr. Wenn man für das bloße Anschauen einer europäischen Frau zwanzig Stockschläge bekam, was bekam man dann hierfür? Ein Krampf, fast wie ein Schmerz (später würde er sagen, »süßer Schmerz«), zog sich plötzlich durch seinen Körper. Sie schien das zu genießen, sog weiter an seinem zweifellos chinesischen Ding, so daß er fürchtete, sie könne es –. Doch sie drückte ihn auf den Melkschemel, hob das Kleid, setzte sich auf ihn, und Li Pang fühlte, wie ein Teil von ihm in der feuchten Dunkelheit Europas versank.

Bilder mischten sich unter seine Gedanken, Bilder, wie er ihr dieses Kleid ausziehen und die Träger des BHs über die Schultern zerren würde, wie draußen, auf der Straße, ein Einsatzkommando aufführe, wie sie aufstöhnen würde, wie eine Lautsprecherstimme von ihm die Aufgabe forderte, wie er sie auf ein Bett stoßen würde, wie die Suchscheinwerfer ihre bleichen Finger durch die Jalousien schöben, wie sie sich wohl anfühlen würden, diese Brüste, dieser Hintern, diese –

»Also, was ist?«

Guevara blinzelte, brauchte Sekunden, um sich wieder an die Frage zu erinnern, ob er mit ihr, Linda, noch irgendwohin gehen wolle.

»Ja«, antwortete er, »warum nicht.«

Ein paar Männer in Anzügen kamen durch die Tür und winkten Li Pang zu. Guevara mochte keine Männer in Anzügen, vor allem nicht in dunklen, und griff instinktiv in seine Manteltasche. Die Männer gingen an ihnen vorbei, ohne sie zu beachten, und verschwanden hinter einer Tür, eine halbe Treppe höher, auf der »Privat« stand. Weiß der Himmel, was die da wollten.

»Was schlägst du vor?«

»Ich? Also …«

Zwanzig Minuten später hob er sie auf einen Barhocker, strich mit zwei Fingern langsam ihr Bein hinauf, faßte unter ihren Rock. Möglich, wie gesagt, daß sie einen Verdacht hatte, wer er war, ihn jedoch nur observieren sollte. Und zwar so lange, bis er sie zu den anderen führen würde … Ihre Zunge forschte in seinem Mund, als wollte sie ihn auf diese Weise zu einem Geständnis bewegen. Er hatte davon gehört, wie SIE sich in das Vertrauen schleichen, wie SIE ähnliche Überzeugungen heucheln, nur um dich am Ende zu verraten, wie eine Schlange wand sich diese Zunge, seine Hand tastete sich ihren Schenkel hinauf – und das bedeutete, sie würde ihn erst hochgehen lassen, wenn er … aber nein, es war zu unwahrscheinlich, SIE würden dieses Risiko nie eingehen, SIE würden ihn ganz vorschriftsmäßig festnehmen, der Öffentlichkeit präsentieren, ihn verhören, schließlich einen Handel vorschlagen. Während seine Hand eine ihrer Pobacken umfaßte, schob er mit einem Finger die Naht des Höschens beiseite.

Seltsam war das schon, erst die beiden Polizisten, dann diese Linda, aber, nun ja, es gab eben Tage, an denen eigenartige Dinge geschahen. Alles konnte Zufall sein – oder geplant –, und er würde es vielleicht nie erfahren.

»Fahren wir zu dir?« fragte er. Sie seufzte in sein Ohr.

»Nicht so schnell«, sie machte sich los.

Mist, dachte er. Aber da hatte sie schon den Inhalt ihres Glases hinuntergekippt und steuerte auf die Tanzfläche zu. Ein alter Punk-Song fiel ihm ein, »Zehn Bier zuviel«, die Band hieß »Nichts«, er hatte die Platte einer der Flugblattaktivistinnen geliehen und nie zurückbekommen. Mittlerweile war er bei Bier Nummer sechs angelangt und lehnte benommen an der Theke. Er hatte seine Zweifel gehabt, als Linda (falls sie so hieß) vorgeschlagen hatte, in diesen Laden zu gehen; androgyne Zwanzigjährige bewegten sich auf der von einer arrhythmischen Lichtorgel erhellten Tanzfläche, zu einem endlosen Track, oder zu mehreren Tracks, die ineinander übergingen. Guevara kannte diese Art Musik nicht, noch mochte er sie. Ebensowenig mochte er das Publikum, lächelnd, fotogen, gleichgültig. Hatte er für sie gekämpft? Er fühlte sich alt. Einige schauten ihn an oder blickten zufällig in seine Richtung, eingetaucht in flackerndes Rot, Blau und Gelb.

Linda hatte sich in die Mitte der Tanzfläche manövriert und gab ihm Zeichen. Widerwillig ließ er sich mitziehen, sträflicher Leichtsinn, so was. Während er in der Menge schwitzender Körper trieb, behielt er den Barhocker mit seinem Mantel im Auge, schüttelte ein wenig seine Ellbogen, rempelte jemanden an, einen muskulösen Typen mit Ziegenbart und einem schweißnassen T-Shirt, auf dem das vertraute Gesicht zu sehen war – und natürlich der Name, die Losung: CHE!

Er gab es auf, setzte sich wieder auf den Barhocker, vergewisserte sich unauffällig, ob seine Waffe noch da war. Er beobachtete Linda und mußte feststellen, daß ihre Art zu tanzen ihm nicht gefiel. Ihm gefielen auch ihre Arme nicht, die unproportional lang waren im Verhältnis zum übrigen Körper. Konnte sein, daß sie außerdem leichte O-Beine hatte. Ihr ovales Gesicht empfand er als nichtssagend, und ihre –

Aber was soll's. Er war auch nur ein Mann, bewaffneter Kampf hin oder her, und im Moment spürte er, trotz des Alkohols und der offensichtliche Nachteile seiner Begleiterin, eine stetig wachsende Erregung. Vielleicht lag es daran, wie sie ihren Hintern bewegte, oder an den stampfenden Bässen, die wie Faustschläge sein Gedärm traktierten und seine Hoden wippen ließen. Oder vielleicht am Bier. *Zehn Bier zuviel.* Was soll's. Das Ganze war ein Abenteuer, und auch wenn er dabei ein gewisses Risiko einging, jeder Mann brauchte ab und zu ein Abenteuer. Er hoffte, es gäbe keine Diskussionen darüber, wo sie nun hingehen sollten. Natürlich mußten sie zu ihr. Das war das unerläßliche Minimum an Konspiration. Außerdem: kein Adressenaustausch, keine weiteren Verabredungen. »Li Pangs Asia-Imbiß« müßte er für ein Weilchen meiden. Ein sauberer One-Night-Stand – und wenn sie hinterher Zicken machte, würde er sie schon loswerden.

Es gab keine Diskussion. Irgendwann hatte sie von dem Gehopse genug, kam von der Tanzfläche und hauchte:

»Jetzt gehen wir zu mir.«

Bei ihr angekommen, rauchten sie einen Joint, den sie akribisch und mit viel Spucke zusammenbastelte und der sie noch mehr aufzuheizen schien. Ihm war das alles ein wenig unheimlich. Er begann, die Kontrolle zu verlieren. Nicht nur über die Situation, auch über seinen Körper. Tatsache war, daß er mächtig einen im Tee hatte, als – anders konnte man das gar nicht nennen (er dachte an Rosa und ihre feministisch begründete Abneigung gegen gewisse Ausdrücke, die sie der männlichen Unterdrückerphantasie zuschrieb) – die Fickerei ihren Lauf nahm. Alkohol und Joint zum Trotz stand sein Geschlechtsteil hart und unerbittlich in das schummrige Zwielicht ihrer 08/15-Studentenbude hinein. Es war gespenstisch und hatte zur Folge, daß er es eine Ewigkeit mit Linda trieb, ohne daß *er* losging. Abwechselnd lag er unter beziehungsweise auf ihrem noch halb bekleideten Körper, oder er kniete hinter ihr, seine Bierrülpser unterdrückend. Sie fand es (wie sie später sagte) *ganz okay.* Irgendwann gab es eine Pause, und sie rollte sich zur Seite, was damit endete, daß sie

301

polternd aus dem Bett fiel. Als sie sich an dem Stuhl hochzog, über dem seine Kleider hingen, streifte sie seine Manteltasche, runzelte die Stirn und hatte plötzlich den Revolver in der Hand.

»Was ist denn das für ein Ding?«

Es kam ihr abgeschmackt vor: das gemeinsame Abendessen, Kerzenschein und Cognac, die Taxifahrt, der Abschied unter schummrigen Straßenlaternen – alles wie in einem trivialen Film. Als sie an jenem Abend kurz angebunden Gummer die Hand drückte und er intelligent genug war, nicht mehr von ihr zu erwarten, hoffte sie auf eine Zufälligkeit, ein Ereignis, und mochte es auch geringfügig sein. So etwas wie ein kleines Schicksal.

Das kleine Schicksal materialisierte sich in der Waschmaschine des Bulgaren. Wieder einmal voll Heimweh und Cabernet-Sauvignon hatte er es nicht bis zu seinem Außenklo geschafft und sich auf seine Kleidung erbrochen. Als er aus seinem Rotweinkoma erwachte, genügte ein Blick auf das hochwangige Mädchen, und der Bulgare schämte sich sehr. Wankend zog er sich bis auf die Unterhosen aus, raffte all seine Klamotten nebst einem kleinen, handgeknüpften Teppich, dem Korkenzieher und zwei leeren Flaschen zusammen und stopfte das Ganze in eine alte, russische Waschmaschine.

Valeska ahnte das Unglück bereits, als sie die Treppe hinaufkam und vor der angelehnten Wohnungstür eine große, trübe Pfütze sah. Die russische Waschmaschine hatte die bulgarische Füllung nicht überlebt. Die Trommel eierte und quietschte, während an den Seiten lustig das Wasser heraussprudelte und der Bulgare in Unterhosen auf einem Stuhl saß, die Füße auf einen weiteren Stuhl hochgelegt, und nachdenklich eine der leeren Flaschen betrachtete, die gerade an ihm vorbeischwamm. Als Valeska auf der Türschwelle stand, schüttelte er den Kopf und stellte schwermütig fest: »Nun kannst du nix mehr bei mir Wäsche waschen.«

Valeska fand einen Waschsalon, der einer älteren Frau gehörte und zugleich so etwas wie eine Kneipe war. Sie erkannte Gummer erst, als sie schon neben ihm vor einer der Trommeln saß. Anstatt sich zu ihm umzudrehen, fing sie an, sehr langsam ihre Wäsche zu sortieren. Er sah sie an.

»Ja«, sagte er schließlich.

Und damit begann der Hotel-Winter. Es waren elf oder zwölf, Gummer bezahlte sie alle, und er suchte sie auch aus. Noch Jahre später, als sein Gesicht in ihrer Erinnerung längst zu einem Schemen verwischt war, sollte sie ab und zu Streichholzbriefchen, Seifenschachteln, Zuckertütchen finden, die sie damals, infolge einer Art Habgier für die kleinen Dinge, eingesteckt und dann in einem Mantel, einer Handtasche, einer Jacke vergessen hatte. Es waren keine luxuriösen Hotels. Eine Nacht im »Grand Hotel« meinte Gummer einmal, sei etwas für frisch verheiratete Provinzler, und sie waren nun mal nicht frisch verheiratet. Nein, gab sie zu, waren sie nicht.

Das erste Hotel trug den Namen »Central«, ein sachlicher Bau aus der goldenen Zeit des Sozialismus, mit laufstallähnlichen Balkonen und verspiegelten Fenstern, die abends im Licht der untergehenden Sonne rötlich schimmerten und durch die man einen schönen, fast romantischen Blick über einen Seitenkanal des Flusses hatte. Das »Hotel Central« hatte vor dem Fall der Mauer, da es nicht weit von ihr entfernt lag, als nur bedingt zentral gegolten, nun war es in ein neues Zentrum gerückt, dessen Umrisse sich langsam aus dem Nebel der Übergangsjahre schälten, so wie die Schlepper und Lastkähne, die gemächlich tuckernd durch den Morgendunst über dem bleifarbenen Wasser glitten, in dem Eisschollen wie zerbrochene Spiegel schwammen; an dem Tag, als Valeska nackt am Fenster stand, den Vorhang zur Seite schob, hinaussah und Cordt

Gummer vom Bett aus ungläubig die Silhouette ihres Körpers betrachtete, dessen Geruch er länger vermissen würde als den Körper selbst.

Das »Central« hatte man nur innen halbherzig modernisiert. Der Portier entschuldigte sich für die abblätternde Farbe des Vordaches über dem Eingang und erklärte, nach einem kurzen Pfftt-pfftt mit seinem Asthmaspray, warum sich daran auch in Zukunft nichts ändern werde: Gleich drei Parteien stritten sich um das Gebäude beziehungsweise den Grund, auf dem es stehe. Wer der aussichtsreichste Kandidat sei, könne man mit einem Blick über die Straße sehen. Dort waren die Bagger eines Abrißunternehmens geparkt und warteten darauf, den Portier in Frührente zu schicken. Er reichte ihnen die Schlüssel zur, wie er wehmütig feststellte, nun leider umgebauten Diplomatensuite, nachdem er Gummer einen Blick in sein persönliches Fotoalbum abgenötigt hatte, in dem ein zwanzig Jahre jüngerer Portier neben Diplomaten aus den Volksrepubliken Benin, Nordkorea und Rumänien posierte.

Aber der Blick über das Wasser, das noch wenige Tage zuvor Eis gewesen war, gewann Valeska für das »Hotel Central« und die »Diplomatensuite«, und sie stand sehr lange am Fenster, nackt, und er sah sie ebensolang schweigend an.

Andere Hotels waren in alten Jugendstilvillen, in ehemaligen Gewerkschaftshäusern, in Neubauten, eines in einem Bahnhof untergebracht. Ab und zu gingen sie, vielleicht aus Neugierde, in die Hotelbars. Dort saßen Handelsvertreter, Angestellte auf Dienstreise, kleine Geschäftsleute vor halbleeren Gläsern und sprachen von den großen Erwartungen, den wichtigen Geschäften, den Hoffnungen, die sie in die Stadt setzten. Einmal kam es zu einer seltsamen Begegnung. »Gummer?« fragte ein Mann, der in der offenen Tür eines Zimmers stand, und Valeska nahm, vom Hotelflur aus, auf dem Bett im Hintergrund eine nicht mehr ganz junge, brünette Frau wahr.

»Herr Direktor«, sagte Gummer freundlich und lupfte im Vorübergehen einen imaginären Hut.

Sie hatte keine Ahnung was Cordt Gummer an Weihnachten trieb, und sie fragte ihn auch nicht danach, genausowenig, wie er nach ihren Wertpapiergeschäften fragte. Dem Bulgaren legte sie eine Mundharmonika unter sein krummes Weihnachtsbäumchen, worauf sie von ihm vor lauter Freude fast erdrückt wurde, eingehüllt in sauren Rotweinduft. Er lud sie ein, ihn im nächsten Sommer zu besuchen, wenn er erst mit seiner Braut in seinem Häuschen am Schwarzen Meer wohne. Den Jahreswechsel verbrachte sie mit Gummer in der Badewanne eines Vier-Sterne-Hotels in der Nähe der alten Synagoge. Ein neues Hotel, das Gummer vielleicht wegen der beträchtlichen Größe der Badewannen ausgewählt hatte.

Anfang März wurde es noch einmal sehr kalt. Die Temperaturen sanken so tief wie den ganzen Winter nicht. Und das wurde dem Bulgaren zum Verhängnis.

Es war das elfte oder zwölfte Hotel, eine Pension mit dem Namen »Maria-Hilf«, deren spitzmundige Empfangsdame Gummer fragte, ob sie verheiratet seien. Er rief aus, was sie eigentlich für eine schmutzige Phantasie habe, natürlich seien sie verheiratet, und wie man ihm ausgerechnet an diesem Ort, in SEINER Gegenwart (er deutete auf ein Kruzifix an der Wand), Unzucht unterstellen könne! Die Empfangsdame wurde rot. Es tue ihr leid, druckste sie und schob den Schlüssel über die Theke. »Verheiratet«, lachte Gummer wie ein Fremder in der Dunkelheit des Zimmers, sie sah nur seine Zigarette, »verheiratet.«

Sie fand ihn am nächsten Morgen, als sie nach Hause kam. Es war Sonntag, die Straßen waren verlassen, die Bäume kahl, der Frühling ließ sich Zeit, zu lange für den Bulgaren. Er lag im Flur seiner Wohnung und war bereits genauso steif und kalt wie der Inhalt der halbleeren Flasche neben ihm.

»Hatte er Verwandte?« fragte der Polizist.

»Ich weiß nicht«, sagte sie, »es gab da ein Mädchen in Bulgarien.«

»So, in Bulgarien.« Der Polizist schrieb ›Gab Mädchen in B.‹ in sein Notizbuch.

»Und Sie? Wohnen Sie auch hier?«

»Nur vorübergehend«, antwortete sie.

Gummer hatte keine Ahnung. Er ging in der darauffolgenden Woche in Ebels Pfandleihe, wo er in der Auslage diesen einzelnen Ohrring entdeckt hatte.

»Ein Opal«, erklärte Ebel. Hätte er gar nicht müssen. Gummer war versessen auf den Ohrring, der in seiner Vorstellung dem Stück, das sie trug, immer ähnlicher wurde. Ebel rieb sich die Hände, und Gummer hob, wie in den zwei vergangenen Monaten, weiteres Geld ab von Konten, deren Inhaber es gar nicht gab. Er packte den Ohrring in Seidenpapier ein, kaufte Blumen und pfiff ein Lied auf dem Weg in das Restaurant, in dem sie sich treffen wollten.

Nach einer dreiviertel Stunde ahnte er dann doch etwas, blieb aber trotzdem noch zwei Stunden sitzen, zwei Stunden, in denen er sich eine Margarita nach der anderen bestellte und von ein paar Türken an der Bar mitfühlend betrachtet wurde.

Am nächsten Tag ging er mit einem Kater und pochendem Herzen zu ihrer Wohnung, von der er nur die Adresse kannte. Er spürte es längst, hoffte jedoch auf einen Irrtum, ein Wunder, eine Nachricht, irgend etwas. Die Blumen, welk und erfroren, nahm er mit. Schließlich stand er vor ihrer Tür, klopfte, klopfte wieder und wieder. Aber niemand machte auf, auch kein breitschultriger Zehnkämpfer, kein untersetzter Multimillionär.

Und da wußte er, daß nie jemand aufmachen würde. Er holte das kleine Päckchen aus seiner Manteltasche und warf es durch den Briefschlitz. Die Blumen ließ er achtlos auf den Fußabtreter eines Nachbarn fallen, dessen Tür von der Polizei versiegelt worden war, was Cordt Gummer nicht weiter interessierte. Schwer und langsam stieg er die Treppe hinunter, und in einem plötzlichen Anfall von Wut auf die Welt trat er die offenstehende Tür eines Außenklos zu.

»Was ist denn das für ein Ding?«
In ihrem Gesicht lag echte Überraschung, während sie das schwarzschimmernde Metall in der Hand wiegte.
Ding, Ding, Ding. Guevara war zu erschöpft von dem Bier, dem Joint, dem andauernden Geschlechtsakt, als daß er hätte aufstehen können, um ihr, wie er das vor zehn Jahren mal in einem arabischen Wüstencamp gelernt hatte, das Handgelenk zu brechen und den Lauf der Waffe in den Mund zu stekken. Es fiel ihm auch gar nicht mehr ein, wie so etwas gehen könnte. Statt dessen rülpste er und glotzte in die Revolvermündung, dann wieder auf seine, trotz der mißlichen Lage, unverändert anhaltende Erektion. Fast war ihm, als ob dieses Ding zu seiner eigenen Vergrößerung noch das letzte Blut aus seinem Hirn abzapfte. Ding, Ding, Ding ... Würde sie ihn jetzt gleich umballern? Es gäbe ein ziemlich großes Loch – er hatte die Projektile angefeilt. Dumdum, übrigens ursprünglich eine Erfindung der Inder, der unterdrückten Arbeiter Kalkuttas. Kalkutta, Kalkutta, da gab es doch einen Schlager, genau, Kalkutta liegt am Ganges, Paris liegt an der Seine, doch daß ich so verliebt bin, das liegt an Madeleine ...
»Was ...« begann sie wieder.
»Madeleine«, lallte er.
Sie kam näher, den Revolver aus der Hüfte auf ihn gerichtet.
Das, dachte Guevara benebelt, ist also mein Ende: nach zwanzig Jahren Guerillakampf von einer Kneipenbekanntschaft erschossen. Kalkutta liegt am Ganges, Paris liegt an der Seine, und daß ich mausetot bin, liegt an – okay, alter Junge, es ist Zeit. Er beschloß, noch einmal das ganze Leben an sich vorbei-

ziehen zu lassen. Es kam wenig dabei heraus. Nur schräge Bilder. Mao am Strand von Cancun. Rosa. Der Morgen am Tag des Attentats auf den Bankdirektor, von dem sie später behaupteten, er hätte einen Unfall gehabt. Der Kinderwagen, der Schalldämpfer, der alte Mann mit dem Glasauge, der sich in diesem Augenblick in seinen Chef verwandelte und ihn daran erinnerte, morgen pünktlich im Büro zu sein, Wolf, gulp, gulp, im weichen Beton, trara, die beiden Polizisten, die er kaum sechs Stunden zuvor beim Chinesen gesehen hatte, sie trugen Fidel-Castro-Bärte, und die Kalaschnikows baumelten ihnen um den Hals ...

Guevara wedelte mit den Armen.

»WAS SOLL DAS SCHON SEIN!« brüllte er plötzlich. »DAS IST NE KANONE UND ICH BIN EIN TERRORIST!« Er spürte Erleichterung. »Ich bin MZ-Terrorist. Ich werde gesucht. Ich bringe Leute um. So ist das.«

Aber dann, als sie nichts erwiderte, ihn nur kühl (und – konnte es sein? – immer noch *geil*) betrachtete, den Abzugshahn langsam mit dem Daumen nach hinten zog, sich mit der Zunge über die Oberlippe fuhr, den Arm mit der Waffe ausstreckte und er nicht weiterwußte, ihm nichts mehr einfiel, außer daß er ja frühmorgens diesen Termin mit Rohrbach hatte, sagte er: »Kaputte Fahrräder.«

»Was?«

Er zuckte die Achseln. »Kaputte Fahrräder. Ich arbeite bei einer Versicherung in der Schadensabteilung. Ich wickle Sachschäden ab.«

Er war verwirrt. Sie lachte. Streifte sich die Träger ihres BHs über die Schultern. Drückte ihm die Pistole in die Hand.

»Und jetzt streich mir mit deiner Kanone über meine Nippel.«

Schmidt

»Gummer?« fragte der Direktor, in der offenen Tür des Hotelzimmers stehend, und versuchte, sich einen Reim auf die ganze Geschichte zu machen.

Da ging er. Gummer, einer seiner *unbedeutendsten* Filialleiter. Im selben Hotel mit einer Rothaarigen. Und grüßte, als ob es ganz normal wäre, wenn man an seinem Wohnort ins Hotel ging. Die Weihnachtsfeier hatte er in diesem Jahr wohl geschwänzt, der undankbare Kerl – und nun latschte er hier, hochmütig grinsend, an ihm vorbei. Konnte das Zufall sein?

»Liiiiiebling!« rief seine Sekretärin vom Bett aus und erinnerte den Direktor an außereheliche Pflichten. Aber er war zu verwirrt, zuviel war geschehen, und zuviel geschah, ohne daß er noch länger Einfluß darauf nehmen konnte. Früher, am Ende der siebziger und am Anfang der goldenen achtziger Jahre, ja, da war das anders gewesen.

Nach einem gründlichen Studium der Jurisprudenz und Ökonomie, einem hervorragenden Abschluß und der Promotion hatte der Direktor, ohne Verzögerung, einen verantwortungsvollen Posten in der VERBAG bekommen. Das war im Herbst 1973. Ein komisches Jahr, dieses 1973. Es war nicht mehr '68 und noch nicht '78, das Jahr, in dem der oberste Chef des Direktors, Vorstandssprecher Dr. Albert Böding, die luftigeren Schichten der Atmosphäre durch sieben Kilo Semtex-Plastiksprengstoff kennenlernte, die unter einem Kanaldeckel vor einer Fußgängerampel versteckt waren und just in dem Augenblick hochgingen, als sich Böding eine seiner unter großen Mühen geschmuggelten kubanischen Zigarren anzünden wollte.

Während seines Studiums war der Direktor an den Universitäten ein Einzelgänger geblieben, auch an den privaten Hochschulen in England und der Schweiz, an denen es ruhiger zuging als in Deutschland. Zur Studentenbewegung hatte er, abgesehen von zwei mißglückten Versuchen, Cannabis zu rauchen und an einer Gruppensexparty teilzunehmen, nie Kontakt gehabt. Es war nicht so, daß er etwas gegen sie hatte, aber es gab in seinen Augen nichts, was dafür gesprochen hätte, an einer Demonstration teilzunehmen oder ein Flugblatt der Leninisten, Trotzkisten oder Maoisten zu unterschreiben. Sie fragten ihn auch nie, ob er eines unterschreiben wollte. Mit dieser Vietnam-Sache – auch die war Anfang der Siebziger bereits Schnee von gestern – hielt er es so wie der amerikanische Boxweltmeister Cassius Clay, als er vor der Musterungskommission stand und sich weigerte, Soldat zu werden: »Ich habe nichts« gegen diese Vietcong«, antwortete der Direktor, wenn er über den Campus lief und von einer Gruppe Hippies wegen seines ordentlichen Breitkord-Jacketts und der für damalige Verhältnisse zu kurzen Haare angesprochen wurde. Andererseits hatte er auch nichts gegen die Amerikaner, was er in solchen Momenten freilich verschwieg. Der Direktor und die zu spät gekommenen Blumenkinder: Beide Seiten nahmen keine Notiz voneinander. Es gab keine hitzigen Diskussionen in irgendwelchen Studentenkneipen, bei denen der Direktor Gelegenheit gehabt hätte, seinen konservativen Standpunkt zu verteidigen oder aber aufzugeben. Er aß und trank mit Leuten, die genauso unpolitisch und unbeachtet waren wie er, sie sprachen über Gesetzeskommentare, über die Dollarkrise.

An die konnte er sich noch genau erinnern, weil sie ihn veranlaßt hatte, an einem öffentlichen Ort, dem »Störtebeker-Brauhaus«, eine leidenschaftliche Rede zu halten. Er sagte bereits im Januar voraus, was im März tatsächlich geschehen sollte: die Freigabe der Wechselkurse durch die europäischen Zen-

tralbanken. Von da an genoß er in seiner kleinen, blassen
Schar eine gewisse Hochachtung.
Schmidt sah er damals nur einmal. Zufällig. Im Fernsehen.
Das heißt, er wußte gar nicht, daß es Schmidt war. Er sah einen
Mann, der auf ein brennendes Auto zurannte. Der Mann trug
einen Helm, aber die Art, wie er lief und mit seinen Armen
fuchtelte, erinnerte ihn an Schmidt. Hinter dem Mann mit
Helm liefen noch andere, der Behelmte drehte sich um, und es
schien dem Direktor, als ob er etwas rief. Was es auch war, ver-
stehen konnte er es nicht.

Die Kindheit eines Chefs

»Wir sind vertauscht worden«, behauptete Schmidt hartnäk-
kig. Dem Direktor liefen wohlige Schauer des Entsetzens über
den Rücken. Er und Werner Schmidt saßen in ihrem Baum-
haus und schauten über den See. Sommer 1956, die Sonne
ging unter, Stechmücken flirrten im Abendrot, und der Direktor, der damals noch nicht wußte, daß er einmal der Direktor
sein würde, dachte voll Unwillen daran, daß er bald nach Hause müßte, wo das Abendbrot und sein Vater warteten.
»Quatsch«, sagte der Direktor.
»Doch. Meine Oma hat's mir erzählt. Immer wenn die Amis
kamen, mit ihren riesigen fliegenden Festungen, gingen die
Sirenen los: HUUUUUUUUUUUUUUUUH. Und dann haben
die Krankenschwestern in den Krankenhäusern sich Babys
untern Arm geklemmt und sin in die Bunker gerannt. So war
det.«
»Stimmt ja gar nicht!« widersprach der Direktor halbherzig.
Aber Werner Schmidt ließ sich nicht beirren:
»Na, und da stand se dann. Die Krankenschwester, mein ich:
Rechts dich unterm Arm, links mich, und se wußte nich mehr,
wer wer war, und es war ihr och ziemlich egal, in dem ganzen
Bombenhagel und mit die Russen draußen und all det. Und

vor ihr standen die Bettchens mit den Namensschildern. Da hat se eben ausgezählt: Ene, mene meck – du bist weg. Und deswegen bin ich jetzt du, und du bist ich. So is det.« Schmidt gestikulierte auf seine selbstsichere Art und Weise mit den Armen, die den Direktor gleichzeitig wütend und mutlos machte.

Sie schwiegen und sahen einem Segelboot nach, das auf dem See kreuzte.

»Was meinste«, begann Werner Schmidt erneut, »ob wer's unsern Alten gleich heute abend sagen? Ich meine, jetzt, wo wer's wissen, gibt's doch keenen Grund mehr, 's ihnen nich zu sagen, oder?«

Schon ein halbes dutzendmal hatte Werner Schmidt ihm diese Geschichte erzählt, mit immer neuen Einzelheiten, und jedesmal ergötzte sich der Direktor insgeheim an der Vorstellung, ein anderer zu sein als der, der er war. Aber wenn Werner nun Ernst machte?

»Wir machen det so: Du gehst nachher zu mei'm Alten und sagst ihm, wie's in Wirklichkeit steht. Er wird dir 'n paar hinter die Löffel geben, aber wenn de ihm ordentlich in der Werkstatt hilfst, wird der det bald vergessen haben.«

JA! JA! JA! schrie etwas im Direktor, nie wieder Klavierstunden! Nie wieder Lateinnachhilfe! Nie wieder ein Nachmittag allein mit der schwachsinnigen, schlesischen Putzfrau, die ihn in einem unverständlichen Kauderwelsch dazu zwang, sein Zimmer aufzuräumen! Und vor allem müßte er im Herbst nicht in dieses wenig verheißungsvolle bayrische Internat, in das ihn seine Eltern mangels Zeit stecken wollten und das ihn all seine Freunde, einschließlich seines besten, Werner Schmidt, kosten würde. Gerne wollte er statt dessen in Vater Schmidts Autowerkstatt schuften, bis zu den Ellbogen im Getriebeöl baden!

»Und ich werd mir in dem bayrischen Internat mit Weißwürsten 'nen bayrischen Wanst anfressen, Bier trinken und schöne Mädels in Dirndlkleidern verführn.« Auch in diesen Dingen wußte Werner viel besser Bescheid als der Direktor. Ohnehin ein Jahr älter, bekam er einiges von seiner größeren Schwester mit, die sich neuerdings mit einem schwarzen Sergeanten der US-Army traf, was dazu führte, daß Vater Schmidt nun auch Buicks und Chryslers reparierte, andererseits die Direktorenmutter bei Tisch vor Ekel zu einer kaum zu übertreffenden Grimasse bewog und den Direktorenvater zum Verbot jeglichen Betretens der Schmidtschen Behausung, solange der »Neger« in der Nähe sei.

Als die Sonne fast untergegangen war, fuhren sie mit den Fahrrädern durch die Siedlung, in der zwischen alten Villen die flachen Häuschen der amerikanischen Offiziere standen. *Major S. Stone; Captain T.C. Frappenhomer; Lt.-Col. Joseph Lewis* – Werner Schmidt zählte die Namen jedesmal leise wie eine Beschwörungsformel auf. Er hatte behauptet, Lt.-Colonel Joseph Lewis sei *der* Joe Louis, bis sie den Mann eines Tages in karierten Shorts und mit Golftasche aus der Tür kommen sahen. Er war kalkweiß und hatte rötliches Haar. Eindeutig nicht Joe Louis.

Ein Jeep der MP mit zwei schwarzen Soldaten, die rauchten, stand an einer Straßenecke. Im Vorbeifahren grüßte Werner militärisch, und die beiden Schwarzen grüßten lachend zurück.

»Kannst du das nicht lassen?« Der Direktor hatte Angst, daß sie eines Tages angehalten würden oder sonstwie Ärger bekämen.

»Nee. Wir stammen von denen ab. Ohne die wär'n wir gar nich auf der Welt.«

»Ach ...«, sagte der Direktor.

»Immer wenn die Sirenen gingen, so –«, Schmidt heulte aufs neue wie ein Schloßhund, nahm die Füße von den Pedalen, streckte die Beine aus, fuhr Schlangenlinien, Wachhunde bellten in ihren Zwingern vor den Villen des Wirtschaftswunders, bis ihm die Luft ausging, er mit dem Direktor wieder auf gleicher Höhe war und fortfuhr: »Immer wenn also die Sirenen gingen und die Flugzeuge kamen, mit den ganzen Bomben und Negern drin, flitzten unsre Alten in die Keller. Da lagen se dann im Dunkeln unter den Decken, tagelang, Männlein und Weiblein, hatten Angst und wußten nich, was se machen sollten. Und da ham se halt uns gemacht. Zack-zack«, Schmidt ließ den Lenker los und machte mit seinen Fingern eine eindeutige Geste, »weil ihnen nischt Besseres einfiel. So war det.«

Sie standen vor dem Haus des Direktors, seinem Elternhaus. Zack-zack. Es war nun fast dunkel. In der aufflammenden Straßenbeleuchtung sah er Werner Schmidt voll grenzenloser Bewunderung und Liebe an. Schmidt hatte alles, was er sich sehnlichst wünschte: Er war stark, mutig, ein Draufgänger. Er wußte, was er vom Leben wollte: Rennfahrer werden. Und er konnte diese Geschichten erzählen, die die Welt auf ihre Weise zusammenhielten und besser machten, als sie tatsächlich war.

»Ich muß rein«, sagte der Direktor.

»Mhm«, überlegte Schmidt, »wann fährst 'n?«

»Erst übernächste Woche«, sagte der Direktor hastig.

Werner grinste. »Besser, ich komm jetzt gleich mit dir rein, und wir sagen's ihnen.«

»Wir … wir sagen's ihnen am Sonntag – ja?«

Schmidt tat so, als müsse er sich das erst ausgiebig überlegen. »Na gut. Dann treffen wir uns Sonntag. Gleiche Welle, gleiche Stelle. Versprochen?«

»Versprochen.«

Sie gaben sich die Hand, und der Direktor verschwand im Garten vor dem Haus.

Sie trafen sich nicht am Sonntag und auch nicht an den Tagen vor der Abfahrt des Direktors. Der Direktor bekam Hausarrest, aus einem nichtigen Anlaß, den er mit den Jahren vergaß. Was blieb, war die Erinnerung an jenen Sommer, verbunden mit dem quälenden Gefühl, ein wichtiges Versprechen nicht gehalten zu haben.

In einem anderen Land

Möglich, daß es unter den rund 10 000 Einwohnern Eichhofens Menschen gab, die den lieben langen Tag Weißwürste aßen, Bier tranken und sich mit drallen »Maderln« in »Dirndln« vergnügten. Und möglich auch, daß der eine oder andere Besucher in späteren Jahren, den Jahrzehnten der Pauschalreisen und des Bustourismus, der mittelalterlichen Stadt im Altmühltal mit den schiefergedeckten Dächern, dem auf das achte Jahrhundert zurückgehenden Dom, den Barockkirchen und dem Bischofspalais etwas abgewinnen konnte – der Direktor sah in dem Eichhofen von 1956 nicht mehr und nicht weniger als ein riesiges Gefängnis. Das Internat war in einer Mischung aus Gutshaus und Trutzburg untergebracht, die irgendein Willibald im 13. Jahrhundert, wahrscheinlich aufgrund einer chronischen Diarrhöe, an einem wilden Nebenarm der Altmühl aus herumliegenden Kalksteinen zusammengetragen hatte. Noch heute kann man das Zimmer des ersten Willibald besichtigen, das sich in einem viereckigen Turm befand, der oben einen überhängenden Fachwerkaufsatz trägt: Willibalds Abortkämmerlein. Häufig stellte sich der Direktor, in den Nächten namenloser Pein, die den Tagen gnadenloser Demütigungen folgten, Willibald I. vor, wie er da oben in seinem Zimmerchen saß und sich in die langsam versandende Altmühl entleerte. In dieser Vorstellung, die schließlich in den ersehnten, schwarzen Schlaf mündete, nahm Willibald immer Gestalt und Züge des sadistischen Rektors an.

Im Gegensatz zu vielen Filmen und Jugendromanen gab es in Eichhofen zwar den bösen Rektor, nicht aber den liberalen,

weisen, kunstsinnigen jungen Lehrer, der sich ihm entgegen-
stellte. Es gab auch keine verschworene Gemeinschaft von
fünf, vier, drei oder auch nur zwei Freunden, die füreinander
durch dick und dünn gingen. Es gab niemanden. Jeder war
sich selbst der nächste. Dies machte den eigentlichen Lernef-
fekt der Erziehungsanstalt aus, und der Direktor erwarb Tu-
genden, von denen er sein ganzes Leben lang – vor allem in
der VERBAG – zehrte: Mißtrauen, Neid, Ehrgeiz, Opportunis-
mus. Irgend etwas wurde in dieser Zeit in ihm ausgetauscht,
und zwar ohne daß er es merkte. Die einzige, die vielleicht etwas bemerkte, war seine Mutter, der er zwei Briefe schickte
(telefonieren war nur in Notfällen gestattet). Im ersten beklagte er sich bei »seiner lieben Mama« bitter über das düstere
Eichhofen, das noch nicht mal einen Zoo besaß, und bezeichnete das Internat als »ein Straflager wie das, in dem Onkel
Herbert war«.

Die Mutter las den Brief dem Vater vor, der in seiner sehr
knappen Freizeit ein eiskalter Puzzler war. Nichts haßte er
mehr, als mitten in der entscheidenden Phase eines 7500-Tei-
le-Puzzles (in diesem Fall die Siegesparade Kaiser Wilhelms I.
1871 durch das Brandenburger Tor) gestört zu werden.

»Da wird er wohl durchmüssen«, brummte er, sah kurz auf das
Brandenburger Tor und suchte weiter nach der vergoldeten
Pickelhaube des Monarchen.

Im zweiten Brief standen dann lauter Belanglosigkeiten: die
Noten des Direktors in Algebra, die Feststellung, daß in Eichhofen die Luft viel sauberer sei als in Berlin. Die Mutter las
auch diesen Brief dem Vater vor.

»Na siehst du«, sagte er und fischte Bismarcks Schnurrbart
unter dem Fernsehsessel hervor.

An Werner Schmidt schrieb der Direktor nur einmal: eine Karte, und die schrieb er nicht zu Ende. »Lieber Werner, wenn Du
wüßtest, wie es mir hier geht, wärst Du froh, daß wir nicht ge-
tauscht haben. Bitte, bitte entschuldige …«

Er fand nicht die richtigen Worte, sich zu entschuldigen, weil er wußte, daß Werner an seiner Stelle einfach ausgebüxt wäre. Im Geist hörte er ihn rufen: *Warum hast'n keene Gaunerleiter aus deinen ollen Bettlaken gemacht?* Weil ihm dazu der Mumm fehlte. Darum. Abends, im schwachen Schein der Studierzimmerlampe, drehte er die angefangene Ansichtskarte von Eichhofen hin und her, bis einer der Primaner durch die Tür gepoltert kam, um bei ihm Zigaretten zu verstecken oder das wöchentlich fällige Schutzgeld zu kassieren. Jedesmal schob er die Karte hinter den Heizkörper, wo er sie eines Tages vergaß.

Die Angst vor dem Ende

Der Dom von Monza ist um zwei Jahrhunderte älter als der von Eichhofen und hat auch den üppigeren Domschatz, in dem sich goldgefaßte, antike Souvenirs befinden, Mitbringsel ausgemergelter Pilger aus dem Heiligen Land, vermeintliche Reliquien, die ihnen von ruchlosen Händlern in den engen Gassen des sarazenischen Jerusalems aufgeschwatzt worden waren: Ampullen mit Blut, Stoffetzen, rostige Nägel, Dornenkränze, Holzsplitter, Steine aus Bethlehem, sogar Stroh – alles original vom Tage Null. Das wertvollste Teil aber ist die »Eiserne Krone«, ein spätkarolingisches Schmuckstück mit einem eisernen inneren Reif, welcher der Legende nach aus einem Nagel vom Kreuze Christi gefertigt ist. Mit der »Eisernen Krone« wurde bis in das 19. Jahrhundert hinein eine Reihe italienischer Könige gekrönt. Ursprünglich jedoch war sie eine Frauenkrone, und zwar die der Großmutter Berengars III., der am 31.12.999 kurz vor Mitternacht im Dom von Monza kniete, die Taschen seines Hermelinwamses voll heiligem Krimskrams, und sich seines sündhaften und an Verfehlungen reichen Lebens erinnerte – während im Seitenschiff die große Wasseruhr tropfte und so das Verrinnen der Zeit hörbar machte.

317

Gemacht hätte. Tatsächlich herrschte ein ziemlicher Krach in den ehrwürdigen Mauern. Zum seit Tagen anhaltenden Gebetsgemurmel der Büßer mischten sich die Peitschenhiebe nackter Flagellanten und gregorianische Gesänge. Olibanum entströmte den zahllosen Rauchfäßchen und vernebelte die nur acht Grad warme Luft. Berengar hustete.

Er hatte alle Prophezeiungen für das Jahrtausendende verglichen, auch die der Häretiker. Es sah nicht gut aus. Nicht nur, daß im Jahr 1000 die Welt untergehen sollte (Berengar hatte auf so etwas wie die Sintflut gehofft, etwas, worauf er sich angemessen hätte vorbereiten können) – der Untergang sollte auch auf ziemlich grausame Weise vonstatten gehen. Besonders beunruhigend (weil in der Vergangenheit besonders zuverlässig) waren die Vorhersagen seines Hofalchimisten Methodius des Jüngeren. Demnach wäre er, Berengar, keineswegs unter jenen, die mit Sicherheit Eingang ins ewige Paradies finden würden. Im Gegenteil. Methodius riet vorsorglich, eine ausreichende Menge Reliquien zu erwerben, bevor er den himmlischen Heerscharen entgegentrete. Und aus diesem Grund kniete fünf vor zwölf Berengar III. vor dem Altar, die Taschen mit Ablaß gefüllt, auf dem Kopf, nach einer längeren Zankerei mit seiner schwerhörigen Großmutter, die »Eiserne Krone«, zitternd, und scheinbar betend – während sich in seinem Geiste die wüsten Prophezeiungen Methodius' zu apokalyptischen Bildern auftürmten: *Und die Engel der Rache werden kommen in schimmernder Rüstung und mit dem Lächeln des Gerechten auf den Lippen. Und als Vergeltung für alle Schandtaten, die SEIN Auge hat sehen müssen in den tausend Jahren, werden sie vor den Toren der Stadt Monza einen Zirkus errichten, größer als der größte Zirkus der Heiden, in dem einst die ersten Jünger Christi ihr Martyrium erlitten. Und dort werden sie Arm und Reich, König und Knecht zusammentreiben wie Vieh. Und die Menschen werden hungern und dürsten, doch durch ihre trockenen Kehlen*

*wird nur das schwarze Wasser des Styx fließen – bis die Streit-
wagen aus Donner erscheinen, mit Feuer und dem Gestank
der Pestilenz ...!*

Monza

Katja ging während der Rennen spazieren. Anfangs lief sie
ziellos in den Städten umher, doch später, als sie sich daran
gewöhnt hatte, stellte sie immer einen genauen Besichti-
gungsplan auf und sprach am Vorabend im Hotel munter von
den Sehenswürdigkeiten, die sie sich anschauen wollte.

Hardy Schmidt lag auf dem Bett und beobachtete seine Frau,
während sie ihm das Besichtigungsprogramm vortrug. Wieder
und wieder strichen seine Blicke die Kontur ihres Körpers
entlang, verharrten an ihrem schlanken Hals, fuhren durch ihr
dunkles, fast schwarzes Haar, die dichten Brauen, suchten
ihre blauen Augen.

»... und es gibt im Dom eine sogenannte ›Eiserne Krone‹,
mit der die italienischen Könige gekrönt wurden, aber eigentlich ist es gar keine richtige Krone, das heißt, sie gehörte einer
Frau ... Was ist?«

Schmidt war gefangen von ihrer Schönheit und erfüllt von
Liebe und Zärtlichkeit, nun, da sich ihr Bauch langsam runde-
te und sie wußten, daß sie in vier Monaten ein Kind bekommen würde.

»Du solltest dich nicht überanstrengen«, meinte er, »die Gemäldegalerie reicht vielleicht.«

»Und wenn nicht? Wenn die Gemäldegalerie nicht groß genug
ist? SOLL ICH DANN WIEDER IN DER STADT HERUMLAUFEN
ODER MICH IN EIN CAFÉ SETZEN UND AUF EINEN FERNSE-
HER STARREN UND DRAUF WARTEN DASS ES VORBEI IST?!«

Sie nahm das Nächstbeste, das sie zu fassen kriegte, die Hotel-
bibel, und schleuderte sie nach ihrem Mann.

Hardy Schmidt hatte es geschafft. Er war der Unordnung und

319

dem Schmieröl der Werkstatt entkommen und Rennfahrer geworden. Hatte sich buchstäblich nach oben geschraubt, war an den Wochenenden Rennen gefahren, erst Motorrad, dann Tourenwagen und nun die Königsklasse: Formel 1. Er war Werksfahrer, hatte einen dicken Vertrag und fuhr im selben Stall wie Jochen Rehme, sein großes Vorbild, der als sicherer Anwärter auf die WM-Krone galt.

Und er hatte die schönste Frau der Welt geheiratet, Katja, die er liebte wie keine andere von den zahlreichen schönen Frauen, die er zuvor gehabt hatte. Der einzige Schönheitsfehler war, daß sie dem Rennsport nichts abgewinnen konnte, solange er in einem der Wagen saß. Sie hatte nichts Grundsätzliches gegen Autorennen, tatsächlich hatten sie sich während eines dieser Autosalons kennengelernt – sie lag in einem gelben Badeanzug quer über der Motorhaube eines ebenfalls gelben Maserati –, doch bereits nach dem ersten Rennen, das sie Hardy Schmidt von der Zuschauertribüne aus fahren sah, faßte sie einen Entschluß.

»Ich kann mir das nicht anschauen, wenn du da drin sitzt«, ihre Augen waren gerötet, und sie war kreidebleich, »ich will ja gern, will ja bei dir sein – aber ich kann nicht. Ich halt's nicht aus. Diese Angst, verstehst du, in jeder Kurve, in jeder Runde … und die Leute, die Zuschauer, ihre aufgeregten, geilen Gesichter, diese offenen Münder – wenn einer von euch von der Fahrbahn abkommt oder sich dreht …« Sie schüttelte den Kopf, verbarg ihr Gesicht in den Händen und schluchzte.

Was diese Sache anging, war er hilflos. Vielleicht, weil sie mit keinem Wort von ihm forderte, seinen Beruf als Rennfahrer aufzugeben. Sie litt einfach. Schmidt fragte Rehme, der, ein paar Jahre älter und ebenfalls verheiratet, ungewohnt grob antwortete:

»Besser, Hardy, du suchst dir eine andere Frau, eine, die Rennen mag und sich nicht allzusehr aufregt, wenn dir dabei was passiert.«

Genau das ging eben nicht. Katja war für Schmidt die große Liebe, von der er nie geglaubt hatte, daß es sie wirklich gäbe, und die nun plötzlich da war, ein Geschenk, eine Gunst des Schicksals, sie war die Frau, nie zuvor hatte er diesen Gedanken gedacht, mit der er alt werden wollte.

Sie spürte sein Dilemma und wußte zugleich, daß sie niemals von ihm verlangen durfte, mit dem Rennfahren aufzuhören. Also versuchte sie, die Tatsache, daß es diese Rennen gab, aus ihrem Bewußtsein auszublenden. Deswegen die Besichtigungen. Es war der Versuch ihrerseits, das Rennfahren als normalen Job zu sehen, wie es die meisten der anderen auch taten. Wenn die Rennen vorüber waren, tat sie so, als ob ihr Mann aus einem Büro zurückgekehrt wäre. Bei den Partys, die regelmäßig stattfanden, ließ sie sich nichts anmerken.

Dann verunglückte McDowell. Jeder mochte McDowell, auch Katja; er war ein geselliger Typ, wie Hardy Schmidt nicht einer der Besten, aber ein guter Fahrer, der die Angewohnheit hatte, bei jeder Feier in seinem Schottenkilt aufzutauchen. Obenrum trug er bunte Hippieklamotten, und er konnte Gitarre spielen, schottische Volksweisen genausogut wie Songs der Rolling Stones. Das waren die sorglosen Siebziger für ihn: Geld, schnelle Autos, viele Frauen und ein bißchen verrückt zu sein.

Es passierte durch einen Fahrfehler des Vordermannes, der versucht hatte, innen zu überholen. McDowell geriet ins Schleudern, verhakte, wurde vom folgenden Wagen erfaßt, überschlug sich und klatschte wie ein orientierungsloser Vogel gegen die Betonbande. Er war sofort tot. Das Rennen wurde fortgesetzt.

Am Abend gab es keine Party. Hardy Schmidt hatte Angst, in das Hotelzimmer zu gehen, wo Katja auf ihn wartete. In der Bar traf er Rehme, der mit der Cocktailkirsche in seinem Manhattan spielte. Rehme starrte auf diese Kirsche, als könne er ihr ein Geheimnis entreißen, dann sagte er:

»Ich hab's dir nicht sagen wollen damals, als du mich gefragt hast. Aber«, er nahm einen Schluck aus dem Glas, »meiner Frau geht's genauso wie deiner. Besonders jetzt, wo der Kleine da ist. Sie haut zwar nicht ab bei den Rennen, und sie spricht auch nicht darüber. Kein Wort. Aber ich kann's sehen. Ich kann richtig zusehen, wie sie mir eingeht vor Angst. Und deshalb«, er wandte sich Schmidt zu und sah ihm gerade in die Augen, »werde ich nach der Weltmeisterschaft aufhören. Endgültig.«

Das vorletzte Rennen um die Meisterschaft '73 fand in Monza statt, auf dem knapp sechs Kilometer langen Rundkurs außerhalb der Stadt. Es regnete nicht, und es gab keine Fehlstarts. Nachdem Rehmes schärfster Konkurrent, Lopez, bereits in der sechsten Runde wegen Motorschaden hatte aufgeben müssen, war Rehme der WM-Titel so gut wie sicher. Schmidt tat seinen Job, er hielt ihm den Rücken frei. Katja stand im Dom von Monza und betrachtete die Krone von Berengars Großmutter. Die Zuschauer im Autodrom gähnten und tranken Cola.

In der siebzehnten Runde platzte Rehme ein Reifen, er wurde von einem der nachfolgenden Wagen touchiert, knallte gegen die Bande, die rechte Vorderachse brach weg, der Wagen schlingerte noch einmal quer über die Fahrbahn, bevor er auf den freien Innenraum des Kurses zurutschte. Schmidt kam hinten nach. Bremste. Es sah gar nicht so schlimm aus. Rehme war auf dieses Feld gerutscht und einfach stehengeblieben. Auf den Fernsehaufzeichnungen sieht man noch den winzigen Augenblick, wie er seinen Kopf dreht und sich kurz umschaut. Vielleicht, um festzustellen, wie schwer der Schaden ist oder ob andere Fahrzeuge nachkommen. Dann explodiert sein Wagen.

1989

»Ich hab aufgehört. Nicht am nächsten Tag und nicht am übernächsten. Das letzte Rennen bin ich noch gefahren. Es war
nicht mehr dasselbe. Ich mußte immer an Rehmes Frau denken, wie sie mit ihrem kleinen Sohn in diesem Krankenhausflur sitzt. Und wartet. Da war natürlich nichts mehr zu machen. Mit Rehme, meine ich. Das wußten wir alle. Und sie im
Grunde genommen auch. Sie starrte die ganze Zeit auf die Tür,
hinter der der OP lag, und über dieser Tür war so eine große
Uhr. Ich weiß nicht, vielleicht hat sie noch gehofft, auf ein
Wunder, oder vielleicht auch nur, daß der Zeiger der verdammten Uhr stehenbleibt. Ich habe nicht abgewartet, bis
endlich einer von diesen Ärzten durch die Tür kam. Das hätte
ich nicht ausgehalten. Ich bin in die Krankenhauscafeteria gegangen, und als ich zurückkam, lief sie schon den Flur entlang
mit dem Kleinen an der Hand, das Gesicht starr wie eine
Maske, und da waren überall diese Reporter und Paparazzi,
und da wußte ich auf einmal, daß ich das Katja nicht antun
kann. Ich hab keine Angst vor dem Tod oder so was, aber die
Vorstellung, daß sie dann auch in so einem Krankenhausflur
sitzt und wartet, obwohl's keinen Sinn mehr hat – das hab ich
nicht ausgehalten. Und vielleicht war's am Ende auch besser
so.«

»Und danach?« fragte der Direktor.

»Zunächst hab ich gedacht, als Mechaniker für die Wagen wär
ich auch ganz gut. Aber schließlich wollte ich ganz weg von
den Rennen. Zu viele Erinnerungen und so. Hab dann einige
Geschäfte angefangen, die aber alle nichts einbrachten. Münz-
waschsalons. Zu der Zeit konnte sich schon fast jeder 'ne eigene Waschmaschine leisten.«

Der Direktor mochte Hardy Schmidt. Gleich vom ersten Tag
an, als er vor dem neuen Dienstwagen in der Tiefgarage der
VERBAG stand und sagte, er sei der neue Fahrer, und dem Direktor die Hand gab. Er hatte einen kräftigen Händedruck und

einen geraden, offenen Blick. Er erinnerte den Direktor sofort an seinen Jugendfreund Werner.

Der Aufstieg des Direktors war, so schien es zunächst, unaufhaltsam. Schon im zweiten Jahr nach Eintritt in die VERBAG war er Unterabteilungsleiter, später Abteilungsleiter. Er machte sich durch sein Organisationstalent, seine betriebswirtschaftliche Weitsicht, den selbstbewußten Führungsstil und auch dadurch, daß er die Tochter eines Aufsichtsratsmitglieds heiratete, einen Namen. Mittlerweile war er Hauptabteilungsleiter und gehörte stellvertretend zum Vorstand. Stand man erst einmal auf den Briefköpfen der Firma unter der Rubrik »Vorstand – stellvertretend«, war ein Aufrücken in die erste Reihe lediglich eine Frage der Zeit. Der einzige Konkurrent war Thun; aber Thun war in den Augen des Direktors ein dummer, verschlagener Fettkloß, der vor allem durch seine vulgären Witze, und einmal durch ein Ermittlungsverfahren wegen Steuerhinterziehung, auffiel. Nein, die Zukunft gehörte dem Direktor. *Sein* Gesicht tauchte immer öfter in den Wirtschaftsmagazinen auf, und unter der Hand traute man ihm am ehesten zu, die überalterte VERBAG-Führung zu reformieren. Doch ohne daß er es merkte, hatte dieser Aufstieg ihn auch einsam gemacht. Es war wie damals im Internat, etwas wurde aus ihm entfernt und durch etwas anderes ersetzt. Unbewußt machte er seiner Frau gewisse Zeichen, Zeichen der Furcht, in diese Leere des Erfolges wegzugleiten. Sie aber war zu sehr damit beschäftigt, sich in seinem Erfolg zu sonnen, nicht aus Dünkel, sondern weil sie es von ihren Eltern nicht anders kannte. In dieser Situation war Hardy Schmidt, jene Erinnerung an Werner und die unbeschwerten Tage der Kindheit, wie eine Oase in der Wüste.

»Sie erinnern mich an einen Freund aus meiner Jugendzeit«, sagte der Direktor.

Sie fuhren von einem Geschäftsessen zurück, an einem See entlang, auf dem ein Segelboot kreuzte.

»Er hieß auch Schmidt. Werner Schmidt. Er wollte Rennfahrer werden. Wie Sie.«

»Und? Ist er es geworden?«

»Ich weiß es nicht. Wir haben uns aus den Augen verloren.«

Mit der Zeit wurden sich in der Vorstellung des Direktors sein Jugendfreund Werner und der ehemalige Rennfahrer Hardy Schmidt immer ähnlicher, verschmolzen zu einer Person. Und dann, an dem Januarabend, nachdem sie diese schneeglatte Straße hinuntergeschlittert waren, der Direktor angstvoll in den dunklen Forst gestarrt hatte, der Dienstwagen wie eine Billardkugel von einer Leitplanke zur nächsten geprallt war, wobei Schmidt keine Miene verzog, sondern kaltblütig bemüht war, den Wagen wieder unter Kontrolle zu bringen, und sie stehengeblieben und ausgestiegen waren, um auf den Abschleppwagen zu warten, wurden sie beinahe Freunde.

»Herr Direktor?«

»Ja.«

»Alles in Ordnung?«

»Geht so.«

»Mein Arbeitstag ist dann wohl zu Ende.«

Der Direktor betrachtete die völlig verbeulte Dienstlimousine. Bläuliche Kühlerflüssigkeit rann dampfend in den Schnee.

»Sieht ganz so aus.«

Sie fanden ein Taxi, das sie für dreihundert Mark durch die, wie es der Fahrer noch immer nannte, »Zone« fuhr. Während er die ganze Zeit davon sprach, daß die »Kommunisten« hinter jedem Baum mit einem Radarmeßgerät auf der Lauer lägen, blickte der Direktor hinaus in die Nacht. Nie war ihm aufgefallen, wie dunkel es hier war. Wahrscheinlich, weil es kaum Leuchtreklame gab. Ganz geheuer war ihm nicht. Und dennoch: Irgendwie fühlte er sich von diesem reklamelosen Schweigen angezogen.

Sie passierten die Kontrollen, und die beleuchtete Avus beruhigte den Taxifahrer. Plötzlich sagte Hardy Schmidt:

»Also, ich weiß ja nicht, was Sie machen, aber jetzt, wo ich den Abend frei habe, geh ich noch einen trinken.«

»Einen Drink könnte ich jetzt auch vertragen«, sagte der Direktor.

Sie ließen sich zu einem Laden fahren, den ein ehemaliger Kollege von Schmidt betrieb und der sich »Die Zielgerade« nannte. Es war eine Mischung aus Kneipe und Diskothek, voll mit Ex-Rennfahrern und anderen Sportlern. Hardy Schmidt bestellte Bier, Gin-Tonic und Tequila, der Direktor ließ sich zusammen mit seinem Fahrer vollaufen und lernte zudem eine ehemalige Meisterin der rhythmischen Sportgymnastik kennen. »Let the music play« dröhnte aus den Lautsprechern, und der Direktor, in einer Hand seinen Gin-Tonic, in der anderen eine geschnorrte Zigarette, schwang vor ihr möglichst rhythmisch die Hüften. Gegen zwei Uhr morgens knutschte er mit der Sportgymnastin herum, die gegen vier allerdings verschwunden war, als Hardy Schmidt den Direktor stützen mußte und sie beide aus der »Zielgeraden« torkelten.

Auf einem toten Stern

Es blieb bei dem einen Absturz in der »Zielgeraden«, und weder der Direktor noch sein Fahrer verloren je ein Wort darüber. Ab und zu lud er Schmidt zwischen zwei Terminen zu einem kurzen Lunch ein, statt ihn, wie es üblich gewesen wäre, im Wagen warten zu lassen, und einmal spielten sie nach einem langen Tag eine Partie Squash. Damals, als das Verhältnis zwischen dem Direktor und seiner Frau abkühlte wie ein toter, ausgebrannter Stern, war er jedesmal froh, bei Schmidt im Wagen zu sitzen. Er mochte es, wenn Schmidt von seiner Familie erzählte, von seinem Einfamilienhäuschen, hörte im Geist die lachenden Stimmen der Kinder, zweier Jungs und eines Mädchens, wie sie im Garten spielten. Und er beneidete Hardy Schmidt um dessen Frau, die er einmal bei einer Weihnachtsfeier gesehen hatte und die immer noch strahlend schön war, so schön, daß er sie die ganze Zeit hatte ansehen müssen.

»Warum hast du denn die ganze Zeit seine Frau angestarrt?« fragte seine Frau später.

»Ich finde, sie sieht immer noch sehr gut aus, trotz der drei Kinder.«

»Drei Kinder, wie sie das nur aushält.«

»Es ist sicher anstrengend, ja, aber ich denke, sie sind glücklich.«

Das rechte Auge seiner Frau, die vor dem Spiegel im Schlafzimmer stand und die Ohrringe abnahm, zuckte.

»Was bleibt ihr auch anderes übrig. Ehrlich gesagt, ich finde es unangemessen, wieviel du mit deinem Fahrer zu tun hast. Nein, nein, sag jetzt nichts. Ich weiß, er ist ein einfacher, ehrlicher Mann. Aber, *bitte*, laß das mit diesem, wie heißt es – *Squash*, nicht zur Gewohnheit werden. Das schadet deiner Karriere.«

Er sagte sich, daß seine Frau das, was ihn mit Hardy Schmidt verband, eben nicht verstehen konnte. Tatsächlich begann er an diesem Abend, sie tief und dauerhaft zu hassen.

So blieben die Fahrten mit Schmidt, die Zeiten zwischen A und B, während deren sie manchmal nur schwiegen, manchmal über alles mögliche sprachen, seine einzige Zuflucht. Oft bat er darum, Umwege zu fahren. Nur im Fond seines Dienstwagens, wenn draußen die Welt wie ein Labyrinth an ihm vorbeizog, fühlte er sich *wirklich*, ganz, aus einem Stück, und er genoß dieses Gefühl, das ihm Zuversicht einflößte.

Die Streitereien mit seiner Frau wurden häufiger. An einem Aprilmorgen saß er am Frühstückstisch und wollte sich gerade von der Trüffelleberpastete abschneiden, als sie wieder anfing.

»Und heute abend, nehm ich an, wirst du mit deinem Rennfahrer herumtrödeln, anstatt unsere Einladung bei den Kippenburgs wahrzunehmen.«

327

Der Direktor schnitt sich in den Finger. Einen Moment lang starrte er auf den Blutstropfen, der aus seinem Zeigefinger quoll, und auf das Küchenmesser. Wut kroch in ihm hoch.

»Um die Wahrheit zu sagen, würde ich sogar Mensch-ärgere-dich-nicht mit Donald Duck spielen, wenn ich dadurch diesem öden Kippenburg entgehen könnte.« Kippenburg war der Personalvorstand einer Bausparkasse, ein langweiliger Emporkömmling, der von der Gewerkschaft protegiert wurde, aber gleichzeitig damit prahlte, wie viele Leute er in einem Monat entlassen hatte. Seine einzige Leidenschaft hatte er dem Direktor bei der letzten Cocktailparty offenbart: Er war ein eiskalter Puzzler.

»Ach ja«, höhnte seine Frau, »aber dein Chauffeur ist ein kunstsinniger Intellektueller!«

Der Direktor lutschte an seinem Finger. »Du kannst von mir aus zu den Kippenburgs gehen. Ohne mich.«

Seine Frau legte von hinten die Arme um ihn. »Liebling, was soll das? Willst du den großen Menschenfreund spielen? Dich unters Volk mischen? Ich meine doch nur – die Menschen sind nicht alle gleich. Ein Fahrer ist eben ein Fahrer, und du bist der Direktor. Da hat man eben manchmal auch unangenehme Pflichten.«

»Hast du meinen Squashschläger gesehen?« fragte er.

Merkwürdigerweise erinnerte ihn dieser Streit an längst vergangene Jugendtage.

»Ich bin du, und du bist ich«, sagte Werner, »so is det.«

»Haben Sie sich schon mal überlegt, ein anderer zu sein?«

»Wie meinen Sie das?« fragte Hardy Schmidt.

»Na ja, wie das wäre, wenn Sie ich wären und ich Sie.«

»Nein, eigentlich nicht.«

Sie fuhren zu einer Tankstelle. Als Schmidt mit den Zeitungen zurückkam, ging ihm der Direktor entgegen. »Ich fahre.«

Schmidt runzelte die Stirn. »Wieso das?«

»Weil mir danach ist. Ich will mal wissen, wie das so ist, als Chauffeur.«

Schmidt lächelte und gab ihm die Schlüssel.

Der Direktor hielt ihm die Tür auf. »Bitte sehr.«

»Danke sehr.«

»Wohin soll's denn gehen, Herr Direktor?« fragte der Direktor.

»Nun, zur üblichen Adresse«, antwortete Schmidt lachend.

Schon lange hatte der Direktor kein Auto mehr gesteuert, vor allem nicht so ein komfortables. Sanft schnurrend beschleunigte der Motor, wenn er auf das Gaspedal trat, die Servolenkung folgte der kleinsten Bewegung. Sie fuhren durch stille Straßen, ein klarer Morgen, Reif auf den Dächern der Häuser, nur wenige Menschen waren zu sehen. Der Direktor fühlte sich für einen Moment lang frei – so frei wie seit Jahren nicht mehr.

»Achtung!« rief Hardy Schmidt.

Der Kinderwagen rollte auf die Straße. Der Direktor trat auf die Bremse und kam einen guten Meter vor dem Wägelchen zum Stehen. »Uff!« machte der Direktor. Eine Frau rannte gestikulierend zum Kinderwagen.

Und dann passierte etwas, was der Direktor nicht verstand. Es geschah so schnell, daß es für ihn keinen Sinn ergab.

Die Frau griff in den Kinderwagen, holte eine Maschinenpistole hervor, knallte kurz in die Luft, bevor sie die Mündung auf seinen Kopf richtete. Er bewegte sich nicht. Dann hörte er ein Geräusch, das so klang, als würde jemand einen Preßlufthammer durch die hintere Seitentür treiben. Glas splitterte. Dann war alles still.

Ein Vogel schrie.

Homerun

Gummer hatte nicht mehr daran geglaubt, sie jemals wiederzusehen, und als sie mitten im Kassenraum stand, hätte er sie fast nicht erkannt. Es war Ende Mai. Seit fast einem Jahr wohnte er in seinem Container. Die Abende verbrachte er nun häufig zechend in Frau Urchs' Waschkneipe oder im winkligen Gewölbe des »Schweinemagens«, wo er versuchte, hinter die Tricks von El Mondos Zauberkunst zu kommen. Kam er aber nicht. Sein Kontakt mit der Zentrale beschränkte sich auf den seltenen Besuch eines Werttransporters, die Lektüre der Hausmitteilungen. Eingehende Anrufe leitete er auf eine verschlungene Warteschleife um, die, nach einem kleinen Ratespiel und Teilen einer Bruckner-Symphonie, darauf hinauslief, daß der Anrufer sich selbst anrief.

Und da stand sie nun, die Haare platinblond gefärbt, die Haut tiefbraun, die Lippen aufdringlich rot, und ein dünnes, geblümtes Röckchen umspielte ihre eckigen Knie.

»Frau Hugendobel!« rief Gummer.

»Ich bin wieder da-ah!« trällerte sie.

»Das sehe ich.«

»Ich war eine Weile in Kur.«

»Tatsächlich? Wo denn? Auf den Malediven?«

»Fast.« Frau Hugendobel lächelte verschämt.

»Was hatten Sie denn, wenn ich fragen darf?« Er schöpfte neue Hoffnung. Möglicherweise konnte er sich diese Krankheit selbst zuziehen.

»Ach«, sie winkte ab, »wissen Sie, diese Inseln, Sonne, Palmen, das Meer, kilometerlange Strände – das ist ja alles ganz nett. Aber man kommt ja auch nicht so richtig von dort weg.

Überall Zäune, überall Schilder: Tun Sie dies nicht, tun Sie das nicht ...« Sie sah sich im Kassenraum um. »Ehrlich gesagt«, sie warf einen Blick in die Schubladen hinter dem Tresen, »am schönsten ist es doch daheim. Wo man seine Arbeit und seine Kollegen hat.«

Gummer stand immer noch ungläubig herum, sah ihr nach, als sie auf sein Büro zusteuerte.

»Ich muß schon sagen«, fuhr Frau Hugendobel fort, »Herr Gummer, also wirklich!« Sie betrachtete sein Nachtlager, die Aktenschränke, aus denen Kleiderzipfel quollen, die leeren Flaschen im Papierkorb, die Bücher, die nichts mit Bankgeschäften zu tun, aber die Aktenordner aus den Regalen verdrängt hatten, den kleinen roten Fernseher und, nicht zuletzt, Iris Puhs Weihnachtsgeschenk: einen Kalender mit Fotos spärlich bekleideter Damen – »richtig gemütlich ist es hier bei Ihnen geworden!«

»Finden Sie?«

Frau Hugendobel antwortete nicht, sondern begab sich hinter den Schalter, packte ihre Tasche aus: Kugelschreiber, einen Taschenrechner, die VERBAG-Richtlinien für das Schaltergeschäft, Lippenstift, Nagelfeile und einen winzig kleinen Fotoapparat.

»Wozu brauchen Sie denn diesen Fotoapparat?«

»Hübsche Krawatte haben Sie da!«

»Ja, gut, aber wozu ist dieser Fotoapparat?«

»Mein Mann hat auch so einen.«

»Fotoapparat?«

»Nein, Rasierapparat. So einen Rasierapparat, bei dem man die Länge der Bartstoppeln einstellen kann. Die sehen *so* männlich aus, diese Dreitagebärte ...«

»Sagen Sie mir jetzt endlich, was Sie mit diesem Fotoapparat vorhaben!«

»Nein, sage ich Ihnen nicht. Außerdem: Schreien Sie nicht so, bitte. Das ist ein privater Fotoapparat, und was ich damit mache, ist ebenfalls privat. Na ja, nun schauen Sie doch nicht gleich so mißtrauisch, Herr Gummer!« Sie hob den Fotoapparat und zielte auf Gummer – ritschratsch-klack. »Ich bin doch keine Spionin!«

In den folgenden zwei Wochen wurde Frau Hugendobel nicht müde, alles zu beobachten, in jeden Winkel der Zweigstelle zu schauen und Gummers Leistungen als Filialleiter zu loben.
»Ich finde es ja so sensibel und feinsinnig, wie Sie mit den Kunden in dieser Gegend umgehen«, bemerkte sie beispielsweise einmal halblaut, während nebenan, glöckglöckglöck, Bernie Morgen etwas »Wurzelpeter« in seinen Nachmittagskaffee kippte.
Frau Hugendobel fielen allerdings auch jene Bereiche des Containerinterieurs ins Auge, denen Gummer niemals Aufmerksamkeit geschenkt hatte: Der Teppichboden hatte Rotweinflecken und Brandlöcher, die Fenster waren schmierig.
»Warum haben Sie denn keine Reinemachefrau engagiert?« fragte sie. »Ihnen steht schließlich eine zu!«
Das stimmte – nur hatte jemand in der Zentrale den zu zahlenden Lohn so niedrig angesetzt, daß es wahrscheinlich immer noch lukrativer war, sich mit einem Pappschild an die Straße zu setzen.
»Ich weiß, es ist nicht Ihre Schuld, aber das hier sieht ja doch alles ein wenig wild aus.« Sie deutete auf die feinen Risse in der Wandverkleidung, die von der Senkung auf dem Abbruchgelände herrührten. Etwa zwanzig Meter vom Container entfernt war ein kreisrundes Loch entstanden, »als hätte da einer eine Bombe geworfen«, wie sie meinte. Am Neujahrsmorgen war dieses Loch plötzlich dagewesen, und keiner der verkaterten Anwohner hatte sich erklären können, warum oder woher, und das war vielleicht das Gespenstischste daran, daß es da ein Loch in der Landschaft gab, wo vorher nachweislich keines gewesen war.

»Unterspülung oder so«, vermutete jemand von der Stadtreinigung und ergänzte sofort, daß die Stadtreinigung für so etwas nicht zuständig sei, »det is nich mein Ressort. Aber Sie könn' ja mal bei der Kanalreinigung anrufen.«

»Unterspülung oder so«, erklärte Gummer Frau Hugendobel, »rufen Sie mal bei der Kanalreinigung an.« (Was Frau Hugendobel nie tat, obwohl sie häufig telefonierte, *privat,* wie sie erklärte. Die Gespräche rechnete sie akribisch ab: »Es soll ja nicht heißen, ich würde hier betrügen oder so was«, sagte sie und warf Münzen in ein großes, altes Bismarckheringglas, das immer noch stark nach seinem ursprünglichen Inhalt roch.) Jedenfalls waren seit Neujahr diese Risse in der Wand, und wenn man es ganz genau nahm, stand der Container nun auch ein wenig schief, aber das bemerkte man nur, wenn man leere Flaschen auf die Theke legte und beobachtete, wie sie hinabrollten.

»Um auf diese Flaschen zurückzukommen, wo kommen die denn eigentlich alle her?« fragte Frau Hugendobel.

Tja, wo kamen die wohl alle her, von Gummers nächtlichen Gelagen natürlich, die er vor Frau Hugendobel freilich verbarg.

»Na, gestern wieder lange gearbeitet?« fragte sie, wenn sie morgens erschien und Gummer schlapp in seinem Bürostuhl sitzen sah.

»Ja, Frau Hugendobel, sehr, sehr lange«, antwortete Gummer.

»Da können Sie ja gleich ein Feldbett in Ihrem Büro aufbauen.«

»Ha-ha-ha«, sagte er tonlos, »Frau Hugendobel, manchmal sind Sie wirklich sehr komisch.«

Sie verzog das Gesicht. »Und Sie sind manchmal nicht gerade nett zu mir.« Sie wischte sich eine Träne aus dem rechten Auge. Gummer zuckte die Achseln.

Frau Hugendobels Arbeitskraft blieb entbehrlich. Einfache Aufgaben wie das Aushängen der Kurszettel erledigte sie widerwillig, ließ dabei durchblicken, daß diese Arbeiten im Grunde genommen unter ihrer Würde waren, nörgelte halblaut vor sich hin oder besorgte sich einen Arzttermin. Selten verging ein Tag, an dem die Kasse stimmte. Mal war ein kleiner Betrag zuviel, dann wieder zuwenig in der Kasse. Jedesmal hatte sie es eilig, zu einer Verabredung zu kommen, wühlte auf eine ansteckende Weise hysterisch in den Kassenbelegen herum, vor sich hin brabbelnd, »sie muß doch stimmen, sie muß doch stimmen, sie muß doch einfach stimmen, ich komme zu spät« – bis Gummer diese Litaneien nicht länger aushielt und den fehlenden Betrag selbst ausglich.

»Das ist aber gegen die Vorschriften«, bemerkte Frau Hugendobel.

»Sie müssen's ja nicht weitererzählen.«

Machte sie vielleicht doch. Eines Tages, als Gummer von seiner heißen Wanne im Stadtbad zurückkehrte, stand sie mit schuldbewußter Miene hinter dem Schalter und wagte kaum, den Kopf zu heben.

»War irgendwas?« fragte er.

»Nö, nö … eigentlich nicht.«

»Eigentlich?«

»Da kam ein Anruf.«

»Anruf?« echote Gummer, als er in sein Büro ging.

»Ich habe gesagt, Sie rufen zurück. Ich habe die Nummer notiert und auf Ihren Schreibtisch gelegt«, erklärte sie nervös.

Er erkannte die Nummer sofort. Der erste Impuls war, den Zettel verschwinden zu lassen und Frau Hugendobel gleich mit. Statt dessen starrte er abwechselnd auf die Nummer und auf das Telefon und überlegte, wie er den Rückruf hinauszögern könnte.

Das Telefon klingelte und beendete diese Überlegung. Er hob ab.

»Sie sollten doch zurückrufen.«

»Entschuldigen Sie, ich hatte viel zu tun.«

»Nein«, sagte Fuchs sanft, »hatten Sie nicht. Sie waren gar nicht da.«

»Um was geht es denn?«

»Erstens«, sagte Fuchs, »stelle ich hier die Fragen. Zweitens möchte ich Sie bitten, in der Zentrale zu erscheinen, und zwar sofort.«

»Und wenn ich nicht komme? Ich meine, nicht sofort, ich habe da Termine, die …«

»Das ist Ihr Bier. Denken Sie über eine fristlose Kündigung nach. Und dann denken Sie darüber nach, welche Termine Ihnen wichtig sind. Sie haben eine Stunde. Solange können wir noch über alles reden.«

Gummer erfuhr nie, ob Frau Hugendobel ihn verraten hatte, ob überhaupt jemand ihn verraten oder ob es gar keines Verräters bedurft hatte. Er erfuhr nie, ob man ihn gesucht oder einfach nur gefunden hatte, ob er jemandem weichen sollte, weil er ihm ein Dorn im Auge war, ob es um ein Prinzip ging oder ob es schon lange kein Prinzip mehr gab. Sicher war vielleicht nur, daß man ihn eine Weile lang, aus welchen Gründen auch immer, vergessen hatte, und nun hatte man sich seiner wieder erinnert.

»Frau Hugendobel, ich muß in die Zentrale. Wenn jemand nach mir fragt, sagen Sie ihm, ich käme heute nicht wieder.«

»Ja«, antwortete sie und unterdrückte ein Schluchzen, »ich werd's ausrichten.«

Die Fahrt mit der U-Bahn war wieder eine Fahrt rückwärts durch die Zeit. Er stieg die Stufen zum Bahnsteig hinab und atmete die abgestandene Luft vergangener Tage, im Waggon empfing ihn der Geruch von Kunstleder, Schweiß und liegengelassenen Zeitungen.

Er setzte sich und spielte abermals mit dem Gedanken, allem zu entkommen, indem er den Wagen verließ, die Linie wechselte und schließlich dort ausstieg, wo er nie gewesen war. Wäre es so schwierig, in der Stadt zu verschwinden?

Er blieb sitzen. Vielleicht war er einfach zu bequem. Es war bequemer, das Gewitter, das sich angekündigt hatte, über sich hinwegziehen zu lassen und jegliche gütliche Einigung zu akzeptieren, solange sie ihm nur den Fortbestand der Bequemlichkeit garantierte. Zum ersten Mal spürte Gummer, während Finsternis an ihm vorbeiglitt und er wie ein Fisch im Aquarium nach draußen schaute, daß es von Nachteil sein konnte, wenn man ohne Ambitionen, ohne Ehrgeiz, ohne Ziel war. Er vermutete, daß der Zielstrebige in Situationen wie dieser die besseren Karten hatte. Was ihm blieb, war die Hoffnung, anders zu sein, als er war.

Als er ausstieg und wieder, wie beinahe zehn Jahre zuvor das erste Mal, inmitten anderer Angestellter, die gerade von ihren mittäglichen Besorgungen zurückkehrten, die Rolltreppe hochfuhr, den sauber gekehrten Platz überquerte und vor dem alten VERBAG-Gebäude stand – groß, grau und klotzig –, hatte er Sehnsucht nach etwas Starkem, einem starken Gefühl, und wäre es auch nur Haß. Er beschloß, sich nicht unterkriegen, sich den Schneid nicht abkaufen zu lassen. Er trat durch die Drehtür und fragte Renn, dessen Glasauge über die Eingangshalle wachte, wo man ihn erwarte.

»In Zimmer fünf«, sagte Renn und schaute ihn mitfühlend an. Gummer stieg in den Aufzug, sah auf seine Uhr und überlegte, was er sagen würde, noch war es nicht zu spät. Er wollte Paroli bieten, selbst wenn sie ihm mit Kündigung drohen sollten. *Und dann wissen sie alles.* Wenn sie ihn rausschmissen, was soll's! Wenn er auf der Straße saß, na sei's drum! Es gab auch noch ein anderes Leben als das in ihren Büros, es mußte eines geben.

Der Fahrstuhl hielt, die Tür ging auf, und Gummer stand in einem langen Flur. Dieses Stockwerk hatte er noch nie betreten. Der Boden war mit dunklem, schwerem Velours ausgelegt, die Decke schien höher als in den anderen Stockwerken. Seine Schritte machten kein Geräusch, als er dem Flur folgte, der einen leichten Bogen beschrieb, so daß man sein Ende nicht sah. Er ging durch zweiflügelige Zwischentüren, die sich lautlos vor ihm auftaten, und sah abwechselnd links und rechts auf die Zimmernummern. Niemand begegnete ihm, niemand öffnete eine Tür. Es war still. Kein Geräusch. Nicht einmal das vertraute Rattern eines Druckers, die gedämpfte Stimme einer telefonierenden Frau, das Bellen eines Abteilungsleiters, der einen Brief diktierte. Es war so still, wie wenn man allein vorm Fernseher sitzt und plötzlich das Wort TONSTÖRUNG auf dem Bildschirm erscheint. Er war versucht, an eine der Türen zu klopfen, nur um ein menschliches Wort, einen Laut zu hören. Doch wer hätte ihn hinter diesen Türen erwartet? An den Türen standen nur Nummern, in Gold gefaßte Ziffern, keine Namen. Residierten dahinter die Vorstandsmitglieder, die einsamen Wirtschaftskapitäne? Oder verbargen sich hinter den Nummern reine Funktionsräume, hier ein Sitzungszimmer, da die Kammer mit dem Telefax, dort –

Die Numerierung der Zimmer hielt sich schon länger nicht mehr an die lineare Abfolge der Zahlen. Auf einmal war da ein schäbiger Nebenflur, oder die schwach erleuchtete Treppe zu einem Zwischengeschoß. Danach ging es mit anderen Nummern weiter, ohne daß Schilder auf die fehlenden hingewiesen hätten. Gummer erkundete einen dieser zwielichtigen Gänge, dessen niedrige Decke ihn zwang, gebückt zu gehen. Und tatsächlich war eine kleine Tür in diesem Nebengang nur angelehnt, immer noch hörte er nichts, sah aber Licht und, als er näher trat, durch den Spalt einen Mann, der hinter einer Art Sichtblende saß und einen Fragebogen ausfüllte. Er kratzte sich am Kopf, nuckelte am Bleistift. Vor ihm lagen die Fragen, auf zwei oder drei Blatt Papier verteilt, und neben ihm stand eine Tasse Kaffee, und über ihm hing eine Uhr. Etwas an diesem Anblick war ungewöhnlich – vielleicht der kleine, schwarze Kasten auf der anderen Seite der Blende, der neben einem Stapel schmutziger Tassen aufgebaut war.

Wieder zurück im Hauptflur, setzten sich die Nummern in undurchsichtiger Reihenfolge fort. Nun schien man mit Unterbrechungen rückwärts zu zählen. Gummers Mut sank. Plötzlich spürte er das Verlangen, nicht zu spät zu kommen. Er sah auf seine Armbanduhr und lief schneller, obwohl er keineswegs sicher sein konnte, daß er sich nicht immer weiter vom Ziel entfernte. Dann ging er wieder langsamer und las jede Nummer zweimal, wie ein Verurteilter, der auf seinem Gang zum Schafott versucht, sich das Gesicht jedes einzelnen Gaffers einzuprägen.

Der Flur endete, ohne daß etwas darauf hingedeutet hätte, genau vor Zimmer fünf.

Gummer klopfte, auch dieses Geräusch wurde geschluckt. Er öffnete die Tür.

Hinter einem langen Tisch an der Stirnseite des Raums saßen sie, in ihrem Rücken das schwarzgerahmte Porträt des toten Dr. Böding und vor ihnen ein kleiner, unbequem wirkender Stuhl – der Platz, der für ihn bestimmt war.

THESAUROS

So

Der Auszubildende Förster war der erste, dem auffiel, daß mit dem Vorstandsvorsitzenden Behringer etwas nicht stimmte, lange bevor die Krankheit offen ausbrach. Förster war damals in der Unterabteilung »Mehrfach fehlgeleitete Fehlbuchungen« beschäftigt. Der zuständige Gruppenleiter, Herr Porps, hatte ihm eine Liste mit Namen von Empfängern mehrfach fehlgeleiteter Fehlbuchungen gegeben, und Förster sollte nun an die Betroffenen den Standard-VERBAG-Entschuldigungsbrief schreiben. Es gab aber keine Vordrucke des Standardentschuldigungsschreibens mehr.

»Herr Porps, die Formulare für die Entschuldigungsschreiben sind aus.«

Porps sah von seiner Zeitung hoch. Er aß gerade eine Himbeer-Sahne-Schnitte, und etwas Creme hing in seinem dunkelgrauen Schnauzbart.

»Nun, Herr Förster, wo ist das Problem?«

Förster räusperte sich. »Das Problem, nun, äh, ist, wie gesagt, Herr Porps, daß ich keine Briefformulare mehr finden kann. Ich wollte fragen, ob vielleicht Sie ...«

Porps griff in seine Schreibtischschublade und zog ein Formular hervor. »Dies«, sagte er, »ist ein Standard-VERBAG-Entschuldigungsschreiben für mehrfach fehlgeleitete Fehlbuchungen. Es ist sozusagen ein Muster. Ihr Muster. Nehmen Sie es, setzen Sie sich an die Schreibmaschine, tippen Sie die Briefe schnell von Hand.« Er lächelte väterlich. »Wirklich, Förster, ich hätte Ihnen ein bißchen mehr Hirn zugetraut. Darauf hätten Sie auch selbst kommen können.«

»Ja, natürlich, Herr Porps, Sie haben recht ...«

»Und noch etwas –« Porps schob sich den Rest der Himbeer-Sahne-Schnitte hinein, sprach mit halbvollem Mund: »Dasch mir da keine Flecken auf dasch Muschter kommen.«

»Ich werde aufpassen, natürlich. Danke, Herr Porps.«

Auf der Tagesliste standen zehn Namen. Sie alle hatten Beträge auf ihr Konto gebucht bekommen, die dort gar nicht hingehörten und nun wieder zurückgebucht werden sollten. Es wäre einfach gewesen, den Brief am Computer zu schreiben, doch Förster hatte kein Paßwort, weil er Azubi war, und Porps' Rat, er solle sich an die Schreibmaschine setzen, schloß die Möglichkeit, nach dessen Paßwort zu fragen, von vornherein aus. Förster hatte Mühe, Briefe auf der Schreibmaschine zu schreiben. Vor allem fehlerfrei zu schreiben. Als er die zehn fertig hatte, entdeckte Porps in jedem mindestens einen, wenn auch geringfügigen Orthographie- oder Zeichensetzungsfehler. Kurz nach der Mittagspause setzte sich Förster wieder an die Maschine und tippte alle Briefe neu. Er schwitzte, die Luft im Büro war abgestanden, roch nach Kantine, nach verkochtem Rosenkohl und Knödeln.

Knapp anderthalb Stunden später hatte er abermals die zehn Briefe, diesmal fehlerfrei, geschrieben. Der eigentliche Brieftext bestand nur aus den Sätzen: »Sehr geehrte(r) Kundin/Kunde. Bei Ihrer Kontoführung ist uns ein Fehler unterlaufen. Gemäß unseren Allgemeinen Geschäftsbedingungen buchen wir den oben angegebenen Betrag zurück. Ihnen entstehen dadurch keine Kosten. Wir bitten, unseren Fehler zu entschuldigen. Mit freundlichen Grüßen ...«

»Und, Förster, fällt Ihnen was auf?« Porps hielt einen der Briefe hoch und strich damit durch die Troposphäre des Großraumbüros.

Förster bekam rote Ohren. Er ahnte, etwas stimmte nicht, nur – er wußte nicht, was. »Nein, ich meine, es ist doch alles so wie auf dem Muster.«

»So. Ist es das.« Porps hielt jetzt den Musterbrief daneben.

»So? Alles so wie auf dem Muster?« Porps holte Luft. »Wie haben Sie überhaupt Ihren Schulabschluß geschafft, das möchte ich gerne wissen. Alles SO wie auf dem Muster, was?« äffte er Förster nach und wedelte mit dem Musterbrief: »SO? SO? SO?«

Förster schloß die Augen und biß sich auf die Lippen. »Die Durchschläge«, sagte er leise.

»Ganz genau, Herr Oberschlau, die Durchschläge. Jeder Standardbrief hat nämlich drei Durchschläge. Einen für mich, einen für den Abteilungsleiter und einen für die Registratur!«

»Man könnte die Briefe ja vielleicht fotokopieren –«

»FOTOKOPIEREN? WISSEN SIE ÜBERHAUPT WAS FOTOKOPIEREN KOSTET SIE VERWÖHNTER BENGEL?«

Und so schrieb Förster die Briefe noch mal, jeweils mit einem blauen, einem roten und einem gelben Durchschlag. Das Ganze dauerte bis vier Uhr nachmittags. Förster zerkaute sich beim Schreiben die Lippen. Der kunstseidene Binder schien ihm die Kehle zuzuschnüren. Er glaubte, in seinem Nacken die hämischen Blicke der anderen Mitarbeiter zu spüren, deren Unterabteilungen noch vor ihm lagen. Er kam sich nackt vor. Klein, unfähig und nackt.

Als er fertig war, las er noch einmal jeden einzelnen Brief durch, mit einem Lineal, Zeile für Zeile, Wort für Wort, Komma für Komma. Dann lieferte er die Briefe bei Porps ab.

Porps' roter Filzschreiber kreiste über dem Papier wie ein Geier über einer Leiche, jedoch ohne herabzustoßen. So etwas wie Hoffnung regte sich in Förster, und seine verspannte Nackenmuskulatur lockerte sich.

Porps begann, in den Durchschlägen zu blättern.

»Förster, Förster. Ist das Absicht, oder sind Sie so blöd? Ich nehme mal an, es ist keine Absicht, und Sie sind so blöd. Aber, daß Sie sich da nicht täuschen, das wird ein Nachspiel haben. Ich kann diesen Vorfall aus meiner schriftlichen Beurteilung über Sie nicht heraushalten, und bevor Sie jetzt damit anfangen, um Verzeihung oder sonstwas zu bitten – ich bin für derlei Mitleidsgeheische überhaupt nicht empfänglich, im Gegenteil.«

Förster war den Tränen nahe. Er verstand nicht, was er falsch gemacht hatte, nein; er hatte das Gefühl, er selbst wäre falsch, grundlegend fehl am Platz. »Was«, fragte er vorsichtig, »ist denn los? Es ist doch jetzt genauso wie auf –«

»NEIN ES IST NICHT GENAUSO!« Porps' Hand knallte auf den Tisch, urplötzlich nahm sein Gesicht eine violette Färbung an. »WOLLEN SIE MICH UMBRINGEN MIT IHRER DUMMHEIT FÖRSTER? WOLLEN SIE MICH INS GRAB REDEN SIE HÄSSLICHE KRÖTE?« Er lehnte sich zurück. »Es ist vielmehr so, Förster, daß sich die Benutzung der Korrekturtaste unserer elektrischen Schreibmaschinen natürlich nur auf das Original auswirkt, nicht aber auf die Durchschläge – die werden allenfalls unleserlich.« Porps wedelte wieder mit den Briefen herum, einige blaue, gelbe, rote Durchschläge segelten zu Boden.

»Glauben Sie vielleicht, ich leite den Durchschlag eines von mir unterschriebenen Briefes mit Fehlern an den Abteilungsleiter weiter? Oder gar an die Registratur? Ich höre diese Affen da unten schon, allen voran diesen senilen Voß, wie sie ihre Witze machen: ›Der Porps kann nicht mal richtig schreiben‹, ›Zu doof für einen Standardbrief‹. Nein, Förster, hier wird nichts, aber auch überhaupt gar nichts auf meinem Rücken ausgetragen. Dafür –«, erneut strich er mit dem Briefstapel durch die Luft wie ein Jahrmarktshypnotiseur, und die feuchten Augen Försters folgten ihm, »dafür mußt du schon selbst geradestehen. Die Suppe mußt du selbst auslöffeln. Das nimmt dir keiner ab, auch ich nicht. Ich hab es nämlich satt, mich von euch, euch Oberschülern, euch jungen geschniegelten Scheißkerlen schikanieren zu lassen. Ihr denkt, ihr kommt hier rein, und schon morgen seid ihr Kreditberater oder Wertpapierhändler, oder am besten gleich Filialleiter. So denkt ihr, ihr arrogantes, verwöhntes Oberschülerpack. Und ihr denkt, der Herr Porps ist ja so doof. Und seine Arbeit, die er seit bald zwanzig Jahren gewissenhaft ausführt, die ist auch doof, ja, tatsächlich gehen euch die ganzen Fehlbuchungen, Folge der Schlamperei eurer ach so wunderbaren Vorbilder, der Börsenmakler, Devisenfuzzis, Firmenkundenbetreuer, Fondsverwalter und wie sie sich noch alle schimpfen, dieser gelackten Schnösel, dieser hinterhältigen, schwulen Karriereheinis, dieser scheißfrigiden Erfolgsweiber, euch gehen diese ganzen Fehler am Arsch vorbei, ja genauso ist es, es ist die Scheiße, die hier aus eurer wundervollen Bank herausquillt wie aus einem fetten alten Pferdearsch, die Fehlbuchungsscheiße, und ich bin der, der die Scheiße am Ende wegmachen muß; ihr seid heimtückisch, hinterlistig, neidisch auf jedes Stückchen ehrlicher Arbeit. Wenn ich hier etwas zu sagen hätte, Förster, ich würde dich und deinen ganzen sauberen Verein abservieren, das Abitur verbieten, aus euren Schulen Gefängnisse machen, die ganzen Oberschüler ausrotten, bis von all dem nichts mehr übrig ist; EINE BOMBE MÜSSTE MAN SCHMEISSEN …! Ihr habt mich ins Leere laufen lassen, zwanzig Jahre fehlgebucht, das steckt keiner so einfach weg, sag ich dir, keiner.«

Förster preßte sich an die lindgrüne Trennwand.

Porps stand auf. Ging zu dem wackeligen Garderobenständer, zog sich langsam die Jacke an und griff nach seiner Aktenmappe.

»Und noch etwas«, hob er wieder an, »damit das klar ist: Ich mach auch keine Überstunden mehr für euch. Du, Förster, du machst hier die Überstunden. Du schreibst die Scheißbriefe noch mal – und diesmal ohne einen einzigen Fehler. Ohne einen einzigen, winzigen Scheißfehler, ist das klar?«

Förster nickte.

»Ist mir Wurscht, wie lange das dauert. Wag bloß nicht, mir mit der Gewerkschaft zu drohen. Auch die müssen verschwinden. Alles muß verschwinden. Hast du das kapiert, Förster?«

Förster nickte.

»Also, ich mach jetzt Feierabend. Was du machst, ist mir egal. Es ist mir egal, ob ihr in eure Fitneßstudios und Tennisclubs geht, hast du gehört, es ist mir egal!«

Förster nickte.

»Nur eins ist mir nicht egal: diese Briefe. Und wenn sie morgen früh nicht fehlerfrei getippt auf meinem Schreibtisch liegen, wird das Konsequenzen haben. Haben Sie das verstanden, *Herr* Förster?«

Förster nickte.

»Gut. Es soll nämlich später niemand behaupten, ich hätte es nicht im guten mit dir versucht ...« Er legte Förster die Hand auf die Schulter. »Das soll niemand behaupten«, sagte Porps und ging.

Gegen halb sechs war das Großraumbüro längst verlassen, aber Förster saß noch immer über der Schreibmaschine, in die die Briefbogen einschließlich Durchschlägen eingespannt waren, und tippte auf eine unendlich langsame, apathische und für jeden, der es hätte mit ansehen oder auch nur anhören müssen, quälende Weise seine Briefe. Und er war noch lange nicht fertig. Zwischen dem Tippen der einzelnen Buchstaben vergingen zehn bis zwanzig Sekunden, manchmal eine halbe Minute, in der sich seine Hände wie in Zeitlupe hoben, ehe ein Finger plötzlich auf die jeweilige Taste hinabstieß.

Hätte sich Förster während seines Martyriums umgedreht, hätte er ihn sehen können, wie er mit elegantem Hüftschwung um die verlassenen Schreibtische tanzte. Lautlos summte in seinem Kopf eine Swing-Melodie aus Lehrlingstagen.

Gebückt schlich er sich an. Als er hinter Förster angekommen war, richtete er sich auf und stand einen Augenblick lang mit erhobenen Armen wie Nosferatu hinter ihm. Dann legte er Förster die Hände auf die Augen und rief:

»SURPRISE!«

»Hhhhhhee.« Förster hielt die Luft an.

Der Mann nahm die Hände weg. »Geier-Such-System, was?« lachte er und hackte mit seinem Zeigefinger willkürlich auf ein paar Tasten ein. Förster umklammerte einen Bleistift und drehte sich mit einer Mischung aus Verzweiflung und Mordgier ruckartig um. Er kannte Behringer, *den Großen Boß*, nur von Fotos oder aus beträchtlicher Entfernung.

»Mein Gott.«

»Ach!« Behringer lachte, »Herr Behringer reicht.«

Förster lachte nicht.

»Schlechte Laune, was? Auszubildender, hm?«

Förster nickte.

»Hab ich dir keinen Mund zum Reden gegeben?«

»Doch. Schon. Aber –«

»Na also. Und, wie heißte?«

»Förster. Hansjörg Förster.«

»Okay, Hajo Förster, es wird nichts so heiß gegessen, wie's gekocht wird. Ich mußte in meiner Jugend auch viel Scheiß machen. Zum Beispiel jeden Wechsel von Hand in das Wechselbuch eintragen. Tja, das war kein Pappenstiel. Na, Förster, welche Wechselarten kennen wir denn?«

»... Finanzwechsel, Akzeptwechsel, Solawechsel, Rektawechsel, Kellerwechsel, Kautionswechsel, Domizilwechsel, Windwechsel, Tratte ...«

»Sehr gut, sehr gut, Förster, Sie sind ja ein wandelndes Lexikon. Und nun die Preisfrage – welche Art Wechsel wird von Frauen bevorzugt?«

Förster, der pickelige, hagere Förster mit dem schlecht sitzenden Sakko, dem durchgeschwitzten Hemd und der billigen Kunstseidenkrawatte, Förster wähnte sich in einem grauenvollen Alptraum gefangen; er wollte aufwachen, wollte flüchten, vielleicht nur in einen nächsten Traum, aber es ging nicht, er konnte sich nicht bewegen. Nicht einen Zentimeter.

»Na? Na?« drängelte Behringer.

»Frauen … ich … ich – weiß nicht.« Er schluchzte. Tränen der Scham flossen seine Wangen hinunter. Er wußte es wirklich nicht.

»Der Stellungswechsel! Woa-hahahahaha!« Behringer bekam einen Lachanfall, mußte sich mit einer Hand auf dem Schreibtisch abstützen, japste nach Luft.

Förster sah in Richtung Notausgang.

Der Vorstandsvorsitzende wischte sich mit seinem Taschentuch die Tränen aus den Augen:

»Menschenskinder!« Seine Haare waren grauer als auf den Fotografien, und er hatte einen kleinen Bauch. »Dabei, ich meine, wenn ich Sie so ansehe, Förster, fällt mir ein – kennen Sie Eliot?«

Förster schüttelte den Kopf.

»Ich meine T. S. Eliot?«

»Tut mir leid. Ich kenne Herrn Eliot nicht.«

»Tja, das war auch in meiner Jugendzeit. In der Schule ham wir von dem nichts gehört – Sie verstehen?«

»Ich kenne Herrn Eliot nicht«, versicherte Förster.

»*Er kommt, der Jüngling mit Pickeln im Gesicht,*
Ein kleiner Angestellter, blickt in frecher Glut;
Versicherung sitzt auf ihm und seinesgleichen,
Wie auf dem Bradford-Millionär der Seidenhut.
Kaum zu glauben, das hat mich damals so begeistert, daß ich's auswendig gelernt hab. Hatte Flausen im Kopf, wollte Dichter werden; hab sogar selbst ein paar Gedichte geschrieben – waren gar nicht so übel, eines davon, Moment, hieß, glaube ich –«

»ICH KENNE HERRN ELIOT NICHT!« kreischte Förster.

»Was ist eigentlich los, Förster, stimmt was nicht?«

»Nein … es ist alles … alles ganz in Ordnung.«

»Dann mach nich so ein Gesicht. Du und ich, wir beide, wir sind doch *so*!« sagte Behringer und stieß seine Fäuste zusammen. »*So* sind wir, verstehste?«

Förster starrte den Vorstandsvorsitzenden an, der ihm kumpanenhaft zuzwinkerte. Eine Pause entstand, in der nur Försters Zähneklappern und das Surren der Klimaanlage zu hören waren. Weit entfernt vielleicht noch ein Fahrstuhlgeräusch.

Behringer runzelte die Stirn.

»Was schreiben Sie da eigentlich?« fragte er und beugte sich über die Schreibmaschine. »Haben wir für so was nicht Formulare, wo man nur noch ankreuzen muß?«

»Doch ... schon ... aber.«

»Schluß mit dem ewigen ›doch-schon-aber‹, Förster! Wer hat Ihnen diesen Auftrag erteilt?«

»Herr Behringer, ich ...«

»Für Sie, Förster, bin ich immer noch Gott.«

»Porps.«

»War das ein Geräusch oder ein Name?«

»Herr Porps.«

»Buchstabieren Sie.«

»P-O-R-P-S«

»Und was hat der hier zu suchen und Ihnen solche zeitraubenden Anweisungen zu geben?«

»Er ist der Gruppenleiter ›Mehrfach fehlgeleitete Fehlbuchungen‹ ... er ist –«

»War, mein lieber Förster, war. Herr Porps – P-O-R-P-S – ist nämlich soeben rausgeflogen.« Behringer machte auf dem Absatz kehrt und marschierte, wieder ganz der Vorstandsvorsitzende, Richtung Ausgang. Kurz vor der Tür drehte er sich noch einmal um und machte das V-Zeichen. »Und vergessen Sie nicht: Ich zähle auf Sie.«

»Das muß ein Irrtum sein«, sagte Porps am nächsten Tag, als auf seinem Schreibtisch statt der Briefe nur die fristlose Kündigung lag. Er ging sofort ins Personalbüro. Es war kein Irr-

349

tum.

Seine 82jährige Mutter fand ihn in seinem Wochenendhäuschen im Hühnerstall. Unter den Hühnern hatte er ein groteskes Gemetzel angerichtet: Er hatte ihnen Krawatten umgebunden und sie danach offenbar mit einer Axt enthauptet. Porps selbst hatte den Kopf behalten, aber dafür den Boden verloren.

Er hing vom Mittelbalken des Stalls, umgekippt unter seinen Füßen lag ein alter, ausrangierter Schreibtischstuhl.

Unglücklicherweise fiel die Entdeckung von Behringers Krankheit zusammen mit einer ganz anderen Entdeckung, die Dr. Thun zum ersten Mal an Sinn und Gerechtigkeit der freien Marktwirtschaft zweifeln ließ und den Verschwörungstheorien des Direktors neue Nahrung gab.

Es war die Nachricht, daß die *Frankfurter* jetzt mehr als vierzig Prozent der VERBAG-Aktien hielten. Besonders ärgerlich daran war, daß die Nachricht in allen größeren Tageszeitungen und Wirtschaftsblättern stand, die VERBAG-Leute indes von nichts gewußt hatten. Sie wußten auch nicht, wieviel mehr als vierzig Prozent die Frankfurter besaßen und was sie damit zu tun gedachten. Entgegen der sonst üblichen Verfahrensweise verhielten sie sich still, verlangten außer ihrem Sitz im Aufsichtsrat – den sie schon vorher hatten – nichts: keine personellen Wechsel an der Führungsspitze, keine Kurskorrektur bei den Investitionen, keine Rationalisierungen. Die Frankfurter waren die buchstäblich stillen Teilhaber, die wie Mafiapaten in ihren Frankfurter Bürotürmen saßen und beobachteten, was mit ihrem Eigentum geschah. Der Rechenschaftsbericht für das erste Quartal war fulminant, Behringer »Manager des Jahres« – vielleicht sahen die Frankfurter einfach keinen Handlungsbedarf, noch nicht. Der Direktor lachte hämisch in sich hinein, schien es ihm doch, als würde ein Teil seiner Angst, dieser unbestimmten Furcht, sich in den Fluren der Vorstandsetage breitmachen.

Die erste interne Reaktion, noch am Tag der Zeitungsmeldungen, war ein sogenannter Krisenlunch, den Dr. Thun nach Rücksprache mit Behringer für 12 Uhr 30 im großen Konferenzsaal ansetzte: Feldsalat, gegrillte Scampi auf Austernpilzen, dazu Prosecco – nichts, was schwer hätte im Magen liegen können.

Behringer verspätete sich. Das hatte er noch nie getan. Als um 13 Uhr die Scampi erkaltet waren, war er immer noch nicht da und auch in seinem Büro nicht zu erreichen. Dr. Thun rief Fuchs, und Fuchs schickte einige seiner Leute los. Und die fanden ihn.

Generaldirektor Behringer stand in der Schlange vor der Angestelltenkantine, und das einzige Wort, das über seine Lippen kam, war »Sauerbraten«. Es gab aber an diesem Tag keinen Sauerbraten. Die Küchenhilfe, die das Essen auf die Teller lud, wußte sich nicht zu helfen, Behringer wiederholte seinen Wunsch. Die anderen Wartenden schauten sich beunruhigt um. Jedem, der in der Schlange stand, war die Situation unangenehm. Aber niemand wagte es, den *Vorstandsvorsitzenden* darauf hinzuweisen, daß es das gewünschte Gericht nicht gab.

Die Küchenhilfe versuchte, Behringer ein Wiener Schnitzel auf das Tablett zu schieben, doch der winkte ab:

»Ich nehm dann doch lieber den Sauerbraten.«

Die Schlange stockte, Behringer wartete unbeeindruckt vor der Essenausgabe, hinter der der Koch hilflos mit den Achseln zuckte. Einzig Renn, der uralte Pförtner mit dem Glasauge, schien die Bedeutung des Sauerbratens zu erfassen:

»Früher, zu Bödings Zeiten, da gab's einmal die Woche Sauerbraten, ja, das wollt' der Böding so«, murmelte er, während sein toter Blick über Kaltschalen und Vanillepudding glitt.

Als die Mitarbeiter der Inneren Abteilung endlich auftauchten, ließ sich Behringer widerspruchslos von der Kantinenschlange wegbewegen, sah sich verwirrt um und wußte offenbar nicht, wo er war. Der eilends gerufene Dr. Quickling war anfangs ratlos:

»Also zunächst ... ähm ... wie heißen Sie?«

»Das wissen Sie doch. Behringer.«

»Ja, natürlich – und welchen Tag haben wir heute?«

»Mittwoch.«

»Richtig, und –«

»Und am Mittwoch gibt's immer Sauerbraten«, erklärte Behringer.

»Über diesen Vorfall, meine Herren«, schärfte Dr. Thun später dem versammelten Vorstand ein, »bitte ich Sie, absolutes Stillschweigen zu bewahren. Kein Wort, zu niemandem – vor allem nicht zu unseren neuen Aktionären!« Die Vorstandsmitglieder nickten, wobei die meisten nicht die Augen von der gespenstischen Szene abwenden konnten: Neben Dr. Thun, der sich von seinem Sessel erhoben hatte, saß der Vorstandsvorsitzende, der »Manager des Jahres«, Mitglied in zwölf Aufsichtsräten, ließ ein Bein über die Lehne baumeln und lächelte. Behringers Blick war verklärt, gleichsam visionär in eine ferne Vergangenheit oder Zukunft gerichtet. Er leckte sich die Lippen und blätterte in einer Ausgabe des fulminanten Vierteljahresberichtes. Noch während Dr. Thun sprach, hatte er begonnen, die Heftklammern mit der Spitze seines vergoldeten Füllhalters aufzubiegen, und nahm grinsend das Heft auseinander, dessen Bestandteile er achtlos zu Boden fallen ließ. Einzig die Seite mit seinem Porträt interessierte ihn etwas länger. Er betrachtete sich wie jemanden, den er einmal vor langer Zeit gekannt hatte, dem er aber nun nie wieder begegnen würde. Er fing an, die Seite kunstvoll zu falten. Dann unterbrach er Dr. Thuns Ausführungen über unerwünschte Publicity, indem er aufstand.

Aus seinem Porträt war ein Papierflieger geworden. Mit sanftem Schwung warf er ihn nach oben, der Flieger segelte gra-

ziös durch den Himmel des Konferenzraumes, vollführte einige Pirouetten, während Behringer glücklich mit dem Finger in
die Luft zeigte, mit dem Kopf nickte und in einem gleichmütigen Tonfall, der alle Weisheit dieser Welt zu beinhalten
schien, sagte:

»So.«

52° Nord 13° Ost, 10 Uhr 35

Von oben sah alles friedlich aus. Ein Flickenteppich brauner Felder wechselte mit dunkelgrünen Wäldern, Flüsse schimmerten in der Morgensonne, gestreift vom Schatten einzelner Wolken. Die Maschine schüttelte sich, als sie durch Turbulenzen flog, eine unangenehme Vibration pflanzte sich von den Flügelspitzen bis in seinen Körper fort, und er horchte auf die Motoren, in der Erwartung, einer oder vielleicht alle könnten ausgefallen sein. Aber die Maschinen liefen ruhig und gleichmäßig, mit einem sonoren Dröhnen. Er sah wieder nach unten. Es würde noch etwas dauern, bis sie Berlin erreichten. Er fragte sich, was er wohl aus dieser Höhe, zehn Jahre, nachdem er die Stadt verlassen hatte, wiedererkennen könnte. Den See, wo er mit seinen Eltern und seinen Schwestern im Sommer fast jeden Sonntag verbracht hatte ... Es dauerte, bis er schwimmen lernte, und sie zogen ihn damit auf, wieder und wieder, während er von der schattigen Badestelle aus langsam, sehr langsam in das allmählich tiefer werdende, kühle Wasser ging, seine Zehen in dem modrigen Grund des Sees einsanken ... Bismarckstraße und Siegessäule, vielleicht den Reichstag, den Alexanderplatz ... Er war sich nicht ganz sicher, wie sie anfliegen würden, erst ein etwas größerer Bogen und dann mehr von Süden, vermutete er. Vielleicht würden sie sogar über ihr altes Haus fliegen, den Namen der Straße hatte er vergessen, und er war sich sicher, oder hoffte es zumindest, daß in dem Haus niemand mehr wohnen würde, den er kannte.

Woran er sich erinnerte, war sein Vater; und wie er manchmal im Sommer abends auf dem Balkon gestanden und darauf gewartet hatte, daß er nach Hause kam. Die Sonne ging unter, Vögel zwitscherten, und sein Vater parkte den Ford vor dem Haus, stieg aus, den Hut schräg auf dem Kopf, die Aktentasche in der Hand, und wenig später hörte er ihn pfeifend die Treppe heraufkommen.

Bis eines Tages sein Vater nach Hause kam und sagte, man habe ihn entlassen. Er sagte es nicht zu ihm, er sagte es zu seiner Mutter, und auch ihr sah er dabei nicht richtig in die Augen. Das war es, was ihm von den vergangenen zehn Jahren am stärksten in Erinnerung geblieben war, was ihn wütender gemacht hatte als alles andere und womit er insgeheim die Art seiner Rückkehr rechtfertigte: der eingeschüchterte Blick seines Vaters, der ihm plötzlich unendlich klein vorkam, er, der ihn bis dahin vor allen Gefahren der Welt beschützt hatte – hatte Angst. Und er erinnerte sich an seine Mutter, wie sie wortlos die Türen der Anrichte aufzog und das Geschirr, ein Stück nach dem anderen, an die Wand schmiß. Als sie damit fertig war, erklärte sie seinem Vater, daß es an der Zeit sei, die Koffer zu packen.

In den Träumen, die ihn später heimsuchten, sah er sich und seine Familie immer aus der Vogelperspektive, schräg von oben aus der Luft. Sah sich auf diesem Bahnsteig stehen und auf den Zug nach Hamburg warten. Sah die vielen Koffer und Überseekisten und die Verwandten und Freunde, die zum Abschied gekommen waren. Manchmal sah er auf dem gegenüberliegenden Gleis einen anderen Zug, der in eine andere Richtung fuhr, und er fragte seine Mutter, warum sie nicht dort einstiegen ... Mit der Zeit wurden die Gesichter der Freunde und Verwandten immer undeutlicher, schemenhafter, bis sie schließlich ganz verschwanden und er, Samuel Stein, allein auf diesem Bahnsteig saß, umgeben von Koffern, Kisten und zerschmissenem Porzellan, Mänteln, Wohnungsschlüsseln. Seine Mutter, sein Vater und seine Schwestern waren irgendwo in dem Zug und riefen nach ihm, während er verstört in den Himmel starrte, auf dieses Pfeifen wartete; sich fragte, wohin denn die Menschen alle verschwunden waren und was –

»Was ist los, Sam?« Die Stimme von Lewis, dem Navigator, schreckte ihn auf, »willst du bis zu Adolfs Geburtstag warten? Zack-zack! Wirf endlich unsere Babys ab!«

Stein suchte durch das Zielgerät nach der Glühlampenfabrik und sah dann durch das Plexiglas der Bugkanzel nach vorne. Als er den Schalter umlegte, hatte die B-17 vor ihnen ihre Last schon abgeworfen, die schwarzen Körper trudelten pfeifend in die Tiefe, und wenig später waren unten die ersten zuckenden Blitze und Rauchschwaden zu sehen.

Die Explosion hatte den Gang hinter ihm zum Einsturz gebracht und einen Teil der seitlichen Mauer weggerissen. Quer auf seiner Schulter lag ein Stützbalken, Erde rieselte auf seinen Kopf. Es war beinahe völlig dunkel, bis auf eine der Warnlampen, die unter einer Schlammschicht müde flimmerte.

Warmes Blut lief ihm über die Wange, und er hatte ein Pfeifen im Ohr. Er schob den Balken von seiner Schulter und drehte sich um. Der Rückweg war abgeschnitten.

Dafür klaffte in der verdammten Mauer endlich ein Loch. Willy Bein nahm die Lampe und sah hinter dem Loch einen gemauerten Schacht, aus dessen Wänden eiserne Tritte ragten. Er blickte den Schacht hinab, konnte aber den Boden nicht erkennen. Die Eisenklammern schienen brüchig. Aber er hatte keine Wahl. Er packte Hammer, Meißel und den Klappspaten in seinen Rucksack, brachte nach mehreren Versuchen seine selbstgebastelte Helmlampe in Gang und kletterte vorsichtig die Stufen hinunter. Er zählte – zehn, elf, zwölf, dreizehn, vierz... – die vierzehnte Stufe fehlte, Willy trat ins Leere, hing mit beiden Händen an Nummer zwölf. Er zappelte, was die Eisenklammer über ihm nicht vertrug. Raaka-raaka machte das

rostige Metall, und er fühlte sich an einen jener Abenteuer-
streifen erinnert, in denen der Held an den Resten einer maro-
den Hängebrücke hing. Und unter ihm natürlich Krokodile.
Die Eisenklammer brach aus dem Gemäuer, und Willy landete
unsanft auf einem mit Moder bedeckten Boden. Die gelbe
Warnlampe gab sofort den Geist auf. Blieb noch seine Helmfunzel. Keine Krokodile. Dafür graue Schatten, die fiepend
auseinanderstoben. Er drehte verschreckt den Kopf und bemerkte einen schwach leuchtenden Pfeil an der Wand, der, natürlich, nach oben zeigte und unter dem das Wort FLUCHT-
WEG stand. Willy legte den Kopf in den Nacken. Es gab dort
keinen Fluchtweg mehr: Auf den letzten drei Metern fehlten
die Eisenstufen völlig – nur rostige Stümpfe ragten aus dem
Gemäuer.
Er befand sich in einem vielleicht sechs mal sechs Meter großen Raum. Alte Rohrleitungen liefen an den Wänden entlang,
verzweigten sich an Absperrhähnen. Es roch nach Oxid, Staub
und feuchtem Mauerwerk.
Am anderen Ende des Raumes war eine Stahltür, halb offen.
Willy zog die knarrende Tür auf, stand am Ende eines langen
schmalen Ganges. Er leuchtete über die bräunlichen Wände,
die einen leichten Bogen machten, und ging weiter. Diesen
Teil der Keller unter der Fabrik kannte er nicht. Dabei hatte er
immer geglaubt, niemand kenne die Fabrik besser als er. Am
Ende des Ganges eine angelehnte Tür, die er ebenfalls auf-
drückte. Dann drei Stufen hinab und noch eine Tür, diesmal
mußte er erst die seitlichen Riegel mit seinem Hammer los-
klopfen. Und dahinter? Ein weiterer Gang. Links und rechts
Stahltüren, ein Hinweisschild: »Notstrom Innere Abt.«
Willy also durch die erste Tür links, noch mehr Rohrleitungen
an der Wand, noch mehr Absperrhähne, Ventile, in der Mitte
auf einem Sockel ein großer, schwarzer Motorblock – ein Generator, davor liegt noch die Kurbel, als hätte jemand vor langer Zeit versucht, das Ding in Gang zu bringen. Der Kegel der

Helmfunzel streicht über den staubigen Boden, wo ein paar alte Gabelschlüssel vor sich hin rosten, wandert nach oben, von der Decke wachsen weiße, flaumige Pilze. Er wieder raus in den Gang, die nächste Tür aufgedrückt, ein Raum, quadratisch, ein Haufen zusammengebrochener Regale, auf dem Boden Wellen, Schrauben, Muffen. Zurück in den Flur, zehn Meter weiter, nächste Tür links, hängt schief in den Angeln, dahinter ein leerer Raum, zwei Holzpritschen, gegenüber das gleiche. Den Gang hinunter, bis er einen Knick macht. An der Decke ein paar tote Lampen, schwarzlackierte Blechschirme, Vorkriegsware. Hinter ihm leuchten phosphoreszierende Pfeile an der Wand, weisen in die Richtung, aus der er gekommen ist. Um die Ecke rechts bis zur Mauer, anschließend links. Dann eine Art Kreuzung. Hinweisschilder: »Rauchen verboten«, »Durchgang bei Feuersturm«, »Endmontage«. Links, eine halbe Treppe hoch, eine verklemmte Tür, die klopft er mit dem Hammer auf; dahinter ein niedriger Korridor; am anderen Ende die nächste Tür, diesmal nur angelehnt, dann wieder fünf Stufen runter, gemauerter Türbogen, langer Gang, rechts, links, geradeaus, rechts. Kurzer Blick zurück. Keine Pfeile mehr. Kleine Rinnsale laufen die Wände hinab. Den Gang entlang, wieder eine Gabelung, links eine große Tür, verschlossen. Also raus mit den Dietrichen und ans Werk, klaklakklak-klik – gelernt ist gelernt! Die Tür aufgedrückt und ...

Stundenlang lief er in diesen Gängen umher, Gang folgte auf Gang, Tür auf Tür, Wand auf Wand, bräunlich schimmernde Ziegel, mattgrauer Beton im schwächer werdenden Licht der Helmlampe. Doch er fand keinen Ausgang.

Einige Räume waren eher niedrige, unterirdische Hallen, mit allerlei verrotteten Maschinen, als hätte es hier, tief unter der Erde noch eine zweite Fabrik gegeben, nur – was hatte sie produziert? Die Helmlampe wurde schwächer, reichte kaum mehr zwei Meter weit. In einer der Hallen, unter einem Flaschenzug, entdeckte er schmale, in den Boden eingelassene

Schienen. Etwas war hier gefertigt, verladen und an einen anderen Ort gebracht worden. Er folgte den Schienen, die vor einem großen eisernen Schiebetor endeten, das, wie es schien, seit Jahrzehnten nicht mehr geöffnet worden war. Nachdem er das Tor in seiner ganzen Breite abgesucht hatte, sah er eine kleine, in den Stahl eingelassene Tür, auf der stand:

DURCHSCHLUPF ZU GLEIS S
Achtung: Zugverkehr! Vorsicht Stromschiene!
LEBENSGEFAHR!

Willy hebelte die Tür auf, die sich nach anfänglichem Widerstand knarzend öffnete. Auf der anderen Seite gab es keinen Zugverkehr, und es gab auch keinen Strom. Das letzte, was er sah, bevor das Licht seiner Helmlampe mit einem schwachen Flackern erstarb, war ein langer Betontunnel, in dem die Schienen weiterliefen.

Völlige Dunkelheit hüllte ihn ein. Entfernt hörte er Tropfen fallen und tappte zunächst nach rechts, bis der Tunnel an einer glatten Wand endete. Also in die andere Richtung. Vorsichtig setzte er einen Fuß vor den anderen, die Arme ausgestreckt wie ein Blinder, der seinen Stock verloren hat. Stock – Willy hockte sich hin und suchte am Boden etwas, was er als solchen verwenden könnte, ertastete aber nur die Schienen und dazwischen kalten, brackig riechenden Schlamm. Er richtete sich wieder auf und ging weiter, folgte, blind wie ein Maulwurf, den Geleisen.

Schlack-schlack klangen seine Schritte. Der Tunnel führte in einem sanften Gefälle abwärts. Ab und zu blieb er stehen und lauschte. Das Tropfen war noch leise zu hören, gelegentlich ein Krabbeln, wie wenn etwas mit vielen Beinen schnell über den Boden oder die Wände rennt. In der Sohle des Tunnels stand Wasser, das ihm erst bis zu den Knöcheln, dann bis an die Knie reichte. Gut fünfzig Meter watete er durch diesen unterirdischen See, hörte, wie das Plätschern von den Wänden widerhallte. Im fiel ein, daß er seine Mutter einmal beim Anblick eines Blinden gefragt hatte, wie das sei – blind zu sein. »Alles ist dunkel«, hatte sie geantwortet, und genauso war es jetzt auch.

Nach fünfzig Metern ging es wieder aufwärts, ebenso sanft, wie es zuvor abwärts gegangen war. Er hoffte, die Schienen würden ins Freie führen, ihm war ganz egal, wohin, Hauptsache raus, an die frische Luft, an das trübe Licht eines wolkenverhangenen Neujahrsmorgens, das er sich nun als paradiesisches Leuchten vorstellte. Aber es blieb duster. Wie spät mochte es sein? Wie lang war er schon durch diese dunkle Welt gestapft, ohne Sinn und Ziel, ohne Ausweg?

Erschöpfung befiel ihn, nahm zu mit jedem Schritt. Er sah auf eine seiner Armbanduhren, doch das phosphoreszierende Leuchten war zu schwach, als daß er die Zeiger hätte erkennen können ... Als er noch ein kleiner Junge war, lag er Sonntag morgens oft in seinem Bettchen und versuchte, unter der Decke die Zeit auf seiner ersten eigenen, kleinen Kinderuhr zu entziffern. Warm war es da unter dieser Decke, Geruch nach Schlaf und dem eigenen Körper, dazu die Erwartung, daß es heute in den Tierpark ginge, schließlich war Sonntag, aber man durfte die Eltern nicht zu früh wecken, sonst verdarb man es, und der Tierpark wurde gestrichen und ... *aaaaaah!* Willy stieß mit dem Knie gegen etwas und wäre fast vornübergefallen. Entweder war er vom Weg abgekommen, oder die Schienen machten eine Kurve, und er war an einer Seitenwand des Tunnels gegen etwas Kniehohes, Hartes gestoßen. Er tastete nach unten. Eine Bank. Eine Parkbank. Er hatte keine Ahnung, was eine Parkbank hier unten sollte. Das Holz war morsch, auf dem Metallgestell fühlte er bröseligen Rost. Ihm war nicht geheuer in der Dunkelheit. Aber seine Müdigkeit, das Verlangen zu schlafen, zu schlafen und zu vergessen, war zu groß. Willy Bein legte sich auf das morsche Holz. Um ihn herum immerwährende Nacht.

Es war dunkel, dunkel, dunkel, kein Lichtstrahl, nur die schweren Schritte auf dem Gang, und manchmal, es mußte weit über ihnen, in einem der oberen Stockwerke sein, die Schreie.

Einer von beiden schnarchte. In den Nachbarzellen lagen ein Kommunist und ein jüdischer Wissenschaftler. Er war zunächst nicht sicher, welcher von beiden es war, bis eines Tages das Licht anging, das grelle Licht, das seinen Augen weh tat und ihn aus seinen Träumen riß. Er hörte, wie sie den Wissenschaftler aus der Nachbarzelle abholten. Er kam niemals zurück. An seiner Stelle warfen sie einen Offizier in das Loch, der lange behauptete, er sei nicht der, der er sei, er sei jemand anderes, alles ein Irrtum, eine Verwechslung, ein schreckliches Mißverständnis – bis sie ihn zur Vernehmung abholten und nach Stunden wiederbrachten. Danach sagte er nichts mehr, nicht mal bei den täglichen, gemeinsamen Abortgängen, die einige Häftlinge nutzten, flüsternd Nachrichten auszutauschen. Der Offizier jammerte im Schlaf. Es war der Kommunist, der schnarchte.

Schlaf ... Anfangs hatten sie ihn in unregelmäßigen Abständen zu einem manchmal nur zehn Minuten dauernden Verhör geholt, bei dem er meist mit dem Ochsenziemer geschlagen wurde. Wenn sie ihn zurückschleiften, war es in seiner Zelle stockfinster, doch er konnte nicht schlafen, weil er Angst hatte – vor den Schritten im Flur, wenn sie ihn das nächste Mal holen würden. Schließlich schlugen sie ihn bewußtlos, trugen ihn in die Zelle, ließen ihn im Dunkeln liegen. Stundenlang, tagelang, vielleicht wochenlang. Er hatte jedes Zeitgefühl verloren. Er durfte nicht mehr zu den gemeinsamen Abortgängen aus der Zelle. Er erleichterte sich in einen Eimer, der einmal am Tag geleert wurde, und aß aus einem Eimer, den man ihm einmal am Tag hereinschob. Irgendwann begann er zu schreien, aus Angst und Verwirrung, und da machten sie das Licht an und nicht mehr aus. Es war ein helles, kaltes Licht, das gelegentlich leicht flackerte, vor seinen Augen tanzte und wiederum keinen Schlaf erlaubte, allenfalls ein unruhiges Dämmern.

Wieder brachten sie ihn nach oben. Der Offizier trommelte mit den Fingern auf den Schreibtisch, der Kommissar rauchte eine Zigarette. Als ein Wachmann Willy auf den Stuhl drückte und ihm die Stahlmanschetten anlegte, sah ihn der Kommissar bedauernd an und schüttelte den Kopf. Der Offizier deutete auf einen großen Spiegel, der an einer Wand lehnte.

»Für einen Meisterdieb«, höhnte er, »siehst du ein wenig verwahrlost aus, findest du nicht?«

Willy sah in den Spiegel. Fast hätte er sich nicht erkannt. Er sah ein dürres, verdrecktes Wrack, mit blutigen Schrunden überall, ausgeschlagenen Zähnen, tiefliegenden Augenhöhlen. Seine Kleidung bestand nur noch aus Fetzen.

»Und, Haas, du siehst nicht nur wie ein Schwein aus, du stinkst auch so. Du stinkst nach Scheiße und nach Tod, Haas, und ich muß dir sagen, daß ich nicht weiß, wie lange wir das noch aushalten mit dir.«

Willy senkte den Blick.

»Schau mich an, wenn ich mit dir rede! Also, ich würde sagen, du siehst nicht aus wie ein Mensch, du siehst aus wie ein jüdischer Bolschewist, und –«

Der Kommissar räusperte sich.

»Sie könnten Ihre Lage verbessern, Herr Haas, wenn Sie uns die Namen der an der Verschwörung Beteiligten nennen würden.«

»Ich … bitte … ich weiß doch nichts von dieser Verschwörung.« Gerne hätte er alles verraten, doch er wußte nicht, was. Zwischenzeitlich hatte er es mit einer erfundenen Verschwörung versucht, aber weder den Offizier noch den Kommissar hatte das zufriedenstellen können.

»Du kleiner Scheißkerl«, sagte der Offizier, der aufgestanden war und sich einen Knüppel reichen ließ. Er versetzte ihm einen Schlag auf das rechte Knie.

Willy stöhnte.

»Ach«, seufzte der Kommissar, »das hilft uns jetzt auch nicht weiter.« Wieder drückte er diesen Knopf, der anscheinend in einem anderen Teil des Gebäudes einen Summer auslöste, und wenig später kam ein kleiner, schmächtiger Mann mit Brille herein. Er schien noch jung, aber die graue Hose, die Weste, die Ärmelschoner, all das gab ihm die Aura eines Mannes, der schon immer jenseits seiner Jugend gelebt hatte. Er trug einen Stapel Aktenordner vor sich her.

»Einen schönen guten Tag, Herr Voß«, sagte der Kommissar, »wie geht's?«

»Danke, Herr Kommissar, gut«, antwortete Voß.

»Also, Herr Voß, wenn wir Sie nicht hätten«, lobte der Kommissar. Willy hatte dieser Szene schon oft beigewohnt, jedesmal schien sie ihm unwirklicher. Auf dem Steinboden waren dunkle Flecken; in einer Ecke saß die Wache, träge rauchend neben dem Gestell mit Knüppeln, Ochsenziemern, Peitschen, Eisenrohren, den Stahlmanschetten mit den angespitzten Schrauben; vor ihm der fleischige Offizier, daneben der freundliche, elegante Kommissar. Und dann kam dieser Voß herein, ein ganz normaler, schüchterner Amtmann, so, als gäbe es alles andere gar nicht.

»Unser guter Heinrich. Menschen wie Sie, Voß, sind das Fundament unserer Volksgemeinschaft. Ehrlich, pflichtbewußt, treu, verschwiegen«, lobte der Offizier. Voß drehte verlegen den Kopf, legte den Aktenstapel auf den Tisch. Der Kommissar lächelte amüsiert und sagte:

»Tja, alles Eigenschaften, von denen wir bei unserem Herrn Haas bislang leider nur die letzte feststellen konnten.« Voß drückte seinen kleinen Stempel auf eine Empfangsquittung, die er sich vom Offizier gegenzeichnen ließ, bedankte sich und verschwand.

»Also, alles von vorn.« Der Kommissar seufzte abermals, und nach einem weiteren Hieb, diesmal ins Gesicht, erzählte Willy voller Eifer die ganze Geschichte noch mal: Wie sie den Tunnel zur VERDIKO gegraben hatten, wie sie in den Tresorraum gelangten, wie sie die Schließfächer aufbrachen und was sie darin gefunden hatten. Wie sie nach dem Einbruch gefeiert hatten, daß alle wußten, wer die Täter waren, aber die alte, morbide Gerichtsbarkeit der Republik ihnen nichts nachweisen konnte; daß sie dann nicht nach Südamerika, sondern erst einmal nach Frankreich gingen, und von dort, als das Geld aufgebraucht war, nach Belgien, wo sie ein neues Ding drehten, und dann weiter nach Holland, wo man sie erwischte, aber nicht ausliefern wollte, und dann brach der Krieg aus.

Der Kommissar nickte zu alldem interessiert, als höre er das zum ersten Mal, und sprach anerkennend von der technischen Raffinesse, die sie bei all ihren Einbrüchen hatten erkennen lassen, er und Ludwig, Gott hab ihn selig, was mit dem Ludwig sei, ja was ist wohl mit dem, sagte der Offizier hämisch, der hat gestanden, alles erzählt von der Verschwörung, jetzt geht's ihm gut, Sie haben gerade gesagt, er sei tot, Herr Kommissar; ach was, Gott gibt's doch gar nicht mehr, der hat doch hier nicht die Hand drauf, das war nur so ein Scherz, dem Ludwig geht's so gut, wie's die Umstände erlauben, und wenn du uns jetzt alles erzählst, Wilhelm Haas, wie das alles zusammenhängt, mein ich, die Einbrüche, die Verschwörung, das geplante Attentat auf den Führer, Himmel, was für ein Attentat denn, ach, Willy, Willy, gleich wirst du ganz unschuldig fragen: ›Was für ein Führer denn?‹ Ich will ja, Willy, ich geb mir ja wirklich Mühe, aber ich kann dir doch nicht jede Schwindelei abnehmen …

Der Offizier empfahl dem Wachmann, diesmal die angespitzten Schrauben zu verwenden. Das Problem waren die Namen. Willy hatte die Teilnahme an Verschwörung und Attentatsvorbereitung längst mehrfach gestanden, doch er wußte keine Namen – er dachte sich welche aus. Der Kommissar hatte eine Liste vor sich liegen und verglich die ausgedachten Namen mit

den Verdächtigen. Er schüttelte schwermütig den Kopf ... Die
Spitzen der Schrauben erreichten den Unterarmknochen, und
Wilhelm Haas wurde ohnmächtig.

Quietschend ging die Zellentür auf, und zwei der schwarzuni-
formierten Wachleute kamen herein, packten den Willy unter
den Armen, schleiften ihn durch den Flur, begleitet vom leisen Wimmern anderer Gefangener. Jetzt würde es gleich wieder losgehen, die gleiche Litanei, die Schläge, die Schrauben,
die Lügen, das Anschreien, die fehlenden Namen, die Ohn-
macht.
»Los!« fauchte einer der Wachmänner, »det letzte Stück läuf-
ste selbst, du fauler Hund!« Willy schlurfte einen langen, düsteren Korridor hinab; am anderen Ende erkannte er ver-
schwommen einen von den vielen Schreibtischen, über dem
ein schwarzer Lampenschirm mit einer Glühbirne baumelte,
als ob es nichts anderes gäbe in diesem Haus: Zellen, Lampen,
Schreibtische, Aktenstapel. Im Schein der Lampe saß jemand
ganz in Weiß, wahrscheinlich der Kommissar in seinem Som-
meranzug; vielleicht ist draußen ja schon Sommer, der Kommissar war allein, der schwarze Offizier nirgends zu sehen,
am Schreibtisch angekommen, mußte er sich an der Tischkante abstützen, ihm war schwindelig, und der Kommissar sah
ganz anders aus als sonst, alt und mit Brille und einer Art
Schlauch um den Hals, und einen weißen Kittel hatte der an.
»Sind Sie transportfähig?« fragte der Weißkittel.
Willy glotzte ihn verständnislos an.
»Transportfähig«, sagte der Weißkittel, trug etwas in eine
Kladde ein, und Willy wurde durch eine Tür geführt.
Das Licht blendete ihn. Es war noch nicht Sommer, es war
Frühling. Willy roch es, als er im Freien stand. Er mußte die
Augen zusammenkneifen, sah fast nichts. Sie legten ihm Fes-
seln an und schubsten ihn zu einem geschlossenen Lastwa-
gen. Willy stieg hinten ein, was gar nicht einfach war, mit den

365

Händen auf dem Rücken. Dann wurde die Tür zugeknallt, und er lag auf dem Boden. Wieder war es dunkel, Licht drang nur durch Sehschlitze links und rechts in der Wagenwand.

»Willy?«

Willy richtete sich mühsam auf und blinzelte in das Zwielicht. Eine Gestalt war schemenhaft auf einer der seitlichen Bänke zu erkennen. Der Lastwagen fuhr los. Willy kroch näher.

»Mensch, Ludwig«, flüsterte er, »Mensch, Ludwig, du.« Dann legte er seinen Kopf auf die Knie seines Bruders.

»Die haben mir gesagt, du seist tot.«

»Ja, mir auch.«

Eine Weile lang schwiegen sie, weinten stumm, der Wagen rumpelte durch das alte Berlin, bis Willy sich aufrichtete und sich neben seinen Bruder auf die Pritsche setzte. Er betrachtete ihn, nun, da sich seine Augen an das Zwielicht gewöhnt hatten. Ludwig versuchte ein Lächeln. Auch ihm fehlten die meisten Zähne, und seine Nase war eingeschlagen, Striemen liefen ihm über Gesicht und Hals.

»Ham se sich bei dir auch nach 'ner Verschwörung erkundigt?«

»Ja.«

»Scheint so 'ne fixe Idee von denen zu sein.«

Willy nickte und sah durch die Sehschlitze nach draußen. In letzter Zeit hatte es wohl einige Luftangriffe gegeben, sie fuhren an Ruinen vorbei.

»Was werden die jetzt mit uns machen?« fragte Willy nach einer Weile.

»Arbeitslager oder so was.«

»Meinste?«

»Die ham immer was von großen Lagern erzählt, die in den Nachbarzellen, mein ich.«

»Wenn wir rauskommen, dann kenn ich 'nen guten Doktor, der richtet dir die Nase wieder, und neue Zähne bekommste auch.«

»Ja«, sagte Ludwig, »das wäre gut.«

Der Lkw hielt, die hintere Tür wurde aufgerissen:

»Raustreten! Pinkelpause!« rief ein Uniformierter, dem eine
Maschinenpistole vor dem Bauch baumelte. Ludwig und Willy stiegen aus dem Wagen. Sie standen auf einer kleinen Straße, auf einer Lichtung. Vor ihnen lag ein Stück grüner Wiese,
und zwanzig Meter dahinter begann ein dichter Laubwald.
Blumen wuchsen auf der Wiese, Insekten sirrten in der Luft,
flogen von Blüte zu Blüte. Die Luft roch frisch und kühl nach
Moos, ein sanfter Wind bewegte die Bäume, und entfernt im
Wald konnte man einen Specht bei der Arbeit hören. Einer ihrer Bewacher nahm ihnen die Fesseln ab.

»Dahinten könnt' er an de Bäume pinkeln. Aber Beeilung.«

Sie stapften langsam über die Wiese.

»Du, Willy, ich wollt' dir sagen – es tut mir leid. Daß wer nich
nach Südamerika abgehauen sind, mein ich.«

»Is' schon gut.«

»Du, Willy, det is keene Pinkelpause.«

»Ich weiß.«

Sie blieben kurz stehen und umarmten sich.

»Macht schon!« riefen die Bewacher. Sie hatten ihre Zigaretten zu Ende geraucht.

»Mach's gut, Willy.«

»Ja, du auch.«

Dann liefen sie los, auf die Bäume zu. Willy war erstaunt, daß
er überhaupt laufen konnte, und wie er da über die blühende
Wiese lief, erinnerte er sich plötzlich an seine Kindheit, wie
sie zusammen im Wald gespielt hatten, ein Bach trennte die
Wiese vom Wald, und in dem bauten sie einen Staudamm,
und kleine Flöße mit Ästen als Masten und Blättern als Segel
schwammen darin, und später auch mal ein richtiges Modellboot, das sie zusammen zu Weihnachten gekriegt hatten,
und wenn's nicht genug Wind gab, dann bliesen sie selbst,
schwindlig wurde ihnen davon, und er lag auf dem Rücken

auf der Wiese und schaute oft in den Himmel, und er glaubte, in den Wolken Gestalten zu erkennen, und sein Bruder schaffte noch mehr, noch größere Steine heran, und der kleine Stausee wurde so tief, daß sie im Sommer darin baden konnten, ihr eigener See im Stadtwald, und er wußte es nicht, aber das waren die guten Tage damals, und als er fast die Bäume erreicht hatte, fiel ihm wieder die falsche russische Gräfin ein, Moschus und Wiesenblumen und Schweiß vermengten sich mit dem Geruch des nahen Waldbodens zum Geruch ihrer Haut, ihrer wundervoll weichen Haut, als er in ihren Armen lag, als er zum Sprung über den Bach ansetzte, als er die ersten Schüsse

Dunkel, dunkel, dunkel. Wo kein Tag war, nur Nacht, hatte er sich auf der alten Bank zusammengerollt und schlief, wie lange, konnte er nicht sagen, die Zeit war verschwunden in einem schwarzen Loch; sobald er ein Auge öffnete, war sie immer noch da, die Schwärze, hierhin hatte sie sich verkrochen, die Finsternis, die Gott am ersten Tag vom Licht geschieden hatte, in einen alten Versuchstunnel von Siemens und Halske, hier war sie die Herrscherin, aber das wußte Willy Bein nicht, wollte nur wieder die Augen schließen und flüchten in seine Träume, und schlafen, schlafen, sich in den Tod hineindösen …

Rrmbummrrmbum Rrmbummrrmbumm. Er schreckte hoch, als irgend etwas behutsam über sein Gesicht lief. Grashalmähnliche Tentakel betasteten seine Augenlider, kitzelten ihn an der Nase. Im Halbschlaf wischte er mit der Hand danach, und dieses Etwas versuchte, in seinen Kragen zu krabbeln. Iii-iiiiiiiiiiiiii! Er sprang auf; die Wände des Tunnels gaben seinen Schrei als schwachsinniges Echo wider: I-iieh i-iieh. Wie besessen klopfte er seinen Overall ab, tastete, kontrollierte alle Taschen. Es schien groß gewesen zu sein. Groß und hungrig.

368

Tatsächlich war es so, daß man gut hundert Jahre zuvor beim Bau der U-Bahn auch Tropenholz aus den kaiserlichen Kolonien verwendet hatte. Es krachte damals im Dschungel von Kamerun, uralte Bäume kippten ächzend dem schlüpfrigen Boden entgegen, und ihre Bewohner verließen kreischend die unsicher gewordenen Wipfel. Leider nicht alle. Die Larven des zentralafrikanischen Riesenhirschhornkäfers blieben, wo sie waren.

Ein Jahrhundert später hat sich die Spezies ausgezeichnet an das Gastland, vor allem an dessen Kanalisation angepaßt. Nahezu blind, dafür längst nicht mehr so empfindlich wie ihre Urahnen und, bis auf die Ratten, ohne natürliche Feinde, gibt es unter der Stadt, wie Ernst Jünger vielleicht gesagt hätte, »ganz famose Exemplare«.

Noch so eine Sache, von der Willy nichts weiß. Er ist nur verschreckt und stiert in die Dunkelheit. Aber er kann nichts sehen. Das ist vielleicht auch besser so. Der zentralafrikanische Riesenhirschhornkäfer, ein famoses Exemplar von zwanzig Zentimetern Länge, verhält sich abwartend. Er sitzt auf den Resten eines umgekippten Zinkeimers, den Willy ebenfalls nicht sehen kann, und seine Fühler bewegen sich unruhig in der leichten Zugluft, die nur die Fühler des in deutschen Kanalrohren trainierten Käfers wahrzunehmen verstehen.

Willy hingegen vertraut auf sein Gehör. Rrmbummrrmbum Rrmbummrrmbumm.

Zunächst war es nur Teil eines Traums: Rrmbummrrmbum Rrmbummrrmbumm. Ein Zug? Er faßt an die Schienen. Keine Vibrationen. Was da auch fuhr, es fuhr nicht auf diesen Schienen. Willy rafft sich auf. Zunächst schwerfällig, dann mit den ungelenken Bewegungen eines Mannes, der tagelang durch die Wüste geirrt ist und nun in der Ferne eine Oase sieht. Oder eine Fata Morgana. Aber der Willy, der sieht ja nichts. Gar nichts. Der hört nur, ist ganz Ohr. Ob es auch gehörte Fata Morganen gibt? Das Rumpeln kommt näher. Dann ist es plötzlich weg. Willy lauscht. Wartet. Lauscht. Da ist es wieder. Er geht aufwärts. Immer den Schienen nach. Rrmbummrrrmbum Rrmbummrrrmbumm. Doch es wird leiser. Immer leiser. Rrmbummrrrmbum Rrmbummrrrmbumm.

Er rennt dem Geräusch hinterher wie Robinson Crusoe einem vorbeisegelnden Schiff, rennt gegen eine Wand, fällt nach hinten, als hätte ihn jemand mit einem Knüppel niedergestreckt. Dort bleibt er erst mal liegen. Feierabend, denkt er. Unwillig hebt er den Kopf. Und dann sieht er etwas. Hoch über ihm dringt, verschwindend schwach, durch einen haarfeinen Spalt, Licht herein. Wieder hält er es für Einbildung. Er rappelt sich auf, tastet die Wand entlang. Tatsächlich, eine Art Eisenstiege. Langsam, mit Bedacht, steigt er hinauf, dem Lichtspalt entgegen. Die Leiter knarrt bedrohlich, endet kurz unter der Decke. Über ihm sind Holzdielen, er tastet weiter, da war früher mal eine Luke oder so was, die Scharniere kann er noch fühlen, aber jetzt ist sie weg, und jemand hat Dielen drübergenagelt. Willy holt seinen Zimmermannshammer aus der Gürtelschlaufe. Raak-raak – vorsichtig hebelt er die Bretter locker. Dann drückt er sie ein wenig nach oben. Er hört Stimmen, Stimmen aus einem Radio oder einem Lautsprecher, und steckt seinen Kopf durch die Luke. Ein schmaler heller Lichtstrahl trifft seine geweiteten Pupillen, Willy kneift die Augen zusammen. Dann stemmt er die Bretter hoch.

Das erste, was er erkennen kann, ist Bianca, die sich, barbusig und nur mit einem knappen rosa Tanga bekleidet, auf einem Fell räkelt. Über Bianca hängen noch andere Damen; einige davon kommen ihm bekannt vor, aus der Fabrik – Hugo hatte die Neigung, über der Drehbank diese Poster an die Wand zu pinnen, und Willy zuweilen einen Kommentar darüber abgenötigt (»Das sind Dinger, was? Mann, darin würdste doch och gern versinken oder?«).

Willy ist in einer Kammer gelandet. Die Innenwände sind mit Fotos halbnackter Frauen beklebt, ein Besen lehnt an der

Wand, graue Kittel hängen an einem Haken. Er späht durch den Schlitz zwischen Boden und Tür. Dahinter ist ein hell erleuchteter, schmaler Raum. Blechschränke an den Wänden, Tischbeine und ein Plastikmülleimer, eine weitere Tür. Rrmbummrrmbum Rrmbummrrmbumm. Das Geräusch scheint überall zu sein. Willys Herz klopft. Er steigt aus der Luke und steht in der Besenkammer. Vorsichtig drückt er gegen die Tür. Sie ist nur angelehnt, und er schiebt sie ein Stück weiter auf. Wieder diese Lautsprecherdurchsage, gefolgt vom Rrmbummrrmbum Rrmbummrrmbumm. Aber kein Mensch ist zu sehen. Um so besser. Er drückt die Tür ganz auf und steht nun mitten im Raum, atmet tief durch, rudert mit den Armen, nur eine einfache Neonröhre, aber hell, hell, hell. Er dreht sich, es ist wie eine Dusche aus Licht, wie wenn er lange erblindet gewesen wäre, und nun …

»Scheiße!«

Willy bleibt stehen, eine Vierteldrehung nach links, er hält die Luft an.

Der andere hockt mit dem Rücken zu ihm vor einem offenen Getränkeautomaten. Er trägt einen blauen Overall, auf dem in großen, weißen Lettern steht: BLOHFELD AUTOMATENSERVICE.

Der Mann im Overall wendet den Kopf und schaut Willy kurz an, bevor er nach einem Schraubenzieher greift und fortfährt, im Gedärm des Automaten herumzustochern.

»Na, auch schon da?«

»Mhm.«

»Ich dachte, ihr arbeitet heute nicht.«

»Mhm.«

»Hab mich die ganze Zeit gefragt, was hieran wohl 'n Notfall is …«

»Mhm.«

›War nich so gemeint. Wenn's auf der Liste steht … Feiertagszuschlag is Feiertagszu–«

»Die Feder«, sagt Willy.

»Was?«

»Die Feder, rechts oben.« Willy deutet auf den Automaten.

Der Mann drückt die Spitze des Schraubenziehers auf die Feder und – kalakschlick, die verklemmte Münze fällt in den Rückgabeschacht. Anerkennend pfeift er durch die Zähne. Willy schaut zur Tür. Der Mechaniker greift in den Automaten, holt zwei Coladosen hervor, hält ihm eine davon hin und lächelt ihn an.

»Suchst du vielleicht 'n andern Job?« fragt der Mann.

Thesauros

Er war degradiert worden. Oder er hatte sich selbst degradiert. Letztlich war es egal. Er war in das Zimmer fünf gegangen und hatte sich auf den wackeligen, niedrigen Stuhl gesetzt, und sie saßen hinter dem langen Tisch, Fuchs, der Direktor und jemand vom Betriebsrat, sahen auf ihn herab und warteten Minuten, bevor sie etwas sagten.

Schließlich räusperte sich der Direktor und begann: »Herr Gummer, Sie wissen, warum wir Sie haben rufen lassen. Ehrlich gesagt – das hätte ich nicht von Ihnen gedacht, Gummer, ich hatte große Erwartungen in Sie gesetzt, leider, niemand hat Ihnen hier so vertraut wie ich, wie steh ich denn jetzt da, schließlich bin ich es gewesen, der Ihnen diesen Posten verschafft hat.« Der Direktor hatte einen leidenden Gesichtsausdruck.

Gummer fühlte, wie er, ohne daß er dafür einen Grund sah, ein schlechtes Gewissen bekam. Gleichzeitig fragte er sich, was sie wußten, was sie ihm vorwerfen würden.

Er frage sich bestimmt, was sie ihm vorwerfen würden, warf Fuchs ein und unterbrach das Lamento des Direktors über die großen Erwartungen und die vertanen Chancen, nun, er wisse wohl am besten, um was es hier gehe, und nun wüßten sie es auch. Der Direktor, der sich unterbrochen sah, blickte auf dünkelhafte Weise zu Fuchs, bevor er selbst wieder das Wort ergriff: Er wisse von den Zusammenhängen, und jetzt möchte er wissen, wie das zusammenhänge, daß Gummer etwas wisse über diese Zusammenhänge. Gummer blinzelte und sah kurz in das feiste Gesicht des in die Luft gesprengten Vorsitzenden Dr. Böding, das über der Szenerie zu wachen schien.

»Wovon reden Sie eigentlich?« fragte er.

»WOVON WIR HIER REDEN!« Der Direktor war aufgesprungen, er kam Gummer plötzlich viel größer vor, als er in Wirklichkeit war, seine Stimme füllte den Raum aus, während der Betriebsratsmensch irgend etwas auf dem Boden entdeckt hatte, das seine ganze Aufmerksamkeit einforderte.

»WOVON WIR HIER REDEN? DAS WERDEN SIE GLEICH MERKEN WOVON WIR HIER REDEN.«

Und dann klappte Fuchs die Akte auf und ließ gleichmütig die Lawine der Anschuldigungen auf Gummer herabrollen. Er begann mit Frau Dr. Scherer und dem Major a. D. Stein, beide habe man – wie übrigens auch eine Reihe anderer Kunden (Fuchs zwinkerte) – beim besten Willen nicht ausfindig machen können, so, als ob sie gar nicht existierten. Geld fehle, und Kredite seien an zweifelhafte Schuldner vergeben worden. Die Geschäftsräume machten einen verwahrlosten Eindruck, als ob sich dort Dinge abgespielt hätten, die gegen die guten Sitten verstießen, und es sei ja wohl kein Zufall, daß eine im Viertel bekannte Prostituierte ausgerechnet bei ihm ein Konto eröffnet habe; abgesehen von der Rufschädigung seien in diesem Fall auch Kosten durch zu hohe Verzinsung entstanden ... Die Lawine wurde immer schneller und größer, und Gummer glaubte, daß es wenig Sinn hatte, sich ihr noch in den Weg zu stellen. Er wollte fort, fort aus dem Zimmer fünf, er sah zur Tür.

»Ich nehme an, Sie werden mir jetzt fristlos kündigen?« fragte er, bemüht, kaltblütig zu wirken.

Der Direktor betrachtete ihn verächtlich. »Sie denken, Sie kommen hier so einfach davon, aber da haben Sie sich getäuscht.«

»Ach so«, der Betriebsratsmensch schreckte hoch wie der Paukist eines Orchesters, den man gerade noch rechtzeitig vor seinem Einsatz geweckt hatte, »ich habe mir erlaubt, Sie als stellvertretendes Mitglied in den Betriebsrat aufzunehmen.«

Er lächelte triumphierend. »Sie sind jetzt unkündbar. Herzlichen Glückwunsch!«

Gummer war überrascht – diese Wendung hatte er nicht erwartet. In diesem Moment schob Fuchs ihm zwei beschriebene Seiten zu, der Direktor lehnte sich zurück, Gummer starrte auf das Papier: Es war eine Vereinbarung, in der er, Gummer, erklärte, daß er seine bisherige Stellung als Zweigstellenleiter wegen Überforderung freiwillig aufgeben wolle und einverstanden sei, in einer anderen Position bei reduziertem Gehalt weiter für die VERBAG zu arbeiten.

»Und wenn ich nun selbst ...?«

»WENN SIE MIR SO KOMMEN!« schrie der Direktor mit puterrotem Gesicht, »WENN SIE MIR SO KOMMEN DANN TELEFONIERE ICH SOFORT MIT DEM STAATSANWALT.«

»Es empfiehlt sich nicht zu kündigen, bevor Sie den entstandenen Schaden wiedergutgemacht haben«, gab der Betriebsratsmensch zu bedenken, »weil es dann nämlich doch so sein könnte, daß man Sie wegen Unterschlagung und solcher Sachen anzeigen wird, und das ist dann ja auch nicht so lustig, im Gefängnis und so ...« Der Direktor war aufgestanden, ging zur Tür, der Betriebsratsmensch folgte ihm.

»Zehn Minuten!« sagte der Direktor und schlug die Tür zu.

Fuchs schob Gummer einen Aschenbecher hin. »Na ja«, sagte er freundlich, »nun rauchen Sie erst mal eine.«

Gummer betrachtete Fuchs mißtrauisch, zündete sich aber trotzdem eine Zigarette an. Die Worte »Strafanzeige«, »Untersuchungshaft«, »Verurteilung« gingen ihm durch den Kopf.

»Strafanzeige, Untersuchungshaft, Verurteilung«, sagte Fuchs, »das wäre auch für uns nicht angenehm. Schlecht für's Image und natürlich auch schlecht für den Direktor, schließlich hat er Sie dort eingesetzt.« Er deutete auf die zweiseitige Erklärung: »Sie werden das doch jetzt nicht komplizierter machen, als es ist ...« Er sah Gummer scharf an. »Noch haben Sie es in der Hand – glauben Sie mir, wenn Sie erst mal einsitzen, ist es zu spät, und wenn Sie rauskommen, werden wir die Schulden bei Ihnen eintreiben, mit welcher Methode auch immer«, Fuchs beugte sich vor, »das garantier ich Ihnen.«

Lag es an Fuchs' Stimme, an seiner lässigen Arroganz, lag es an den unverhohlenen Drohungen? War es die gleiche Angst wie damals, als er Tennant gegenüberstand, oder einfach nur Gleichgültigkeit, Überdruß? Gummer wußte es nicht.

Er unterschrieb.

Geld, mußte er feststellen, stank eben doch. Durch zahlreiche Hände gegangen, hatten die Geldscheine einen ranzigen Wachsgeruch angenommen, waren eingerissen, weich wie dünnes Leder. Frische Banknoten rochen schwach bittersüß, nach Tusche und dem Metall der Druckplatten – etwas kindlich Unschuldiges ging von ihnen aus, besonders von jenem geisterhaften Spiegelbild des Wasserzeichens. Auch die Münzen rochen, nach Silber, Kupfer, Messing, nach den talgigen Ablagerungen unzähliger Finger in den Flügeln der Wappentiere, in den faltigen Gesichtern toter Präsidenten.

Wenn Gummer geglaubt hatte, sie würden ihn einfach zurück in das Großraumbüro versetzen, so hatte er sich getäuscht. Sie beförderten ihn nach *ganz* unten, buchstäblich – in den Limbus der Bank, den ersten Höllenkreis, in die muffigen Katakomben des Kapitals: das zweite Untergeschoß der VERBAG-Zentrale. Der alte Tresor, in dem er das Geld zu zählen, zu sortieren, zu bündeln und zu rollen hatte, nahm nur einen Teil dieses Kellers ein, der ebenso weit verzweigt war wie der Bau über ihm, als wäre er sein versunkener Vorgänger. Neben dem Tresor fanden sich hier die Heizungszentrale, das Materiallager, die Müllpresse und das Archiv. In diesen Kavernen, an deren Decken Leitungen, Kabel, Abwasserinstallationen und Heizungsrohre entlangliefen und wo herabtropfendes Wasser Rostflecken auf den Hemdkragen hinterließ, traf er auf einen anderen Gescheiterten: Willgruber, einen gebürtigen Wiener, der früher Kassierer in der Haupthalle gewesen war. Nun war er ein Mann in seinen aussichtslosen Fünfzigern, den ein dummer wienerischer Witz zur falschen Zeit und zum falschen Gegenüber die Treppe abwärts hatte fallen lassen. Hier machte er, was er oben auch gemacht hatte: Er zählte Geld – Tausende, Hunderttausende, Millionen in Banknoten wanderten durch seine Finger, an Tausenden von Geldscheinen klebte seine Spucke, mit der er Daumen und Zeigefinger befeuchtete. Umgekehrt hatte Willgruber den Geruch des Geldes angenommen, der sich mit seinem eigenen vermischte: ein süßlicher Duft nach Patschuli, Rasierwasser und altem Papier umschwebte ihn, wenn er, zusammen mit Gummer jeden Morgen, fünfmal in der Woche, die schwere Tresortür aufschloß. Willgruber hatte einen Schlüssel, und Gummer hatte einen zweiten, und Willgruber hatte die eine Hälfte der Kombination und Gummer die andere. Beide steckten sie nacheinander ihren Schlüssel in die Tür, drehten nacheinander an dem ratschenden Kombinationsrad. Dabei tippelte Willgruber von einem Fuß auf den anderen und mußte offenbar dem Drang widerstehen, sich fortlaufend umzuschauen, sein Gesicht war erfüllt von Angst, einer Angst, die in einem leisen, nervösen Hans-Moser-haften Murmeln ihren Ausdruck fand: »Dreiß'g links links zwölf reechts zwanz'g, zwoa'vierz'g ...« Es war die Angst vor dem Vergessen – dem Vergessen seiner Hälfte ebenjener Kombination: die Furcht vor dem memorischen Austerlitz. Verstärkt bis zur Panik wurde diese Furcht, wenn das Gedächtnis der Bank – Heinrich Voß, der Archivar – Lust verspürte, das Öffnen der Silberkammer zu überwachen. Voß stand dann hinter Willgruber, und obwohl Voß viel älter als Willgruber war, schien letzterer dem Herztod bedeutend näher.

Voß war der eigentliche Herrscher des 2. UG. Er war der Stellvertreter von Hiller, dem Abteilungsdirektor, der es vermied, im Keller aufzutauchen. Aufgrund irgendeiner überkommenen Regelung mußten im 2. UG alle Belege, alle Ein- und Auszahlungen, alle Um- und Zwischenbuchungen, den Abdruck von Voß' kleinem giftgrünen Stempel tragen, den er immer in seiner Jackettasche mit sich führte. Wenn Voß aus einer Laune heraus der Ansicht war, daß der Betrag auf dem Beleg nicht stimmte, hieß dies: alles noch einmal zählen, noch einmal nachrechnen, manchmal bis tief in die Abendstunden hinein. Voß mußte sehr, sehr alt sein. Gummer schien es, als hätte ihn das Neonlicht seltsam konserviert – er sah glatt und grau aus, irgendwie erkaltet. Viele Leute, selbst aus den höheren Etagen, hätten sein Ableben nicht bedauert, doch hatte er dies, ebenso wie seine Pensionierung, bislang erfolgreich hinausgezögert.

War der Tresor geöffnet, kamen die Schalterbediensteten aus der Haupthalle herab und holten ihre Geldkassetten, wobei sie Willgruber, der einst ihr Vorgesetzter gewesen war, mit hochmütigen Bemerkungen bedachten, na, da haben wir ja Glück, daß der Herr Willgruber die Kombination nicht vergessen hat ... Der schwieg, vertiefte sich ganz ins Zählen seiner Notenbündel, als könnte er sich zwischen den Scheinen verstecken. Als Gummer dort unten erschien, freute sich Willgruber, denn endlich hatte er jemanden, dem er das lästige Auszählen des Nachttresors und des Hartgeldes übertragen konnte.

Das Innere des Tresors war in mehrere Abteilungen und Verschläge unterteilt, einige waren durch Wände, andere durch Gitter abgetrennt, was dieser Unterwelt die Atmosphäre eines Zuchthauses verlieh. Nur ein kleiner Teil war mit seinen Schließfächern den Kunden zugänglich, in den übrigen Räumen lagerten Wertpapiere, Schuldverschreibungen, Goldreserven, Sorten, Gegenstände, die Kunden, die es vielleicht gar nicht mehr gab, vor Jahrzehnten in Verwahrung gegeben hatten, schließlich die Geldkassetten für die Kassenautomaten in der Haupthalle. In einem Verschlag lag auf einem Palettenwagen packenweise *totes Geld*: Banknoten, die ihren letzten Umlauf getan hatten, die nach einer langen Reise von Hand zu Hand, von Kasse zu Kasse, von Geschäft zu Geschäft aus dem Verkehr gezogen worden waren und in Anbetracht der kommenden neuen Währung nur noch auf ihren Abtransport in eine der Zentralbanken warteten, wo sie in den Öfen zu Asche verbrennen würden.

Der Nachttresor war ein tiefer, rechteckiger Raum. In einer Ecke kam eine große Edelstahlröhre aus der Decke, unter der ein Aluminiumbehälter stand, in dem alles überirdisch Eingeworfene landete. Wie das Skelett eines urzeitlichen Dinosauriers im Naturkundemuseum füllte die große Geldzähl- und Sortiermaschine den übrigen Platz aus: hoch- und langgestreckt, ein Gewirr aus Metallschienen, Förderbändern, Schiebern. Jeden Morgen nahm Gummer den Nachteinwurf aus der Aluminiumkiste, sammelte die Belege, trennte Banknoten von Münzen, stieg auf eine Klappleiter und schüttete das Geld in einen großen Trichter, den Schlund der Maschine, die ein sonores Gurgeln von sich gab und am anderen Ende auf einem Förderband die Münzen in Rollen wieder ausschied. Mit dieser Tätigkeit verging der Vormittag. Gegen Nachmittag trafen mit den Werttransportern neue Lieferungen von Münzgeld aus den Filialen, der Zentralbank und den Supermärkten in der Tiefgarage ein, Gummer schnitt Jutesäcke auf, hievte sie die Leiter hoch, kippte das Geld in den Trichter, die Maschine ächzte und schüttelte sich, preßte am anderen Ende das Geld wiederum wie Exkremente heraus. In die Wand, die den Raum vom Rest des Tresors trennte, war ein Fenster eingelassen, durch das Heinrich Voß Gummer während dessen Arbeit manchmal schweigend beobachtete. Gummer kam sich vor wie ein Affe im Zoo.

Gegen Ende des Tages bereitete Gummer anhand einer Liste die Wechselgeldbestellungen der Filialen, Supermärkte, Spielkasinos und Pornokinos vor, die diese am nächsten Morgen abholen würden. Doch bereits in der Nacht kamen durch die Edelstahlröhre annähernd die gleichen Beträge hinabgerutscht, landeten in der Aluminiumkiste ... Gummer war Teil dieses Kreislaufs, Rädchen in der Maschine, Münze, die aus dem Sack fiel, in die Schablone gespannt wurde, zwischen anderen in der Röhre lag, zusammengedrückt und in Papier gerollt, in Plastik eingeschweißt, in einem zerbeulten Werttransporter auf verschlungenen Wegen durch die Straßen der Stadt fuhr, im dunklen Fach einer Registrierkasse lag, die sich, kling!, öffnete, über ihm das riesenhafte Gesicht einer Kassiererin, ihre Haut wie getrockneter Lehm, er war im Griff der schwieligen Hand, sah einen blaßgoldenen Ehering, bevor eine andere Hand ihn packte und in eine nach Schmieröl riechende Hosentasche fallen ließ. Dort blieb er eine Weile, hörte das Aufheulen von Motoren, das Surren von Hebebühnen, bevor eine Sirene erklang, er den Duft einer Currywurst wahrnahm, das fettbespritzte Interieur einer Imbißbude sah und in einer Geldkassette verschnaufen konnte; eine Portion Pommes mit Mayo hieß ihn diesen Ort verlassen, er wurde in einem ledernen Portemonnaie durch die Nacht getragen, durch Bars, deren Musik nur gedämpft zu ihm drang, dann war da ein anderer Raum, eine Wohnung vielleicht, er lauschte leisen Gesprächen zwischen Mann und Frau, Stimmen, die lauter wurden, Vorwürfe, Schreie, alte Geschichten, dann Stille, Leere, unendliche Pausen, JETZT IST ENDGÜLTIG SCHLUSS, eine Tür schlug zu, aber da war noch lange nicht Schluß, er schaukelte im warmen Uterus des Portemonnaies, manchmal rieb er sich an Artgenossen, sog die Nachtluft ein, die in die plötzlich geöffnete Börse strömte, sah verweinte Augen, verwischte Wimperntusche, bevor er in diesem Schlitz verschwand, hinabfiel, einen Schnapper streifte, noch hörte, wie die Packung gezogen wurde; lange lag er so da zwischen anderen, das Dösen nur unterbrochen vom Ratsch-ratsch der

Schubfächer, von gelegentlich vorbeifahrenden Autos, dem schlurfenden Gang alter Männer, bis die große Klappe geöffnet wurde, er wieder in ein Säckchen fiel, wieder durch die Stadt gefahren wurde, wieder zusammen mit den anderen die Röhre hinunterrutschte, hhhhhuiiiiiiih!, und, plumps! wieder auf Säcken, Umschlägen und Pappkartons landete, wo alles von vorn begann ...

Jeden Morgen stand Gummer vor der Maschine, kippte Münzen in den Trichter und hatte das dumpfe Gefühl, daß er sich zusammen mit der Maschine langsam abnutzte. Tage vergingen, wurden zu Wochen, und Gummer wurde alt darüber. Er erkannte das nicht an Gebrechen, Fettleibigkeit oder Runzeln, sondern daran, daß er während des Mittags in der Kantine plötzlich auf einem bestimmten Platz bestand, daß er immer zur gleichen Zeit Frühstückspause machte und seinen Kaffee trank, daß er sich die Stunden mittels seiner Zigaretten einteilte, daß Kleinigkeiten, die diesen Ablauf störten, ihn über alle Maßen aufregten. In der VERBAG ging er jeder Auseinandersetzung aus dem Weg, überhaupt mied er Menschen.

Wieder war er allein, aber diesmal war es ein anderes Alleinsein. Mit der Erklärung hatte er auch einen Mietvertrag für ein Ein-Zimmer-Appartement unterschrieben, das sich kaum von jenem unterschied, das er ein Jahr zuvor hatte verlassen müssen. Alles drehte sich im Kreis. Wenn er in die Wohnung kam, betäubte er sich mit Essen, Trinken, Fernsehen; er las nicht mehr, hatte das Interesse an allem und jedem verloren. Er vermied es nachzudenken. Er wollte nicht erinnert werden an den beschämenden Augenblick, in dem er seine Unterschrift unter die Papiere gesetzt hatte. Er redete sich ein, daß die Dinge eben so waren, wie sie waren, daß man nichts daran ändern konnte und daß das einzige ihm verbliebene Anrecht war, in Ruhe gelassen zu werden.

Nur Voß löste noch ein Gefühl in ihm aus, vor allem, wenn er ihn während der Arbeit durch die Trennscheibe observierte.

Offener Widerstand war zwecklos, weil man dann nicht in den Genuß des grünen Dispositionsstempels kam. Vielleicht konnte er ihn irgendwie erschrecken, nein, er schien nicht schreckhaft zu sein – oder etwas Übles in den Kaffee, vielleicht? Mit der Zeit vereinigte sich in Voß sein Haß auf all jene, die ihn damals in Zimmer fünf in die Enge getrieben hatten, nun aber für Rache unerreichbar waren.

Auch Schmerzen können verschüttete Lebensgeister wieder wecken. Als er eines Morgens aufwachte, hatte er kaum geschlafen, weil er die Nacht über Zahnschmerzen bekommen hatte; auf seinem Toaster verkohlte ein Brötchen, da er es nicht schaffte, im Bad das warme Wasser abzudrehen – die Armatur war verkalkt und klemmte. Gerade als er den Wasserfluß auf ein hartnäckiges Tropfen reduziert hatte, roch er den Qualm. Gummer also raus aus dem Bad und zum Toaster gewetzt, wobei sich sein Fuß im Telefonkabel verfing und er das Telefon samt daneben stehendem Radiowecker herunterriß. Fluchend warf er das Brötchen in den Abfall. Hunger hatte er sowieso keinen mehr. Ein Kaffee wäre gut gewesen, doch der war mittlerweile kalt. Eine Viertelstunde später fuhr wegen einer neuen Baustelle die U-Bahn nicht, statt dessen hielt ein überfüllter Ersatzomnibus neben dem Stationseingang.

Er kam zu spät. Sein Zahn pochte, als er im Aufzug stand, hinab ins zweite Untergeschoß fuhr. Vor der Tresortür standen sie schon: die Schalterangestellten, Willgruber und Voß, der anklagend mit dem Zeigefinger auf das Zifferblatt seiner Uhr tippte. Gummer murmelte eine Entschuldigung, viel konnte er sowieso nicht sagen, wegen des Zahns. Kaum hatte er die Kombination eingegeben, den Schlüssel umgedreht, die Tür geöffnet, als Voß sich hinter ihm, mit seiner leise krächzenden Beamtenstimme, zu Wort meldete:

»Wenn Sie noch mal so unpünktlich sind, werde ich dafür sorgen, daß man Sie abmahnt.« Gummer wollte etwas erwidern, vielleicht, daß er ihm dafür dankbar wäre, aber der Schmerz in seinem Backenzahn lähmte die ganze rechte Gesichtshälfte. Er drehte sich nur um, und so etwas wie Mordlust lag in seinen Augen. Voß zuckte, bevor er leise hinzufügte: »Merken Sie sich das.«

Gummer nahm eine Schmerztablette und ging an die Arbeit. Wieder war die Aluminiumkiste voll mit dem üblichen Klimbim, dazu die Kollekte eines paranoiden Pfarrers, der absichtlich falsche Beträge auf seine Einzahlungsbelege schrieb, weil er glaubte, man würde ihn bei der Auszählung betrügen. Gummer kippte das ganze Geld, ohne es vorzusortieren, in den Trichter. Normalerweise füllte er ihn nur zur Hälfte, diesmal bis zum Rand. Er hatte jetzt Besseres zu tun. Die Schmerztablette hatte kaum geholfen, und der pochende Zahn verbündete sich mit Gummers lange aufgestauter Wut. Sein Blick fiel auf den Palettenwagen, der neben der Tür stand – die Räder gut geölt, beladen mit Fünfern von der Zentralbank: 40 Säcke. So was hat ein ganz schönes Gewicht. Tja. Was, wenn nun Voß, um sich an seiner Menagerie zu weiden oder weitere Ermahnungen auszusprechen, den Gang herangetappt kam und ihm der Palettenwagen in Schienbeinhöhe entgegenraste? Gummer schob den Wagen durch die Tür, spähte um die Ecke. Und, wer sagte es: Da kam er auch schon angeschlurft. Gummer stand hinter dem Wagen wie ein Bobfahrer hinter der Startlinie. Sein Zahn pochte, der Schmerz elektrisierte ihn, machte ihn kühn. Vielleicht runzelte Voß in der Ferne gerade die Stirn, fragte sich, was der Palettenwagen auf dem Flur zu suchen hatte. Noch ein bißchen warten, damit jede Flucht, jedes Ausweichen für den alten Knacker unmöglich wird …

In diesem Augenblick ertönte hinter ihm ein Kreischen, ein schrilles, abnormes Quietschen, wie wenn Metall auf Metall oder auf Stein schleift, ein Geräusch, das durch Gummers Gehörgänge direkt in den Backenzahn schoß. Gepeinigt ließ er

den Wagen los und drehte sich um. KA-NIIIIIIIIIIIIIIIIIIIIIII
– etwas hatte sich in der Maschine verfangen, etwas steckte
irgendwo in dem Gewirr aus Röhren, Förderbändern, Rüttel-
schablonen, Trichtern, Kabeln, Federn, Bolzen, Schiebern,
Zahnrädern, Keilriemen, Transportschlitten – IIIIIIIIIIIIIIIII-
EEEEEEEEEEEEEEEK! Die Maschine knirschte wie ein ent-
gleisender Zug, bevor sie ein letztes Mal pfiff, einige Warn-
lämpchen aufflackerten und sich schließlich nichts mehr
bewegte außer dem Arm des Sorters, der hoch oben die stickige Luft des Tresors durchschnitt und ein Geräusch machte, das
Gummer an einen Hubschrauber – und damit an den Tag sei-
ner Beförderung vor über einem Jahr – erinnerte, als er und der
Direktor hinter dem rot-weißen Absperrband standen, vor
sich das Abbruchgelände und die Ruinen der alten Fabrik.
Einige Sekunden stand er so da, versunken in seinen Erinne-
rungen. Dann hörte er Voß' Stimme:
»Sie haben sie kaputtgemacht«, sagte er weinerlich.
Gummer drehte sich um. Voß' Nasenflügel vibrierten.
Gummer seufzte und ging um die Maschine herum.
»Da ist wohl nichts zu machen.«
»Sie werden das eigenhändig reparieren, und zwar auf der
Stelle!«
»Ich habe gehört, der Kassierer Schrans sei vor zwei Jahren an
einem Stromschlag gestorben, als er genau das versucht hat.«
»Ja«, Voß lächelte plötzlich versonnen, »das stimmt.« Dann
fügte er hinzu: »Aber Sie – Sie sind da sicher viel geschickter.
Auf! Nur Mut!«
»Selbst wenn ich wollte, könnte ich es nicht. Rufen Sie einen
Techniker an.«
Voß sah ihn entgeistert an. »Von Ihnen nehme ich doch keine
Anweisungen entgegen!«
»Von mir aus«, antwortete Gummer, »ich gehe jetzt zum Zahn-
arzt.«

Gummer fand eine Zahnärztin, deren volles Wartezimmer eine mehrstündige Unterbrechung der Arbeitszeit und eine ausgiebige Lektüre der Tageszeitungen versprach. Als er endlich an der Reihe war, begann die sie seinen Backenzahn aufzubohren, dessen Schmerzempfindlichkeit trotz zweier Spritzen kaum nachgelassen hatte. Gummer versuchte, sich abzulenken, indem er der Zahnärztin in den Ausschnitt sah.

»Wenn Sie den Kopf immer zur Seite drehen, kann ich nicht richtig arbeiten.«

»Oaah-oaah«, antwortete Gummer.

Die Zahnärztin eröffnete ihm, daß er eine ziemlich fortgeschrittene Wurzelentzündung habe und es mehrerer Behandlungen bedürfe, das alles wieder hinzukriegen. Gummer hatte immer noch Schmerzen, zuckte aber ergeben mit den Achseln. Die Zahnärztin verschrieb Tabletten.

Als er zurück in den Tresor kam, war es bereits halb drei, und der nun doch bestellte Techniker werkelte an der Maschine. Gummer sah zunächst nur dessen kurzen Beine, die in der Luft hingen, sein Rumpf war beinahe ganz in der Maschine verschwunden, aus der klappernde Geräusche drangen. Er räusperte sich. Die Beine des Mannes suchten den Boden, er zog seinen Oberkörper aus dem Kabelgewirr und wandte sich um.

»Oh«, rief der Mann überrascht aus.

Gummer hätte auch ›oh‹ gerufen, wenn er sich nicht einen Eisbeutel an die Backe gehalten hätte. Der Mann trug einen ölverschmierten Overall, auf dessen rechter Brustseite die Aufschrift BLOHFELD AUTOMATENSERVICE prangte. Das Auffällige jedoch bestand darin, daß der Mann so klein war, fast ein Zwerg. Er hatte zudem einen übermäßig großen Kopf, den er in diesem Augenblick, wohl als Geste der Überraschung, zur Seite neigte. »Ich hab Sie nich kommen hörn«, sagte er.

»Mhm«, machte Gummer, der glaubte, den Mann schon einmal gesehen zu haben.

»Na ja, ziemlich im Arsch, die Maschine«, erklärte der Zwerg mit jovialen Gesten seiner kurzen Arme, »da sind so Teile kaputt, und die muß ich erst bestelln.«

Gummer nickte und setzte sich auf einen Stuhl. Er hatte bis zum Ende der Arbeitszeit dazubleiben, da er den Tresor zusammen mit Willgruber wieder zuschließen mußte. Das wußte der Techniker nicht.

»Kann 'ne Weile dauern«, ergänzte der, »'ne ganze Woche vielleicht – bis die Teile da sind und so.«

Gummer nickte.

So verging die Woche: Gummer sah in den Ausschnitt der Zahnärztin und hatte allerlei Phantasien von Krankenhaussex, während sie mit einer dünnen langen Raspel bis in die tiefsten Winkel seines Backenzahns vordrang und den entzündeten Nerv auskratzte. Dazwischen tauchte er, ausgestattet mit einer ärztlichen Bescheinigung, im 2. UG auf und beobachtete mit einem Eisbeutel an der Backe den kleinen Kerl bei der Arbeit, der ihm mit jedem neuen Tag mehr wie ein alter Bekannter vorkam. Einmal bot der Kleine ihm sogar eine Hälfte seines Frühstücksbrotes an. Gummer schüttelte den Kopf und zeigte auf den Eisbeutel.

Mittlerweile war die Maschine so gut wie vollständig auseinandergenommen, und zunächst sah es nicht so aus, als ob jemand die verstreuten Teile, das Sammelsurium aus Federn, Bolzen und Schräubchen, das da auf dem Boden lag, jemals wieder würde zusammensetzen können. Der Zwerg konnte es. Gummer war ihm nicht unbedingt dankbar dafür, aber eine gewisse Bewunderung mochte er nicht verhehlen.

»Irgendwie habe ich immer das Gefühl, als hätten wir uns schon mal gesehen«, sagte Gummer am Ende der Woche, als die Maschine wie neu im Sortierraum stand, der Zwerg seinen Werkzeugkoffer zusammenpackte und sie gemeinsam den Tresor verließen.

Der kleine Mann drehte den Kopf, der wiederum leicht zur Seite kippte. »Leben Sie wohl«, sagte er.

»Was denn jetzt noch?« Berengar III. war verzweifelt. Zwar waren die rächenden himmlischen Heerscharen nicht erschienen (seine Großmutter konnte somit die »Eiserne Krone« wieder zurückhaben) – nur: Auch das Gegenteil war nicht eingetreten. Keine Engel, kein Lautenspiel, keine Ambrosia, keine Vergebung.

Ihm wäre es ja egal gewesen – mal abgesehen von dem Geld, das ihn der Kauf von Weihrauch und Kräutern, die falschen Propheten, die Reliquien und nicht zuletzt das Erlassen der Abgaben für den letzten Monat vor dem Weltuntergang gekostet hatten. Aber seiner Großmutter war es nicht egal. Ebensowenig dem Kronrat, nicht den Bürgern von Monza, nicht seinen niederen Lehnsherren, nicht einmal den dummen Leibeigenen. Niemand wollte wahrhaben, daß ein Jahrtausend zu Ende ging und einfach *gar nichts* geschah. »Aufgeschoben ist nicht aufgehoben«, wiegelte Berengar ab, doch das schien niemanden so richtig zufriedenzustellen.

Methodius der Jüngere lupfte die schwarze Klappe unter seiner rechten Braue und zeigte auf seine leere Augenhöhle. Er habe es doch ganz deutlich vor sich gesehen – den Zirkus, die mit Pech bedeckten Straßen, die donnernden Feuerwagen mit den behelmten Rittern, die zusammengepferchte Menschenmenge, die das schwarze, blasenwerfende Wasser des Styx trinken mußte.

»Tja.« Berengar kratzte sich hinter dem Ohr.

»Nun, mein König«, begann Methodius, »darauf gibt es nur eine Antwort: Wir waren noch nicht würdig.«

»So? Waren wir nicht?«

»Wer vor das Jüngste Gericht tritt, muß dessen auch würdig sein – egal, ob das Urteil ewige Verdammnis oder Paradies lauten wird.«

»Aha, interessant – und ... äh ... wie wird man würdig?«

»Indem man ein heiliges Elixier beschafft.«

»Elixier, aha, soso.« Berengar rutschte unruhig auf seinem

Thron hin und her. Das Ganze hörte sich nach weiteren Ausgaben an.

»Das Elixier wird die Welt neu erschaffen, und Ihr werdet würdig sein.«

»Gibt's da auch andere Möglichkeiten?«

»Ja. Wenn Ihr viele Jahre als Einsiedler in einer abgelegenen Gegend lebt, Euch nur von Beeren ernährt und nicht den Bart schert, dann könntet Ihr auch würdig werden.«

»Na gut. Wo bekomme ich so ein Elixier her? Ich meine, von wem? Und was wird das so ungefähr kosten?«

»Kosten?«

»Ja – kosten! Wer hat es, was ist es, und was verlangt er dafür?«

Methodius' einäugiger Blick war voller Verachtung.

»Ihr könnt das Elixier nicht kaufen! Ihr müßt es suchen, es finden, es Euch erkämpfen! Ihr müßt Euer Leben in die Waagschale werfen, mannigfaltige Gefahren, Ungeheuer und Versuchungen überwinden. Ihr müßt eine *Aventüre* bestehen!«

»Nur so bekomme ich das Elixier?«

»Nur so.«

»Und wenn wir nun doch alles so lassen, wie es ist?«

Ich

In der Woche darauf kehrte Gummer zum Gelände der alten Fabrik zurück. Am Tag nach dem Gespräch in Zimmer fünf war er nur noch einmal dort aufgetaucht, um seine persönlichen Dinge einzupacken. Ein Mitarbeiter der Inneren Abteilung beobachtete jeden seiner Schritte und Handgriffe und konfiszierte alles, was ihm nicht persönlich genug aussah, einschließlich der Pistole, mit der Gummer Monate zuvor überfallen worden war. Frau Hugendobel heulte. Gummer wußte nicht so recht, warum.

Nun, Monate später, war der Container verschwunden, ein neues großes Schild kündigte das baldige Entstehen eines modernen Einkaufs- und Dienstleistungszentrums »im traditionellen Ambiente einer historischen Industrieanlage« an. Die Fundamente waren gegossen, und auf dem Schild war eine Zeichnung abgebildet, wie wunderbar alles aussehen werde, wenn es erst einmal fertig sei. Aber die Arbeiten waren unterbrochen worden, auf der Baustelle sah er keine Bagger, keine Kipplaster, keine Betonmischer, keine Arbeiter. Es schien, als wäre den Bauherren das Geld ausgegangen, oder sie hatten einfach ihr Interesse an dieser Gegend verloren.

In den Straßen suchte Gummer nach alten Bekannten. Er traf Bernie Morgen in einer Fußgängerunterführung, aber der erkannte ihn nicht. Vor ihm lag der Deckel eines alten Hamburger-Kartons, in den sich ein paar Münzen verirrt hatten. Benebelt bat Bernie Morgen um etwas Kleingeld. Gummer sah ihn an, er vermißte Bernies »Financial Times«. Dann ließ er eine Münze in den Karton fallen.

Frau Urchs' Waschsalon war ebenso verschwunden wie die

Kriegsnarben an den Häusern. Wo keine Gerüste standen, blendeten ihn zitronengelbe Fassaden, glatt und neu. Gummer lief eine Weile vor dem Kellereingang des »Schweinemagens« hin und her, aber dann unterließ er es, hineinzugehen, und fuhr in sein Appartement. Etwas Vernünftiges essen konnte er immer noch nicht, also nahm er sich nur ein Bier aus dem Kühlschrank, trank, rauchte und sah sich eine der letzten Folgen der Komm-zurück-Show an, deren Einschaltquoten gerade steil nach unten gingen. Es war Sonntag, und morgen würde es wieder Montag sein.

An jenem Montag, so gegen halb drei oder vier, hatte der Direktor einen wüsten Traum, in dem es um dieses »Jahr-2000-Problem« ging, mit dem er dummerweise als Hauptabteilungsleiter zu tun hatte. Die seit Monaten vorbereitete Umstellung der Computer auf die Jahrtausendwende war mißglückt, und der Direktor betrat ein Büro, dessen Einrichtung eine des ausgehenden 19. Jahrhunderts war. Seine Sekretärin trug eine weiße Bluse, einen dunklen, langen Rock, Stiefeletten, hatte die Haare hochgesteckt und sah aus, nun ja – wie die junge Rosa Luxemburg. Alles war zurückgerutscht auf 1900, sein Schreibtisch ein neogotisches Monstrum, die Designerlampe ein Kronleuchter. Statt Albert Böding starrte ihn von der Wand Wilhelm Zwo an, aber das war noch nicht das Schlimmste. Das Schlimmste waren die zigtausend Sparer, die vor der VERBAG-Zentrale hundert Jahre Zinsen einforderten, neben noch ungeborenen Schuldnern, die lachend den Verfall ihrer Kredite feierten …

Keinen Traum, dafür aber handfestere Probleme hatte Dr. Thun. Für diesen Montag hatten sich die Frankfurter angekündigt. Das bedeutete den Ausnahmezustand. Die Frankfurter wollten alles sehen, alles wissen. Sicherheitshalber hatte Dr. Thun Behringer zu einem Erholungsurlaub nach Davos geschickt. Ärgerlich, aber nun mal nicht zu ändern: Es hatte Verzögerungen mit dem Neubau der VERBAG gegeben, und er hätte nicht viel mehr als den Rohbau präsentieren können. Deshalb entschied sich Dr. Thun für das klassische Besuchsprogramm. Erst ein Hors d'œuvre in der Chefetage, dann das Ganze von unten aufrollen: 2. Untergeschoß: das Archiv, das Materiallager, die Zentralkasse, der Tresor – zufriedene Mitarbeiter; 1. Untergeschoß: die Tiefgarage – zufriedene Mitarbeiter; Erdgeschoß: die Schalterhalle, das Beratungszentrum – zufriedene Mitarbeiter *und* zufriedene Kunden; 1. OG: Vermögensberatung – noch zufriedenere Mitarbeiter und *noch mehr* zufriedene Kunden. Ein einfaches Konzept, zugegeben, aber effektiv – solange niemand aus der Reihe tanzte.

Gummer hatte nicht vorgehabt, aus der Reihe zu tanzen, trotzdem kam er ein, zwei Minuten zu spät an diesem Morgen. Die Frankfurter waren schon da, betrachteten abwartend die titanfarben schimmernde Tresortür, während Gummer nur ein laxes »Guten Morgen, die Herren« herausbrachte. Dr. Thun schnaufte und warf ihm einen vernichtenden Blick zu, der Direktor beeilte sich zu sagen:

»Das ist *unser* Herr Gummer.«

Gummer sagte: »Nur Gummer reicht.«

Die Frankfurter lächelten und schüttelten ihm die Hand. Der Direktor erinnerte sich verschiedener eigener Hypothesen und kam endgültig zu dem Schluß, daß auch Gummer an jener weitreichenden, gegen ihn zielenden Verschwörung beteiligt war. Gummer war müde und hungrig. Er steckte den Schlüssel in die Tür und gab seinen Teil der Kombination ein. Dann steckte Willgruber seinen Schlüssel hinein und gab seinen Teil der Kombination ein. Vielmehr wollte er das.

Für Willgruber, der schon, wenn nur Voß hinter ihm stand, Blut und Wasser schwitzte, war das zuviel: drei aus Frankfurt! Oha! Und sie sahen ihm zu, wie er die Kombination eingab. In Willgrubers Hirn breitete sich kosmische Leere aus.

»... zwoaseechz'g ... dreiß'g ... neee ... zwoavierz'g ... seechs

... und dann ... Moment ... i ... i ... haab's glai ... al-so ... noch-
amal von vorn ... dees kann mer oach neet erzwin'g ...«

Die Frankfurter runzelten die Stirn. Der Direktor tippte mit
der Fußspitze auf den Boden, Dr. Thun sah auf seine Uhr. Willgruber schwitzte. Minuten vergingen, lange Minuten. Willgruber bekam den Tresor nicht auf. Die Frankfurter schauten sich
an. Der Direktor versuchte ein entschuldigendes Lächeln, Dr.
Thun sann auf Mord. Zu früh.

»... dreiß'g links links zwölf reechts zwanz'g, zwoa'vierz'g«,
murmelte Willgruber in äußerster Verzweiflung – und er und
Gummer drehten das Rad, öffneten die Tresortür.

Willgruber war völlig aus dem Häuschen. Hüpfte vor der Abordnung aus der Vorstandsetage und den Frankfurtern herum
wie ein wildgewordener Satyr.

»I haabs neet vergeessen, bin doch neet bleed ... des is doch
alls hier drinnen ...« – er zeigte auf seinen Kopf, hielt aber in
diesem Augenblick inne.

Was Willgruber irritierte, waren die versteinerten Mienen
des Direktors und Dr. Thuns. Und vielleicht der Gesichtsausdruck der Frankfurter. »... hier drinnen issees, moane
Heer'n«, vollendete er seinen Satz und ließ im selben Augenblick die Arme kraftlos sinken. Die Frankfurter sahen sich
wieder an, wie eine Reisegesellschaft, die man vor ein besonders scheußliches Monument gezerrt hatte, Dr. Thun stand
einfach nur da und wurde langsam rot.

»Das gibt's doch nicht«, sagte der Direktor und hatte den Blick
eines Kernkraftwerksingenieurs, der vor der Schalttafel steht
und erkennen muß, daß der Unfall, der statistisch nur alle
tausend Jahre zu erwarten ist, gerade passiert. Möglich, daß
eine ganze Menge der unglaublichsten Kombinationen in
Willgrubers Schädel Platz gefunden hätten, in dem Tresor war
jedenfalls nichts. Er war leer.

Auf der anderen Seite des Tresorraums klaffte ein knapp ein
mal ein Meter großes Loch in der Wand. Alle Verschläge stan-

den offen, die Stahlschränke und Regale waren ausgeräumt, auch die Kundenschließfächer waren nicht verschont worden. Alles, was einigermaßen bequem durch das Loch gepaßt haben mußte, war verschwunden. Auf dem Boden lagen noch ein paar vereinzelte Münzen und Wertpapiercoupons herum.

»Was ist«, fragte einer der Frankfurter, »will denn niemand der Herren endlich die Polizei verständigen!« Es war wie das Stichwort in einer jener frühen, blutrünstigen Rächertragödien des Elisabethanischen England.

»Aaah-aaah«, röchelte es von hinten, und die Edelleute bildeten eine Gasse.

»Aaah-aaah.« Es war Voß. Er stöhnte und stolperte zwischen der Abordnung hindurch, immer tiefer in den leeren Tresor hinein. Eine Hand hatte er an seinem Kragen, die andere krampfte sich an seine Brust. »Aaaaaaah«, stöhnte er noch einmal, bevor er fünf Meter von den Vorstandsmitgliedern entfernt mit einer halben Drehung zu Boden sank.

Das wäre vielleicht nicht so schlimm gewesen. Schlimm war, daß er sich im Fallen mit dem Ärmel in der Flügelmutter eines der leeren Stahlregale verfing, das nun krachend über ihm zusammenbrach. Es gibt Untersuchungen darüber, daß die Bereitschaft, einem Unfallopfer zu helfen, proportional zur Menge der Schaulustigen abnimmt. Mittlerweile waren einige der Schalterangestellten heruntergekommen und spähten durch die Tresortür. Voß' Chancen sanken buchstäblich in den Keller.

»Was ist?« fragte derselbe Frankfurter wieder. »Will denn niemand einen Arzt holen! Sie da –!« Er schaute Willgruber gerade ins Gesicht. Es war einer dieser Frankfurter Investment-Blicke, rasiermesserscharf, durchdringend, entscheidungssicher, jene Art Blick, mit dem man Unternehmen aufkauft, Millionen umschichtet – ein Blick, den Willgruber nicht gewöhnt war.

»Ii?« fragte er unschuldig.

»Natürlich Sie! Wer ist der Ersthelfer in diesem Stockwerk?«

»Dees is der, ja … dees is … deer.«

»Ganz egal, wer das ist, holen Sie ihn her, verdammt noch mal!«

»Ja, deer is ja doch scho da …!« Willgrubers Miene hellte sich auf, und er zeigte auf Voß.

Das war zuviel für Gummer. Er fing an zu lachen, lachte immer lauter und lauter, es schüttelte ihn, ein Beben ging durch seinen ganzen Leib, er mußte sich mit einer Hand an den Gitterstäben festklammern, er konnte gar nicht mehr aufhören.

»BIN ICH DENN HIER NUR VON IDIOTEN UMGEBEN!« schrie Dr. Thun. Ja! Ja! Ja! hätte Gummer am liebsten gerufen, aber er brachte kein Wort heraus, hielt sich nur den leeren Bauch, japste nach Luft. Mehr Angestellte kamen herein, getrieben von Neugierde, auch wenn Dr. Thun versuchte, sie aufzuhalten. Feuerwehr und Notarzt tauchten auf, von Hiller gelotst, wobei sie zuerst einen Blick auf das fachmännische Loch in der Wand warfen, bevor sie sich Heinrich Voß' leblosem Körper zuwandten. Der Direktor stand immer noch fassungslos im Raum. Die Frankfurter hielten Dr. Thun eine Standpauke über moderne Sicherheitslogistik. Irgendwann kam auch die Polizei, eine schwerbewaffnete Spezialeinheit, die fast Tränengasgranaten in das Loch in der Wand geworfen hätte. Gerade noch rechtzeitig konnte der zuständige Kommissar den Vermummten erklären, daß das für die Spurensicherung vielleicht nicht so günstig sei … Gummer taumelte, nach Luft schnappend, an den Gitterstäben entlang, in einen der Verschläge.

Dieser Verschlag war als einziger nicht leergeräumt worden, das fiel ihm gleich auf. Es war der Raum mit den Verwahrstükken – Gegenständen, die Kunden zur Aufbewahrung abgegeben hatten, weil sie in kein Schließfach paßten: antike Vasen, Orientteppiche, mit wertvollen Einlegearbeiten verzierte Möbel. Manche der Stücke waren in Packpapier eingewickelt, teilweise mit vergilbten Zetteln versehen, die Namen darauf in einer altertümlichen Schrift vermerkt, viele kaum noch lesbar. Jene Art der Aufbewahrung war schon seit langem aus der Mode, die Bank bot sie nur noch in Ausnahmefällen an. Die meisten der Gegenstände stammten aus den dreißiger und vierziger Jahren. So kam es, daß der Verschlag mit den Verwahrstücken auch der Raum der verschwundenen Kunden war – die wenigsten waren jemals zurückgekehrt, um einen der Gegenstände, die ihnen manchmal etwas bedeutet hatten, manchmal aber auch nicht, wieder abzuholen.

Gummer ließ sich auf eine staubige Ottomane fallen und atmete durch. Eine seltsame Ruhe umgab ihn. Er sah die Welt jenseits der Gitterstäbe, sah, wie die Spurensicherung ihre Fotos machte, sah die Frankfurter mit ihren herrischen Mienen, sah den Direktor, Dr. Thun, Fuchs, Carola (oder hieß sie Claudia?) Boldoni, Willgruber, Hiller ... sah den Notarzt und die Sanitäter mit den Elektroden an Voß herumwerkeln, sah ab und zu dessen Füße zucken. All dies geschah wie in einem Film ohne Ton. Er hatte das Gefühl, als träumte er einen Traum in einem Traum und wäre kurz davor, den ersten Traum abzuschütteln. Er lehnte sich zurück, blinzelte. Und da entdeckte er es.

Zunächst nur einen kleinen Ast und ein Stück Himmel. Er hatte es lange vergessen, jetzt erkannte er es sofort. Es war halb in brüchiges Packpapier eingewickelt, an dem ein kleiner, kaum noch leserlicher Zettel baumelte. Gummer steckte den Zettel ein, riß das Papier herunter. Da war es – als ob die Farbe gerade erst getrocknet wäre.

Gummer sah den wilden, grünen, leuchtenden Busch und durch die wogenden Blätter den tiefblauen, klaren Himmel. Er roch die Erde, aus der der Busch gewachsen war, und konnte den Mistral spüren, wie er über die Provence fegte. Er sah das Bild mit Augen, die nicht seine Augen waren, und er sah das Licht der Sonne, wie es kraftvoll eine Weile lang van Goghs kurzes Leben erhellte.

Niemand sprach ihn an oder hielt ihn auf, als er hinausging. Immer noch drängten Schaulustige in den Keller. Der Aufzug war steckengeblieben, die Tiefgarage blockiert, er nahm die Treppe. Als er aus der Tür des Treppenhauses kam, ging er quer durch die Schalterhalle zum Ausgang, sah aufgebrachte Kunden, Mitarbeiter, die beschwichtigend die Hände hoben. Er beachtete sie nicht. Erst als er an Renn, dem Pförtner, vorbeikam, blieb er kurz stehen. Renn saß vor dem laufenden Fernseher, das leblose Auge offen, das andere zu – er war entweder eingeschlafen oder tot. Sein rechter Zeigefinger ruhte auf dem Kanalwahlschalter der Fernbedienung, und so sprang das Bild fortlaufend von einem Programm zum nächsten. Gummer wandte sich um, das Packpapier knisterte an seiner Brust. Jenseits der Drehtür schien die Sonne durch den Dunst über der Stadt auf einen weiten Platz voller Menschen. Gummer ging durch die Tür, man hörte kurz dieses kreisende, schleifende Geräusch über dem Boden, dann war er in der Menge verschwunden, niemand wußte, wohin, auch ich nicht, der ich schlief, mit einem offenen Auge aus Glas, an dem die Jahre vorbeizogen.

AUSSTEIGER

52° Nord 13° Ost, 10 Uhr 30 7
Willy Bein 19
Tennant 31
Timing 51
Förster 69
Rico 75
W. Wolf 92
Aussteiger 108
Neue Pläne 135

CHERCHEZ LA FEMME

Opal 151
Morgen 175
Der König stirbt 198
Hindernisse 206
Die Rückkehr des Weihnachtsmanns 218
Circe 246
Erwachen Fünf 260
Cherchez la femme 269
Schmidt 309
Homerun 330

THESAUROS

So 341
52° Nord 13° Ost, 10 Uhr 35 354
Thesauros 373
Ich 389

Die Arbeit an diesem Roman wurde durch ein Stipendium des Literarischen Colloquiums Berlin und ein Arbeitsstipendium für Berliner Autoren gefördert, beides aus Mitteln der Berliner Senatsverwaltung für Wissenschaft, Forschung und Kultur.